AF217872

Kontaktadresse nach EU-Produktsicherheitsverordnung:
produktsicherheit@fischerverlage.de

Die Insel brennt.

Der Speisesaal eines Luxushotels, das Wartehaus einer Bushaltestelle und das Verdeck eines Autos stehen in Flammen. Während die ermittelnden Kommissare Sven Winterberg, Silja Blanck und Bastian Kreuzer fieberhaft nach dem Brandstifter suchen, trifft der Journalist Fred Hübner seine große Liebe Susanne wieder. Nach jahrelanger Abwesenheit ist sie auf die Insel zurückgekehrt, denn ihr gehört das abgebrannte Hotel. Doch bald ist Fred der Grund für ihr Bleiben. Als Susanne darüber nachdenkt, ihren vermögenden Mann zu verlassen, geschieht ein Mord. Und das ist nur der Anfang ...

Der zweite Fall für die Sylter Ermittler Winterberg, Blanck und Kreuzer.

Die gebürtige Berlinerin *Eva Ehley* wurde spätestens mit ihrer Eheschließung vom Sylt-Fieber infiziert. Seither hat sie viele Sommer auf der Insel verbracht und das wilde Treiben der Reichen und Schönen beobachtet. Eva Ehley hat lange dazu geschwiegen, doch dann gewann ihre kriminelle Phantasie die Oberhand. Seitdem lässt sie regelmäßig auf Sylt morden. »Frauen lügen« ist nach »Engel sterben« der zweite Band ihrer ausgesprochen erfolgreichen Krimireihe. Eva Ehley war 2012 für den Agatha-Christie-Krimipreis nominiert.
Besuchen Sie Eva Ehley auch auf Facebook.

Außerdem im Fischer Taschenbuch Verlag erschienen:
»Engel sterben«, »Männer schweigen«, »Mörder weinen«,
»Mädchen töten«

Weitere Informationen finden Sie auf www.fischerverlage.de

eva
Ehley

Frauen lügen

Ein Sylt-Krimi

FISCHER Taschenbuch

Die Nutzung unserer Werke für Text- und Data-Mining im Sinne von
§ 44b UrhG behalten wir uns explizit vor.

5. Auflage

© 2023 S. Fischer Verlag GmbH,
Hedderichstr. 114, 60596 Frankfurt am Main

Printed in Germany
ISBN 978-3-596-19427-8

Frauen
lügen

Montag, 15. August, 2.30 Uhr,
Hotel *Friesenperle*, Rantum

Ein gewaltiger Donnerschlag kracht durch die Sylter Sommernacht. Der starke Regen, der seit Stunden fällt, kann die Lautstärke kaum dämpfen. Blauschwarze
Wolken türmen sich am Horizont und geben ihn nur für die
grellen Blitze frei, die einander jetzt im Sekundenabstand
folgen und fast zeitgleich mit dem Donnern den Himmel
zerteilen. Das Zentrum des Gewitters muss sich direkt über
Rantum befinden.

Albert Dornfeldt, der Geschäftsführer des kleinen aber
sehr feinen Hotels *Friesenperle*, fährt aus dem Schlaf. Nur
selten übernachtet er in der *Friesenperle*, aber am Wochenende hat die Tochter eines Wirtschaftsmagnaten hier ihre
Hochzeit gefeiert, die letzten Gäste sind erst am vergangenen Abend abgereist, und das frischgetraute Paar wird auch
die Flitterwochen hier verbringen. Während der Hochzeits-
feierlichkeiten war der Geschäftsführer Tag und Nacht an-
wesend, um sicherzustellen, dass alles glattlief. Doch ab
morgen wird er wieder in sein Apartment nach Morsum
übersiedeln.

Ab morgen? Albert Dornfeldt sieht auf die Uhr und stellt
fest, dass es bereits halb drei in der Nacht ist. Wieder geht
ein Donner nieder, und ein Blitz zuckt über den Himmel.
Zum Glück sind die Blitzableiter auf den Reetdächern des
Hotelkomplexes ordnungsgemäß installiert. Obwohl also
kein Grund zur Sorge besteht, ist Dornfeldt unruhig. Der
Geschäftsführer der *Friesenperle* ist generell ein ängstlicher
Mensch, auch wenn er seit Jahren ein smartes und selbst-

sicheres Auftreten kultiviert. Aus kleinen Verhältnissen kommend, hat Dornfeldt sich nach dem Besuch einer Hotelfachschule hochgearbeitet. Er ist stolz darauf, seit drei Jahren die Rantumer Luxusherberge zu leiten, zumal er mit seinen 28 Jahren sicher einer der jüngsten Hotelmanager Deutschlands ist.

Da seine Nachtruhe sowieso dahin ist, steht er auf und tritt ans Fenster.

Draußen scheint die Welt unterzugehen. Ein scharfer Wind lässt die Fahnenmasten klirren und peitscht die Gräser auf der Dünenkette, die sich direkt hinter dem Hotel erstreckt und bis an den Nordseestrand reicht. Das Brüllen des Meeres ist deutlich zu hören, und Dornfeldt kann sich die Zustände am Strand sehr gut vorstellen. Die Strandkorbwärter werden morgen alle Hände voll zu tun haben, um die vollgelaufenen und beschädigten Körbe zu bergen.

Als ein besonders heftiger Knall ertönt, fährt Albert Dornfeldt zusammen. Gleichzeitig scheint ein gleißend heller Blitz direkt vor seinem Fenster einzuschlagen. Noch Sekunden später fühlt sich Dornfeldt, als sei er erblindet, und nur langsam gewöhnen sich seine Augen wieder an das Dunkel der Nacht. Doch hat sich in der Zwischenzeit die Beleuchtung geändert? Oder ist es immer noch die Nachwirkung des Blitzes, die diesen rötlichen Schimmer am linken Rand seines Gesichtsfeldes verursacht?

Dornfeldt öffnet das Fenster, wobei er darauf achtet, beide Flügel mit kräftigem Griff festzuhalten, damit der Sturm sie ihm nicht aus den Händen reißen kann. Dann beugt er sich weit hinaus.

Was er erblickt, lässt seinen Atem stocken. Der flache Anbau mit dem Speisesaal, der sich links vom Hauptgebäude

8

befindet, steht in Flammen. Blaugelb schlagen sie aus den Fenstern, deren Scheiben eine nach der anderen mit schrillem Ton platzen. Schon lecken die ersten Flammen an dem weit vorstehenden Reet des Daches.

Albert Dornfeldt lässt die Fensterflügel los, reißt sein Handy vom Nachttisch und gibt hektisch die Nummer der Feuerwehr ein.

Montag, 15. August, 2.36 Uhr, Rantumer Hauptstraße

Schnell muss es gehen, das ist die Hauptsache. Raus aus dem Ort und rauf auf die Landstraße. Bei diesem Wetter ist hier niemand außer mir – und das ist auch besser so. Nichts zu sehen vorn und nichts zu sehen an den Seiten. Nur Wasser, das wie aus Eimern gegossen herabfällt, eine einzige Mauer aus Nassem direkt vor der Windschutzscheibe. Die Scheinwerfer geben Licht für höchstens fünf Meter, danach beginnt die Finsternis, klatschnass, düster, leer. Hoffentlich leer, denn wenn jetzt jemand auf der Straße stehen geblieben ist, weil die Sicht so miserabel ist, dann rausche ich drauf, obwohl ich nur dreißig fahre. Mehr ist nicht drin, auch wenn ich natürlich sehr unter Zeitdruck stehe, denn ich habe noch einiges vor. Schließlich gilt es, eine Spur zu legen, die nicht so ohne weiteres gefunden werden soll. Doch später, wenn die Zeit reif dafür sein wird, sollen der Polizei die Augen aufgehen. Dann wird es keine Rettung mehr geben für alles, was ich vernichten will. Dann kommt der Moment der Abrechnung, auf den ich mich jetzt schon freue, unbändig und mit ganzem Herzen.

Montag, 15. August, 6.15 Uhr, Kriminalkommissariat Westerland

»Es kann nicht der Blitz gewesen sein, Sven. Der Hotelmanager hat eindeutig ausgesagt, dass der Speisesaal zunächst innen gebrannt hat. Das Dach hat erst später Feuer gefangen.«

»Vielleicht war es ein Kurzschluss in der Elektrik. Verursacht von einem Blitz. Dann könnte das Feuer auch von innen gekommen sein.«

Nervös fährt sich Sven Winterberg durchs Haar. Die vollen dunklen Wellen sind wie immer sorgfältig gestylt. Aber die wohlmanikürten Hände des Kriminaloberkommissars bewegen sich längst nicht mehr vorsichtig genug, um die Ordnung auf seinem Kopf nicht durcheinanderzubringen. Denn Sven Winterberg ist kurz vor dem Umfallen. Gestern Abend hat er mit seiner Frau Anja in deren 40. Geburtstag hineingefeiert. Sie hatten das Haus voller Gäste und waren erst weit nach Mitternacht im Bett.

Sven Winterberg lebt mit seiner Frau und der achtjährigen Tochter Mette in dem von Anjas Eltern geerbten Haus in Kampen. Damit gehören sie zu den wenigen echten Syltern, die noch auf der Insel geblieben sind. Die meisten Normalverdiener haben längst angesichts der horrenden Gebote der örtlichen Immobilienhaie aufgegeben und ihr Sylter Domizil gegen eine billigere Wohnung oder ein kleines Häuschen auf dem Festland getauscht. Jetzt bevölkern sie Morgen für Morgen den Pendlerzug über den Hindenburgdamm. Für die Einsatzkräfte bei der Polizei und der Feuerwehr ist diese Lösung aus arbeitstechnischen Gründen aber heikel. Schließlich müssen sie jederzeit abrufbereit sein, falls ein Notfall vorliegt. Zum Glück gehört neben Sven auch die Jungkommissarin Silja Blanck zu den Inselbewohnern. Sie hat eine winzige Wohnung in der Westerländer Innenstadt gemietet, die den großen Vorteil bietet, dass die Kommissarin zu Fuß das Polizeigebäude erreichen kann.

Als letzte Nacht der Notruf kam, dauerte es keine halbe Stunde, bis Oberkommissar Sven Winterberg und seine Kollegin vor Ort waren. Seitdem sind die beiden im Einsatz, und der Schlafmangel macht sich jetzt deutlich bemerkbar. Der schmale, feingliedrige Körper des Oberkommissars sendet bereits erste Notsignale. Als Sven sich der Kaffeemaschine in der Ecke seines Büros nähert, um seinen Becher aufzufüllen, sind seine Schritte leicht schwankend.

»Willst du auch noch was, Silja?«

»Ich hatte schon zwei Tassen. Mehr hält mein Kreislauf nicht aus. Lass uns lieber sehen, ob wir was zum Frühstück bekommen. Die Bäcker machen wahrscheinlich gerade auf.«

»Kluges Mädchen. Ich habe vorhin schon einem Kollegen Bescheid gesagt, er bringt aus Morsum ein paar Kliffkanten mit.«

»Kieler wären mir lieber.«

»Du kannst ihn ja anrufen und die Bestellung ändern.«

»Als ob ich nichts Besseres zu tun hätte. Was hat er denn über die Lage am Morsumer Bahnhof gesagt?«

»Noch ist alles undurchsichtig. Die Insel-Feuerwehr kam relativ spät, weil sie ja mit dem Hotel beschäftigt war. Das Feuer ist in einem Wartehäuschen an der Bushaltestelle neben dem Bahnhof ausgebrochen, nicht im Bahnhofsgebäude selbst. Wie überall auf der Insel war das Häuschen reetgedeckt. Es hat natürlich gebrannt wie Zunder. Der Backsteinbau des Bahnhofs war feuerresistent, und drumherum stehen auch nur Häuser mit Ziegeldächern. Zum Glück konnte ein Mieter des benachbarten Wohnhauses nicht schlafen, hat den Brand gesehen und uns alarmiert. Darum ist auch niemand verletzt worden.«

»Und zum noch größeren Glück hat der Bahnhof kein Reetdach.«

»Das nicht. Aber weißt du, was merkwürdig ist? Bis etwa zwei Uhr morgens gibt es dort Zugverkehr. Dann verlässt der letzte Bahnangestellte seinen Arbeitsplatz. Und eine halbe Stunde später fängt es an zu brennen.«

»Du denkst, das war kein Zufall?«

»Zum Denken bin ich zu müde. Aber auffällig ist es schon.«

»Vielleicht hatte um diese Zeit das Gewitter gerade seinen Höhepunkt erreicht. Das können uns die Meteorologen sicher sagen. Hinterher wissen die ja immer alles ganz genau. Nur vorher kannst du nicht erfahren, ob es in zwei Stunden regnen wird oder nicht.«

Silja Blanck verdreht die Augen und lässt ihren grazilen Körper auf einen der Bürostühle sinken. Seit sie mit dem Kollegen Bastian Kreuzer von der Kriminalpolizei Flensburg liiert ist, hat sie noch um einiges an Sexappeal zugelegt, findet Winterberg. Die sehr schlanke mittelgroße Kollegin besitzt eindeutig das gewisse Etwas, das durch ihre kühle, fast schon unnahbare Ausstrahlung nur noch betont wird. Auch jetzt nach etlichen Stunden fieberhafter Ermittlungen wirkt die Jungkommissarin wie frisch geduscht. Selbst die Schatten unter ihren Augen betonen nur den Charme des ebenmäßigen Gesichts, das von langem dunklem Haar umrahmt ist. Immer wieder fragt sich Winterberg, ob Silja wohl um ihre unterkühlte Attraktivität weiß.

»Aber wenn du recht hättest, Sven, dann hieße das doch, dass wir es mit Brandstiftung zu tun haben. Das kann ich nicht glauben, nicht hier auf Sylt. Andererseits ist es schon merkwürdig, wenn in einer Nacht gleich an zwei Stellen Großfeuer ausbrechen. Gewitter hin oder her. Das hatten wir noch nie. Selbst damals nicht, als Axel Springers Trutzburg am Kampener Watt brannte.«

»Du meinst den Klenderhof? Das ist doch ewig her. Aber davon mal ganz abgesehen, damals war es auch Brandstiftung. Man hat den Täter nie gefunden – bis er sich vor ein oder zwei Jahren zu dem Anschlag bekannt hat.«

»Kunststück, die Tat ist längst verjährt.«

»Hoffentlich brauchen wir diesmal nicht auch so lange, bis wir wissen, wer's war.« Nervös nippt Sven an seinem Kaffeebecher.

»Dir ist es also tatsächlich ernst mit der Brandstifter-These?«

»Lass mir noch ein wenig Zeit. In einer Stunde spreche ich mit dem Bahnangestellten, der letzte Nacht in Morsum Dienst hatte, dann sehen wir weiter.«

Montag, 15. August, 7.30 Uhr, Bahnhof Morsum

»Und Sie haben wirklich nichts Ungewöhnliches bemerkt, Herr Zwinger?«

»Der Sturm war ja schon ungewöhnlich genug. Und dann der Regen, es hat gepladdert, als solle die Insel absaufen.

Natürlich habe ich mich da nicht weiter draußen vor dem Bahnhof umgesehen. Ist ja auch nicht meine Aufgabe.«

Nervös reibt sich Kurt Zwinger die breiten Hände. Er ist Anfang sechzig und von stämmiger Statur. Seine Augen sind gerötet, das Gesicht wirkt übernächtigt. Auch er hat nur wenige Stunden geschlafen.

»Und was ist Ihre Aufgabe genau?«

»Ich muss vor allem die Straßenschranke dort hinten hoch- und runterlassen. Wir haben hier immer noch so eine Kurbel für den Handbetrieb auf dem Bahnsteig. Zwar ist sie seit ein paar Jahren überdacht, aber bei dem Schietwetter kommt der Regen ja von allen Seiten.«

Sven Winterberg mustert die hüfthohe Kurbel unter dem Plexiglasdach.

»Von hier aus können Sie den Bahnsteig ja bestens im Auge behalten.«

»Ist aber meist nicht viel los.«

»Keine Unregelmäßigkeiten? Prügeleien oder Schmiereien?«

»Eigentlich nicht. In Westerland haben sie damit schon mehr Probleme. Da kommen dann die jungen Leute aus den Discos, haben zu viel getrunken und oft kein Bett für die Nacht. Dann fangen die an durchzudrehen. Aber das wisst ihr bei der Polizei ja besser als ich. Und bei uns in Morsum geht es zum Glück gesitteter zu.«

»Aber Sie haben schon ein Auge auf die Ein- und Aussteigenden?«

»Klar. Wäre ja sonst auch zu langweilig. Oft überlege ich mir, was die machen. Beruflich meine ich. Und ob sie hier wohnen, oder jemanden besuchen wollen.«

»Eigentlich müssten Sie doch viele der Reisenden kennen.«

14

»Sicher. Unsere Westerland-Pendler fahren jeden Morgen und Abend die Strecke. Aber in der Nacht ist das anders. Wer kommt schon regelmäßig so spät nach Hause. Da gibt es nur einige Frauen, die ich häufiger sehe.« Kurt Zwinger wirft Kommissar Winterberg einen kumpelhaften Blick zu. »Das sind Bardamen, wenn sie mich fragen. Wer sonst arbeitet in Westerland so lange.«

»Und gestern Abend war alles wie sonst?«

Kurt Zwinger nickt bedächtig. »Alles wie üblich. Vielleicht ein bisschen weniger los als sonst – aber das war bei diesem Schietwetter auch kein Wunder.«

»Okay, dann beschreiben Sie mal genau, was Sie getan und gesehen haben, nachdem der letzte Zug durch war.«

»Das war um 1.58 Uhr, der Zug kam aus Niebüll und endete in Westerland. Danach gibt's keine Verbindung mehr. Der letzte Zug aufs Festland war schon um 1.09 Uhr durch. Früher war das ja noch ganz anders ...«

Kurt Zwinger holt tief Luft, um endlich einmal in aller Ruhe von vergangenen Herrlichkeiten schwärmen zu können. Sven Winterberg unterbricht ihn höflich aber bestimmt.

»Es geht jetzt aber um gestern, Herr Zwinger, und nicht so sehr um früher.«

»Ja, schon klar. Also gestern ...«, Enttäuschung schwingt in der Stimme des Bahnangestellten mit. »Es hat ja immer noch geschüttet wie sonst was, als ich raus bin. Hatte natürlich keinen Schirm dabei, mein Wagen steht auch immer gleich da vorn beim Eingang.«

»Sie mussten also nur wenige Schritte durch den Regen laufen.«

»Genau. Ich habe die Jacke über den Kopf gezogen und

15

bin so schnell es ging ins Auto. Dabei habe ich nicht nach rechts und links gesehen, tut mir leid.«

»Das kann Ihnen keiner verdenken, und das wird Ihnen auch niemand übelnehmen. Trotzdem muss ich weiter fragen: Ist Ihnen etwas aufgefallen, als Sie im Wagen saßen? Manchmal verschnauft man dann ja erst mal und sieht sich ein wenig um.«

»Ich wollte bloß schnell nach Hause unter die warme Federdecke. Außerdem ist der Bahnhofsvorplatz nachts auch nicht bis in alle Ecken erleuchtet. Da könnte sich schon jemand verstecken. Aber ich habe niemanden gesehen, auch nicht, nachdem ich die Scheinwerfer angemacht hatte. Ich habe gewendet und bin dann gleich runter vom Vorplatz … aber warten Sie mal …«

»Ja?«

»Da stand noch einer.«

»Ein Mensch?«

»Nein, ein Wagen. Der parkte ein bisschen abseits, direkt vor dem Reetdachhäuschen an der Bushaltestelle. Ich hab noch gedacht, dass das bestimmt Ärger gibt am nächsten Tag.«

»Das ist interessant. Können Sie den Wagen näher beschreiben?«

»Nein, leider nicht. Er war hell, das weiß ich noch, weil ich ihn sonst wahrscheinlich gar nicht gesehen hätte, und nicht besonders groß, also keine Limousine oder so etwas. Eher bescheiden. Ich dachte noch, da ist so ein Jungspund auf eine Party gefahren und hat den letzten Zug versäumt.«

»Aber an ein Kennzeichen oder die Automarke können Sie sich nicht erinnern?«

16

»Nee, ehrlich nicht. Hat mich auch nicht interessiert und bei dem Wetter schon mal gar nicht.«

»Das kann ich gut verstehen. Eine letzte Frage habe ich noch, Herr Zwinger. Wo hängt hier eigentlich der Fahrplan? Im Gebäude oder draußen?«

»Na, auf dem Bahnsteig, so ist es üblich.«

»Es kann also jeder in der Nacht um den Bahnhof herumgehen und sehen, wann der letzte Zug kommt oder gekommen ist.«

»Ja klar. Die Beleuchtung am Bahnsteig geht auch nachts nicht ganz aus. Das wird automatisch geregelt. Die Hälfte der Lampen schaltet sich ab, die andere Hälfte brennt weiter. Wäre ja Stromverschwendung sonst.«

»Und mit öffentlichen Geldern wollen wir alle sorgsam umgehen. Das haben Polizei und Bahn in jedem Fall gemeinsam.«

»Wenn Sie das sagen, Herr Kommissar ...«

Montag, 15. August, 23.40 Uhr, Restaurant *Rauchfang*, Kampen

Seit mehr als zwei Stunden sitzt Fred Hübner allein an seinem Tisch auf der Terrasse des angesagten Restaurants *Rauchfang* mitten im Trubel des berühmtberüchtigten Kampener Strönwai, der sogenannten »Whiskystraße«. Die Gäste dieses Abends haben natürlich nur ein Thema: die beiden Brände der letzten Nacht. Die Fakten, die die Polizei herausgegeben hat, sind spärlich, umso schillernder sind die Gerüchte, die auf der Insel kursieren. Von Brandstiftung ist immer häufiger die Rede, und so mancher spekuliert bereits über eine Sylter Bürgerwehr, die das Luxushotel und das Wartehäuschen am Bahnhof in Brand gesetzt haben soll, um gegen den Ausverkauf der Inselimmobilien an die Reichen der Republik zu protestieren. Anderen Gerüchten zufolge sollen sich linke Kräfte aus der Hamburger Besetzerszene jetzt auch auf der Insel betätigen. Sogar von einer Einwanderung Berliner Chaoten ist die Rede, denn wer in Kreuzberg teure Autos anzündet, für den müsse Sylt mit seinem allsommerlichen Aufgebot an Nobelkarossen ein wahres Paradies des Zündelns sein.

Fred Hübner lauscht den kursierenden Gerüchten aufmerksam. Er ist viel zu sehr Journalist, um nicht das Potential der Ereignisse der letzten Nacht zu erkennen. Der Bahnhof ist kaum beschädigt, und das Wartehäuschen wird schnell ersetzt werden können, aber der Anbau des Rantumer Hotels ist bis auf die Grundmauern niedergebrannt. Immerhin konnte ein Übergreifen der Flammen auf das Hauptgebäude verhindert werden. Doch vorher sind alle Gäste, unter ihnen einige illustre Persönlichkeiten, in eine Halle des Sylter Flughafens evakuiert worden. Die Fotos einer desorientierten Gruppe von Pyjamaträgern vor dem brennenden Speisesaal waren in jeder Gazette der Republik zu sehen.

Normalerweise würde sich auch Fred leidenschaftlich für die Hintergründe der Brände interessieren, doch heute Abend ist er abgelenkt. Seit zwei Stunden schon starrt er hinüber auf die andere Seite der Terrasse. Dort steht eine Frau, die seiner Jugendliebe Susanne zum Verwechseln ähnlich sieht. Alles stimmt. Die blonden Haare, der schlichte Knoten im Nacken. Die knochigen Schultern und die etwas eckigen Bewegungen, die hochgewachsene Frauen manchmal an sich haben und die sie unerwartet rührend wirken lassen – wie frisch geborene Giraffen. Fred ist sich fast sicher, dass sie es ist, auch wenn er weiß, dass sie sich seit dem Ende ihrer Affäre nie wieder auf der Insel hat sehen lassen. Dabei erbte sie nach dem Tod ihrer Eltern zwei lukrative Sylter Hotels, die mittlerweile Millionenerträge abwerfen müssten.

Fred Hübner stutzt, dann holt er sein iPhone aus der Jacketttasche. Eine schnelle Recherche ergibt, dass eines der Hotels eben jene *Friesenperle* ist, die in der vergangenen Nacht Feuer gefangen hat.

Ist Susanne vielleicht deswegen zurückgekehrt?

Ab und an meint Fred sogar, ihre Stimme heraushören zu können aus diesem Rufen und Lachen, Reden und Husten, das die Luft des Kampener Sommerabends erfüllt. Es ist Viertel vor zwölf, und im *Rauchfang* baut sich genau die Stimmung auf, für die das Restaurant weit über die Grenzen Sylts hinaus bekannt ist. Die Terrasse um die Außenbar ist gedrängt voll mit Menschen. Es geht um Sehen und Gesehen werden. Man konsumiert mittelmäßige Drinks zu überteuerten Preisen, dazu gibt es als Ausgleich jede Menge willige Mädchen fast umsonst. Eine Flasche Champagner als Anzahlung, die zweite dann, um den Deal perfekt zu machen und das Mädchen gefügig.

Fred kennt das Spiel genau, er hat es selbst jahrelang gespielt. In den achtziger Jahren des letzten Jahrhunderts, als nicht nur er seine große Zeit hatte, sondern auch die Insel. Alle waren sie hier, in den Sechzigern sogar Ulrike Meinhof mit ihrem Mann. Beide sind gern und oft gekommen, und erst Jahre später begann Ulrike, auf die zu schießen, mit denen sie vorher die Restaurants geteilt hatte. Fred Hübner hat diese Entwicklung nie verstehen können und schoss

19

selbst ausschließlich mit seiner Feder – und das nicht nur in die rechte Ecke. Er verfasste die Chronique scandaleuse jener Zeit und veröffentlichte sie in den maßgeblichen Journalen der Republik. Fred war damals wichtig und einflussreich – und die Mädchen wussten das genau. Wenn andere zwei Flaschen Schampus investieren mussten, kam Fred mit zwei Glas Weißwein zum Ziel. Oft auch ganz ohne Alkohol, nur mit einigen wohlgewählten Worten, dafür aber direkt zwischen den Dünen.

Fast zehn Jahre lang hat er es so getrieben, dann ist Susanne aufgetaucht. Groß, schlank, blond, Hotelbesitzerstochter. Susanne veränderte alles. Vor allem ihn selbst, aber auch seine Sicht auf die Welt. Natürlich hat er damals zu ihr nie davon gesprochen, warum hätte er sich auch ohne Not entblößen sollen?

Vermutlich war das der größte Fehler seines Lebens.

Denn nach einem knappen Jahr reinen Glücks hat Susanne Boysen Fred Hübner überraschend verlassen, um einen Hotelier vom Festland zu heiraten. Fred hat sie seitdem nie wiedergesehen, obwohl ihr Mann, wie Fred sehr genau weiß, eine Villa direkt hinter den Kampener Dünen besitzt.

An die zwei Jahrzehnte nach der Trennung von Susanne erinnert Fred sich nur ungern. Sein Stern sank genau in dem Maß, in dem die Bundesrepublik erwachsen wurde und begann, sich gut zu benehmen, indem sie achtsam, verantwortungsbewusst und langweilig wurde.

Irgendwann war nur noch der Alkohol an Freds Seite, um ihn treu auf allen Stationen seines sozialen Abstiegs zu begleiten – bis hinauf nach List in das baufällige Gartenhaus, das er jahrelang bewohnt hat, und bis hinab in die peinlichste Armut und um ein Haar ins letale Delirium.

20

Doch dann geschah ein Wunder, ein erstes Wunder, korrigiert sich Fred und gönnt sich noch einen Blick auf die Blonde, deren Anwesenheit er geneigt ist, für das zweite Wunder zu halten. Wenn es tatsächlich Susanne sein sollte, die sich dort mit einigen Herren mittleren Alters unterhält, dann hätte sich seine Jugendliebe in den letzten zwanzig Jahren erstaunlich wenig verändert.

Durch ein winziges Winken mit der Hand bestellt er sich einen weiteren Espresso. Keinen Drink, keinen Wein, noch nicht einmal ein Bier. Nur Kaffee und Wasser stehen noch auf seiner persönlichen Getränkeliste. Seit genau zwanzig Monaten ist Fred Hübner trocken.

Es ist viel Kraft nötig, um dem zu widerstehen, was ihm über zwei Jahrzehnte lang einziger Freund und Begleiter gewesen ist, aber Fred weiß genau, dass dies seine letzte Chance ist. Im vorletzten Sommer ist ihm die ultimative Story in Form eines verzweifelten Elternpaars buchstäblich über den Weg gelaufen. Beim Abendspaziergang am Strand von List, Sylts nördlichster Siedlung, bei dem Fred – wie damals eigentlich immer – sturzbetrunken war. Die Eltern waren außer sich, ihr Kind, ein siebenjähriges Mädchen, war verschwunden. Die Polizei war ratlos, es gab nicht den Hauch einer Spur. Nur Fred hatte so eine dunkle Ahnung. Und er schaffte es im Verlauf der nächsten Tage tatsächlich, die Chose nicht zu vermasseln.

Als der Espresso kommt, trinkt Fred ihn mit einem einzigen Schluck und bestellt gleich den nächsten. Heute Nacht will er fit bleiben, er wird die Blonde am anderen Ende der menschengefüllten Terrasse nicht aus den Augen lassen, nicht, bevor er mit Sicherheit sagen kann, ob es sich tatsächlich um seine damalige Liebe handelt.

Steht dort wirklich Susanne? Die Frau, der er nie wieder unter die Augen treten wollte, abgerissen und dauerbetrunken, wie er es in den letzten Jahren leider ständig war.

Doch jetzt ist alles anders. Seine Maisonettewohnung im feinen Wenningstedter Norden kann sich sehen lassen. Von der Terrasse blickt er auf den Dorfteich und hinter dem Schlafzimmerfenster im Obergeschoss kann er die Dünen zählen. Er hat begonnen, Sport zu treiben und sich gesund zu ernähren. Von April bis Oktober schwimmt er jeden Morgen in der Nordsee, und alle Wege auf der Insel legt er mit einem seiner beiden Fahrräder zurück. Er ist jetzt 57 Jahre alt, schlank, drahtig und braungebrannt.

Und vermögend. Der Tatsachenbericht über die drei verschwundenen Mädchen hat ihn reich gemacht. Zunächst war da nur sein reißerischer Artikel über den spektakulären Kriminalfall, den der *Spiegel* überraschend bereitwillig gedruckt hat. Im Anschluss daran bekam Fred das Angebot eines renommierten Verlages für einen ausgedehnten Report in Romanform. Solche Bücher verkaufen sich zurzeit wie verrückt, hieß es, und die Konditionen, die seine eilig angeheuerte Agentin aushandelte, bestätigten diese Einschätzung.

Ein knappes Jahr hat Fred anschließend in völliger Askese an dem Manuskript gearbeitet, auch sein Alkoholentzug fiel in diese Zeit. Vor einem halben Jahr hat dann die Buchpremiere stattgefunden, groß aufgemacht im feinsten Club von Hamburg. Die ganze Meute war da. Ehemalige Kollegen, die seinen Namen noch aus den glorreichen Zeiten kannten, ebenso wie Newcomer, die ihn plötzlich hochachtungsvoll behandelten. Ihre Blicke sprachen Bände. Hübner war ein alter Hase, der es immer noch konnte.

Einige Wochen lang führte Fred sogar die Sachbuch-Bestsellerliste an, er hat auf den Sofas aller wichtigen Talkshows gesessen und es bereits auf einige Feuilletontitel geschafft. Seit zwei Wochen verhandelt der Verlag über eine Verfilmung des Stoffs. Fred Hübner, der alte Kämpfer, ist plötzlich wieder wer in der Kulturszene. Wenn er jetzt den besten Tisch im *Rauchfang* will, dann bekommt er ihn und zwar allein. Selbst dann, wenn er den ganzen Abend lang nur Kaffee trinkt, so wie heute. Fred selbst ist es, mit dem sich das Restaurant schmückt, den Umsatz machen die anderen Gäste, die nicht nur, aber auch gekommen sind, um Prominente wie ihn zu sehen.

Es wäre also durchaus möglich gewesen, dass die hochgewachsene Blondine ihm einen neugierigen Blick zuwirft. Doch sie tut es nicht, hat es den ganzen Abend lang nicht getan. Nur ihre Begleiter gucken immer wieder mal herüber. Für Fred ist dieser Umstand der zwingende Beweis dafür, dass sie es tatsächlich ist. Susanne, seine große Liebe, die vielleicht ebenso wie er selbst Angst vor der Vergangenheit hat.

Plötzlich macht ihn der Gedanke an die Zeit mit Susanne wütend. Sie hat ihn nur so lange benutzt, bis sich ein Besserer fand, eben dieser reiche Schnösel aus Hamburg, der mit seinen drei Designhotels der perfekte Schwiegersohn für ihre Eltern war. Zwanghaft sucht Fred Hübner in den Speichern seines Hirns nach dem Namen des erfolgreichen Nebenbuhlers, aber er will ihm einfach nicht einfallen. Leider ist das eine Erfahrung, die er häufiger macht. Immer wieder stößt Hübner auf Areale seines Gehirns, denen der jahrelange Alkoholmissbrauch nicht besonders gut bekommen zu sein scheint. Die Gedächtnislücken weiten sich manchmal sogar zu bedrohlich blinden Flecken auf der Karte seiner Erinnerungen aus. Wenn das so weitergeht, wird er irgendwann nicht mehr schreiben können. *Wenn* es so weitergeht ...

Frustriert beschließt Hübner zu gehen. Was ist schon geschehen? Eine Immobilie dieses verwöhnten Mädchens da drüben, das längst eine Frau ist, hat Schaden genommen. Da ließ sich die Rückkehr der Besitzerin auf die Insel ihrer Jugend wohl nicht mehr vermeiden. Pech für ihn, dass er sich ausgerechnet diesen Abend ausgesucht hat, um seinen Kaffee im *Rauchfang* zu trinken und auf diese Weise mit seiner Vergangenheit konfrontiert zu werden. Hübner legt einen Geldschein auf den Tisch und steht entschlossen auf. Fast gegen seinen Willen wirft er einen letzten Blick zu der Blonden hinüber. Da geschieht das Wunder doch noch: Sie hebt leicht die Hand wie zum Gruß und lächelt ihn an.

Fred bleibt wie vom Donner gerührt stehen. Plötzlich ist alles wieder da: die Sehnsucht, das Verlangen. Aber Fred bemüht sich, seine Gefühle zu ignorieren, er reißt sein Fahrrad vom Zaun des Nebengebäudes und tritt in die Pedale, als gelte es, eine Meisterschaft zu gewinnen. Sein Weg führt ihn auf der asphaltierten Radstrecke quer durch die nächtlich duftende Heide, vorbei an dem Kampener und dem Wenningstedter Campingplatz mit ihren letzten Geräuschen. Bei den Hügelgräbern dagegen ist es ganz still, und auch am Wenningstedter Dorfteich ist niemand mehr unterwegs. Hübner sperrt die Eingangstür der gedrungenen Reihenhausanlage auf, in der sich seine Wohnung befindet. Er durchquert das offen gestaltete Erdgeschoss und nimmt sich noch eine Flasche Mineralwasser aus dem Kühlschrank, bevor er nach oben in sein Schlafzimmer geht und wie betäubt ins Bett fällt.

Dienstag, 16. August, 8.25 Uhr, Haus Dünengrund, Kampen

Als Silja Blanck vor dem Grundstück des Ehepaares Michelsen aus ihrem Kleinwagen steigt, kommt ihr das eigene Auto noch winziger vor. Alles ist in dieser Straße breit und mächtig. Die doppelflügeligen Friesentore, die sich beidseitig anschließenden Wälle aus Naturstein, die Heckenrosenpflanzen auf den Wällen und besonders natürlich die protzigen Karossen und die reetgedeckten Villen dahinter.

Nur wenige Sekunden nachdem Silja geklingelt hat, ertönt ein scharfes Summen, das es ihr ermöglicht, das Tor aufzudrücken. Am Ende des Kiesweges führen zwei flache Stufen hinauf zu einer blau-weiß lackierten Eingangstür, in der eine überschlanke, attraktive Dame lehnt. Sie trägt einen Zopfmuster-Pullover über ihrer Jeans und Wildleder-Slipper an den Füßen. Ihr auffallend hellblondes Haar ist zu einem lässigen Knoten gesteckt, aus dem sich einzelne Strähnen gelöst haben und das aparte Gesicht umschmeicheln. Wenn Silja Blanck nicht aus ihren Recherchen wüsste, dass Susanne Michelsen 43 Jahre alt ist, würde sie sie vermutlich auf Mitte dreißig schätzen.

»Hallo Frau Kommissarin. Wir haben vorhin telefoniert, oder?«

»Genau. Silja Blanck, guten Tag. Und vielen Dank noch einmal, dass Sie so schnell Zeit für mich hatten.«

»Aber ich bitte Sie, es ist doch mein Hotel, das in Flammen stand. Ich tue alles, um Ihnen die Ermittlungen zu erleichtern. Bitte kommen Sie herein.«

Durch eine schwarz-weiß gefliese Halle, deren hintere Seite direkt auf die Terrasse führt, geht die Hausherrin voran.

»Sie haben hoffentlich nichts dagegen, draußen zu sitzen?«

»Nein, gar nicht.«

»Es ist zwar noch ein wenig kühl, aber ich finde, am Morgen riecht die Insel immer besonders gut.«

Wie zur Bekräftigung ihrer Worte holt Susanne Michelsen tief Luft und weist mit der Hand auf die beiden Korbstühle, die einen runden Glastisch flankieren. Silja setzt sich und blickt sich um.

»Schön haben Sie es hier. Von der Straße ahnt man gar nicht, dass das Grundstück so riesig ist.«

»Ja, leider. Man kann es nicht einsehen, alle Nachbarhäuser sind hinter Hecken verborgen. Wenn hier mal jemand einbrechen will, dann hat er leichtes Spiel.«

»Das glaube ich kaum«, gibt Silja zu bedenken und deutet auf die beiden Kameras, die an den Hausecken direkt unter dem Reetdach angebracht sind.

»Natürlich haben wir die beste Alarmanlage, die man für Geld kaufen kann. Die ist allerdings so kompliziert, dass ich schon gar keine Lust habe, sie einzuschalten. Um ehrlich zu sein, verleidet mir der Gedanke daran seit Jahren jeden Aufenthalt auf der Insel. Obwohl ich von hier stamme, bin ich nur noch selten auf Sylt.«

»Trotz dieser prächtigen Villa?«

Susanne Michelsen zuckt mit den Schultern, als ginge es um ein Paar abgetragene Schuhe.

»Das Haus gehört meinem Mann. Mit dem Kauf hat er

sich einen Jugendtraum erfüllt. Für mich hätte es gern eine Nummer kleiner sein dürfen. Möchten Sie vielleicht etwas trinken? Wasser, Saft?«

Susanne Michelsens Geste weist auf zwei bereitstehende Karaffen.

»Ein Glas Wasser, bitte.«

Während die Hausherrin einschenkt, erkundigt sie sich lächelnd: »Womit kann ich Ihnen denn nun helfen?«

»Das will ich Ihnen gern erklären. Um es einfach zu machen, stellt sich für uns die Sachlage folgendermaßen dar: Ihr Hotel hat gebrannt. Dafür kommen zwei Ursachen in Betracht. Erstens: Blitzeinschlag. Zweitens: Brandstiftung. Falls es Brandstiftung war, sind wiederum zwei Motive denkbar. Ein persönlicher Racheakt. Oder eine politisch motivierte Tat.«

»Sie sind gründlich, das muss ich Ihnen lassen.«

»Das ist mein Job. Wir bemühen uns natürlich, möglichst schnell die Wahrscheinlichkeiten aller denkbaren Ursachen abzuschätzen. Je intensiver wir in eine Richtung ermitteln können, umso größer sind unsere Erfolgsaussichten.«

»Und welche Ursache halten Sie bisher für die wahrscheinlichste?«

»Zunächst zu den beiden Auslösern: Blitzeinschlag oder Brandstiftung. Unsere Techniker halten eine Brandstiftung für sehr wahrscheinlich. Wie Sie vielleicht schon erfahren haben, ist vermutlich ein Stapel Tischdecken in Brand geraten. Ich muss Ihnen ja nicht sagen, dass Leinen nicht unbedingt zu den selbstentzündlichen Materialien gehört. Da ist mindestens eine Zigarette hineingefallen.«

»Mitten in der Nacht?«

»Eben. Ein Zufall wird das nicht gewesen sein.«

»Und was meinen Sie mit politischen Motiven?«

»Hass auf das Establishment, Protest gegen die Immobilienspekulationen auf Sylt, so etwas in der Art.«

»Aber wir sind doch keine Makler, sondern Hoteliers.«

»Aber in Ihren Hotels steigen die Reichen ab. Entschuldigen Sie, dass ich das so direkt sage, aber ich habe mir gestern mal Ihre Zimmerpreise im Internet angeschaut.«

»Tja, billig ist das nicht, da haben Sie schon recht.«

»Es gibt trotzdem ein Argument, das dagegen spräche: Der Brand am Bahnhof. Denn die These, dass Morsum der kommende It-Place der Insel ist, halte ich doch für etwas zu gewagt, auch wenn wir wissen, dass schon viele Prominente dort Ferienhäuser besitzen. Allerdings gehen wir auch in diesem Fall von Brandstiftung aus. Unsere Suchhunde sind auf Spuren von Brandbeschleuniger gestoßen.«

»Aber das alles hört sich für mich eher nach einem Irren als Täter an.«

»Es gibt weniger Irre auf dieser Welt, als gemeinhin angenommen wird, das können Sie mir glauben, Frau Michelsen. Fast jede Tat ist motiviert und damit in sich logisch. Die Betonung liegt auf *in sich*. Die Aufgabe der Polizei ist es, eine irgendwie geartete innere Logik des Täters zu erschließen. Und dafür brauchen wir Sie – und leider einige Informationen aus Ihrem Privatleben.«

»Was wollen Sie haben? Eine Liste meiner verschmähten Liebhaber?« Lachend greift Susanne Michelsen nach der Wasserkaraffe, um auch sich ein Glas einzuschenken. »Nein, im Ernst, mein Mann und ich haben keine Feinde. Ich wüsste wirklich nicht, wer uns so etwas antun sollte.«

»Die *Friesenperle* gehört nach dem Grundbucheintrag Ihnen, das ist doch richtig?«

»Ja schon. Ich habe dieses Hotel genau wie den Sonnenhof in List von meinen Eltern geerbt. Aber als sie starben, war ich schon verheiratet. Und Jonas besaß damals bereits drei eigene Hotels. Also habe ich ihn gebeten, sich auch um die beiden geerbten zu kümmern. Ich habe mit dem Geschäftlichen gar nichts zu tun, nur auf dem Papier.«

»Trotzdem ist das Feuer hier ausgebrochen und nicht in den Hamburger Hotels Ihres Mannes. Haben Sie oder er vielleicht weitere Investitionen auf der Insel vor? Gibt es jemanden, dem es nutzen könnte, Sie finanziell zu schädigen?«

»Zweimal ein klares Nein, Frau Kommissarin. Ich fürchte, ich kann Ihnen da nicht weiterhelfen.«

»Frau Michelsen, eine Frage hätte ich trotzdem noch. Hat es in Ihrem Privatleben in den letzten Wochen irgendeine maßgebliche Veränderung gegeben? Denken Sie nach. Alles ist wichtig. Neue Freundschaften, eine Krankheit oder auch ein Wechsel beim Personal.«

Aufmerksam beobachtet Silja das Gesicht ihrer Zeugin. Ist deren Wimpernschlag nicht allzu heftig und die Pause bis zur Antwort nicht ein wenig zu lang?

»Nein, auch da muss ich Sie enttäuschen. Es ist alles beim Alten, unsere Hamburger Zugehfrau kommt schon seit mehr als zehn Jahren, sie gehört also fast zur Familie. Und unser Freundeskreis ist auch stabil.«

Silja ist erfahren genug, um zu merken, wann eine Zeugin dichtmacht. Und bei Susanne Michelsen ist jetzt eindeutig dieser Zeitpunkt erreicht. Fragt sich nur, ob sie auf eine heiße Spur gestoßen ist oder ob Frau Michelsen einfach von der Stichhaltigkeit ihrer Aussage überzeugt ist.

»Tja, dann wäre es das für heute. Nur eines noch: Wie

lange werden Sie noch hier auf der Insel bleiben, wenn ich fragen darf?«

»Ein oder zwei Wochen vielleicht. Ich war sehr lange nicht mehr auf Sylt, das habe ich Ihnen ja vorhin erzählt. Und wenn man dann nach so langer Zeit wiederkommt, ist man doch sehr gefangen von dem Charme der Insel.«

Nachdenklich fährt Susanne Michelsen sich übers Gesicht, bedeckt es mit beiden Händen und reibt sich ausführlich die Augenbrauen, eine Geste, bei der Silja auffällt, dass sie eher nach Verzweiflung als nach Verzückung aussieht. Auch wenn die Kommissarin spontan keine Erklärung für diese Ungereimtheit weiß, beschließt sie doch, sich den Zusammenhang zu merken.

Dienstag, 16. August, 9.10 Uhr, Haus am Dorfteich, Wenningstedt

Ungewöhnlich früh ist Fred aus einem unruhigen Schlaf erwacht. Wirre Träume lösten sich in schneller Folge ab, zum Glück hat er sie alle schon vergessen. Seinen Frühstückskaffee braut er heute besonders stark, und er schlägt nicht ein, sondern gleich drei Eier in die Pfanne. Ihm ist, als habe die Begegnung des gestrigen Abends an seinen Kräften gezehrt und die eiserne Moral untergraben, der er sich seit seinem Aufstieg vom Alkoholiker zum Bestsellerautor unterworfen hat. Doch wozu hat er sein strenges Morgenritual, wenn nicht, um genau solche Tücken des Alltags zu überwinden?

Obwohl es kühl und windig ist, schwingt Fred sich direkt nach dem Frühstück auf sein Fahrrad. Schnell hat er den

Radweg von Wenningstedt hinüber nach Kampen erreicht. Flankiert von Kornfeldern hinter mannshohen Wildrosenbüschen bietet die gerade Strecke einen makellosen Blick auf den Leuchtturm. Freds Ziel ist der menschenleere Strandabschnitt auf Höhe des Kampener Campingplatzes, an dem er jeden Morgen schwimmen geht. Hinter dem Campingplatz, der gemütlich und beschaulich zwischen Krüppelkiefern und dem ersten Dünenkamm liegt, führt ein schmaler Schotterpfad zum Strand. Rechts ducken sich am Ende eines weiten Heidefeldes die Reetdächer der ersten Kampener Häuser in die Wellen der Landschaft. Es ist ein Blick wie gemalt, und doch kommen die meisten Touristen niemals hierher. Und Einheimische auch nicht. Keine Chance für Autos. Nur Radfahrer und Fußgänger kennen den Weg.

Fred strampelt drei Dünen hoch, dann wieder hinunter, bringt zwei Links- und eine Rechtskurve hinter sich, um die Nase den kräftigen Gegenwind von der Nordsee und in der Luft den intensiven Geruch nach Heidekraut. Bei diesem Wetter und um diese Uhrzeit ist hier niemand. Fred auf seinem Fahrrad hat die Natur ganz für sich allein, Sand, Gräser, Möwen. Am Ende des Weges stehen ein paar Metallbügel, um die Räder anzuschließen. Fred braucht kein Schloss. Ein klappriger Drahtesel aus den achtziger Jahren wird nicht gestohlen. Natürlich hat er sich längst ein neues teures Rennrad zugelegt, aber er hängt immer noch an dem alten Teil, vielleicht weil es ihm im Sommer vor zwei Jahren so treue Dienste geleistet hat.

Fred schiebt das Rad neben einen der Bügel, zieht die Schuhe aus und lässt sie neben dem Fahrrad zurück. Jetzt noch einige Meter die Düne hinauf, wobei der Sand eine Wohltat für die Füße ist, obwohl er feucht und kalt zwischen den Zehen klebt. Der Wind vom Meer wird mit jedem Schritt stärker. Und Stück für Stück tauchen die Wellen auf. Fred steht jetzt ganz oben auf dem roten Kliff, das über zwanzig Meter steil abfällt. Außer dem Tosen der Brandung ist nichts zu hören. Selbst bei schönem Wetter liegt hier die einsamste Stelle des Strandes. Keine Strandkörbe, keine Toiletten, keine Gastronomie. Nur einige Hartgesottene mit ihren knallbunten Windmuscheln trotzen dann den Elementen. Einen Bademeister gibt es nicht, auch keine Bekleidungsvorschriften. Die meisten tragen am Strand Badekleidung, gehen aber nackt ins Wasser. Doch zu dieser Stunde ist der Strand menschenleer. Nur am nördlichen Horizont nähert sich ein einsamer Spaziergänger.

Langsam steigt Fred die Holzstufen hinunter. Das letzte Stück läuft er mit großen Schritten durch den steil abfallenden Sand, bleibt kurz vor dem Flutsaum stehen und atmet tief durch. Sein Morgenritual. Er kommt fast bei jedem Wetter her. Von April bis Oktober. Hier tankt er die Kraft, die ihm am Abend hilft, den Gedanken an den Alkohol zu widerstehen. Hier und auf seinen endlosen Fahrradtouren quer über die Insel. Und im Fitnessstudio. Und am Laptop.

Schnell zieht Fred sich aus. Sweater, Jeans, T-Shirt, Boxershorts fallen auf den feuchten Sand neben das Handtuch. Zum Wasser sind es nur wenige Meter. Die Nordsee ist eisig kalt, aber die Wellen werden ihn wärmen. Man darf nur nicht zögern beim Hineingehen. Und nicht nachdenken, das ist ja gerade der Sinn der Übung. Die Gedanken bleiben am Strand zurück, der Körper geht schwimmen, lässt sich vom Meer tragen, schaukeln oder schütteln, je nach Heftigkeit der Brandung.

Heute ist eher schütteln angesagt. Die Wellen brechen

sich an unvorhersehbaren Orten und der Sog ist stark. Freds Widerstand gegen die Kräfte der Natur braucht den ganzen Mann, alle Konzentration und Schwimmkunst, die er aufbieten kann. Keine Chance für Gedanken, Erinnerungen, Überlegungen. Fred ist ganz allein bei seinem allmorgendlichen Kampf gegen das Element, und er genießt das Gefühl, sich jeden Tag von neuem beweisen zu können, dass er diesem Kampf gewachsen ist.

Als nach wenigen Minuten die Sonne durch ein Loch in den Wolken bricht und den Strand mit ihrem frühen Gold zum Leuchten bringt, durchströmt Fred Hübner ein plötzliches Glücksgefühl. Er ist nackt, er ist stark, und er befindet sich am schönsten Ort der Welt. Mit einem lauten Schrei stürzt er sich dem nächsten Brecher entgegen, taucht unter ihm durch, verliert für Sekundenbruchteile die Orientierung, bekommt aber schnell wieder Boden unter die Füße und richtet sich auf. Die Welle läuft gerade am Strand aus, und bis zur nächsten sind es noch wenige Sekunden. Zeit genug für einen Blick zurück auf Sand und Klippen im Sonnenlicht. Außer der Gestalt in der grünen Barbourjacke, die sich beharrlich von Norden her nähert, ist Fred immer noch der einzige Mensch am Strand. Längst ist ihm das Zeitgefühl abhandengekommen, nie kann er sagen, wie lange seine Aufenthalte in den kalten Fluten wirklich dauern, und es ist auch nicht wichtig. Man muss nur darauf achten, die eigenen Kräfte nicht zu überschätzen. Spätestens wenn es einem unerwartet die Beine wegreißt und man zu einem längeren Tauchgang als geplant gezwungen wird, ist es Zeit, die See zu verlassen. Diesmal ist es das Salzwasser, das Fred in Nase und Rachen bekommt, das ihn zum Husten bringt und ihm zeigt, dass es genug ist für heute. Geblendet vom Licht kämpft er sich zurück zum Strand. Auch in die Augen ist Wasser gekommen, er reibt sich die brennenden Lider.

Als Fred Hübner wieder auf dem Trockenen ist, kann er für Sekunden seine Kleidung nicht finden, die Strömung hat ihn stärker abgetrieben als sonst, er ist fast schon an der nächsten Buhnenkante angekommen. Fred dreht sich um und blinzelt ins Licht. Natürlich, da liegt ja der flache Stapel am Strand. Schnell läuft er hinüber, denn von der anderen Seite nähert sich jetzt der Spaziergänger. Es ist eine Frau, schmal und mit streng zurückgenommenen hellblonden Haaren, die wie eine goldene Kappe im Morgenlicht glänzen. Sie läuft direkt auf seinen Kleiderhaufen zu. Noch sind es fünfzig Meter, bald zwanzig, dann fünf. Fred blickt der Frau ins Gesicht.

Nein, es ist kein Zweifel möglich. Die Spaziergängerin ist niemand anderes als Susanne. Sie bleibt direkt vor ihm stehen, mustert den nackten, tropfnassen Fred langsam von oben bis unten und sagt mit ihrer melodiösen Stimme, die er einmal geliebt hat:

»Guten Morgen, Fred. Du hast dich erstaunlich wenig verändert.«

Dienstag, 16. August, 9.10 Uhr, Kampen, *Sturmhaube*

Mit schnellen Schritten läuft Susanne Michelsen durch die Strandstraße. Sie führt vom Kampener Zentrum Richtung Meer und ist gesäumt von teuren Hotels und Apartmenthäusern auf der linken Seite. Rechts kann der Blick weit über die Heide gleiten, denn hier beginnt bereits eines der vielen Naturschutzgebiete der Insel. Ein asphaltierter Fußweg führt parallel zur ersten Dünenkette hindurch und endet unterhalb der *Sturmhaube*, einem noblen Restaurant, das wegen seiner unvergleichlichen Lage überaus beliebt ist. Nach einem heißen Strandtag kommen die Badegäste gern und häufig auf einen Aperitif an die Außenbar, um erst danach in ihre Jeeps oder Limousinen zu steigen, die auf einem der beiden großen Strandparkplätze warten. Jetzt sind die Parkplätze fast leer, und auch auf dem gepflasterten Weg, der zu dem Holzsteg direkt am Strand führt, begegnet Susanne niemandem. Kein Wunder, denn auf der Dünenkuppe schlägt ihr der Wind vom Meer mit unerwarteter Heftigkeit ins Gesicht. Gut, dass sie die Haare zurückgebunden hat. Entschlossen versenkt Susanne beide Hände in den Taschen ihrer Jacke und betritt den Sand. Er ist feucht und fest unter ihren Seglerschuhen, der Regen und die Winde der vergangenen Nacht haben feine Rillen in ihn gegraben. An der Meereskante legen die Wellen der Flut immer wieder neue Muster vor Susannes Füße. Sie senkt den Blick und marschiert nach Süden, den steil aufragenden Felsen des Roten Kliffs entgegen. Ihre Hand in der linken Tasche umklammert das iPhone. Susanne weiß, sie sollte Jonas anrufen und sich mit ihm abstimmen. Es ist nicht ausgeschlossen, dass die neugierige Polizistin auch ihn vernehmen wird oder jemanden in Hamburg beauftragt, das zu tun. Jonas muss wissen, was sie gesagt und was sie verschwiegen hat. Diskretion war schon immer die Geschäftsgrundlage ihrer Ehe.

Doch als Susanne das Handy aus der Tasche zieht, sieht sie schnell, dass der Empfang nicht für ein vernünftiges Telefonat ausreichen wird. Dann eben nicht. Sie senkt den Kopf und beschleunigt ihre Schritte. Der scharfe Wind treibt die

Gedanken aus ihrem Hirn und macht es frei. Das Brüllen des Meeres schafft einen Geräuschkokon, in dem sie sich geschützt und aufgehoben fühlt. Sie hatte ganz vergessen, dass es das gibt. Sie war ihrer Insel untreu geworden und kann es jetzt überhaupt nicht mehr verstehen.

Als die Sonne plötzlich durch die Wolken bricht und den Strand zum Strahlen bringt, weiß Susanne genau, dass sich etwas ändern wird. Warum sollte sie in Zukunft auf die Möglichkeit verzichten, hier Kraft zu tanken, nur weil diese Insel in einem früheren Leben einmal eine so wichtige Rolle für sie gespielt hat? Die unbeschwerte Zeit mit Fred Hübner, diesem chaotischen Playboy, ist das Schönste an ihrer Jugend gewesen, vielleicht gerade, weil ihr immer klar war, dass die Liaison keinen Bestand haben würde. Susanne hatte jahrelang nicht mehr an Fred gedacht, als sie erfuhr, dass er mit seinem Buch den großen Coup gelandet hat. In einer Talkshow, die sie sich neugierig ansah, wirkte er erstaunlich frisch und nur zu seinem Vorteil gealtert. Es würde sie interessieren, wie es ihm in den letzten beiden Jahrzehnten ergangen ist. Doch als sie ihn gestern Abend im *Rauchfang* unter den Gästen gesehen hat, war es aus verschiedenen Gründen nicht der richtige Zeitpunkt, um den ehemaligen Geliebten anzusprechen – auch wenn es sie amüsiert hat, wie nachdrücklich er sie anstarrte.

In ihren Gedanken gefangen wird Susanne unachtsam, und prompt überspült eine Welle ihre Schuhe. Das Wasser ist kalt und ungemütlich. Sie bleibt stehen und zieht die Schuhe aus. Sie weiß, sie sollte zurückkehren, bevor sie sich erkältet, aber andererseits entwickelt der menschenleere Strand in der Morgensonne eine starke Faszination. Vorn am Übergang zum Campingplatz badet sogar ein einzelner

Irrer in den Fluten. Bis dorthin wird sie laufen und nicht weiter. Ihr Telefonat mit Jonas wird solange warten müssen.

Als Susanne sich der badenden Gestalt nähert, sieht sie, dass es ein Mann ist, der nackt gegen die Wellen anspringt. Sein Körper wirkt kräftig und trainiert genug, um der Wucht des Meeres standzuhalten. Susanne hat den Badenden fast erreicht, als er zurück an den Strand läuft.

Sie traut ihren Augen nicht, denn Gesicht und Körper kommen ihr sehr bekannt vor. Nach wenigen Schritten gibt es keinen Zweifel mehr. Vor ihr steht Fred Hübner, ihr Liebhaber aus längst vergangenen Tagen. Belustigt mustert sie ihn und fasst dann ihren Eindruck in Worte.

»Guten Morgen, Fred. Du hast dich erstaunlich wenig verändert.«

Hübner starrt sie an wie einen Geist, und wenn Susanne nicht alles täuscht, wird er sogar rot. Eine Antwort bekommt sie nicht.

Susanne bückt sich und reicht Fred Hübner sein Handtuch.

»Wir können unsere Konversation gern verschieben, bis du dich abgetrocknet und angezogen hast. Oder willst du prinzipiell nicht mehr mit mir reden?«

»Doch, natürlich. Warum nicht? Ich war nur überrascht, dich hier zu sehen.«

»Du hast mich doch gestern Abend schon gesehen – und das stundenlang, wenn mich nicht alles täuscht.«

»Ich konnte es einfach nicht glauben.«

Er rubbelt sich heftig über Arme und Beine, als wolle er mit dem Wasser auch gleich die Haut entfernen.

»Was konntest du nicht glauben? Dass *ich* es bin? Oder dass ich *auf Sylt* bin?«

»Keine Ahnung. Wahrscheinlich beides. Es ist so lange her.«

Hübner klingt unwirsch, findet Susanne, fast abweisend. Und sie verspürt plötzlich große Lust, seine Abwehr zu knacken und ihn neugierig auf sich zu machen.

»Ich bin wegen des Brandes gekommen. Die *Friesenperle* hat doch meinen Eltern gehört, erinnerst du dich nicht?«

»Und jetzt gehört das Hotel dir? Oder deinem Mann?«

»Mir. Warum fragst du?«

»So führt man gemeinhin Unterhaltungen. Einer erzählt etwas und der andere fragt nach.«

Mit heftigen Bewegungen reißt Hübner ein Kleidungsstück nach dem nächsten aus dem Sand und stülpt es über seinen Körper.

»Hör mal, Fred. Ich will dich nicht belästigen, aber ich finde, dass wir beide doch gut und gern einen Tee oder wenn du magst auch einen Grog miteinander trinken könnten. Dir würden ein bisschen innere und äußere Wärme jetzt sicher nicht schaden, und ich muss dringend meine Füße ins Warme bringen.«

»Die Frage ist nur, ob mir deine Gesellschaft guttun wird«, antwortet Fred und blickt ihr unschlüssig ins Gesicht. Susanne hebt die Augenbrauen und hält seinem Blick stand, bis Fred einlenkt, nach Susannes Arm greift, sie unterhakt und umdreht. »Okay, du hast gewonnen. Lass uns hoch zur *Sturmhaube* gehen. Es gibt dort ein ordentliches Frühstück, und wenn die Leute über uns reden, habe zumindest ich damit kein Problem. Du vielleicht?«

Die Aggression ist noch immer in seinem Tonfall, auch wenn sie sich jetzt langsam mit Amüsement mischt.

»Soweit ich weiß, ist die *Sturmhaube* immer noch ein Restaurant und kein Stundenhotel. Also wo soll das Problem sein?«

Fred Hübner grinst. Der Bann ist gebrochen.

Dienstag, 16. August, 16.40 Uhr, Kriminalkommissariat Westerland

In dem Backsteinbau der Westerländer Polizei ist es stickig und heiß, trotz des kühlen regnerischen Klimas, das seit zwei Tagen auf der Insel herrscht. Oberkommissar Sven Winterberg fährt sich mit beiden Händen durch die vollen dunklen Haare, dann sieht er auf seine Uhr. In fünf Minuten erwartet er die Kollegin zu einer Teambesprechung. Vor allem ist er gespannt auf die Neuigkeiten, die Silja nach ihren Gesprächen mit dem Ehepaar Michelsen zu bieten haben wird. Energisch öffnet Sven beide Fenster seines Büros, um frische Luft hereinzulassen. Ein Blick über die befahrene Straße vor dem Polizeigebäude zeigt Autos mit Kennzeichen aus der ganzen Republik, was kein Wunder ist, denn bei diesem Wetter fluten die Touristen die Westerländer Innenstadt, um sich die Zeit mit Shopping zu vertreiben. Niemand scheint sich übertriebene Sorgen um seine Sicherheit zu machen, denn noch ist es Winterberg und seiner Kollegin gelungen, ihren Verdacht auf Brandstiftung vor der Presse zu verheimlichen. Doch damit wird vermutlich am Abend Schluss sein. Erste Gerüchte sind durchgesickert, und eine zweite Pressekonferenz am Ende dieses Tages ist schon angesetzt.

Hinter Winterbergs Rücken wird die Tür geöffnet.

»Hallo, Sven, sorgst du für den täglichen Abgaskick in deinen Lungen?«, erkundigt sich Silja mit amüsierter Stimme. Mit ihrer schmalen cremefarbenen Hose und der akkurat gebügelten weißen Bluse sieht sie aus wie aus dem Ei gepellt.

»Abgaskick«, schnaubt Sven. »So kann man es natürlich auch sehen. Eigentlich ging es mir eher um frische Luft für die geschätzte Kollegin – und um einen Sauerstoffkick für mich, der mir vielleicht den einen oder anderen Geistesblitz bescheren wird.«

»Und? Hat es geblitzt? Mit deiner Wortwahl bist du immerhin schon ganz im Thema.«

»Ich weiß nicht so recht. Die Blitzschlag-These wird von Minute zu Minute unwahrscheinlicher. Vorhin sind die Ergebnisse der Brandherduntersuchungen gekommen.«

»Und?«

»Was soll ich sagen. Im Hotel *Friesenperle* hat man die verkohlten Reste eines BIG-Feuerzeuges neben dem Wäscheschrank gefunden, und am Reetdach der Bushaltestelle muss definitiv jemand mit Benzin gezündelt haben.«

»Also Brandstiftung.«

»Mit sehr großer Wahrscheinlichkeit, ja.«

»So ein Mist. Dann war das vermutlich erst der Anfang. Hoffentlich gibt es nicht solche Panik wie im vorletzten Jahr, als wir die verschwundenen Mädchen hatten.«

»Wie kommst du darauf, dass es noch mehr Brände geben wird?«

Silja Blanck nimmt sich einen Kaffee aus der Maschine und denkt kurz nach, bevor sie antwortet.

»Ist doch eigentlich logisch. Wenn zwei Hotels gebrannt hätten, nur mal als Beispiel, dann hätte man denken können, es will sich jemand an den Michelsens rächen. Aber so? Den Bahnhof bevölkern alle möglichen Menschen, Touristen, Einheimische, Pendler … Das hat mit dem Hotelgewerbe gar nichts zu tun. Und mit der Familie Michelsen noch weniger.«

»Und mit dem Ausverkauf der Insel auch nicht«, fügt Sven Winterberg seufzend hinzu.

»Genau. Warum sollten irgendwelche politisch Aktiven ein Wartehäuschen an einer Bushaltestelle in Morsum anzünden? Das ergibt keinen Sinn.«

»Aber so weit waren wir schon mal, oder irre ich mich? Wir müssen etwas übersehen haben. Wie war dein Gespräch mit dieser Michelsen?«

»Verwirrend. Sie ist nett und wirkt zunächst auch ganz offen. Aber irgendetwas verbirgt sie, da bin ich ziemlich sicher. Ist nur die Frage, was.«

»Und ob es überhaupt etwas mit den Bränden zu tun hat.«

»Genau. Um das herauszubekommen, habe ich gleich darauf ihren Mann in Hamburg angerufen. Ich wollte nicht, dass sie sich absprechen können – falls sie das nicht ohnehin schon getan haben.«

»Und?«

»Es war ein kurzes Gespräch, irgendwie wirkte er, als stünde er unter Druck.«

»Vielleicht hättest du doch besser einen Kollegen von der Hamburger Kripo hingeschickt.«

»Hätte ich sonst ja auch, aber ich wollte eben schnell sein. Und eine Sache habe ich immerhin erfahren. Es betrifft die Alarmanlage im Ferienhaus der Michelsens hier auf der Insel. Die Hütte ist der reinste Hochsicherheitstrakt. Panzerglas, Bewegungsmelder, Kameras, das volle Programm.

Michelsen behauptet, er habe das alles auf Wunsch seiner Frau installieren lassen. Sie allerdings hat mir erklärt, dass sie diese ganze Technik hasse, weil sie ihr den Aufenthalt in dem Ferienhaus verleide.«

»Die beiden haben also Angst.«

»Oder nur einer von ihnen hat Angst, will es aber nicht zugeben und schiebt darum die Verantwortung auf den anderen.«

»Hört sich gut an.«

»Hilft uns aber leider im Augenblick nicht weiter. Ich habe allerdings nachher noch einen Termin bei dem Hotelmanager, der den Brand entdeckt hat. Vielleicht erfahre ich dann mehr.«

»Vielleicht.« Nachdenklich trommelt Sven Winterberg mit den Fingern auf die Schreibtischplatte. »Was ist eigentlich mit der Feuerversicherung des Hotels? Vielleicht waren ja Umbauarbeiten geplant, die jetzt mit der Versicherungssumme bezahlt werden können.«

»Kannst du vergessen, das habe ich schon überprüft. Der Speisesaalkomplex war fast neu, erst vor zwei Jahren fertig geworden, da musste ganz bestimmt nichts umgebaut werden.«

»Also haben wir doch einen irren Brandstifter und müssen uns auf weitere Feuer gefasst machen.«

»Mal den Teufel nicht an die Wand, Sven.«

»Na ja, wenn ich es mir recht überlege: Bei weiteren Anschlägen bräuchten wir vielleicht eine Sonderkommission ...«

»Mit Unterstützung aus Flensburg meinst du?«

»Genau. Es soll da einen besonders fähigen Hauptkommissar geben, wie hieß er noch gleich?«

Silja lacht.

»Irgendwas mit Kreuzer, glaube ich. Der ist allerdings bei der Mordkommission. Und Tote hat es bei den Bränden zum Glück noch nicht gegeben, was soll er also hier?«

Sven reibt sich nachdenklich das Kinn. »Wenn mich nicht alles täuscht, hat dieser überaus fähige Hauptkommissar seit zwei Jahren ein Verhältnis mit meiner Kollegin Silja Blanck. Falls demnächst jemand zu Tode kommen sollte, weiß ich jetzt schon, wen ich zuerst verhaften werde.«

»Und wen?«

»Dumme Frage. Dich natürlich. Du hast schließlich das beste Motiv von allen.«

»Liebe, genau. Es gibt nur noch ein einziges Motiv, das besser ist, Sven.«

»Und das wäre?«

»Hass.«

Dienstag, 16. August, 18.00 Uhr, Hotel *Friesenperle*, Rantum

Der Hotelmanager empfängt Silja bereits in der Halle. In teuer aussehenden Lederschuhen, einer jagdgrünen Baumwollhose und einem grünweiß gestreiften Hemd mit grellgelbem Polo-Reiter auf der Brust kommt er ihr federnden Schrittes entgegen.

»Guten Abend, Albert Dornfeldt ist mein Name, herzlich willkommen in der *Friesenperle*.«

»Oh, wahrscheinlich verwechseln Sie mich. Ich bin kein Gast. Silja Blanck, Kriminalpolizei. Wir hatten telefoniert.«

Silja ergreift die dargebotene Hand und ist erstaunt über

den kräftigen Händedruck. Kurz, knapp, energisch, als habe dieser Dornfeldt extra dafür trainiert.

»Ich weiß, wer Sie sind. Aber für mich ist jeder, der unser Foyer betritt, mein Gast. Das gehört zur Firmenphilosophie. Wollen wir in mein Büro gehen? Und darf ich Ihnen etwas zum Trinken bestellen?«

»Danke. Ein schwarzer Tee wäre schön.«

»Darjeeling, Earl Grey oder Sylter Sonntagsmischung?«

»Gern Earl Grey.«

Ein leichtes Winken Albert Dornfeldts mit der Hand und schon eilt eine der Servicedamen herbei.

»Sibylle, eine Kanne Earl Grey und etwas Gebäck in mein Büro bitte. Würden Sie das veranlassen?«

»Selbstverständlich.«

Nachdenklich folgt Silja dem Manager durch einen breiten Korridor, der mit einem extraweichen Läufer ausgelegt ist. Der Sinn dieses Empfanges ist klar. Hier stimmt alles, soll er ihr vermitteln, wir haben Klasse und wir sind gut organisiert. Bei uns findet sich nichts Belastendes. Doch bei Silja schrillen die Alarmglocken. Weniger wäre mehr gewesen, denkt sie.

Wovon will Albert Dornfeldt ablenken?

In seinem Büro angekommen lässt sich Silja auf dem angebotenen Sessel nieder und schlägt elegant die Beine übereinander. Wenn der Hotelmanager unbedingt den Mann von Welt geben möchte, dann soll er doch. Dieses Spielchen kann sie problemlos mitspielen. Bereitwillig trägt die Kommissarin zu der Konversation bei, die Albert Dornfeldt beginnt. Das Wetter, der Sommer, die Immobilienpreise, die Hotellandschaft. Als der Tee serviert ist und die beiden silbernen Etageren mit süßem und salzigem Gebäck auf den Beistelltischen platziert sind, ist es der Hotelmanager, der von selbst auf den Grund ihres Besuches zu sprechen kommt.

»Sicher möchten Sie noch Einzelheiten zu der Brandnacht erfahren. Es gibt ja bestimmt neue Erkenntnisse.«

»Die gibt es tatsächlich, Herr Dornfeldt. Und ich fürchte, sie werden Ihnen nicht gefallen.«

Fragend hebt der Manager seine wohlgeformten Augenbrauen. Silja könnte schwören, dass eine Kosmetikerin für deren Schwung verantwortlich ist.

»Ich verstehe nicht.«

»Das werden Sie gleich. Es war nämlich kein Blitz, der das Feuer in Ihrem Speisesaal ausgelöst hat. Es war Brandstiftung.«

»Das kann nicht sein.« Albert Dornfeldt wird blass und fährt sich fahrig mit beiden Händen über die Oberschenkel. »Das würde ja bedeuten, dass wir uns Feinde gemacht haben.«

»Wer ist wir?«, erkundigt Silja sich interessiert.

»Wir, nun ja, damit meine ich das ganze Hotelpersonal – und seine Besitzer natürlich.«

»Dass der Täter oder die Täterin aus den eigenen Reihen kommen könnte, würden Sie ausschließen?«

»Ja selbstverständlich. Wir haben hier ein hochmotiviertes Team. Ich kann mir beim besten Willen nicht vorstellen, dass jemand so etwas tun würde.«

»Gab es irgendwelche Personalwechsel in den letzten Wochen oder Monaten? Jemanden, der gekündigt hat, neu eingestellt wurde oder – und das wäre besonders interessant – jemanden, mit dem Sie nicht zufrieden waren und der deshalb gehen musste.«

»Nein, gab es nicht. Da bin ich ganz sicher. Wir sind ein

Traditionsunternehmen, bereits in der zweiten Generation in Familienbesitz, da achtet man auf Kontinuität – auch beim Personal.«

»Verstehe. Dann sollten wir einen anderen Aspekt in den Blick nehmen. Waren oder sind irgendwelche wirtschaftlichen Veränderungen geplant, ein Verkauf etwa oder eine Umwandlung der Besitzstruktur?«

»Nein. Soweit ich weiß, ist Jonas, also Herr Michelsen ein konservativer Wirtschafter, der seinen Besitz mehrt und zusammenhält.«

Nachdenklich mustert Silja Blanck den Hotelmanager. Offenbar duzt er seinen Chef. Sie findet das bemerkenswert, aber vielleicht ist es auch üblich in der Branche.

»Wie lange arbeiten Sie schon in Ihrem Job?«

»Sie wollen mir jetzt aber nicht unterstellen, dass ich mein eigenes Hotel angesteckt habe, oder?«

Albert Dornfeldt klingt entschieden gekränkt, überhaupt wirkt er mit allem, was er sagt, aufrichtig, muss sich Silja eingestehen.

»Nein, natürlich nicht. Sie haben ja schließlich die Feuerwehr alarmiert.«

Die Kommissarin registriert sehr wohl, dass er sich geschickt um eine Antwort gedrückt hat. Er kann ja nicht ahnen, dass sie an der Auskunft überhaupt nicht interessiert war und die Frage nur der Ablenkung diente. Wer sich persönlich angegriffen fühlt, reagiert automatisch erleichtert, wenn das Gespräch sich anderen Bereichen zuwendet. Häufig sinkt dann auch die Vorsicht bei den Antworten. Also lächelt Silja Albert Dornfeldt jetzt besonders strahlend an und stellt die entscheidende Frage mit größtmöglicher Beiläufigkeit.

»Und das Ehepaar Michelsen ist auch keinen Anfeindungen ausgesetzt, nehme ich an. Glückliche Ehe, und finanziell ist alles in Ordnung?«

Auch diesmal geht es nicht um die Antwort, sondern um die Pause davor. Fällt sie ungewöhnlich lang aus, ist das ein Zeichen dafür, dass die Gedanken des Befragten einen Umweg gemacht haben. Anstelle einer ehrlichen Antwort wird nach einer unverfänglichen Aussage gesucht. Ein Prozess, der Zeit braucht und sich in einer verzögerten Reaktion bemerkbar macht.

Und tatsächlich dauert es ein wenig, bis Albert Dornfeldt sich zu dem Thema äußert.

»Über die Qualität der Ehe von Susanne und Jonas Michelsen kann ich nun wirklich nichts sagen. Und die Finanzen gehen mich auch nichts an. Ich kann Ihnen lediglich versichern, dass alles, was die Hotelkonten betrifft, immer korrekt abgewickelt wurde – sowohl von seiner als auch von meiner Seite aus. Das werden Sie mir ja hoffentlich glauben.«

»Natürlich. Ich habe nur der Vollständigkeit halber gefragt. Es gibt noch ein zweites Verdächtigenfeld.«

»Und das wäre?«

»Wir können nicht ausschließen, dass es sich um einen Anschlag mit einem politischen Hintergrund handelt. Schließlich sind nicht alle Sylter glücklich über die Touristenmengen, die Jahr für Jahr die Insel überfluten. Und Sie wissen selbst, dass die gigantischen Hotelbauten der letzten Jahre häufig auf Kritik gestoßen sind. Ich sage nur: Budersand in Hörnum und A-ROSA in List.«

»Aber dann wäre ein Anschlag auf diese beiden Projekte doch viel naheliegender.«

»Da haben Sie recht. Darum versuchen wir ja auch, mögliche Ursachen im privaten Umfeld der Besitzerfamilie zu ermitteln ...«

Mit harmlosem Gesichtsausdruck mustert Silja Blanck ihr Gegenüber. Aber der Hotelmanager verzieht keine Miene. Nein, von ihm wird sie bestimmt nichts über das Privatleben der Michelsens erfahren. Geschmeidig wechselt die Kommissarin das Thema.

»Verraten Sie mir noch, wie der Speisesaal nachts gesichert war? Wir haben zwar ein BIG-Feuerzeug am Wäscheschrank gefunden, aber wir wissen nicht, wie der Brandstifter in das Gebäude gelangen konnte – immer vorausgesetzt, es war kein Mitarbeiter des Hotels.«

Zu Siljas großer Verblüffung kommt diesmal die Antwort wie aus der Pistole geschossen.

»Das war vermutlich gar nicht so schwer. Wir haben ja auf einer Längsseite diese bodentiefen Fenstertüren, damit die Gäste im Sommer ungehindert auf die Restaurantterrasse treten können. Und die liegt nach Süden, also vom eigentlichen Hotelgebäude abgewandt. Wenn dort in der Nacht jemand ein Fenster einwirft oder eintritt, wird das nicht so schnell bemerkt. Es gibt dort auch keine Alarmanlage. Wissen Sie, bisher haben wir hier auf der Insel einfach nicht mit bestimmten Formen von Vandalismus rechnen müssen.«

»Wollen wir nicht hoffen, dass sich das in Zukunft ändern wird«, erklärt die Kommissarin vieldeutig und erhebt sich. »Ich muss mich jetzt verabschieden, die Pflicht ruft. Aber Sie haben mir wirklich sehr geholfen.«

Das verdutzte Gesicht des Hotelmanagers hätte Silja Blanck fast zum Lachen gebracht.

Dienstag, 16. August, 20.12 Uhr,
Haus am Dorfteich, Wenningstedt

»Ich muss verrückt sein, mich auf das hier einzulassen.«

»Vielleicht bist du nur unglücklich verheiratet und ansonsten ganz normal. Wie auch immer, komm herein und mach dir nicht so viele Gedanken. Schließlich ist es nicht verboten, mit einem alten Freund einen Wein zu trinken.«

»Am gleichen Tag, an dem man bereits mit ihm gefrühstückt hat?«

Fred Hübner lacht. Unbekümmert soll das klingen und möglichst auch ansteckend sein. Niemals würde er Susanne gestehen, dass ihm bei dem Treffen genauso mulmig zumute ist wie ihr.

»Solange du zwischen Frühstück und Abendessen brav warst, ist dagegen nichts zu sagen.«

»Ach Fred, red nicht so viel, zeig mir lieber deine Wohnung.«

Neugierig sieht Susanne Michelsen sich um. Die Diele ist ebenso wie der angrenzende Wohnraum in hellem Wasserblau gestrichen und bis auf einige ausgewählte Designermöbel leer. Versonnen streicht die Besucherin mit den Fingerspitzen über eine niedrige Lackkommode, die von zwei Mies-van-der-Rohe-Sesseln flankiert wird. Ein alter Koffer als Couchtisch und ein voluminöses Ledersofa runden die Sitzecke ab. Der Esstisch in der anderen Hälfte des Raumes ist aus Stahlrohr und von Freischwingern mit hellem Korbgeflecht umgeben. Fred geht an seinem Gast vorbei zu dem Küchentresen, der sich direkt hinter der Essgruppe befindet. Das Parfum seiner Jugendliebe hat sich seit zwanzig Jahren nicht geändert. Fred hält das für ein gutes Omen, was ihre anderen Vorlieben angeht.

»Wie du siehst, gibt es hier unten nur diesen einen großen Raum. Kochen, Essen, Wohnen, alles nah beieinander. Was oben ist, kannst du dir ja denken.«

Den Blick, den Susanne Michelsen ihm zuwirft, kann Fred nicht sehen, denn er öffnet gerade den Kühlschrank, um zwei Flaschen herauszuholen. In der einen ist ein nobler Sancerre, den er am Nachmittag in der besten Weinhandlung Sylts mit Bedacht ausgewählt hat, und in der anderen ist San Pellegrino. Wasser. Das Getränk seiner Wahl.

»Setzen wir uns auf die Terrasse, oder ist dir das zu kalt?«

»Nein, überhaupt nicht. Ich bin hier auf der Insel geboren, falls du das schon vergessen haben solltest. Ich weiß, wie man sich richtig für einen Sylter Sommerabend anzieht.«

Lachend weist Susanne Michelsen auf ihre Wildlederstiefel und die Fellweste, die sie über einer weißen Jeans und einem hellen Rollkragenpullover trägt. Fred nutzt die Gelegenheit, um seinen Blicken einen Spaziergang über ihren Körper zu gestatten. Soweit er es erkennen kann, hat der sich seit den fernen Tagen ihrer Beziehung nicht wesentlich verändert. Eine Tatsache, die erheblich zu seiner Nervosität beiträgt. Trotzdem gelingt Fred die Coolness gut, mit der er draußen auf den Strandkorb und die Teakholzstühle weist. Die Terrasse seines Apartments liegt direkt vor dem schmalen Fußweg, der den Wenningstedter Dorfteich umrundet. Einzelne Spaziergänger flanieren auf dem Rundweg, manchmal weht eine leise Unterhaltung herüber, aber meist verschluckt das Plätschern der Fontäne in der Mitte des Teiches alle Worte.

50

»Schau mal, ist das nicht traumhaft, wie sich auf der Wasserfläche die Abendsonne spiegelt. Wegen dieser Aussicht habe ich vor einem halben Jahr die Wohnung gekauft. Ich habe mich zwar bis über beide Ohren verschulden müssen, aber dabei festgestellt, dass ich recht kreditwürdig bin. Wahrscheinlich liegt das an der geplanten Verfilmung meines Buches.«

»Gratuliere. Und? Fühlst du dich wohl hier?«

»Auf jeden Fall. Tagsüber ist es zwar ein bisschen belebt, aber nach Sonnenuntergang hat man den ganzen Teich für sich allein. Willst du in den Strandkorb mit Blick auf die Fontäne? Ich sehe ganz gern hinüber zur alten Kirche.«

»Weißt du, dass ich dort getauft und eingesegnet worden bin? Und auf dem Friedhof hinter der Kirche liegen meine Eltern begraben.«

»Nein, das hast du damals nie erzählt.«

»Damals lebten sie auch noch. Außerdem hatten wir mit Anfang zwanzig andere Themen.«

»*Du* warst Anfang zwanzig, ich war Mitte dreißig.«

»So alt schon? Das hast wiederum du nie erwähnt. Ich hielt dich immer für einen ganz jungen Wilden.«

Fred lacht sein raues Cowboylachen, das er vermutlich jahrelang nicht mehr bemüht hat. Für wen auch, bei dem reduzierten Leben in dem Lister Gartenhaus, das er in der Zwischenzeit geführt hat und von dem Susanne nicht unbedingt erfahren muss. Doch als er ihr von dem Weißwein, sich selbst aber nur Wasser einschenkt, stellt sie die Frage ganz von selbst.

»Du trinkst nichts?«

»Ich hatte ein kleines Problem damit. Es ist besser so.«

»Ich dachte schon, du willst mich abfüllen.«

»Sollte ich?«

»Besser nicht.« Sie hebt ihr Glas und prostet ihm zu, dann kostet sie den Wein. »Du, der ist gut. Willst du nicht doch mal probieren?«

»Lass gut sein. Ich freue mich, wenn es dir schmeckt.«

Susanne Michelsen hebt erneut ihr Glas und wiegt den Wein im Mund. Dabei lässt sie den Blick über den sanft gerundeten Teich wandern.

»Was hast du getrieben, nachdem wir uns getrennt haben? In den letzten Monaten waren die Medien voller Berichte über dich und deine große Reportage. Aber nirgendwo stand etwas über die Zeit davor.«

»Ich hatte eine schwere Trennung hinter mir, die musste ich erst einmal verarbeiten.«

Fred weiß, Frauen lieben es, wenn sie für alles Leid der Männerwelt verantwortlich sind. Natürlich nur, wenn sie erst nachträglich davon erfahren und der Betroffene sich zwischenzeitlich am eigenen Schopf aus dem Sumpf gezogen hat.

»Zwanzig Jahre lang? Das meinst du nicht ernst ...«

Ihre Stimme klingt geschmeichelt. Na, geht doch, denkt Fred und legt nach.

»Doch, Sanne, das meine ich ernst. Ich hatte in der Zwischenzeit ein übles Alkoholproblem und das vor allem deinetwegen.«

»*Sanne.*« Sie lacht leise. »So hat mich nach dir niemand mehr genannt, weißt du das?«

»Woher soll ich das wissen? Du hast mich ja nicht gerade verwöhnt mit Nachrichten aus deinem neuen Leben.«

»Hätte ich dir eine Heiratsanzeige schicken sollen?«

»Nein, nein, schon gut. Es war sicher besser so. Ich wusste

ja selbst nicht, wie sehr ich an dir gehangen habe. Hab's erst gemerkt, als die ganzen anderen Strandladies mich nicht mehr so recht scharf machen konnten.«

»Oh, danke. So genau wollte ich es gar nicht wissen.«

Fred zuckt mit den Schultern. Immer schön cool bleiben. Er hebt sein Wasserglas und leert es auf einen Zug. Der Anblick des goldfarbenen Sancerres im Abendlicht ist viel zu verlockend, um ihm nicht auf die Nerven zu gehen. So kommt es, dass seine nächsten Worte einen ziemlich aggressiven Unterton haben, der aber ganz gut zum Inhalt passt.

»Und du? Wie war dein Leben in der Zwischenzeit?«

Susanne Michelsen stößt ein kleines, verächtliches Lachen aus.

»Das Übliche eben. Keine Sorgen und ziemlich viel Langeweile. Immer nur Golfspielen ist auf die Dauer auch öde. Es wäre vielleicht anders geworden, wenn Jonas und ich Kinder gehabt hätten.«

»Keine Erben? Und warum nicht?«

»Hat irgendwie nicht geklappt. Wir wissen noch nicht einmal, an wem es liegt. Haben es nie untersuchen lassen. Wir haben uns beide wohl zu sehr davor gefürchtet, schuld zu sein.«

Pause. Was soll Fred auch dazu sagen? Kinder sind definitiv das falsche Thema für diesen Abend. Er versucht es also mit einem entschiedenen Kurswechsel.

»Ich habe dich in den ganzen Jahren nicht ein Mal auf der Insel gesehen. Das hat mich gewundert.«

Susanne muss nicht wissen, wie sehr er sich jahrelang in List verkrochen, hinter Weltschmerz und Alkohol versteckt hat. Hätte sie sich allerdings während dieser Zeit ins Jet-

Set-Getriebe auf der Insel gestürzt, dann hätte Fred Hübner trotzdem davon erfahren. Gewisse Reste jeder Promi-Information schaffen es bis hinter den Tresen der einfachsten Destille. Von Susannes Mann, dem Hotelbesitzer Jonas Michelsen, war nämlich durchaus ab und an die Rede. In die Freude darüber, dass ihm der Name des Nebenbuhlers wieder eingefallen ist, mischt sich die Wut über all die vertanen Jahre und sorgt dafür, dass Freds Stimme fast heiser vor schlecht verborgener Aggression wird.

»Also, raus mit der Sprache: Was hat dich davon abgehalten herzukommen?«

Susanne scheint die unangemessene Tonlage nicht zu bemerken – oder sie nimmt sie als Kompliment. Ihre Antwort jedenfalls kommt leise und zögernd, während ihr Blick nachdenklich über den Dorfteich wandert.

»Ich mochte nicht mehr herkommen. Vielleicht waren es die ganzen Erinnerungen an dich, ich weiß es nicht. Fakt ist, dass ich lieber mit Jonas in Hamburg war. Am Anfang war das nicht leicht zu erklären. Jonas hat sich ziemlich gewundert und immer wieder nachgefragt. Schließlich hat er sogar dieses Haus in Kampen für uns gekauft. Er dachte, ich bräuchte etwas Eigenes auf der Insel. Er fühlt sich hier nämlich ausgesprochen wohl.«

»Und? War es besser mit dem eigenen Haus?«

»Überhaupt nicht. Ich mochte das Haus nie. Zu groß, zu protzig. Und dann diese Alarmanlage. Kein Bunker ist besser gesichert.« Susanne lacht plötzlich. »Eigentlich war das schon fast komisch. Jonas hat gedacht, ich habe Angst vor einem Überfall, einem Raub oder so etwas. Eben weil man auf Sylt nicht besonders anonym ist. Und um mich zu beruhigen, hat er den ganzen Kram hier einbauen lassen. Irgendwann konnte ich das Spiel nur noch mitspielen. Mittlerweile hat es längst absurde Züge angenommen. Warte mal kurz, ich zeig dir was.«

Sie springt auf und geht zurück in den Wohnraum, wo ihre Handtasche auf einem der Freischwinger steht. Als sie zurückkommt, hält sie eine Waffe in der Hand und tippt damit spielerisch an Freds Schläfe.

»Was sagst du jetzt?«

»Ich sage gar nichts, du bist schließlich am Drücker. Wie wäre es also mit ›Hände hoch‹ oder ähnlichem Quatsch. Zeig mal her das Ding.«

Als Susanne Michelsen ihm vorsichtig die Waffe reicht, betrachtet Fred sie eingehend und streicht nachdenklich über den goldfarbenen Schriftzug.

»Eine Sig Sauer, alle Achtung. Sieht nicht nur gefährlich, sondern auch edel aus. Kannst du überhaupt damit umgehen?«

»Jonas hat es mir gezeigt.« Susanne beugt sich zu Fred hinunter, bis ihr Gesicht nah an seinem ist, sehr nah, um genau zu sein. »Schau, hier entsicherst du die Waffe und dann musst du nur noch abziehen – und natürlich auf den Rückschlag achten. Ein Freund von Jonas hat eine Jagd, dort haben wir geübt. Nicht, dass mir das Spaß gemacht hätte, aber Jonas hat darauf bestanden.«

»Sehr beeindruckend. Und du trägst das Teil immer mit dir herum?«

»Nicht immer. Du merkst ja selbst, wie schwer es ist. Das ist keine Handtaschen-Waffe, das Ding wiegt fast anderthalb Kilo.«

»Da gibt es doch bestimmt Leichteres speziell für Ladies, oder?«

»Schon, aber Jonas sagt, diese sind die Besten. Jede Sig Sauer ist handgemacht – und Jonas ist eben ein Waffennarr. Also schleppe ich das Ding mit mir herum. Jedenfalls hier auf Sylt. Jonas besteht darauf. Er denkt ja, ich fürchte mich auf der Insel.«

»Na super. Das habt ihr beiden ja gut hingekriegt.«

»Du brauchst gar nicht zynisch zu werden, Fred. Es ist die reine Notwehr, allerdings eher Jonas gegenüber. Wenn ich mich weigere, dann denkt er nur, ich sei unsicher bei der Bedienung dieser Höllenmaschine. Und dann muss ich wieder mit auf die Jagd, Schießübungen machen. Und ihm womöglich auch noch beim Tiere töten zusehen, wie schrecklich. Ehrlich gesagt, ich esse sie nicht einmal mehr.«

Fred verdreht die Augen. Das fehlte noch. Susanne isst keine Tiere, er selbst trinkt keinen Alkohol. Was hat das Leben bloß aus ihnen beiden gemacht? Natürlich sagt er das nicht laut. Stattdessen hebt er den Arm und streicht Susanne behutsam eine ihrer blonden Haarsträhnen aus dem Gesicht.

»Das wollte ich schon die ganze Zeit tun. Aber du hast ja so weit weg gesessen.«

Sie schließt die Augen und lächelt.

Das Signal ist eindeutig. Jetzt oder nie. Trotzdem zögert Fred einen winzigen Moment lang. Er weiß genau, wenn er nun zugreift, dann wird er mit den Folgen leben müssen. Aber wer sagt denn, dass alles in einer Katastrophe endet? Vielleicht wird ja ausnahmsweise einmal alles gut. Vielleicht ist seine phänomenale Glückssträhne noch nicht vorüber, sondern steht erst vor ihrem Höhepunkt?

Fred zieht Susannes Kopf näher zu sich heran und küsst sie vorsichtig auf den Mund. Bereitwillig schiebt sie sich auf seinen Schoß. Also doch, denkt Fred und greift mit beiden Händen in ihre offenen Haare, streicht sie zurück und lässt die Strähnen durch seine gespreizten Finger gleiten. Obwohl die Sonne vor einigen Minuten untergegangen ist, schimmert das Blond immer noch im Licht. Fasziniert beobachtet Fred dieses Leuchten, während er Susannes Küsse erwidert. Ihre Haare scheinen die Leidenschaft immer strahlender widerzuspiegeln, ein Umstand, der ihm langsam merkwürdig vorkommt. Bevor er aber darauf reagieren kann, unterbricht Susanne die Zärtlichkeit, wird plötzlich ganz steif in seinen Armen und richtet sich abrupt auf.

»Hörst du dieses merkwürdige Geräusch auch? Da knistert doch etwas hinter mir.«

Während sie sich umdreht, hebt Fred den Blick und sieht sofort, was das Knistern verursacht und Susannes Haare zum Leuchten gebracht hat. Auf der Straße, die zwischen Dorfteich und Kirche verläuft, steht ein Pritschenwagen in Flammen. Noch brennt lediglich die Abdeckplane der Ladefläche, aber es kann nur eine Frage von Minuten sein, bis das Feuer den Tank erreicht haben wird. Gut möglich, dass eine Explosion die Autoteile bis zu ihrer Terrasse schleudern könnte. Susanne und Fred springen gleichzeitig auf. Während Susanne hektisch nach der Waffe greift, die sie hinter sich auf den Tisch gelegt hat, nestelt Fred sein Handy aus der Tasche. Mit wenigen Schritten sind sie in der Wohnung. Energisch zieht Fred die Schiebetür zur Terrasse zu und wählt anschließend die Notrufnummer der Feuerwehr. Zum Glück ist der Typ, der den Anruf annimmt, auf Zack und erfragt zügig die nötigen Daten.

»Sind irgendwelche Passanten in Gefahr, haben Sie etwas beobachtet?«

»Nicht dass ich wüsste. Ich hoffe, Sie verlangen von mir jetzt nicht, dass ich hinüberlaufe und nachsehe. Im Übrigen ist das Feuer ja deutlich zu sehen. Da wird sich wohl jeder selbst in Sicherheit bringen.«

»Okay. Wir sind gleich da. Die Kollegen beeilen sich. Wenn wirklich erst die Plane brennt, dann dauert es noch mindestens zehn Minuten, bis der Tank erreicht wird. Das schaffen wir. Aber halten Sie sich besser nicht in der Nähe von Fenstern oder Glastüren auf und geben Sie mir noch schnell Ihre Daten, damit die Kollegen von der Polizei Sie nachher befragen können.«

Nachdem Fred Namen und Adresse genannt und sich verabschiedet hat, dreht er sich zu Susanne um. Nein, falsch, er dreht sich zu der Ecke des Zimmers um, in die sich Susanne geflüchtet hatte. Doch die Ecke ist leer.

»Sanne? Sanne, wo bist du denn?«

Nichts.

Fred flucht leise. Natürlich, sie hat sich aus dem Staub gemacht, bevor der große Aufmarsch von Polizei und Feuerwehr beginnt. Sie ist eine verheiratete Frau und muss auf ihren Ruf achten. Wider besseres Wissen ruft Fred ihren Namen noch ein letztes Mal laut in die Leere seines Apartments.

»Sanne, bist du hier?«

Einige Sekunden lauscht er in die Stille auf eine Antwort, die nicht kommt.

Dann geschieht das Wunder.

»Ich bin oben, Fred. In deinem Schlafzimmer.«

Dienstag, 16. August, 22.32 Uhr, Wenningstedter Friedhof

Dass die Plane trotz der Regenfälle so gut brennen würde, hätte ich nie gedacht. Ein Freudenfeuer zum Wiedersehen, wenn das kein angemessenes Geschenk ist. Vielleicht gibt es ja noch eine Explosion dazu. Der große Knalleffekt am Abend mit Splittern, die über den Teich regnen und bis zu dieser bescheuerten Terrasse fliegen. Hier hinten auf dem Friedhof wird es mich allerdings kaum treffen. Und niemand wird hier so schnell nach mir suchen, zumal ich den perfekten Ausstieg gefunden habe. Ein Sprung über die niedrige Umfassungsmauer, dann den Fußweg entlang bis zur Straße und ab in mein Auto, das am Campingplatz geparkt ist. Ein perfekter Plan, perfekt ausgeführt. Alles klappt wie am Schnürchen, nein besser, viel besser, weil der Zufall mir in einer Weise zu Hilfe kommt, die ich niemals für möglich gehalten hätte.

Dienstag, 16. August, 23.40 Uhr, Kriminalkommissariat Westerland

»Und weißt du, was das wirklich Verrückte an dem Typen ist, der die Brandmeldung durchgegeben hat, Silja?«

»Noch habe ich kein Diplom als Hellseherin«, antwortet die Jungkommissarin ihrem Chef, während sie ihre Lederjacke in eine Ecke feuert. Svens Anruf hat sie auf dem Höhepunkt der Spannungskurve des Arte-Spätfilms erreicht.

Natürlich ist sie sofort aufgebrochen, auch wenn sie nun nie erfahren wird, ob der französische Kleinkriminelle mit seinen liebenswerten Gaunereien durchkommen wird.

»Du kennst ihn. Nein, wir kennen ihn alle, um ganz genau zu sein.«

Svens Stimme klingt frohlockend, fast als kündige er einem Kleinkind ein ganz besonders prächtiges Weihnachtsgeschenk an. Oder einer Kriminalkommissarin eine Beförderung.

»Mensch Sven, mach es nicht so spannend. Irgendjemand, der am Dorfteich wohnt, wird den Brand entdeckt haben. Ich kenne da aber niemanden. Überhaupt kenne ich nicht besonders viele Leute hier, wie du dir vielleicht denken kannst. Meine Schulfreunde sind fast alle weggegangen, Familie habe ich hier nicht mehr, und unser Job lässt uns ja nicht gerade viel Freizeit, um neue Leute kennenzulernen.«

»Bist du fertig mit deiner Klage?«

»Ja, bin ich. Also spuck's endlich aus.«

»Es hat niemand Geringerer angerufen als unser Freund vom vorletzten Jahr. Fred Hübner, ehemaliger Schwerstalkoholiker und frischgebackener Bestsellerautor und Großverdiener.«

»Der wohnt jetzt am Dorfteich?«

»Da staunst du, was? Er hat dort eine schicke Maisonettewohnung gekauft. Das war Anfang dieses Jahres, glaube ich. Anja hat es mir damals erzählt. Sie wusste es von Mettes Lehrerin.«

»Schau einer an, die verborgenen Informationskanäle von Sylt. Hier bleibt auch nichts geheim.«

»Kaum etwas, das weißt du doch. Vielleicht ist das ja der

Grund dafür, dass auf der Insel so wenig passiert. Würde sich alles viel zu schnell herumsprechen.«

»Na, zumindest unser Brandstifter scheint davor keine Angst zu haben.«

»Wahrscheinlich weil er so schnell ist. Die Feuerwehr und auch unsere Kollegen waren superfix vor Ort. Den Brand haben sie löschen können, ohne dass es weitere Schäden oder gar eine Explosion gegeben hat. Aber ein Brandstifter ist ihnen nicht ins Netz gegangen.«

»Der hat gezündelt und ist sofort weggelaufen. Das würde ich auch tun, wenn ich ein Auto anstecke.«

»Immerhin wissen wir jetzt, dass es kein Selbstmordattentäter ist.«

»Deine Witze waren auch schon mal besser, Sven. Hat dieser Hübner denn sonst noch etwas Brauchbares beobachtet?«

»Gar nichts. Überhaupt war er nicht sehr auskunftswillig. Er wirkte irgendwie abgelenkt. Ich war ihm mit meinen Fragen ziemlich lästig, glaube ich.«

»Kein Wunder, Wir haben ihn im vorletzten Sommer nicht gerade gut behandelt.«

»Na, hör mal! Der hat sich doch an der Geschichte eine goldene Nase verdient. Er sollte uns ewig dankbar sein, dass wir ihn damals nicht länger eingebuchtet haben, sonst wäre er nie zu seinem grandiosen Finale gekommen.«

»Hast du auch wieder recht.« Seufzend lässt sich Silja auf ihren Bürostuhl fallen. »Und was machen wir jetzt?«

»Das Übliche eben. Anwohner befragen, Spuren auswerten. Ich habe vorhin schon mit den Kollegen von der Inselfeuerwehr gesprochen. Du kennst ja das Brandstifterphänomen: Häufig sind sie als Erste am Tatort und helfen besonders engagiert mit.«

»Und? Gab's was Auffälliges?«

»Nichts. Der Einzige, der was gesehen hat, ist Fred Hübner. Und warum sollte der ein Auto anstecken?«

»Noch dazu vor der eigenen Haustür. So blöd ist der nicht. Aber merkwürdig ist es schon, dass er in die Sache verwickelt ist. Vielleicht ist ihm der Stoff für seine Artikel ausgegangen.« Siljas Tonfall ist ironisch, aber in ihrer Stimme liegt ein Rest Ernsthaftigkeit.

»Das glaubst du doch selbst nicht. Übrigens habe ich noch eine Neuigkeit, die du nicht glauben wirst …«

Wieder klingt Sven wie der Weihnachtsmann höchstpersönlich. Diesmal braucht Silja allerdings nicht lange, um den Grund für seine erwartungsvollen Blicke zu erraten.

»Nein! Wirklich?«

»Ja, wirklich. Hab's gerade reinbekommen. Wir richten eine Sonderkommission ein. Anordnung aus Flensburg. Schließlich ist Gefahr im Verzug. Und damit die Gefahr möglichst bald gebannt werden kann, bekommen wir Unterstützung.«

»Aus Flensburg?«

»Woher sonst.«

»Aber nicht vom Kollegen Bastian Kreuzer?«

»Doch. Vom allseits geschätzten Kollegen Bastian Kreuzer.«

»Brandermittlungen sind doch ein ganz anderes Resort«, wirft Silja ungläubig ein.

»Bastian hat bei denen ein paar Jahre gearbeitet – bevor er zur Mordkommission kam. Wusstest du das nicht?«

Silja schüttelt den Kopf.

»Und weil Bastian sich hier auf Sylt mittlerweile recht gut auskennt und in Flensburg gerade kein Jack the Ripper unterwegs ist«, fährt Sven fort, »wird er ausnahmsweise von der Mordkommission für unsere Ermittlungen ausgeliehen.«

»Weiß er es schon?«

»Keine Ahnung. Hängt davon ab, ob er ans Telefon gegangen ist, als die Flensburger ihn angerufen haben. Aber vielleicht willst du es ja gleich mal versuchen. Wenn er die Nummer seiner Süßen sieht, hebt er sicher sofort ab.«

»Na, das will ich schwer hoffen«, antwortet Silja Blanck und zieht eilig ihr Handy aus der Tasche.

Mittwoch, 17. August, 7.23 Uhr, Hotel *Friesenperle*, Rantum

Winzige Schweißtropfen stehen auf Albert Dornfeldts Stirn, und das Hemd, das er erst vor zwei Stunden nach einer ausgiebigen Dusche übergestreift hat, klebt an seinem Rücken. Tief über den Schreibtisch gebeugt sitzt er in seinem Büro und wühlt sich durch Stapel von Unterlagen. Handwerkerrechnungen, Wartungsquittungen. Nichts Großes, aber auch Kleinvieh macht Mist, und über die Jahre ist einiges zusammengekommen. Der Erwerb und die Renovierung seines Apartments im Osten der Insel haben sich durch Dornfeldts aktive Rechnungspolitik erheblich vergünstigt, und es wäre doch schade, wenn davon etwas an die Öffentlichkeit dringen oder gar seinem Chef Jonas Michelsen zu Ohren kommen würde.

Albert Dornfeldt weiß genau, dass ihn vor acht Uhr niemand im Büro stören wird. Selbst die übereifrige, aber zum Glück sehr gutgläubige Buchhalterin, die er vor einem Jahr nach äußerst sorgfältiger Begutachtung eingestellt hat, kommt immer erst gegen halb neun. Selbstverständlich ist längst alles, was vor dem Hotelmanager liegt, von ihr geprüft worden, nie hat sie etwas beanstandet, eigentlich sollte ihm das als Rückversicherung genügen. Und bisher hat es das auch getan.

Aber das gestrige Gespräch mit dieser zickigen Kriminalkommissarin hat Albert Dornfeldt aufgestört. Nicht dass die Polizei, nur weil sie unfähig ist, einen simplen Brandstifter zu stellen, plötzlich auf die Idee kommen sollte, alle Unterlagen der Hotelbuchhaltung noch einmal durchzusehen. Wer kann schon wissen, woran sie sich dann plötzlich stoßen würde. Besser wird es sein, er lässt alle zweideutigen Belege verschwinden. Die Behörde wird sich ja kaum die Mühe machen, die im Hotel verbliebenen Unterlagen mit den Steuererklärungen der letzten Jahre abzugleichen, schließlich liest man allenthalben von Arbeitskräftemangel und Überlastungserscheinungen auch und gerade bei der Polizei.

Mit einer energischen Bewegung schließt Dornfeldt den letzten der fünf Ordner, die auf seinem Schreibtisch liegen. Schnell rafft er die aussortierten Belege zusammen und stopft sie in seine Aktentasche, die über ein zuverlässiges Nummernschloss verfügt. Heute Abend wird er die belastenden Unterlagen in Sicherheit gebracht haben – und dann können die Beamten seinetwegen das ganze Hotel auf den Kopf stellen. Nichts werden sie mehr finden, das ihn …

Das Klingeln des Telefons reißt Albert Dornfeldt aus seinen Gedanken. Verwirrt starrt er den Apparat an. Es gibt nicht viele Menschen, die seine Durchwahlnummer haben, und das Sekretariat ist noch nicht besetzt. Wahrscheinlich hat ihn trotz seiner Vorsicht jemand vom Nachtpersonal hereinkommen sehen, es gibt ein Problem an der Rezeption und man bittet um seinen Rat.

»Dornfeldt, Hotel *Friesenperle*«, meldet er sich unwirsch.

»Hallo Albert. Löblich, dass ich dich schon zu so früher Stunde an deinem Arbeitsplatz erreiche«, kommt die Stimme seines Chefs aus dem Apparat. Wie immer klingt Jonas Michelsen sehr hanseatisch. Mit leicht nölender Stimme spricht er durch die Nase und achtet streng auf jede s/t- und s/p-Trennung.

»Ich habe dir doch damals prophezeit, dass du es nicht bereuen wirst, mich eingestellt zu haben«, antwortet Dornfeldt schlagfertig, während er fieberhaft überlegt, was dieser Anruf zu so ungewohnter Stunde wohl bedeuten könnte. »Bei dir alles in Ordnung oder kann ich etwas für dich tun?«

»Ich habe nur eine kleine Frage. Es geht um Susanne. Sie ist nicht zufällig bei euch abgestiegen?«

»Nein, das hätte man mir gesagt. Soweit ich weiß, wohnt sie in eurer Villa. Jedenfalls habe ich sie am Montagabend dorthin begleitet.«

»Ihr habt euch gesehen?«

»Wir hatten ein Treffen mit dem Versicherungsvertreter und eurem Anwalt. Der ist gerade in seinem Haus in Keitum, und darum hat deine Frau ein gemeinsames Essen im *Rauchfang* vorgeschlagen, da haben die Herren natürlich nicht nein gesagt. Danach hatten wir noch ein paar Drinks an der Bar, das wird wahrscheinlich ziemlich hilfreich für die Lageeinschätzung des Versicherungsagenten sein. War eine gute Idee von Susanne, wenn du mich fragst. Nachdem die Herren uns verlassen haben, habe ich sie noch zu eurer Villa gebracht. Sie hat nicht so gewirkt, als wolle sie da gleich wieder ausziehen.«

65

»Ist auch nicht so wichtig. Ich dachte nur, weil sie die Alarmanlage ja so hasst. Und ans Festnetz geht sie nicht, dabei müsste ich dringend mit ihr reden.«

»Handy?«

»Ist tot, das habe ich natürlich als Erstes versucht.«

»Machst du dir Sorgen?«

»Natürlich nicht, aber falls du sie triffst, sag ihr, sie soll mich anrufen.«

»Sie wollte am Nachmittag vorbeikommen, sie muss bei uns noch was für die Versicherung unterschreiben. Aber wenn es eilig ist, könnte ich auch vorher nach Kampen fahren und sie rausklingeln.«

Jonas Michelsen zögert kurz mit seiner Antwort, doch dann klingt seine Stimme entschieden.

»Nein, lass nur. Heute Nachmittag reicht vollständig. Sie kann mich dann auf dem Handy erreichen. Festnetz wird eher schwierig, ich muss hier noch ein bisschen rumfahren.«

»Okay, ich richte es aus.«

»Danke. Und bis die Tage.«

»Bis die Tage.«

Mittwoch, 17. August, 11.13 Uhr, Kriminalkommissariat Westerland

Sven Winterberg wird von lauten Stimmen aus seinen Gedanken gerissen. Sie kommen aus der unteren Etage des Polizeireviers, und er kann sich genau denken, wer da so freudig begrüßt wird. Kurz versucht er noch, sich auf die Überlegungen zu konzentrieren, die ihm bis jetzt durch den Kopf gegangen sind. Es war eine verzwickte

Kombination von Fährten und Spuren, bei der er den Verdacht hatte, dass der entscheidende Hinweis darin verborgen sein könnte.

Ein brennendes Wartehäuschen, eine Hotelbesitzerin, die in Hamburg lebt, aber ihre familiären Wurzeln auf Sylt hat, ein Pritschenwagen kurz vor der Explosion in Wenningstedt am alten Dorfteich. Da muss es doch einen Zusammenhang geben, Sven ist sich ganz sicher, dass er knapp vor einer bahnbrechenden Erkenntnis steht, als noch einmal die Stimmen von unten aufbranden und sich in seinem Hirn festsetzen. Nein, so kann er sich nicht konzentrieren. Außerdem wäre es mehr als unhöflich, den Kollegen Kreuzer nicht gebührend zu begrüßen. Schnell kritzelt Sven einige Notizen auf einen Block, doch im Grunde genommen weiß er nur zu gut, dass der Moment verpasst ist. Alle Notizen dieser Welt werden es nicht schaffen, den Zustand wiederherzustellen, in dem genau die richtigen Synapsen im Hirn gleichzeitig umspringen, um dem Ermittler den ultimativen Kick zu geben und für Sekunden einen Zusammenhang zu zeigen, der entscheidend für den Verlauf eines Falles ist. Fürs Erste wäre diese Chance also verpasst, das Missing Link hat sich längst wieder versteckt, und Sven Winterberg kann nicht mehr tun, als darauf zu warten, dass ihm oder den beiden anderen Kommissaren Blanck und Kreuzer demnächst ein neuer Geistesblitz kommt – möglichst bevor das nächste Objekt in Brand gesetzt wird.

Verärgert springt er auf und macht sich auf den Weg die Treppe hinunter, um den Kollegen aus Flensburg zu begrüßen.

»Hallo, Bastian, altes Haus, schön, dich wieder bei uns zu haben!«

Die beiden Männer heben die Hände und schlagen sich ab, als könne der alte Sportlergruß ein Omen für eine schnelle und gründliche Lösung des Falles sein. Bastian Kreuzer, der den schmächtigen Kollegen um Haupteslänge überragt, wirkt energisch und tatendurstig, besonders als er jetzt kurz, aber doch für jeden Anwesenden sichtbar einen seiner gut trainierten Arme um Silja Blancks Schulter legt.

»Ich freue mich auch, wieder dabei zu sein. Mir ist die Insel in den letzten beiden Jahren ganz schön ans Herz gewachsen, das wisst ihr ja. Und jetzt denkt da jemand, er könne ungestraft den Feuerteufel geben und Angst und Schrecken verbreiten. Wenn ich den erwische, kann der was erleben.«

»Und wenn es eine Sie ist?«

Siljas Stimme klingt zögerlich, ganz so, als sei ihr die Idee eben erst gekommen. Trotzdem hat sie mit ihrem Einwand sofort die Aufmerksamkeit beider Kollegen.

»Du meinst, eine Frau hat die Brände gelegt? Gibt es denn dafür Indizien, die wir bisher übersehen haben?«, will Sven wissen, immer noch in Gedanken bei der mutmaßlich heißen Spur, die er glaubt, gerade verloren zu haben.

»Nicht dass ich wüsste. Es war eher eine spontane Idee. Vielleicht weil Bastian so sicher aus der männlichen Perspektive argumentiert hat.«

»Das geht ja gut los, kaum bin ich angekommen, kriege ich Gegenwind von meiner Liebsten«, frotzelt Kreuzer lächelnd. »Aber was haltet ihr beiden davon, wenn wir uns erst mal eine halbe Stunde zurückziehen und ihr mich auf den neuesten Stand bringt? Dann können wir uns anschließend gern in eine Hypothesenschlacht begeben. Nur im Moment fühle ich mich noch heillos unterlegen und informationsbedürftig.«

Silja lacht. »Das ist ein Zustand, der dir kaum behagen

dürfte. Also los, Sven. Lass uns hochgehen und den geschätzten Hauptkommissar einweihen.«

Mittwoch, 17. August, 12.37 Uhr, Haus am Dorfteich, Wenningstedt

»Aufwachen, du Schlafmütze. Unten gibt es Frühstück.«

Susanne Michelsen schlägt langsam die Augen auf und räkelt sich demonstrativ in Fred Hübners breitem Bett.

»Willst du nicht lieber wieder ins Bett kommen? Bitte. Ich habe so gut geschlafen wie schon seit Jahren nicht mehr. Wenn ich geahnt hätte, dass so etwas möglich ist, wäre ich schon längst zu dir zurückgekommen.«

»Aha. Du bist also zurückgekommen. Na, das ging aber schnell.«

»Jetzt sei nicht so und komm her.«

Energisch zieht Susanne ihren alten und gleichzeitig neuen Liebhaber zu sich auf die Matratze, um ihn ausführlich zu küssen. Erst nach einigen Minuten kann Hübner sich freimachen.

»Unten wird der Tee kalt, und der Schinken wellt sich. Die Brötchen werden hart, und auf der Butter sitzen längst die Fliegen.«

»Das ist ja das reine Endzeitszenario. Und das nennst du Frühstück?«

»Alle Journalisten übertreiben, das weißt du doch.«

»Selbst wenn ich es vergessen hätte, hättest du mich heute Nacht daran erinnert.« Wohlig seufzend räkelt sich Susanne erneut.

69

»Wie schmeichelhaft.« Fred gibt ihr einen Klaps auf die Hüfte und einen schnellen Kuss. »So, jetzt steh aber auf. Da hinten ist die Dusche und unten wartet der Futtertrog. Deinetwegen habe ich schon auf mein morgendliches Schwimmen verzichtet. Ich finde, du solltest mich mit einem gemeinsamen langen Spaziergang entschädigen. Wie wäre es mit einem Marsch am Strand entlang zur Lister Sauna? Es ist immer noch kühl draußen, und die Sauna nicht die schlechteste Art, den Tag zu verbringen. Oder hast du schon was anderes vor?«

»Als ob dich das kümmern würde. Du hast dich wirklich überhaupt nicht verändert.« Susanne hebt die Beine aus dem Bett und blickt sich so neugierig in Freds Schlafzimmer um, als habe sie den Raum eben erst betreten. »Es ist übrigens hübsch hier. Ein bisschen viel unbearbeiteter Stahl vielleicht«, spielerisch trommelt sie mit den Fingern auf das Bettgestell, »aber die schrägen Wände und der Blick über den Teich und die Dächer bis zu den Dünen machen das alles wieder wett. Ich hätte das Apartment auch gekauft. Es gefällt mir viel besser als unsere Villa. Da habe ich immer das Gefühl, hinter den hohen Rhododendren und Rosen eingesperrt zu sein.«

»Dafür bist du direkt im Kampener Zentrum. Ich möchte nicht wissen, was die Hütte deinen Mann gekostet hat.«

»Zum Glück. Ich habe den Preis nämlich vergessen. War aber zweistellig, glaube ich.«

Fred pfeift leise durch die Zähne und lässt dabei seinen Blick wohlgefällig auf Susannes nacktem Körper ruhen, während sie aufsteht und mit wiegenden Hüften das Bad ansteuert.

Mittwoch, 17. August, 21.25 Uhr, Pizzeria *Tino*, Westerland

»Ich fürchte, dass mein Ermittlungseifer sich bei diesem Fall in Grenzen halten wird«, erklärt Silja Blanck mit außerordentlich zufriedener Stimme und nimmt einen großen Schluck von ihrem Barolo.

Überrascht blickt Bastian Kreuzer von seiner Lasagne auf.

»Und ich habe dich immer für eine ebenso ehrgeizige wie intelligente Polizistin gehalten.«

»Was hat das damit zu tun? Ich freue mich einfach, dass du jetzt hier bleibst. Warum sollte ich selbst daran arbeiten, diese Zeit zu verkürzen?« Als Silja Bastians verblüfftes Gesicht sieht, muss sie dann doch lachen. »Du hättest es fast geglaubt, oder?«

»Verliebten Frauen ist alles zuzutrauen. Das lernt man bei der Polizei schon im ersten Jahr.«

»Und ich bin also verliebt? In dich vielleicht?«

»Bist du es nicht?«

»Doch. Leider ja. Bis über beide Ohren.« Silja seufzt theatralisch und setzt sich in Positur. »Du bist mein Traummann. Jedenfalls hoffe ich das.«

»Ich gebe mir die größte Mühe. Allerdings wäre es doch schade, wenn unsere Ermittlungen darunter leiden müssten.«

Mit unschuldigem Gesicht konzentriert sich Bastian wieder auf die Lasagne.

»Aha. Du willst über den Fall sprechen. Darf ich dich daran erinnern, dass dies unser erstes gemeinsames Abendessen seit zwei Wochen ist?«

»Wieso das denn? Wir skypen doch jeden zweiten Abend beim Essen. Mein Laptop riecht schon aus allen Tasten nach diversen Tiefkühlgerichten. Der lädt sich bald von allein ein Kochbuch herunter, nur damit er mal was anderes vor den Bildschirm bekommt.«

»Lenk nicht ab. Du hast dir irgendetwas zu den Bränden überlegt. Und jetzt willst du es loswerden. Habe ich recht?«

»Hast du das nicht immer?«

»Schmeichler. Aber okay. Ich höre zu, aber nur unter einer Bedingung.«

»Und die wäre?« Bastian Kreuzer erlaubt sich einen lüsternen Blick in Siljas ungewöhnlich offenherziges Dekolleté.

»Nicht, was du denkst. Bestell mir noch einen Wein und ein Tiramisu, dann kannst du erzählen.«

»Wird gemacht, gnädige Frau.« Bastian gibt Siljas Wünsche an den Kellner weiter und bestellt auch für sich einen Nachtisch, dann kratzt er den letzten Rest seiner Lasagne zusammen, schiebt sich die Gabel in den Mund und legt anschließend das Besteck auf dem Teller ab. »Sehr gut. Ich mag die Küche hier. Einfach, schnörkellos und gut. Ich wünschte, das könnte man von dem Täterprofil des Brandstifters auch sagen.«

»Es gibt ein Täterprofil?«

»Gibt es doch immer, oder? Man muss nur darauf kommen.«

»Wenn du es so siehst. Aber hier ist es ganz schön schwer, finde ich.«

»Stimmt. Es wäre einfach, wenn wir nur die Brände am Bahnhof und an dem Auto hätten.«

»Weil beides leicht erreichbar war?«

»Genau. Es handelt sich vermutlich um zufällige Ziele,

die bestimmten Bedingungen genügen. Sowohl das Reetdach des Wartehauses als auch die Stoffplane des Pritschenwagens waren leicht entzündlich.«

»Außerdem befanden sich die Objekte auf einsamen Plätzen, jedenfalls nachts.«

»Kluges Mädchen. Umso auffälliger ist es allerdings, dass dies alles für den Hotelspeisesaal nicht gilt. Der Wäscheschrank, von dem das Feuer ausgegangen ist, war alles andere als leicht erreichbar. Der Speisesaal wird um Mitternacht abgeschlossen, das habe ich doch richtig verstanden?«

»Hast du. Ich habe selbst mit der Zeugin gesprochen. Sie erinnerte sich deutlich, dass sie den Trakt wie an jedem Abend verschlossen hat.«

»Hat sie auch gesagt, wo der Schlüssel verwahrt wird?«

»Im Büro des Managers. Und zu diesem Raum haben wiederum nur der Manager selbst, die von mir befragte Dame und die Chefbuchhalterin einen Schlüssel.«

»Jetzt wäre es natürlich hilfreich, wenn wir wüssten, ob eine der Glastüren, die zur Terrasse führen, eingeschlagen worden ist«, überlegt Bastian, während er dem Kellner die Teller mit den Desserts abnimmt.

»Da sprichst du einen wunden Punkt an. Theoretisch hätten wir das ermitteln können. Zwar waren nach dem Brand alle Scheiben gesprungen, aber wenn eine von ihnen vorher von außen eingeschlagen worden wäre, dann hätten die Scherben im Raum gelegen. Die Reste der durch das Feuer geborstenen Scheiben dagegen dürften durch den Druck nach außen geschleudert worden sein. Da alle Beteiligten in der Feuernacht aber von einem Blitzschlag ausgegangen sind, ist hier wichtiges Material zur Seite geräumt worden, ohne dass wir genau hätten hinschauen können.«

»Das ist natürlich ärgerlich, aber nicht zu ändern. Wann seid ihr eigentlich darauf gekommen, dass es Brandstiftung war?«

»Am nächsten Morgen wurden wir stutzig. Der Hotelmanager hat von Flammen geredet, die aus den Fenstern geschlagen haben. Das hörte sich nicht so an, als ob der Blitz ins Reet gefahren sei. Und dann haben wir ja auch das Feuerzeug gefunden.«

»Stimmt, das hatte ich vergessen. Iss dein Tiramisu, Silja, es ist köstlich.«

»Ich bin schon fast satt. Willst du noch eine Hälfte?«

»Wenn du mich so fragst …«

Während Silja Blanck ihr Dessert teilt und eine Hälfte vorsichtig auf Bastians Teller hebt, vergegenwärtigt sie sich die vergangenen zwei Tage noch einmal. Zwei Brände in der Nacht zum Montag und einer in der Nacht zum Mittwoch. Der zweite Montagsbrand und der Mittwochsbrand weisen Ähnlichkeiten in Ortswahl und Größe des Objektes auf. Der erste, nämlich der Hotelbrand, fällt aus dem Schema heraus.

»Theoretisch könnten wir es mit einem inhaltlich motivierten Anschlag auf das Hotel und mit zwei Taten eines Nachahmers zu tun haben, bei denen es nur um Aufmerksamkeit ging.«

»Habe ich auch schon überlegt. Aber das sollten wir ganz schnell vergessen. Der Brand am Bahnhof ist in der Gewitternacht keine Stunde nach dem am Hotel gelegt worden. So fix ist kein Nachahmer. Der müsste ja am Radio gesessen, die Nachricht gehört haben und dann gleich mit Benzin und allem Drum und Dran gestartet sein.«

»Stimmt. Außerdem müsste er genau gewusst haben,

74

wann der letzte Zug ab Morsum fährt. Nach Aussage des Bahnwärters hat immerhin ein verdächtiges Auto auf dem Vorplatz gestanden, als er mit seinem eigenen weggefahren ist.«

»Das Auto kann Zufall gewesen sein. Habt ihr eigentlich danach suchen lassen?«

»Nach einem hellen Kleinwagen, von dem wir weder die Marke noch das Kennzeichen haben? Machst du Witze?«

»Okay, du hast recht. Also noch einmal von vorn. Wer hat ein Interesse daran, das Hotel zu schädigen, und findet gleichzeitig hinterher Spaß am Zündeln? Ist das die Beschreibung der Person, die wir suchen?«

»Sieht ganz so aus.«

»Na, dann kannst du dich schon mal auf einen längeren Logierbesuch in deiner Wohnung einstellen, liebste Silja. Den Typen finden wir nie.«

Donnerstag, 18. August, 14.20 Uhr, Haus am Dorfteich, Wenningstedt

Mit einem leisen Schnappen zieht Susanne Michelsen die Badezimmertür hinter sich ins Schloss und verriegelt sie sorgfältig. Fred Hübner hat sich gerade auf seiner Terrasse im Strandkorb niedergelassen, um in aller Ausführlichkeit die *Zeit* zu lesen. Diese Chance wird sie nutzen, um endlich das überfällige Telefonat mit ihrem Ehemann zu führen. Während sie die Kurzwahltaste drückt und den Klingeltönen lauscht, rekapituliert sie noch einmal alle Formulierungen, die sie sich im Lauf der letzten beiden Tage zurechtgelegt hat.

»Hallo Susanne, da bist du ja endlich!«

Die kaum verhohlene Wut in Jonas Michelsens Stimme bringt sie kurzzeitig aus dem Konzept, doch sie hat sich schnell wieder unter Kontrolle.

»Entschuldige bitte, aber ich brauchte mal ein bisschen Abstand. Es waren nicht nur der Brand und die ganzen Vernehmungen …«

»Susanne, was soll das? Du weißt genau, dass ich auf deinen Anruf gewartet habe. Du kannst doch in so einer Situation nicht einfach abtauchen.«

»Bin ich ja auch nicht. Ich wollte nur mal ein wenig Ruhe haben. Ich war doch ewig nicht mehr hier. Da musste ich erst mal für mich sein, das Grab der Eltern besuchen, überhaupt Erinnerungsorte ablaufen.«

»Du redest wie eine Greisin. Was soll das Theater? Stimmt irgendwas nicht?«

»Ach was, Jonas, es ist alles in Ordnung – bis auf die Tatsache natürlich, dass jemand versucht hat, mein Hotel abzubrennen. Das hat mich getroffen, und zwar mehr, als ich gedacht hätte.«

»Du tust gerade so, als sei es eine persönliche Racheaktion. Das ist doch Unsinn. Ist die Polizei wirklich überzeugt davon, dass es Brandstiftung war?«

»Ich glaube schon. Und das verunsichert mich am meisten, das kannst du dir vielleicht vorstellen.«

»Dann komm zurück nach Hamburg. Du hast dich auf der Insel ja immer verfolgt gefühlt. Ist doch kein Wunder, wenn dieses Gefühl jetzt stärker wird.«

»Ich brauche noch eine Weile. Man kann nicht immer weglaufen, verstehst du das nicht?«

»Jetzt tu bitte nicht so, als hätte ich dich jemals daran gehindert, deine Erinnerungen zu pflegen. Wer hat denn diese Luxushütte in Kampen gekauft? Das habe ich doch nur für dich getan …«

»Das ist Quatsch, Jonas, und das weißt du auch.«

»Okay, lass uns nicht darüber streiten. Viel wichtiger ist die Frage, ob die Versicherung zahlen wird. Kannst du das einschätzen?«

»Nicht wirklich. Aber ich habe mein Möglichstes getan, um den Vertreter um den Finger zu wickeln. Ich denke, er ist uns wohlgesonnen – und das ist noch vorsichtig ausgedrückt.«

»Bravo! Dann kannst du ja zurückkommen. Oder wie lange willst du noch bleiben? Ich würde dich auch abholen, aber im Moment ist hier wirklich viel los. Dieser blöde Anschlag ist echt im schlechtesten Augenblick gekommen.«

»Ich weiß, was du um die Ohren hast. Und glaub mir, ich wäre lieber bei dir. Aber ein paar Tage musst du mir noch lassen. Dann komme ich.«

»Okay. Nur melde dich ab und an. Wenn ich mir Sorgen um dich machen muss, dann zehrt das zusätzlich an meinen Kräften – und die brauche ich für anderes.«

»Ich weiß. Entschuldige bitte. In ein paar Tagen bin ich wieder da, versprochen.«

»Ich verlass mich drauf. Mach's gut.«

»Du auch.«

Erleichtert unterbricht Susanne Michelsen die Verbindung. Das ging ja besser, als sie erwartet hatte. Leise entriegelt sie die Badezimmertür wieder und geht mir beschwingten Schritten die Treppe hinunter. Wie zu erwarten sitzt Fred immer noch im Strandkorb. Die Einzelteile der *Zeit* hat er in weitem Kreis um sich verstreut. Als er ihre Schritte hört, murmelt er unkonzentriert: »Setz dich doch zu mir. Mit einem leichten Pulli kann man es hier gut aushalten.«

Freitag, 19. August, 8.40 Uhr, Elbchaussee, Hamburg

Fred schämt sich. Gleichzeitig aber ist er fest davon überzeugt, das Richtige zu tun. Sehr früh an diesem Morgen hat er sich von Sanne verabschiedet, die sich schlaftrunken seufzend in seinem Bett umdrehte und murmelte: »Kannst du diesen blöden Termin nicht verschieben? Du bist doch freier Schriftsteller, dir kann keiner was. Und wir beide haben schließlich gerade erst wieder zueinandergefunden.«

»Geht nicht, Sanne, tut mir leid. Aber gegen sieben heute Abend bin ich wieder bei dir, versprochen.«

»Ich bleibe solange im Bett und warte auf dich«, versprach sie und schlief weiter.

Fred gönnte sich einen letzten Blick auf ihren halb entblößten Körper und verließ anschließend leise die Wohnung. Sein Ziel war Hamburg, so weit hatte er die Wahrheit gesagt, doch gab es dort keinen Termin. Es geht Fred bei seinem Kurztrip um Sanne selbst, besser gesagt, um ihren Ehemann. Denn sosehr sich Fred auch über Susannes wiedererwachte Zuneigung freut, und er hat wahrlich wenig Ursache, an deren Echtheit zu zweifeln, so wundert ihn doch ihr Umgang mit ihrem Mann. Sie tut seit zwei Tagen so, als sei es völlig unproblematisch, dass sie praktisch bei Fred wohnt, hat lediglich einmal etwas von offener Ehe gemurmelt, ein anderes Mal gemeinsame Projekte erwähnt und dann wieder von Scheidung gesprochen. Doch das alles ist so nebenbei geschehen, dass Fred stutzig wurde. Seine Journalistennase sagt ihm, dass Sanne nur die halbe Wahrheit erzählt hat. So easy, wie sie die Sache darstellt, kann sie gar nicht sein. Irgendetwas ist faul an der Geschichte. Und das will Fred nicht erst erfahren, nachdem er sich mit Haut und Haaren auf die Affäre eingelassen hat. Er fühlt sich definitiv zu alt, um sich ungeschützt verletzen zu lassen.

Darum hat er sie gestern beim Telefonieren belauscht.

Und weil das, was er dabei hören musste, nicht gerade geeignet war, ihn zu beruhigen, ist Fred jetzt hier. In Hamburg, an der Elbchaussee. Er sitzt am Steuer eines Leihwagens in der Parkbucht einer Bushaltestelle – nur wenige Meter von der abweisenden Einfahrt von Jonas und Susanne Michelsens Villa entfernt. Es herrscht der übliche Verkehr auf der Straße, alle vorbeifahrenden Wagen haben schnurrend leise Motoren und die entsprechende Größe. Blankgeputzt und lackglänzend bringen sie ihre vermögenden Besitzer aus Hamburgs feinster Wohnlage in die Innenstadt. Seit einer halben Stunde wartet Fred darauf, dass auch Susanne Michelsens Ehemann seine Villa verlässt.

Das Haus liegt auf der richtigen Seite der Chaussee, besitzt also ein Grundstück, das direkt bis hinunter zur Elbe führt. Oberhalb der dichten Hecke, die entlang des Zauns gepflanzt ist, kann Fred nur ein rotes Ziegeldach mit einem kleinen Turm erkennen. Ansonsten ist das stattliche Anwesen nahezu perfekt vor neugierigen Blicken geschützt.

Ungeduldig trommelt Fred auf sein Lenkrad, denn das Warten ist aufreibend. Man kann hier nirgends parken, und wenn ein Bus kommt, muss Fred ausscheren, bis zur nächsten Kreuzung fahren, dort wenden und anschließend wieder in seine Position zurückkehren. Zum Glück ist das nicht besonders häufig der Fall. Und jetzt regt sich auch endlich etwas am Tor.

Eine gelbe Lampe, die auf der Abschlussplatte eines der seitlichen Pfeiler montiert ist, beginnt zu blinken, dann rollt ganz langsam das hohe Gitter zur Seite und lässt einen schweren BMW passieren, an dessen Steuer Jonas Michelsen sitzt. Fred hat im Internet etliche Fotos des Hoteliers studiert, so dass er ihn problemlos hinter den Autoscheiben erkennen kann. Michelsen strebt nach rechts, Richtung Innenstadt, und sieht zum Glück nur flüchtig nach links, wo Fred wartet. Die Straße ist frei, Michelsen startet durch. Fred fährt etwas langsamer in seinem mittelgroßen dunkelblauen Mercedes hinterher. Er hat den Mietwagen am Bahnhof sorgfältig ausgesucht, um nur nicht aufzufallen. Als ein drängelnder Porschefahrer ihn überholt, lässt Fred es gern geschehen. Für den Anfang ist der Porsche die perfekte Tarnung, und später im Innenstadtverkehr kann Fred immer noch aufschließen.

Doch so weit kommt es nicht, denn das Büro der Michelsen-Immobiliengesellschaft befindet sich nur wenige Kilometer stadteinwärts in einer avantgardistischen Neubauvilla ebenfalls an der Elbseite der Chaussee. Michelsen kurvt auf den firmeneigenen Parkplatz neben der Villa, stellt seinen Wagen ab und steigt aus. Fred bremst ebenfalls und beobachtet den Hotelier aus dem Autofenster. Susannes Ehemann ist größer und auch massiger, als Fred ihn sich vorgestellt hat, eine durchaus imposante und virile Erscheinung. Das volle graumelierte Haar trägt er etwas zu lang, was ihm den Anschein eines Bohemiens gibt, den seine ausgewählt elegante Kleidung allerdings Lügen straft. Michelsen steckt trotz der Sommerwärme in einem Anzug mit Weste, er bewegt sich geschmeidig und verschwindet zielstrebig in dem Gebäude. Fred fährt langsam weiter, biegt aber an der nächsten Kreuzung ab und sucht sich eine Lücke in einer Querstraße. Anschließend nähert er sich zu Fuß vorsichtig dem Bürobau.

Obwohl das Haus am Hang liegt, kann man auf einer brückenähnlichen Verbindung herumgehen und die hintere Terrasse erreichen, die einen phantastischen Ausblick über die Elbe und auf das gegenüberliegende Ufer mit seinen Werftanlagen bietet. Fred hält sich vorsichtig am Rand auf, um nicht durch die bodentiefen Fenster gesehen zu werden. Als er sich halbwegs sicher fühlt, späht er selbst aus einiger Entfernung ins Innere des Gebäudes.

Die Räume der Firma Michelsen sind groß und mit eleganten Schreibtischen und Büromöbeln ausgestattet, alle Türen stehen offen. Die Immobiliengesellschaft scheint das gesamte Erdgeschoss zu nutzen. Jonas Michelsen schlendert von Schreibtisch zu Schreibtisch und redet zwanglos mit seinen Angestellten. Manchmal setzt er sich auch zu ihnen und studiert einige Unterlagen. Soweit Fred Hübner es beurteilen kann, herrscht eine entspannte Atmosphäre. Es wird oft gelacht, und alle Gesten wirken spontan und herzlich. Susannes Ehemann ist vermutlich ein guter Chef, engagiert und akzeptiert.

Freds Laune verschlechtert sich rapide, missmutig kehrt er zur Vorderseite des Gebäudes zurück. Während er auf der Straße auf und ab geht, versucht er, sich Sanne an der Seite dieses Mannes vorzustellen. Schön, kühl, blond. Die perfekte Ergänzung. Warum sollte dieser Mann sie betrügen? Warum sie unglücklich machen? Und bestätigt nicht auch jeder Satz des belauschten Telefonats den Eindruck einer funktionierenden Beziehung?

Und doch muss da etwas sein. Sanne wirkt einfach nicht wie eine glückliche Frau, die nur ein wenig Abwechslung bei einem Jugendfreund sucht.

Fred hat viel Zeit, über dieses Problem nachzudenken. Und erst als er jeden Pflasterstein des Bürgersteigs auswendig zu kennen glaubt, öffnet sich endlich die Vordertür des Bürogebäudes. Heraus stürzt ein sichtlich aufgebrachter Jonas Michelsen. Er hält sein Handy am Ohr und schnauzt lautstark hinein. Trotzdem kann Fred nur Fetzen verstehen. *Schnell sichern, auf keinen Fall betreten* und *Was ist das für eine unglaubliche Stümperei?* hört er noch, bevor er zum Spurt zu seinem Wagen ansetzt. Fred rechnet schon damit, dass er Michelsen verlieren wird, doch der Zufall kommt ihm zu Hilfe. Eine Reihe von Linksabbiegern blockiert die Fahrbahn, die stadteinwärts führt, so dass Michelsen immer noch an der Kreuzung wartet, als Fred endlich mit seinem Mietwagen aus der Nebenstraße kommt. Glück gehabt.

Schwieriger gestaltet sich die Verfolgung, nachdem beide Autos die Innenstadt und schließlich die Hafencity erreicht haben. Baustellen, Umleitungen und Sperrungen folgen in entnervendem Turnus aufeinander, und es ist ein kleines Meisterstück von Fred, dass er es schafft, Michelsens Limousine nicht aus den Augen zu verlieren. Es ist ein Uhr mittags, als der Hotelier schließlich unterhalb des umstrittenen Marco-Polo-Towers im absoluten Halteverbot parkt. Fred bleibt nichts anderes übrig, als es ihm nachzutun. Erschöpft und schweißgebadet sitzt er am Steuer und beobachtet, wie Jonas Michelsen in Hamburgs teuerstem Neubauprojekt verschwindet. Immer wieder erscheinen Artikel darüber in der Tagespresse. In dem Gebäude mit den futuristisch geschwungenen Balkonen ist selbst in den unteren Stockwerken keine Wohnung im Rohbau unter einem Quadratmeterpreis von 3500 Euro zu haben, eine Summe, die Fred Hübner geradezu für obszön hält. Dagegen sind sogar viele Sylter Immobilienofferten echte Schnäppchen.

Es muss Jonas Michelsens Firma tatsächlich gutgehen, wenn der Chef sich hier ein Apartment leisten kann. Vermutlich befindet sich die Wohnung gerade im Ausbau, und irgendetwas ist schiefgegangen, womit sich die Schimpftirade von vorhin erklären würde. Fred rechnet damit, dass sich Michelsen nicht lange hier aufhalten wird, und bleibt in seinem Wagen sitzen, auch wenn er sich damit dem Risiko aussetzt aufzufallen.

Als Michelsen nach zwanzig Minuten wieder auf der Straße erscheint, hat er zum Glück keinen Blick für seine Umwelt, sondern nur für seine Uhr. Hastig springt er in den BMW und lässt ihn an. Wahrscheinlich hat der Hotelier wegen der unerwarteten Unterbrechung einen Termin versäumt, denn jetzt fegt er wie ein Wilder durch die Straßen. Fred muss alle Vorsicht fahren lassen, um überhaupt auf Michelsens Spur zu bleiben. Der Hotelier fährt in weitem Bogen um die Innenstadt herum, dann an der Messe vorbei und anschließend bis weit hinauf in den Norden Hamburgs. Plötzlich glaubt Fred auch zu wissen, warum Michelsen es so verdammt eilig hat. Er wird zum Flughafen wollen und fürchtet sicher, seinen Flieger zu verpassen. In wenigen Minuten wird Jonas Michelsen in Fuhlsbüttel parken und in der Abfertigungshalle verschwinden. Dann wird der ganze Aufwand dieser Verfolgung umsonst gewesen sein, denn natürlich kann Fred ihm nicht hinterherfliegen.

Leise fluchend setzt Fred seinen Blinker, als Michelsen ihn auch setzt. Erst nach dem Abbiegen wird ihm klar, dass Michelsens Wagen anstatt in die Flughafenzufahrt einzubiegen ein einfaches Wohnviertel ansteuert. Aber was zum Kuckuck will Jonas Michelsen in dieser heruntergekommenen Gegend? Fred spürt, wie ihn ein Adrenalinstoß durchfährt und sein Journalisteninstinkt erwacht. Er hat sich also doch nicht getäuscht! Hier wartet sicher kein normaler Geschäftstermin auf den Unternehmer.

Als Jonas Michelsen vor einem altbacken wirkenden Café anhält und sehr langsam aus dem Wagen steigt, scheint es, als sei aller Schwung aus den Bewegungen des Hoteliers verschwunden. Fast zaghaft öffnet er die Tür des Cafés.

Fred parkt seinen Wagen sorgfältig etwa hundert Meter die Straße hinauf neben einem Kiosk. Dort kauft er eine Zeitung, schlendert die Straße hinunter und betritt mit gesenktem Kopf ebenfalls das Café.

Michelsen sitzt nicht allein an einem Tisch nahe der Tür. Sein Date hat offensichtlich schon länger gewartet, und Fred kann sogar noch Michelsens langatmige Entschuldigungen hören, während er selbst sich an einem weit entfernten Tisch niederlässt. Das Café ist bis auf ihn und die beiden Personen an Michelsens Tisch leer, und die Akustik scheint günstig zu sein. Warum soll Fred also ein Risiko eingehen? Er bestellt einen Espresso und ein Sandwich und verschanzt sich hinter dem *Hamburger Abendblatt*, bevor Michelsen und die sehr junge Dame an seinem Tisch Gelegenheit haben, auf ihn aufmerksam zu werden.

Das Mädchen ist keine achtzehn Jahre alt, darauf würde Fred wetten. Ungeschminkt und mit dem Schmelz der Jugend im hübschen Gesicht, blickt sie Jonas Michelsen mit großen unschuldigen Augen fortwährend an, als könne sie sich nicht an ihm sattsehen. Ihre Bewegungen sind eckig, fast ungeschickt, ebenso wie Fred es von der ganz jungen Susanne während ihres lange zurückliegenden gemeinsamen Jahres in Erinnerung hat. So tickst du also, alter Lüstling, denkt Fred und trinkt den Espresso mit einem langen Schluck. Deine Gattin ist zwar attraktiv, aber nichts gegen echtes Frischfleisch, rekrutiert aus der Hamburger Vorstadt. Jede Wette, dass du die Kleine im Internet aufgerissen hast.

Es scheint sich bei dem Treffen um ein erstes Date zu handeln, denn die beiden wahren einen gewissen körperlichen Abstand. Ihre unwillkürlichen Bewegungen verraten aber den deutlich wahrnehmbaren Wunsch nach Nähe. Beim Blick in die Speisekarte neigen sich ihre Köpfe weit zueinander, und als Jonas Michelsen die junge Dame beratend auf ein bestimmtes Angebot hinweist, berührt er wie zufällig ihre Hand, was sie mit einem scheuen Augenaufschlag beantwortet. Eine Lolita im Erprobungsstadium, schau an, denkt Fred und beißt in sein Sandwich. Insgeheim ärgert er sich bereits, dass er nicht näher an den Tisch herangerückt ist, denn er hört weniger als zunächst erwartet. Fred kann nur jeden zweiten Satz der jungen Dame verstehen, von Michelsen fast gar nichts. Es scheint aber, als sei er der hauptsächlich Fragende, so dass Fred nach und nach erfährt, dass das Mädchen offenbar als Schwesternschülerin in einem nahe gelegenen Krankenhaus arbeitet und in dem angeschlossenen Wohnheim ein Zimmer hat. Lebhaft kann sich Fred nun vorstellen, wie angetan Michelsen von dem Entschluss seiner Gattin sein wird, der Elbchaussee-Villa fürs Erste den Rücken zu kehren.

Weil diese Überlegungen ihn abgelenkt haben, hat Fred den Themenwechsel am anderen Tisch verpasst. Es geht jetzt um irgendwelche Briefe oder E-Mails, die offenbar bereits gewechselt worden sind. Bevor es Fred jedoch gelingt, wieder den Anschluss zu bekommen, betreten zwei ältere Damen in Redelaune das Café und platzieren sich direkt zwischen ihn und die Objekte seiner Beobachtung. Lebhaft und ziemlich laut schnacken die beiden miteinander, so dass Fred nichts mehr von der Michelsen-Unterhaltung mitbekommt. Notgedrungen muss er sich darauf beschränken, an der vorgehaltenen Zeitung vorbei die junge Frau genau unter die Lupe zu nehmen. Sie hat volles dunkles Haar, das ihr in weichen Wellen bis über die Schultern fällt. Ihre Züge sind ebenmäßig, auch wenn die Nase etwas zu groß und ein wenig zu kühn geschwungen scheint. Sie ist schlank, fast mager und einfach gekleidet, trägt Jeans und Top und hält eine billige Handtasche auf dem Schoß. Jonas Michelsen wird leichtes Spiel mit ihr haben, denkt Fred gerade, als das ungleiche Paar sich erhebt, um zu gehen. Sowie sie das Café verlassen haben, wirft Fred etwas Kleingeld auf den Tisch und folgt ihnen. Draußen hält Jonas Michelsen dem Mädchen gerade formvollendet die Autotür auf.

Als der Wagen des Hoteliers an Freds Mietauto vorbeifährt, sind Fahrer und Beifahrerin bereits wieder in ein angeregtes Gespräch vertieft. Fred nimmt die Verfolgung auf, muss aber nach wenigen Minuten enttäuscht feststellen, dass weitere Attraktionen für heute nicht zu erwarten sind. Jonas Michelsen setzt seine Begleiterin vor dem Eingang des Schwesternheims ab, das sie bereits im Gespräch erwähnt hat. Der Hotelier steigt zwar aus, um erneut die Beifahrertür zu öffnen, aber er reicht der jungen Frau zum Abschied lediglich die Hand. Bevor Fred sich noch darüber wundern kann, entdeckt er drei kichernde Mädchen, die sich vom Ende der Straße nähern. Als sie gemeinsam mit Michelsens Auserwählter in dem Schwesternheim verschwinden, versteht Fred Hübner Michelsens Vorgehen. Diskretion ist hier Ehrensache, schließlich ist Jonas Michelsen ein stadtbekannter Unternehmer, der sich Negativschlagzeilen kaum wird leisten wollen.

Wenn du wüsstest, dass deine Gattin sich ausgerechnet mit mir eingelassen hat, denkt Fred jetzt befriedigt, dann wärst du vielleicht etwas umsichtiger gewesen. Doch nun habe ich dich in der Hand. Fred weiß genau, dass es ihm ein Leichtes sein wird, die Identität der jungen Dame aufzudecken und vermutlich auch, weitere Treffen zu beobachten. Doch fürs Erste ist er zufrieden. Entspannt verfolgt er Michelsens Wagen, der in gemäßigtem Tempo durch den Hamburger Nachmittagsverkehr gleitet. Es sieht ganz danach aus, als würde Susannes Ehemann entweder ins Büro oder vielleicht sogar direkt in seine Villa zurückkehren. Weitere Eskapaden scheinen jedenfalls nicht vorgesehen zu sein.

Am Rand der nördlichen Innenstadt trennt sich Fred von dem BMW, um den Bahnhof anzusteuern. Wenn er sich ein wenig beeilt, kann er den Nachmittagszug nach Sylt noch erreichen und mit Sanne zu Abend essen. Fred Hübner findet, dass dies eine durchaus angemessene Belohnung für die Strapazen des Tages ist.

Freitag, 19. August, 15.03 Uhr, Elbchaussee, Hamburg

In Gedanken versunken lenkt Jonas Michelsen seinen Wagen durch den Hamburger Berufsverkehr. Als das Handy klingelt, hat er fast schon seine Villa erreicht. Unkonzentriert drückt er auf die Taste für die Freisprecheinrichtung. Doch bevor er sich auch nur melden kann, dringt eine erboste Frauenstimme aus dem Apparat.

»Ich versuche schon den ganzen Tag, dich zu erreichen. Aber du Schuft drückst mich immer weg.«

»Honey, da war so viel zu erledigen, ich hatte einfach keine Zeit für dich.«

»Ich erwarte, dass du ans Telefon gehst, wenn ich anrufe. So war es von Anfang an vereinbart.«

»Es war ein schwieriger Tag für mich. Geschäftliche Probleme. Und im Marco-Polo-Tower hat es fast eine Katastrophe gegeben. Der Wandspiegel fürs Esszimmer ist zerbrochen, die sechs Quadratmeter gingen einfach nicht in den Aufzug. Und auf der Treppe gab es dann dieses Malheur …«

»Ach, lass mich doch mit dem blöden Wandspiegel in Ruhe. Überhaupt will ich von dieser Luxuswohnung nichts wissen. Du weißt, wie ich darüber denke.«

»Aber stell dir doch nur mal vor, wie schön wir es dort haben werden.«

»Du kennst meine Einwände, das müssen wir wirklich nicht noch einmal durchkauen.«

»Wie du willst, Honey. Aber ich sage dir jetzt schon: Wenn es erst fertig ist, wirst du es lieben.«

»Wohl kaum. Aber darum geht es jetzt nicht. Wo bist du gerade? Kannst du herkommen?«

»Das schaffe ich heute echt nicht mehr. Ich habe Termine den ganzen Abend über. Morgen könnte ich es vielleicht einrichten.«

»Morgen ist zu spät. Ich muss dich sehen und zwar jetzt. Hier ist etwas ganz Blödes passiert, darüber sollten wir reden.«

»Heute geht nicht, Honey, ehrlich. Warum erzählst du es mir nicht am Telefon?«

»Weil ich sauer auf dich bin. Und weil ich will, dass du dich um mich kümmerst.«

»Aber das ist doch kindisch … Honey? Honey, bist du noch dran?«

Mit zusammengezogenen Brauen mustert Jonas Michelsen das Display. Seine Gesprächspartnerin hat das Telefonat gerade beendet. Sofort versucht er, die Verbindung wieder herzustellen, aber der Apparat klingelt und klingelt. Niemand nimmt den Anruf an.

Fluchend setzt Jonas Michelsen den Blinker und biegt ab. Sein Weg führt ihn jetzt nach Norden direkt zur Autobahnauffahrt Othmarschen.

Freitag, 19. August, 18.35 Uhr, Haus am Dorfteich, Wenningstedt

Am Nachmittag ist es wärmer geworden, und als Fred am Abend in Westerland aus dem Zug steigt, treibt ein weicher Südwind Schleierwolken in immer wieder wechselnden Formationen vor die Sonne. Während

Fred in zügigem Tempo nach Wenningstedt radelt, denkt er über seine Hamburger Beobachtungen nach. Dass Susannes Ehemann sie mit einer Minderjährigen betrügt, ist zwar eine unappetitliche Vorstellung, liefert aber andererseits eine ausreichend schlüssige Begründung für Sannes entschiedene Rückkehr in die Arme ihres alten Liebhabers. Wahrscheinlich ist dies nicht Michelsens erste Affäre, und seine Frau weiß von seiner Passion für junge Mädchen.

Schlecht für Susannes Ehe, gut für mich, denkt Fred, und sein Misstrauen schwindet mit jedem Tritt in die Pedale. Die gedämpften Geräusche, die aus den Häusern und Vorgärten Wenningstedts kommen und allenthalben an sein Ohr dringen, stimmen ihn auf einen Alltag ein, den es vielleicht bald auch für ihn und Susanne geben wird. Das Prasseln einer Dusche hinter einem geöffneten Fenster. Ein Wortwechsel, der harmlos beginnt und sich in eine übermütige Kabbelei steigert. Ein Lachen, das bei einer Person seinen Anfang nimmt und schnell den Gesprächspartner ansteckt.

Fred drosselt das Tempo, um in die schmale Straße einzubiegen, die zum Dorfteich führt. Normalerweise ist hier um diese Zeit wenig los. Es ist zu spät für die tägliche Karawane der Strandheimkehrer und zu früh für die Nachtschwärmer, die auf der Suche nach Vergnügen, Alkohol und Abwechslung ihre Wohnungen verlassen. Doch trotz der ruhigen Stunde ist die Gasse voller Menschen. Und quer vor dem Apartmenthaus, in dem Fred wohnt, steht ein Streifenwagen und versperrt die Zufahrt. Der Wagen ist leer, es sind auch keine Polizisten zu sehen, nur diese Meute neugieriger Nachbarn und Touristen, deren Blicke auf das andere Ende der Straße gerichtet sind. Dort versucht ein Krankenwagen vergeblich, an einigen allzu sperrig geparkten Autos vorbeizukommen. Als dessen Fahrer die Nutzlosigkeit seiner Bemühungen einsieht und wendet, um vom anderen Ende der Straße her vorzufahren, springt Fred vom Fahrrad und sprintet los. Es ist ein Reflex, vermutlich ausgelöst von der vorbeihuschenden Silhouette eines Uniformierten, die er hinter einem seiner Fenster zu erkennen glaubt. Unbehelligt gelangt Fred zur Rückseite des Hauses, wo das Grundstück an den Dorfteich grenzt und hoffentlich Sanne mit ihrem Apéro im Strandkorb sitzen wird. Sie hat es an jedem der beiden letzten Abende so gehalten. Doch heute ist der Korb leer. Nur auf dem Klapptisch steht ein halb gefülltes Campariglas, in dem die Eiswürfel bereits geschmolzen sind. Die Terrassentür steht sperrangelweit offen.

Vielleicht ist Sanne unaufmerksam gewesen und ins Haus gegangen, ohne die Tür zu schließen. Die Anonymität von Freds Wohnung begeistert sie von Tag zu Tag mehr. Sie genießt es unendlich, sich hier ungestört und unbeobachtet bewegen zu können. Vielleicht war sie allzu unvorsichtig, ein Gelegenheitsdieb ist eingedrungen und von ihr auf frischer Tat ertappt worden. Das könnte die Anwesenheit der Polizei erklären. Vielleicht. Aber warum dann der Krankenwagen? Und wo ist Sanne jetzt? Was ist wirklich geschehen?

Fred läuft ins Haus. Die Wohnküche ist ebenfalls leer. Doch auf der Treppe wird Fred von einem Polizisten aufgehalten.

»Hier geht's nicht durch. Was wollen Sie überhaupt hier?«, fährt dieser ihn in barschem Ton an.

»Das ist meine Wohnung, lassen Sie mich vorbei.«

Fred weiß, jetzt muss es schnell gehen. Er zieht den Kopf ein und nimmt die Schultern nach oben. Rammbock-Position nennt er diese Haltung insgeheim, ein ehemaliger Boxer

hat sie ihm vor Jahren gezeigt. Als Fred mit dem Kopf zu-
stößt, taumelt der Beamte und greift sich an die Brust. Fred
nutzt den Moment seiner Unaufmerksamkeit und stürmt
die Treppe nach oben. Die Tür zum Schlafzimmer steht
weit offen. Im Raum befinden sich drei Polizisten, doch keiner von ihnen bemerkt Freds Erscheinen, denn alle Blicke
sind auf das breite Futonbett gerichtet.

Fred folgt ihren Blicken und bleibt wie erstarrt stehen. Zu
furchtbar ist das, was er dort sieht.

Freitag, 19. August, 18.53 Uhr, Campingplatz Wenningstedt

Ganz ruhig muss ich gehen. Langsam, langsam. Ich
sehe höchstens beiläufig nach links und rechts. Ich
mache meinen Feierabendspaziergang. Ich weiß nichts, rein
gar nichts von all dem Blut dort drüben in der Maisonettewohnung. Das zerschossene Gesicht habe ich nie gesehen.
Ich habe das Röcheln der Sterbenden nicht gehört und auf
die Polizeisirenen nicht geachtet. Ich mache nur meinen
Feierabendspaziergang. Ich bin ganz in Gedanken, beschäf-
tige mich mit geschäftlichen Problemen, obwohl ich doch
weiß, dass nichts besser wird, wenn man nach dem Job nicht
auch mal abschalten kann. Ich halte den Kopf gesenkt und
gehe mit gleichmäßigen Schritten meines Weges. Ich lasse
die Zelte und Wohnwagen hinter mir und wähle den Pfad
durch Heide und Dünen, der zum Meer führt. Zunächst
wird man ja wohl die Straßen absuchen und keine Beamten
zu Fuß zum Strand schicken. Ein Mörder flieht schnell und
geht nicht im Umkreis des Tatorts spazieren. Aber jetzt, wo

die Sonne endlich die Wolkendecke durchbrochen hat, kann ich mich doch ein wenig an dem hellen Abendlicht freuen. Mein Tag war erfolgreich, und so wie's aussieht, wird ein fulminanter Sonnenuntergang ihn krönen.

Freitag, 19. August, 18.53 Uhr, Kriminalkommissariat Westerland

»Silja! Bastian! – Silja, Bastian, seid ihr noch da?«

Sven Winterberg steht am Kopf der Treppe des Polizeigebäudes und ruft hinunter ins Erdgeschoss. Die Antwort kommt aus der bereits geöffneten Eingangstür.

»Eigentlich nicht mehr. Wir wollen noch zum Strand, einen Spaziergang machen, jetzt, wo die Sonne herausgekommen ist.«

»Das könnt ihr vergessen. Bleibt, wo ihr seid, ich bin gleich bei euch. Wir haben eine Tote.«

»Unfall oder Mord?« Bastians Stimme ist tiefer als sonst.

»Mord. Hundert pro. Kopfschuss. Und die Waffe ist weg.« Polternd kommt Sven die Stufen herunter.

»Wo denn?« Silja klingt widerwillig. Man kann ihr anhören, dass sie sich nicht gern ihren Feierabend verderben lässt.

»In Wenningstedt am Dorfteich. In der Wohnung von diesem Hübner.«

»Ich glaub's nicht. Der schon wieder«, flucht Bastian leise vor sich hin, während sie das Gebäude im Laufschritt verlassen.

»Und wer ist die Frau?«, fragt Silja auf dem Parkplatz beim Einsteigen in den Dienstwagen.

»Willst du raten?«

»Sei nicht geschmacklos, Sven.«

Sven Winterberg startet den Wagen, setzt das Blaulicht aufs Dach und schaltet es ein. In wenigen Sekunden tun Licht und Sirene ihre Wirkung. In der Mitte der Straße entsteht eine Gasse, durch die der Wagen ungehindert fahren kann.

»Jetzt spuck's schon aus, Sven. Wer ist es? Jemand, den wir kennen?«, setzt Silja ungeduldig nach.

»Allerdings. In Fred Hübners Wohnung, in seinem Schlafzimmer, direkt auf seinem Bett liegt Susanne Michelsen und hat eine Kugel im Kopf.«

»Scheiße, Sven, das ist nicht wahr«, stöhnt Bastian.

»Denkst du, ich mache Witze?«

Ohne auf die rhetorische Frage zu antworten, redet Bastian weiter.

»Und der Typ ist ausgeflogen, nehme ich an.«

»Noch nicht mal. Er ist den Beamten direkt in die Arme gelaufen. Sitzt jetzt in seinem Apartment und mimt den Geschockten.«

»Was heißt ›direkt in die Arme gelaufen‹ genau?«

»Er kam mit dem Fahrrad von was-weiß-ich-woher, hat wohl den Streifenwagen gesehen und ist in sein Schlafzimmer gestürmt. Dann sah er Susanne Michelsen blutüberströmt auf dem Bett liegen und drum herum die Beamten stehen.«

»Und?«

»Er ist umgekippt, sagt der Kollege.«

»War das glaubwürdig?«

»Weiß ich doch nicht. Frag ihn selbst.«

Sven bremst scharf und stoppt den Wagen am Wenningstedter Dorfteich. Immer noch stehen Touristen und Einheimische vor der Wohnanlage.

»Gehen Sie weiter, Herrschaften«, ruft Bastian im Hineinlaufen. »Hier gibt es nichts zu sehen.« Doch plötzlich überlegt er es sich anders und dreht sich um. »Oder war jemand von Ihnen schon hier, bevor die Polizei gekommen ist?«

Bewegung entsteht, die Leute fangen an zu raunen, manche wenden sich jetzt ab und gehen davon. Andere schütteln nur verneinend die Köpfe. Doch dann treten zwei Jugendliche vor. Sie tragen Hoodys und zerrissene Jeans, der größere von beiden hat glatte dunkle Haare und der kleinere rote Locken. Beiden hängen die Stirnhaare weit in die Augen.

»Wir haben da hinten auf dem Spielplatz gechillt.«

Der Größere deutet mit einer vagen Geste hinter sich. Als Bastian den Blick hebt, entdeckt er jenseits der Straße im Rücken des Wohnhauses den Spielplatz. Von dort aus hat man die Anwohnerparkplätze ebenso gut im Blick wie die alte Dorfkirche.

»Geht schon mal rein«, ruft Bastian Sven und Silja zu, dann zieht er die Jungs zur Seite.

»Und ihr habt was gesehen?«

»Na ja, eher gehört.« Der Kleinere fährt sich durch die Locken und blickt sich schüchtern, fast ängstlich um. »Ham natürlich nicht auf die Hütte hier geachtet, aber dann war da der Schuss, erst dachten wir, das wär Einbildung, aber dann ...«

»Moment mal«, unterbricht ihn Bastian Kreuzer. »Ihr habt gedacht, dass ihr euch den Schuss eingebildet habt? Seid ihr bekifft, oder was?«

»Nee, nicht direkt.« Wieder sieht der Rotschopf sich um.

»Vielleicht ham wir ja wirklich was gesehen, aber Sie müssen schon versprechen, dass Sie unsere Eltern aus dem Spiel lassen.«

»Wo sind die denn jetzt?«

»Hinten auf dem Campingplatz, gleich vor den Dünen. Und in einer Viertelstunde gibt's Abendessen.« Genervt schaut der Rothaarige auf seine riesige Armbanduhr. »Kann gut sein, dass gleich mein kleiner Bruder hier vorbeikommt, um uns zu suchen. Wär nicht das erste Mal, dass die Alten ihn losschicken.«

»Kommt mal mit in den Wagen da hinten. Da können wir uns besser unterhalten.«

Mit einer knappen Bewegung grüßt Bastian den Beamten neben dem Auto und schiebt die Jungs ins Innere des Bullis.

»Cool«, erklärt der Dunkelhaarige und zupft seinen Kumpel am Ärmel. »Und der Tote ist immer noch im Haus?«

»Woher wisst ihr, dass jemand gestorben ist?«

»Der Krankenwagen ist wieder weggefahren. Leer.«

»Clever kombiniert. Setzt euch doch.«

Bastian Kreuzer deutet auf die beiden Bänke, die sich im Inneren des Autos gegenüberstehen. Die Jungs fallen wie Säcke auf die Polster und sehen ihn aus großen, plötzlich sehr leeren Augen an. Dann legen sie in einer fast simultanen Aktion die Arme auf den schmalen Tisch zwischen den Bänken und lassen anschließend ihre Köpfe darauf fallen.

»Ihr rührt euch nicht vom Fleck, verstanden? Der Typ da draußen in Uniform steht nicht zum Spaß hier. Wenn ihr türmt, gibt's Ärger.« Als keine Reaktion kommt, setzt Bastian hinzu: »Meinetwegen ruht euch aus. Aber hierbleiben. Ich bin gleich wieder da.«

Mit großen Schritten eilt der Kommissar die Treppe hinauf. Es ist immer wichtig, den Tatort genau unter die Lupe zu nehmen, bevor Fotograf und Spurensicherung eintreffen und alles mit ihren Geräten vollstellen und mit ihrem Pulver bestäuben.

Oben warten zwei Uniformierte mit bleichen Gesichtern vor der Schlafzimmertür. Zwischen ihnen sitzt Fred Hübner auf dem Boden. Er hat die Knie angezogen und beide Hände vor die Augen geschlagen. Bastian hört keinen Laut, kann aber sehen, wie Hübners Schultern zucken. Aus der offenen Tür des Badezimmers dringen Würgegeräusche. Bastian zieht einen der Uniformierten zur Seite und deutet hinüber.

»Ist der mit dem schwachen Magen etwa einer von euch?«

»Der Kleine ist neu bei uns, ist sein erster Einsatz. Und dann gleich so eine Sauerei. Kein Wunder, dass dem schlecht wird, Sie waren ja noch nicht drinnen.«

»Na, dann wollen wir mal.«

Bastian Kreuzer schiebt sich durch die Schlafzimmertür und baut sich hinter Sven und Silja auf, die wie angewurzelt vor dem breiten Futonbett stehen. Auf dem Bett liegt der nur mit einer Tunika bekleidete Körper einer großen, schlanken Frau in fast schon entspannter Haltung auf dem Rücken. Die Kniekehlen befinden sich auf Höhe der Bettkante, so dass die Füße den Boden berühren, und die Arme sind weit geöffnet. Doch da, wo das Gesicht gewesen ist, sind jetzt nur noch Knochensplitter, Hirn und Blut. Auch ohne eingehende Untersuchung ist deutlich zu erkennen, was geschehen ist. Ein Schuss von vorn aus großer Nähe hat Susanne Michelsens Kopf auseinandergerissen. Lediglich die rechte Hälfte ist noch ansatzweise erhalten und das Ohr sogar völlig blutfrei, so dass der große Brillant darin fast obszön funkelt.

»Ein Raubmord war das jedenfalls nicht«, stellt Bastian lakonisch fest.

Langsam dreht sich Silja zu ihm um und fragt leise: »Hast du schon mal etwas so Brutales gesehen? Ehrliche Antwort, bitte.«

»Erstens: Ja, habe ich. Und zweitens: Es geht noch schlimmer, glaub mir.« Als Silja erschaudert, nimmt Bastian sie kurz in den Arm. »Soll ich dich rausbringen?«

»Nein, nein, es geht schon. Aber ich denke, ich werde mich mal um diesen Hübner kümmern. Vielleicht sollte ich ihn von hier fortbringen? Auf die Wache? Was meinst du?«

»Lieber nicht. Der steht total unter Schock. Der Kollege, der ihn die Treppe hochgelassen hat, ist ein Esel. Ich hoffe, es ist der, der sich gerade draußen die Seele aus dem Leib kotzt.«

»Der Kollege ist neu, ich glaube sogar, das ist sein erster großer Einsatz. Da kann das schon mal vorkommen – beides«, wirft Sven Winterberg beschwichtigend ein.

»Hab schon draußen davon gehört. Ist jetzt auch nicht mehr zu ändern. Aber Silja, versuch wenigstens ein bisschen was aus diesem Hübner rauszukriegen, gib ihm Kaffee oder was immer er will, meinetwegen auch einen Cognac.«

»Der ist seit Monaten trocken, haben doch alle Zeitungen drüber geschrieben.«

»Auch gut. Aber sieh zu, was sich machen lässt. Vielleicht gehst du ein bisschen mit ihm um den Dorfteich. So viel wie heute Abend wird er dir nämlich nie wieder erzählen. Und pass auf, dass er nicht völlig zusammenbricht. Am besten du rufst sicherheitshalber einen Arzt.«

»Die haben ihn vorhin schon notversorgen wollen, aber er hat jede Beruhigungsspritze abgelehnt.«

»Umso besser, jedenfalls für uns. Also schnapp ihn dir und rede mit ihm. Aber verschreck ihn nicht. Das wird keine Vernehmung, hörst du, nur ein Gespräch. Vor allem seine Beziehung zu der Toten ist wichtig und sein Alibi natürlich, falls er eins hat. Aber das weißt du ja alles selbst.«

Nachdem Silja den Raum verlassen hat, geht Bastian Kreuzer dicht vor dem Futonbett in die Knie.

»Siehst du das Blut auf dem Kissen, Sven? Das ist noch ganz feucht und gar nicht richtig in die Federn gelaufen.«

»Ist mir auch schon aufgefallen. Sie kann also noch nicht lange tot sein. Sie ist auch noch ganz warm, fühl mal.«

Sachte berührt Bastian Kreuzer Susanne Michelsens Unterarm mit dem Handrücken.

»Stimmt, du hast recht. Die Körpertemperatur ist wie unsere.«

»Die Kollegen waren wenige Minuten nach dem Schuss hier, ich habe sie schon gefragt. Der Notruf kam von einem Nachbarn, und ein Streifenwagen war zufällig direkt um die Ecke. Ladendiebstahl oder so.«

»Wenn also – nur mal angenommen – Fred Hübner fünf Minuten früher hier gewesen wäre, dann hätte er den Mörder dieser Frau noch treffen können«, überlegt Bastian laut.

»Falls er es nicht selbst gewesen ist.«

»Warum sollte er dann wiedergekommen sein?«

»Vielleicht hat er die Waffe entsorgt. Die Kollegen haben gesucht, aber nichts gefunden.«

»Wundert dich das, Sven? Wenn ich jemanden erschieße, lasse ich die Waffe auch nicht neben der Leiche liegen.«

»Aber du kommst auch nicht drei Minuten später wieder zurück, um der Polizei bei der Arbeit zuzusehen, oder?«

»Nee, eher nicht. Aber ich würde sowieso niemanden in meiner eigenen Bude umlegen. Und schon gar keine blonde Schönheit in so einem schnuckeligen Seidenkimono. Sieht so aus, als hätten die was miteinander gehabt, oder was meinst du?«

»Silja wird's schon rauskriegen. Eines weiß ich aber jetzt schon. Zufällig war die Michelsen nicht hier. Fred Hübner kannte sie eindeutig – und zwar gut. Er hat in den ersten Sekunden des Schocks immer wieder ihren Vornamen gestammelt, haben die Kollegen gesagt.«

»Und klang er glaubwürdig?«

»Sie sagen ja«, antwortet Sven, während er langsam auf eine weit geöffnete Damenhandtasche zugeht, die neben dem Bett auf dem Boden steht. »Wir müssen sofort ihr Handy checken, das liegt doch wahrscheinlich da drin. Ich will jetzt nur nichts anfassen.«

»Wo bleiben die Jungs von der Spurensicherung überhaupt?«

»Müssen gleich hier sein. Ich hab sie alarmiert, bevor wir losgefahren sind.«

Sven Winterbergs Stimme ist leise, und er ist nicht ganz bei der Sache, sondern bereits mit dem Inhalt der Tasche beschäftigt. Mit Daumen und Zeigefinger spreizt er jetzt ein Seitenfach auf und pfeift durch die Zähne.

»Du, da ist noch ein zweites Handy. Das ist doch merkwürdig, oder?«

»Vielleicht ein geschäftliches und ein privates. Oder eins für den Ehemann und eins für den Liebhaber. Was wissen wir schon über die Sitten bei den Reichen«, murmelt Bastian, während er sich zurück zur Tür wendet. »Ich gehe kurz mal nach unten. Da sitzen nämlich noch zwei Vögel, die vielleicht was beobachtet haben. Die will ich mir gleich zur Brust nehmen.«

»Okay, ich warte hier auf die Spurensicherung und sehe mich noch ein bisschen um. Ist vielleicht nützlich, kurz mit der Toten allein zu sein. Wer weiß, ob sie mir nicht noch was verrät.«

»Ganz wie du meinst, Kollege. Ich drück dir die Daumen«, ruft Bastian über die Schulter, während er polternd die Treppe hinunterläuft.

Die Teenager im Bulli fahren hoch, als habe der Kommissar sie aus dem Tiefschlaf gerissen. Bastian setzt sich zu ihnen, schließt die Tür des Wagens und erkundigt sich mit amüsierter Stimme: »Und was hattet ihr beiden noch gleich eingeworfen?«

»Hey, das ist unsere Sache, ja. Geht Sie gar nichts an«, mault der Dunkelhaarige.

»Da wäre ich mir nicht so sicher. Wie alt seid ihr überhaupt?«

»Sechzehn.« Der Dunkelhaarige.

»Fünfzehn.« Der Rote.

»Aha. Also, was war's? Ich warte.«

»Mushrooms, Alter. Pilze, wenn du's genau wissen willst.«

Bastian stöhnt. Dann beugt er sich weit über den Tisch nach vorn.

»Jetzt hört mir mal beide gut zu, ja. Wie's aussieht seid ihr meine einzigen Zeugen. Ihr seid also wichtig, ist das klar?«

»Logisch«, nuschelt der Rothaarige und zupft an seinen Locken.

Dem Dunkelhaarigen klappen gerade wieder die Augenlider herunter, und er beginnt bedrohlich auf seiner Bank zu schwanken.

Bastian springt auf und rüttelt den Jungen hart an den Schultern.

»Du hast für heute genug geschlafen, verstanden? Wie heißt du überhaupt?«

»Tomtom. Ey, voll strange, das Zeug«, kommt es leise zurück.

»Tomtom, klar doch. Und ich bin Else«, schnauzt Bastian in das Ohr des Jungen. »Hey, aufwachen, habe ich gesagt. Und den vollen Namen, aber ein bisschen plötzlich.«

Der Dunkelhaarige fährt zusammen, richtet sich mühsam auf und blinzelt unter schweren Lidern hervor. Mit belegter Stimme murmelt er: »Thomas.«

»Und weiter?«

»Schmidt. Thomas Schmidt.«

»Na geht doch. Ich bin übrigens Bastian Kreuzer. Kriminalhauptkommissar, falls euch beiden Helden das was sagt.«

Bastian versetzt dem Dunkelhaarigen einen aufmunternden Stoß in die Rippen und wendet sich dem rothaarigen Jungen zu.

»Und dein Name?«

»Boris, kannst aber Bo zu mir sagen, das machen alle. Boris ist so ein Scheißname, da konnten auch nur meine Alten drauf kommen.«

»Spielen die Tennis, oder was?«, erkundigt sich Bastian mitfühlend, und als der Rotschopf nickt, fügt er hinzu: »Lass gut sein, du hast noch Glück gehabt. Meine Eltern waren Fans von so einer Kitschserie im Fernsehen. *Der Bastian.* Blonder Schönling beglückt die Muttis vor der Glotze.«

»Hä? Kenn ich nicht.«

»Kein Wunder, war vor deiner Zeit. Tut im Übrigen auch nichts zur Sache. War nur zur Aufbesserung der Gesprächsatmosphäre eingeworfen. Dein Nachname bitte.«

Nach kurzem Zögern nuschelt er: »Schröder.«

»Schmidt und Schröder, soso. Ihr beiden verarscht mich, oder?«

»Äh, nicht direkt. Aber wenn unsere Alten dahinterkommen, dass wir in ihrem heiligen Familienurlaub auf'm Spielplatz Pilze fressen, dann gibt's Stress, und zwar endlos.« Boris Rotschopf zuckt entschuldigend mit den Schultern. Doch als der Kommissar ihn eindringlich mustert, knickt er ein. »Also gut. Nonnenmacher. Boris Nonnenmacher. Und Tomtom heißt Sailer. Thomas Sailer. Mit a-i. Jetzt zufrieden?«

»Na bitte, geht doch«, grunzt Bastian und legt beide Hände mit den geöffneten Innenflächen nach oben auf den Tisch. »Ich verpfeif euch nicht, keine Sorge. Aber ihr zwei konzentriert euch jetzt mal und sagt mir so genau wie möglich, was ihr gesehen habt. Und zwar vor und nach dem Schuss. Oder waren es mehrere?«

»Nein, einer«, kommt es erstaunlich laut von Tomtom, der sich jetzt aufrichtet und wieder mehr Selbstkontrolle gefunden zu haben scheint. »Es war nur einer und danach war es still. Endlos still, die ganze Welt hat geschwiegen.«

»Nur geschwiegen, oder hat sie sich auch nicht bewegt?«

»Hä?«

»Ist jemand aus dem Haus gelaufen, ein Auto vorbeigefahren, irgend so etwas vielleicht?«, hilft ihm Bastian auf die Sprünge.

»Nö, nichts. Wie ausgestorben die Straße. War auch besser so. Nur vorher war da ein Auto.«

»Genau, 'ne geile Karre war das. Wir dachten erst, es sei 'ne Vision, so nice war die«, fällt ihm Bo ins Wort.

»Ein auffälliger Wagen also. Marke? Farbe?«

»Aston Martin, knallrot und voll getunt, ey. Der hatte einen Sound zum Tote aufwecken. Oh, sorry, war nicht so gemeint.« Schüchtern sieht Bo durchs Autofenster auf die Straße, wo gerade das Team der Spurensicherung eintrifft.

»Sind wir jetzt auf dem Mars, oder was?«, kichert Tomtom mit schriller Stimme, als er die weiß verhüllten Gestalten entdeckt.

»Hör mal, Kumpel, du hast vielleicht 'nen läppischen Pilz gefressen, aber dir keinen Schuss gesetzt, also spiel dich hier nicht auf. Reiß dich gefälligst zusammen, sonst setzt's was.«

»Okay, Boss. Nichts für ungut. Der Aston jedenfalls ist mir aufgefallen. Und er war voll geil.«

»Das sagtest du schon. Wer hat dringesessen?«

»Woher soll ich das wissen, war mir auch egal. Der Sound hat's gemacht.«

»Woher ist der Wagen gekommen und wohin ist er gefahren?«

»Vom Campingplatz oder von den Hütten davor, was weiß ich denn. Dann ist er mit vollem Gedröhn an uns vorbei und hoch zum Supermarkt. Oder zur Kreuzung nach Westerland, keine Ahnung, Mann, bin ja kein Hellseher.«

»Und er hat nicht angehalten, es ist niemand ein- oder ausgestiegen?«

»Nö, bestimmt nicht. Der Sound ging voll durch, wär mir ja sonst aufgefallen.«

»Hat einer von euch das Kennzeichen erkennen können?«

Bo schweigt, jetzt scheint er sich ganz dem Flash hinzugeben, aber Tomtom schüttelt energisch den Kopf.

»Keine Ahnung, Mann, hab ich nich' drauf geachtet. Wusste ja nich, dass gleich hinterher einer abgeknallt wird. Ist ja voll die Mafia-Nummer hier.«

»Du sagst es, Kumpel. Hey, Bo, aufwachen, du bist auch noch dran. Sieh mir in die Augen, Kleiner. Ja, so ist's gut. Und jetzt beantworte mir eine letzte Frage: Kannst du dich vielleicht an das Kennzeichen von dem roten Aston erinnern?«

Ohne jede Hoffnung schaut Bastian Kreuzer in die trüben Augen des Jungen. Doch dann blitzt ein Funke auf.

»Klar kann ich das. So was Abgefahrenes hab ich echt noch nie gesehen. Der Wagen kam aus Bochum, BO also. So wie ich. Und dreimal können Sie raten, wie's weiterging.«

»Wir sind hier nicht bei *Wer wird Millionär*. Also mach's kurz.«

»Sie wären eh nicht drauf gekommen. Das Kennzeichen war der Hammer, ey. Ich sage nur: Bond, James Bond.«

»Wie bitte?«

»BO-ND 007. Brauchst du's schriftlich, Mann?«

»Nein, danke. Das kann ich mir gerade noch merken.«

Freitag, 19. August, 19.20 Uhr, Dorfteich, Wenningstedt

Fred Hübner läuft langsam, wie aufgezogen. Alles um ihn herum scheint zu schwanken. Es ist, als sei die Welt aus dem Tritt geraten und stolpere nun orientierungslos über die eigenen Füße. Die kleine Kommissarin neben Hübner, die ihn aus seiner Wohnung gezogen und auf diesen sinnlosen Pfad rund um den See gesetzt hat, wirft ihm in einem fort besorgte Blicke zu. Jetzt greift sie sogar nach seinem Ellenbogen.

»Ich komme allein klar, Sie können mich loslassen.«

»Da vorn ist eine freie Bank. Wir sollten uns kurz hinsetzen.«

Ihr Griff wird fester.

»Hören Sie, ich brauche Sie nicht.«

»Herr Hübner, Sie stehen unter Schock. Sie glauben doch nicht wirklich, dass wir Sie jetzt allein lassen. Außerdem muss ich Ihnen dringend einige Fragen stellen. Ihre ... wie soll ich sagen? Also ... Frau Michelsen ist spärlich bekleidet in Ihrem Bett getötet worden, und Sie sind derjenige, der uns am meisten bei der Suche nach dem Mörder unterstützen kann.«

»Geliebte.«

»Bitte?«

»Geliebte ist das Wort, das Sie gesucht haben.«

»Oh, danke ja, das beantwortet schon die erste Frage.«

»Ist das jetzt ein Verhör? Verdächtigen Sie mich?«

Die letzten Schritte bis zu der Holzbank, die dicht am Teich steht und einen ungehinderten Blick auf die Fontäne bietet, kann Fred nur noch torkelnd zurücklegen. Die trudelnde Welt um ihn herum reißt ihn mit sich, so dass er sogar die hölzerne Sitzfläche noch verfehlt und auf dem Boden landet. Die Kommissarin hilft ihm auf. Einige Passanten gucken verwirrt. Die Kommissarin scheucht sie mit energischen Bewegungen weiter, bevor sie sich mit beruhigender Stimme wieder dem Journalisten zuwendet.

»Nein, es ist kein Verhör. Wir sind allein und ohne Zeugen. Ich verstehe, dass Sie nicht aufs Kommissariat wollten. Das können wir morgen oder übermorgen nachholen. Und zu Ihrer zweiten Frage: Noch einmal nein, ich verdächtige Sie nicht. Bisher kann ich noch niemanden verdächtigen, weil mir unendlich viele Informationen fehlen. Deshalb ist es ja so wichtig, dass ich jetzt gleich mit Ihnen reden kann.«

»Sanne und ich wollten ein neues Leben beginnen.«

Tief in Fred Hübners Körper bricht ein Damm und lässt den Schmerz in Wellen anbranden. Hübner wirft seinen Rücken mit Wucht gegen die Lehne der Parkbank und schlägt die Hände vor die Augen. Wie soll er das ertragen?

»Frau Michelsen war verheiratet«, wendet die Kommissarin vorsichtig ein.

»Aber nicht glücklich, sonst wäre sie ja wohl kaum zu mir zurückgekommen.«

»Wie meinen Sie das?«

»Wir waren ein Paar, bevor sie diesen Schnösel kennengelernt hat.«

»Sie reden von Jonas Michelsen, dem Ehemann?«

Hübner nickt. Wieder sieht er das Bild des saturierten Geschäftsmannes vor sich, der in diese intensive Unterhaltung mit dem sehr jungen Mädchen vertieft ist. Und wieder muss er sich eingestehen, dass der naheliegende Verdacht, es handle sich um die Tat eines eifersüchtigen Gatten, leider ziemlich abwegig ist. Nur kann das die Kripotante natürlich nicht wissen.

»Kennen Sie Jonas Michelsen eigentlich persönlich, Herr Hübner?«

Irgendetwas an der Frage gefällt Fred Hübner nicht. Vorsichtig antwortet er: »Nein. Ist auch besser so.«

»Es ist also bisher zu keiner Aussprache gekommen?«

»Hören Sie, die Sache mit Sanne und mir lief noch nicht lange. Ein paar Tage. Der Typ wusste gar nichts davon.«

»Vielleicht unterschätzen Sie ihn.«

Fred denkt an das Telefonat, das Susanne am Tag zuvor mit ihrem Mann geführt hat und das hinter der Badezimmertür bestens zu verstehen war.

»Er wusste nichts, das können Sie mir glauben.«

»Hat Frau Michelsen sonst von irgendwelchen Menschen geredet, mit denen es Konflikte gab? Hatte sie Angst vor irgendetwas?«

»Angst. Nein. Obwohl, es gab da diese blöde Pistole.«

Fragend richten sich die Augen der Polizistin auf Fred.

»Sanne trug sie bei sich. Sie sagte, ihr Mann wolle es so. Sie stellte es als Missverständnis hin, aber vielleicht war es das gar nicht. Vielleicht hatte sie wirklich Angst.«

»Herr Hübner. Ihre Geliebte ist erschossen worden. Und das, wie es aussieht, ohne jede Gegenwehr.«

Die Kommissarin redet sehr langsam und deutlich, ganz so, als sei er ein kleines und sehr begriffsstutziges Kind. Überraschenderweise findet Fred das tröstlich. Er nickt leicht und wartet darauf, dass sie fortfährt.

»Wenn Frau Michelsen aber eine Waffe bei sich getragen hat, dann wäre es doch verwunderlich, dass sie sich nicht gewehrt hat, oder?«

»Sie hat den Mörder gekannt. Sie hat ihm vertraut. Denken Sie das?«

»So ähnlich. Oder er hat sie sehr überrascht. Es gibt keinerlei Kampfspuren.«

»Nein. Er hat sie einfach abgeknallt. Wie ein Tier bei der Jagd.«

»Wie kommen Sie auf diesen Vergleich?«

108

»Sannes Mann ist Jäger. Sie hat voller Ekel davon gesprochen. Er hat sie mitgenommen und dann dort mit der Waffe üben lassen.«

»Sie wissen aber nicht zufällig, um was für eine Waffe es sich handelt?«

»Doch. Eine Sig Sauer. Stand drauf. In Goldbuchstaben. Das Ding war auch an anderen Stellen vergoldet und ansonsten blau. Ziemlich verrückt, wenn Sie mich fragen. Der Griff war aus Holz. Sie müssten sie im unteren Geschoss auf der Küchentheke finden. Sanne hat das Teil irgendwann dorthin gelegt, und wir haben dann immer die Kaffeebecher danebengestellt. Wir fanden das komisch …«

Noch während er redet, zieht die Kommissarin das Handy aus der Jeanstasche und tippt darauf herum.

»Sven? Bist du noch am Tatort? Schau mal unten auf dem Tresen. Da müsste eine Waffe liegen. Die Beschreibung hört sich ganz nach einer Sig Sauer P 226 an, scandic blue, wie's aussieht. Der Traum jeder Polizeischülerin und nicht gerade ein Dutzendobjekt.«

Nervös klopft die Polizistin mit der freien Hand auf die Sitzfläche der Bank, während sie wartet. Fred hängt seinen Blick an die Fontäne und denkt an den ersten Abend mit Susanne auf seiner Terrasse. Das brennende Auto fällt ihm ein. Vielleicht war das alles weniger zufällig, als er bisher angenommen hat.

»Und ihr habt wirklich gründlich gesucht?« Die Stimme der Polizistin klingt ungeduldig. »Und die Munition, mit der sie erschossen wurde? Ist die auch weg? Die habt ihr. Umso besser, dann können uns die Ballistiker ja bald aufklären.«

Fred Hübner dreht den Kopf sehr langsam von der Fontäne zu der Polizistin. Es braucht Zeit, bis sich die Frage in seinem Hirn formt.

»Sie ist mit ihrer eigenen Pistole erschossen worden?«

»Wir prüfen das.«

»Dann muss es jemand gewesen sein, der von der Pistole in ihrer Tasche wusste.«

»Sieht im Moment so aus. Aber noch ist es eine Hypothese.«

»Sie wird es nicht jedem erzählt haben, oder?«

»Ich denke nicht. Hatte sie einen Waffenschein?«

»Hörte sich nicht so an.«

»Dann hatte sie auf jeden Fall Grund zur Vorsicht.«

»Und? Verdächtigen Sie mich jetzt?«

»Haben Sie ein Alibi?«

»Mein Zugticket. Ich bin am Nachmittag in Hamburg eingestiegen. Hatte mein Fahrrad am Westerländer Bahnhof. Als ich hier ankam, war die Polizei schon da.«

»Das lässt sich ja ganz gut überprüfen. Was haben Sie in Hamburg gemacht?«

»Recherchen für mein nächstes Projekt. Eine Reportage über den Bauboom am Hafen. Das neue Nobelviertel, Sie wissen schon.«

Beim Lügen sollte man immer so nah an der Wahrheit bleiben wie möglich. Der Gedanke an diese alte Journalistenweisheit gibt Hübner plötzlich Kraft. Und diese Kraft hilft ihm auch dabei, das, wonach die Kommissarin eben dummerweise nicht gefragt hat, für sich zu behalten. Denn wenn es wider Erwarten doch das Schwein Michelsen gewesen sein sollte, das Susanne abgeknallt hat, dann würde Fred das gern persönlich herausfinden.

Samstag, 20. August, 0.25 Uhr, Elbchaussee, Hamburg

»So richtig arm scheinen die Michelsens nicht zu sein«, murmelt Sven, während das Tor zur Einfahrt der Michelsen-Villa sich langsam zur Seite schiebt und die Sicht auf einen prächtigen Backsteinbau mit zwei breiten Erkern und einem zierlichen Turm freigibt.

»Dem Mann gehört eine komplette Immobiliengesellschaft. Die fünf Hotels von ihm und seiner Frau sind da nur das Sahnehäubchen.« Bastian Kreuzer zeigt auf sein Smartphone. »Die Kollegen haben mir gerade die Auswertung der Personenanalyse gemailt. Dieser Jonas Michelsen ist ein echter Goldjunge. Der hat in den letzten zwanzig Jahren mit Gewerbeimmobilien das große Geld gemacht. Erst in Berlin nach dem Mauerfall, dann hier in Hamburg, wo er herkommt. Kein Wunder, dass Hübner damals beim Hahnenkampf schlecht weggekommen ist.«

»Nicht alle Frauen sind Materialistinnen.«

»Aber alle sind käuflich. Ist nur eine Frage des Preises.«

»Lass das nicht Silja hören.«

»Wir können sie fragen. Vielleicht ist sie ehrlich. Für Männer gilt übrigens das Gleiche. Ist meine feste Überzeugung. Nur ist der Markt da enger.«

»Das muss ich jetzt erst mal verdauen.«

»Du glaubst noch an das Gute im Menschen, was?«

»Theoretisch schon. Hält mich aufrecht, wenn du weißt, was ich meine.«

Sven Winterberg parkt direkt vor dem massiven Eingangstor. Der Hausherr persönlich steht in der Tür.

»Bitte kommen Sie herein. Auch wenn Sie sich eine eigenwillige Uhrzeit für Ihre Visite ausgesucht haben. Es hat noch einen Brandanschlag gegeben, nehme ich an ...«

Die sonore Stimme Jonas Michelsens klingt leicht brüchig und signalisiert deutlich, dass er seinen eigenen Worten nicht ganz über den Weg traut.

»Nein, kein Brandanschlag.« Bastian Kreuzer zieht seinen Dienstausweis und stellt sich und seinen Kollegen vor. Danach redet er so schnell wie möglich weiter. »Herr Michelsen, wir sind zu dieser unchristlichen Zeit persönlich zu Ihnen gekommen, weil wir eine sehr ernste Nachricht für Sie haben. Ihre Frau ist heute am späten Nachmittag erschossen worden.«

Jonas Michelsen steht völlig starr in der weiträumigen Diele seines Hauses. Noch nicht einmal seine Augen bewegen sich.

»Wir wissen, diese Nachricht ist ein Schock. Vielleicht sollten Sie sich setzen«, sagt Sven leise.

Michelsen nickt kaum wahrnehmbar und geht mit hölzernen Bewegungen voran in einen riesigen Wohnraum, hinter dessen Fensterfront ein breites Rasenstück bis zur Elbe hinunterführt, wo gerade ein nächtlich beleuchteter Schlepper aus dem Bild gleitet. Der Hotelier lässt sich mit dem Rücken zu dem atemberaubenden Panorama in ein tiefes Sofa sinken. Mit einer Stimme, die alle Kraft verloren zu haben scheint, sagt er: »Aber das Kampener Haus ist doch so gut gesichert. Ich habe immer alles getan, um ...«

Ratlos bricht er ab.

Bastian Kreuzer räuspert sich. Er weiß genau, dass Jonas Michelsen der eigentliche Schlag noch bevorsteht. Es sei denn, er wusste von der Affäre seiner Frau. Jede kleinste

Regung im Gesicht seines Gegenübers wird in den nächsten Sekunden wichtig sein.

»Herr Michelsen. Ihre Frau war nicht in Ihrem gemeinsamen Haus, als sie erschossen wurde. Sie befand sich in dem Apartment eines Freundes aus Sylter Jugendtagen. Fred Hübner, vielleicht kennen Sie den Namen.«

»Das ist dieser Journalist, der die Bestsellerlisten gestürmt hat, oder?«

»Genau.«

»Aber was hat Susanne …?«

Bastian kann sehen, wie sich das Begreifen eine Bahn sucht und gleichzeitig alle Farbe aus Michelsens Gesicht verschwindet. Mit mühsam ruhig gehaltener Stimme setzt der Hotelier noch einmal neu an.

»Sie meinen … Sie wollen mir sagen, dass meine Frau ein Verhältnis mit dem Kerl hatte und in seiner Bude erschossen worden ist?«

»So sieht es aus, ja.«

»Den bringe ich um.«

Michelsen springt auf und stürmt direkt auf einen Teil der raumbreiten Schrankwand zu, die um den Kamin herumgebaut ist.

»Stopp. Sie haben mich falsch verstanden. Ich habe nicht gesagt, dass Fred Hübner Ihre Frau erschossen hat. Es ist nur in seiner Wohnung passiert. Er selbst war gar nicht da. Jedenfalls behauptet er das, und wir tendieren dazu, ihm zu glauben.«

»Darf ich Ihnen eine Frage stellen, Herr Michelsen?« Sven Winterberg erhebt sich alarmiert aus seinem Sessel. »Ist das Ihr Waffenschrank dort neben dem Kamin?«

»Woher wissen Sie das?«

»Ihre Frau hat Fred Hübner von Ihrer Jagdleidenschaft erzählt.«

»Das ist nicht verboten.«

»Nein, natürlich nicht. Aber die Weitergabe von Waffen an Unbefugte ist verboten. Und Ihre Frau hatte keinen Waffenschein.«

»Sie reden von der Sig? Das war eher eine psychologische Maßnahme. Ich habe das Prachtstück extra für Susanne anfertigen lassen, aber ich wusste genau, dass sie die Waffe niemals benutzen würde.«

»Hat sie auch nicht«, mischt sich jetzt Bastian Kreuzer ein. »Aber ihr Mörder hat es getan. Herr Michelsen, leider müssen wir Ihnen mitteilen, dass Ihre Frau mit genau der Waffe erschossen worden ist, die Sie ihr offenbar geschenkt haben. Und da stellt sich für uns natürlich die Frage, wer außer Ihnen kann davon gewusst haben.«

»Sie verdächtigen *mich*?«

»Sagen wir mal so: Wir interessieren uns für Ihr Alibi. Es geht um die Zeit von 17 bis 19 Uhr am heutigen Nachmittag.«

Jonas Michelsen kehrt seinem Waffenschrank den Rücken und kommt langsam zum Sofa zurück. Er ist jetzt sichtlich um Selbstbeherrschung bemüht und lässt sich Zeit mit seiner Antwort.

»Ich war den ganzen Tag über hier in Hamburg. Es gibt etliche Leute, die Ihnen das gern bestätigen werden. Am Vormittag war ich im Büro meiner Firma. Mittags gab es einen unerfreulichen Vorfall auf einer Baustelle, den ich regeln musste. Das war in der Hafencity so zwischen eins und zwei etwa. Am Nachmittag war ich dann hier im Haus allein, aber am Abend habe ich bei einem Empfang vorbeigeschaut. Der Gastgeber wird sich erinnern.«

114

»Am Abend heißt konkret wann?«, setzt Bastian nach.

»Es war schon später. Gegen zehn würde ich sagen, vielleicht auch erst halb elf.«

»Das heißt für uns, dass Sie zwischen zwei und zehn Uhr überall gewesen sein könnten. Auch auf Sylt. Mit dem Wagen ist das durchaus zu schaffen. Sie haben doch sicher ein schnelles Auto.«

»Ich verbitte mir diesen Ton! Ich habe meine Frau nicht umgebracht. Warum hätte ich das tun sollen?«

»Weil sie Ihnen untreu war.«

»Davon wusste ich nichts.«

»Das sagen Sie, aber wir müssen es nicht glauben.«

Jonas Michelsen reißt die Tür seines Waffenschranks auf und greift nach einem Jagdgewehr.

»Raus! Sie verlassen jetzt auf der Stelle mein Haus. Ich werde mich über Sie beschweren. Es ist eine Unverschämtheit, wie Sie hier auftreten ...«

Michelsens Stimme wird mit jedem Wort lauter und heftige Bewegungen mit dem Gewehr unterstreichen das Gesagte.

»Immer mit der Ruhe. Und die Waffe legen Sie besser ganz schnell zurück.«

Bastian Kreuzers Stimme klingt sanft, fast schon einschmeichelnd. Beide Kommissare stehen sehr langsam auf und wenden sich zur Tür, ohne den wütenden Hotelier aus den Augen zu lassen. Was gerade geschieht, überrascht sie wenig. Jonas Michelsens Verhalten ist nicht untypisch, und seine psychologische Motivation so alt wie die Menschheit. Er versucht, den Druck zu verschieben. Um sich der Nachricht vom Tod seiner Frau nicht emotional stellen zu müssen, richtet er seine Wut auf die Überbringer der schlechten

Nachricht. In der Antike hätte man jeden Boten in einer solchen Situation umgebracht. In der Neuzeit verlegen sich die Menschen im Allgemeinen aufs Drohen und Beschimpfen. Auch Jonas Michelsen lässt jetzt die Waffe sinken.

»Danke, Herr Michelsen. Und bitte beruhigen Sie sich. Die Nachricht vom Tod Ihrer Frau hat Sie natürlich sehr getroffen. Wir verstehen das. Und selbstverständlich verlassen wir Ihr Haus, wenn Sie das wünschen. Aber es wäre uns doch wohler, wenn wir Sie nicht allein zurücklassen müssten. Können wir jemanden für Sie anrufen? Einen Freund, einen Arzt, einen Vertrauten?«

»Meinen Anwalt werde ich anrufen, ihr Torfköppe«, brüllt Michelsen und reißt das Gewehr von neuem hoch. »Verzieht euch auf eure Insel, ihr Versager. Wenn ihr den Brandanschlag rechtzeitig aufgeklärt hättet, wäre das alles vielleicht gar nicht passiert.«

»Haben Sie einen Verdacht?«, kann Bastian Kreuzer gerade noch fragen, dann muss er sich auch schon vor dem Gewehrkolben in Sicherheit bringen. Im Laufschritt traben die Kommissare durch die Diele zur Tür hinaus und dann zu ihrem Wagen. Der laute Knall, mit dem der Hausherr die Tür hinter ihnen ins Schloss wirft, ist einem Schuss nicht unähnlich.

Samstag, 20. August, 6.23 Uhr, Bahnhofsstraße, Morsum

Das Klingeln braucht lange, bis es sich durch Albert Dornfeldts Träume gekämpft hat und in sein Bewusstsein vorgedrungen ist. Verwirrt greift der Hotelmanager nach dem Wecker, der nur noch aus alter Gewohnheit neben seinem Bett steht. Längst lässt Dornfeldt sich jeden Morgen vom Handy aus dem Schlaf holen. Auch jetzt liegt das Smartphone auf dem Nachttisch, doch heute ist Samstag und die Weckfunktion ausgeschaltet. Die Uhr zeigt fast halb sieben, und das Klingeln ist ein Anruf auf dem Handy. Dornfeldt wirft einen Blick auf das Display, sieht den Frauennamen und nimmt den Anruf an.

»Was ist los? Ich schlafe noch.«

»Gleich bist du wach, keine Sorge. Willst du wissen, was passiert ist?«

»Jetzt sag schon.«

»Susanne Michelsen ist tot. Ermordet.«

»Du spinnst.«

»Nein, ehrlich. Ich hab's direkt von Jonas. Die Polizei ist extra von Sylt nach Hamburg gekommen, um es ihm schonend beizubringen. Er muss ziemlich ausgerastet sein. Du kennst ihn ja.«

»Allerdings. Wie ist es passiert? Das mit Susanne, meine ich.«

»Sie hatte eine Waffe in ihrer Handtasche, ein Geschenk von Jonas. Und damit hat man sie jetzt erschossen. Aber wo sich das abgespielt hat, das errätst du nie.«

»Du wirst es mir gleich erzählen, nehme ich an.«

»Die keusche Susanne hatte einen Liebhaber, und nicht irgendwen. Es war dieser Skandaljournalist Fred Hübner, darunter hat sie es wohl nicht gemacht. Und bei dem lag die Schnepfe gestern Abend plötzlich tot in der Wohnung.«

»Reiß dich zusammen, ja. Du redest von der Frau meines Chefs.«

»Ich hab sie nie gemocht, das weißt du.«

»Ich finde nicht, dass wir das jetzt erörtern sollten. Wie geht's Jonas?«

»Beschissen, kannst du dir ja vorstellen. Das kommt jetzt alles an die Öffentlichkeit. Und weißt du, was das Schärfste ist?«

»Na?«

»Wie's aussieht, verdächtigen sie ihn.«

»Wer ist ›sie‹? Die Polizei?«

»Wer denn sonst.«

»Und was machen wir jetzt?«

»Abwarten. Kann ja für uns nur noch besser werden, meinst du nicht?«

»Stimmt eigentlich. Aber mach jetzt keinen Fehler, hörst du?«

»Keine Sorge, ich benehme mich. Ich weiß ja, was auf dem Spiel steht ...«

Samstag, 20. August, 7.45 Uhr, Kriminalkommissariat Westerland

»Mann, war das eine Nacht! Erst dieser durchgeknallte Hotelier und dann die Frühschicht auf dem Autozug«, stöhnt Bastian Kreuzer leise, während er versucht, die Kaffeemaschine mit seinen Blicken zu hypnotisieren. »Sag mal Sven, kann es sein, dass die Maschine dringend entkalkt werden muss? Bis die eine poplige Kanne fertig hat, haben die Schwarzen in Guatemala schon eine halbe Plantage abgeerntet.«

»Lass dich bloß nicht bei solchen Sprüchen erwischen.«

»Warum? War doch politisch vollkommen korrekt. Ich

hätt's auch anders ausdrücken können. Weißt du übrigens, wo Silja gestern Abend die Ergebnisse hingetan hat?«

»Welche Ergebnisse? Ist mir da was entgangen?«

»Okay, viel wird's nicht gewesen sein. Wenn am Freitagabend jemand umgebracht wird, dann hat der Mörder schon mal grundlegend was richtig gemacht. Bis wir an die nötigen Infos aus den anderen Behörden kommen, ist es Montagmittag und der Täter über alle Berge.«

»Was du nicht sagst. Aber warte mal …« Sven Winterberg nimmt ein Blatt mit handschriftlichen Notizen von seinem Schreibtisch und hält es hoch. »Das ist doch Silja Handschrift, oder?«

»Sieht ganz so aus. Lies vor, dann kann ich die Maschine melken.«

Während Bastian den tiefschwarzen Kaffee in zwei Becher füllt und gründlich süßt, überfliegt Sven Siljas Notizen.

»Die Hälfte hat sie uns gestern schon am Handy erzählt, als wir unterwegs nach Hamburg waren. Die Michelsen wurde durch einen einzigen gezielten Kopfschuss getötet. Die Munition ist mit ziemlicher Sicherheit aus ihrer eigenen Sig gekommen. Die Dinger gibt's nämlich nicht wie Sand am Meer. Sie sind teuer, um die dreitausend steht hier. Sie werden in Handarbeit hergestellt und sind entsprechend selten. Aber das weißt du ja wahrscheinlich.«

»Allerdings. Mit einer Sig Sauer rennt jedenfalls der durchschnittliche Meuchelmörder ganz bestimmt nicht durch die Gegend. Damit geht die Wahrscheinlichkeit, dass Opfer und Täter zufällig die gleiche Waffe besaßen, gegen Null.«

»Sehe ich auch so.« Sven Winterberg vertieft sich wieder in Silja Blancks Notizen. »Relevante Fingerabdrücke gab es

119

nicht, nur von Hübner und der Toten und der Putzfrau vom Hübner. Dazu noch ein paar unbekannte Spuren an so exotischen Stellen wie der Deckenlampe oder dem Abflussrohr im Badezimmer. Vermutlich also Handwerker. Außerdem zwei oder drei an der Handtasche. Das kann der Mörder, kann aber auch eine Verkäuferin gewesen sein.«

»Oder der holde Gatte. Beziehungsweise der ermittelnde Beamte. Beim nächsten Mal hältst du entweder die Pfoten still oder du ziehst Handschuhe über, nur dass wir uns verstehen.«

»Sorry, soll nicht wieder vorkommen.«

»Hier, dein Kaffee. Trink erst mal. War das jetzt alles?«

»Nicht ganz. Kannst du dich an die beiden Handys in Susanne Michelsens Tasche erinnern?«

»Klar. One for my baby, one for the road. War's nicht so?«

»Nein. Das eine Handy gehört Susanne Michelsen. Das andere ist unter dem Namen *Marie Nussbaum* registriert. Na, klingelt's?«

»Die Hamburger Schauspielerin?«

»Bingo. Silja hat gestern Abend gleich nach der Vorstellung mit ihr telefoniert und sie bestreitet energisch, Susanne Michelsen jemals getroffen zu haben. Kann sich überhaupt nicht erklären, wie ihr Handy in deren Handtasche gekommen ist. Sie hat es nämlich vor zehn Tagen oder so auf einer Parkbank vergessen. In Hamburg.«

»Sagt sie.«

»Genau. Klingt ja auch total plausibel. Wahrscheinlich ist es dann ganz von allein nach Sylt in die Handtasche der Michelsen geflattert.«

»Vielleicht hat sich die Michelsen auf dem Flohmarkt mit Hehlerware eingedeckt.«

120

»Sehr lustig.«

»Tja, dann haben wir es hier wohl mit einer ersten Spur zu tun. Spürst du schon das Adrenalin in deinen Adern, Sven?«

»Bei mir ist da nur Müdigkeit – und Koffein. Kann es übrigens sein, dass du es mit dem Kaffeepulver ein bisschen übertrieben hast? Die Brühe ist ja pechschwarz!«

»Na, das bisschen Koffein wirst du doch wohl aushalten.«

»Hoffen wir's. Aber weiter im Text: Willst du raten, wo Silja diese Nussbaum aufgetrieben hat?«

»Mach's nicht so spannend, Kollege.«

»Obwohl sie mit ihrem Mann eine Villa in Blankenese besitzt, hält sie sich offenbar gewohnheitsmäßig in einer Suite im *Hampton* auf. Das ist eins der drei Hamburger Design-Hotels, die zu Michelsens Besitz gehören.«

»Wie ist Silja denn darauf gekommen?«

»Hat im Theater angerufen, und die haben ihr umstandslos die Durchwahl ins Hotel gegeben.«

»Sauber. Und datenschutztechnisch völlig unbedenklich. Dann sollten wir so schnell wie möglich herausfinden, was die Familien Nussbaum und Michelsen so alles verbindet.«

»Ich wollte eigentlich so schnell wie möglich ins Bett.«

»Wegen der einen durchwachten Nacht? Schlappschwanz!«

»Das nimmst du sofort zurück, sonst erzähle ich dem Staatsanwalt, dass du ein Verhältnis mit der Kollegin Blanck hast«, feixt Sven, während er sich einen zweiten Kaffee einschenkt.

»Okay, ich nehme es zurück. Schließlich kann ich sehen, dass du an deinem Image arbeitest.« Grinsend deutet Bastian auf Svens Kaffeebecher.

»Was bleibt mir übrig. Du bist schließlich der Boss. Übrigens, da wir gerade von ihr sprechen: Wo ist Silja eigentlich?«

»Im Bett.«

»Quatsch.«

»Schade, ich dachte, du glaubst es. Nein, im Ernst, ich habe keine Ahnung. Ihr Handy ist abgeschaltet und zu Hause erreiche ich sie auch nicht.«

»Machst du dir Sorgen?«

»Noch nicht.«

Samstag, 20. August, 8.15 Uhr, Dorfteich, Wenningstedt

Langsam läuft Silja auf dem Fußweg um den Dorfteich herum. Es ist schon ihre dritte Runde und der Hundebesitzer, dem sie bereits zweimal begegnet ist, hat ihr mehrere irritierte Blicke zugeworfen. Außer ihnen beiden ist um die frühe Stunde hier niemand unterwegs. Sogar die Jogger scheinen heute auszuschlafen. Allerdings lädt der kühle Morgen auch nicht unbedingt zu Outdoor-Aktivitäten ein. Es ist windig und feucht, aus dichten Wolken fällt leichter Sprühregen. Vor einer halben Stunde hat Silja bereits minutenlang an der Stelle gestanden, an der am Dienstag der Pritschenwagen gebrannt hat, und dabei eine interessante Entdeckung gemacht. Von dort aus kann man ungehindert auf die Terrasse von Fred Hübners Apartment sehen. Zu gern wüsste Silja, was es an dem betreffenden Abend vielleicht zu beobachten gegeben hat. Aber Hübner konnte sie bisher nicht fragen. Er scheint noch zu schlafen, jedenfalls hat er auf ihr Klingeln nicht reagiert. Also setzt Silja zu einer weiteren Runde an. Unter ihrer Regenjacke trägt sie einen warmen Pullover, so dass ihr das ungemütliche Wetter nichts anhaben kann.

Sie hat ihr Handy abgeschaltet, obwohl das gar nicht gern gesehen wird, aber sie braucht jetzt unbedingt ein paar ungestörte Minuten, um noch einmal alle Details des Falls Revue passieren zu lassen: Die drei Brände in der vergangenen Woche, an Susanne Michelsens Rantumer Hotel, am Bahnhof in Morsum und schließlich am Dorfteich. Und dann die tödlichen Schüsse auf die Hotelerbin, ebenfalls hier am Dorfteich. Bei zwei der drei Orte besteht also zumindest eine Verbindung. Wie aber passt das harmlose Wartehäuschen ins Bild? Und wird es erst einen weiteren Vorfall geben müssen, damit sich der Zusammenhang klärt? Wo können Sven, Bastian und sie selbst ansetzen, um möglichst vorher hinter die geheimen Verbindungen zu kommen?

Silja geht noch einmal alle Fakten durch. Dreimalige Brandstiftung, die ersten beiden Brände lagen zeitlich so nah beieinander, dass von einem einzigen Täter auszugehen ist. Die letzten beiden Brände hatten leicht zu erreichende Ziele, was auch auf denselben Täter hindeutet. Ist dieser angenommene dreifache Brandstifter jetzt zum Mörder geworden? Und wäre dann die These von einer politisch motivierten Tat noch haltbar? Musste Susanne Michelsen als Repräsentantin des Establishments sterben? Die Art ihres Todes spricht dafür. Alles gleicht einer Hinrichtung. Susanne Michelsen ist aus relativ großer Nähe mit einem Schuss ins Gesicht getötet worden. Kaltblütig und wahrscheinlich geplant. Doch warum wurde dann die Waffe der Toten benutzt? Über die Information, dass die Sig Sauer sich samt Munition in Susanne Michelsens Handtasche befinden würde, konnten doch nur enge Vertraute verfügen. Eine Tatsache, die eindeutig gegen eine gesellschaftskritisch motivierte Tat spricht. Also ein Beziehungsdelikt? Dafür spräche die Untreue der Ermordeten. Nicht alles scheint bei dem Ehepaar Michelsen so geordnet gewesen zu sein, wie die Hotelerbin es Silja bei ihrer einzigen Begegnung hat weismachen wollen. Aber greift man in diesen Kreisen gleich zur Waffe, wenn es in der Ehe mal nicht so läuft, wie ursprünglich verabredet? Wohl kaum. Bliebe noch Wirtschaftskriminalität. In der Regel schwer aufzudecken und noch schwerer nachzuweisen. Zumal das Opfer selbst gar nicht kaufmännisch aktiv war. Ein Warnschuss also? Aber für wen?

Doch wohl für Jonas Michelsen. Oder sollte gar der Liebhaber des Opfers, sollte vielleicht Fred Hübner gewarnt werden? Hat er nicht erwähnt, er recherchiere in der Hamburger Hafencity? Welchen Verknüpfungen ist er auf die Spur gekommen? Und wie muss sie es anstellen, um ihn zum Reden zu bringen?

Samstag, 20. August, 8.35 Uhr, Haus am Dorfteich, Wenningstedt

Fred Hübner hat längst aufgehört, die Wiederholungen des Dreitongongs zu zählen. Wenn er gewusst hätte, wo die Türglocke abzustellen ist, hätte er es getan. Aber er weiß es nicht. Er weiß gar nichts mehr. Sein Leben ist seit gut zwölf Stunden ein schwarzes Rauschen, durch das ab und an höchst unwillkommene Blitze der Erkenntnis zucken.

124

Da war ihm seit vielen Jahren zum ersten Mal ein Mensch wieder sehr nah – und nun soll er tot sein. Susannes Körper: kalt und starr. Ihr schönes Gesicht: zersprengt. Ihr Mund, der nie wieder reden, nie wieder lachen, nie wieder küssen wird. Seine Susanne: zwischengelagert in einer Metallschublade. Wo? Hier auf der Insel oder irgendwo auf dem Festland? Fred weiß es nicht. Er weiß nur, dass er noch nicht einmal das Recht hätte, Susanne ein letztes Mal zu sehen, um von ihr Abschied zu nehmen. Doch das ist es nicht, was ihn schmerzt, denn Abschied nehmen, das gerade will er ja nicht. Noch hängt ihr Duft in seiner Wohnung – in der unteren Etage seiner Wohnung, korrigiert er sich sofort. In der oberen ist ihr Blut an den Wänden und auf dem Boden verteilt.

Fred hockt auf einem seiner Ledersessel, den Körper gekrümmt, den Kopf zwischen den Knien. Nie in seinem ganzen Leben hat er sich so klein gefühlt, so schutzlos, so bescheuert unwürdig. Alles hat er aushalten können, die berufliche Erniedrigung, den sozialen Abstieg, den Suff. Mit Mut und allen noch zu mobilisierenden Kräften hat er sich schließlich selbst aus dem Sumpf gezogen, hat auf den Alkohol verzichtet, monatelange Frondienste am Rechner geleistet und sich ein neues Leben erschaffen, dessen nach außen sichtbare Wegmarke diese Wohnung hier war. Ist. Hätte sein sollen. Diese Wohnung, in der nun die Frau getötet worden ist, deren Herz er wiedererobern wollte. Scheiß doch auf den Kitschverdacht, denkt Fred jetzt, manchmal sind die kitschigen Worte das einzig Wahre. Es ist ihm ja tatsächlich um das kleine, warme, untreue Herz Susanne Boysens gegangen, die nur aus einem Irrtum heraus so viele Jahre ihres Lebens den blöden Namen dieses selbstgerechten Nabob mit seinen quasi-pädophilen Neigungen getragen hat.

An der Tür klingelt es wieder. Langsam hebt Fred den Kopf. Sie sollen ihn in Ruhe lassen. Er ist vollauf damit beschäftigt, das winzige Quäntchen Wut aufzuspüren, das sich eben in ihm geregt hat. Denn tief in seinem Inneren weiß er genau: Dies ist das Einzige, was ihn retten kann. Nur wenn es ihm gelingt, die Wut zu kultivieren, sie zum Antrieb seiner Aktivitäten zu machen, nur dann wird er in der Lage sein, das hier durchzustehen.

Jetzt schlagen Fäuste an seine Wohnungstür, und eine kräftige Männerstimme ruft: »Herr Hübner, machen Sie auf. Wir wissen, dass Sie da sind.«

Fred rührt sich nicht.

Wieder die Fäuste, wieder die Stimme: »Wenn Sie nicht öffnen, brechen wir die Tür auf. Verdacht auf Suizid.«

»Arschloch«, murmelt Fred und wuchtet sich aus dem tiefen Sessel. Als er sich mit schleppenden Schritten der Wohnungstür nähert, hört er draußen die Stimme der zierlichen Kommissarin: »Jetzt mach hier nicht solchen Druck, Bastian, der Typ ist auch ohne dich schon vollkommen fertig.«

»Stimmt genau«, sagt Fred, als er die Tür öffnet. Die Schöne errötet leicht, der andere gestattet sich ein Grinsen.

»Immerhin haben Sie aufgemacht, Herr Hübner. Wir müssen nämlich noch einmal mit Ihnen reden.«

»Ich kenne Sie vom vorletzten Jahr, oder?«

»Ganz recht. Bastian Kreuzer, Kriminalhauptkommissar.«

»Das Walross, sieh einer an«, murmelt Fred und geht den beiden voran in den Wohnbereich.

»Was haben Sie gesagt?«

»Nichts von Belang. Setzen Sie sich doch. Ich habe nämlich auch ein paar Fragen an Sie.«

Während sich der Kommissar aufs Sofa wirft, sieht die Schöne sich gründlich um.

»Sagen Sie mal, Herr Hübner, haben Sie seit gestern Abend irgendetwas gegessen?«

»Sehe ich so aus, als sei mir nach großen Gelagen zumute?«

»Nein, natürlich nicht, aber Sie müssen ein bisschen auf sich aufpassen. Es hilft niemandem, auch Susanne Michelsen nicht mehr, wenn Sie sich selbst zerstören.«

»Wie kommen Sie denn darauf, dass ich das vorhabe?«

»War nur so eine Idee. Haben Sie es vor?«

»Weiß ich noch nicht. Und mit Ihnen werde ich das ganz bestimmt nicht diskutieren.«

»Soll ich Ihnen etwas zu essen machen? Darf ich mal einen Blick in Ihren Kühlschrank werfen?«

»Ist die immer so bossy?«, wendet sich Hübner an ihren Kollegen.

»Nur wenn sie jemanden mag«, ist die Antwort.

»Kaffee wäre gut – und ein Joghurt vielleicht«, lenkt Fred ein.

Die Schöne nickt und macht sich ans Werk. Fred lässt sich wieder auf den Sessel fallen, das Leder ist noch warm von seiner nächtlichen Sitzung. Bevor er von neuem in dumpfes Brüten verfallen kann, beginnt die Kommissarin das Gespräch.

»Ich bin gerade am Dorfteich unterwegs gewesen, und dann habe ich mich in die Parkbucht gestellt, wo am Dienstag der Pritschenwagen gebrannt hat. Wussten Sie, dass man genau von dieser Stelle aus Ihre ganze Terrasse im Blick hat?«

»Wusste ich nicht, wozu sollte das auch gut sein?«

»Das will ich Ihnen sagen. Vielleicht hat an diesem Abend jemand etwas auf Ihrer Terrasse beobachtet, was ihn oder sie wütend gemacht hat.«

»Sie meinen, ein eifersüchtiger Gatte könnte Susanne und mich gesehen haben?«

»Zum Beispiel. Waren sie denn an dem Abend gemeinsam auf der Terrasse?«

»Ja. Susanne wollte allerdings der Polizei nicht begegnen, darum war sie oben, als Ihre Kollegen kamen …«

»… und wir konnten den Zusammenhang zwischen den beiden Anschlägen nicht herstellen«, vollendet das Walross den Satz.

»Jetzt bin ich schuld, ja?«

Wütend lässt Fred seine Faust auf den Sessel hinabsausen.

»So war das nicht gemeint«, beschwichtigt das Walross.

»Sie meinen also, dieser Michelsen hat seine eigene Frau umgebracht?«, flüstert Fred.

»Wir wissen es nicht. Aber wir sind sehr optimistisch, dass sich das bald ändern wird. Mit Ihrer Hilfe.«

»Ich weiß doch auch nichts.« Fred Hübners Stimme klingt weinerlich.

»Das denken Sie vielleicht. Aber es ist ganz sicher nicht so. Und es ist der einzige Dienst, den Sie Susanne Michelsen noch erweisen können: Helfen Sie uns, ihren Mörder zu finden.«

Fred macht eine abwehrende Handbewegung.

»Wann wird sie begraben? Und wo?«

Der Blick, den die beiden Ermittler wechseln, entgeht ihm nicht. Lauernd beobachtet er sie. Es ist schließlich die Schöne, die das Schweigen beendet.

»Noch ist der Körper nicht freigegeben.«

»Susannes Eltern liegen beide hier auf dem Friedhof«, stöhnt Fred. »Von meiner Terrasse aus können Sie einen Stein zur Kirche hinüberwerfen. Sagen Sie mir bitte nicht, dass man meine tote Liebe direkt vor meiner Haustür begraben wird.«

»Herr Hübner, das haben nicht wir zu entscheiden. Aber wir werden sicher vom Ehemann informiert werden, und dann sorgen wir dafür, dass auch Sie es erfahren. Ich weiß nur nicht, ob es so eine gute Idee wäre, wenn Sie am Begräbnis teilnehmen würden …«

Das Walross versucht, Fred eindringlich anzusehen. Für Fred wirkt es, als habe ein Panzertier einen depressiven Anfall. Die Schöne, die mittlerweile drei Tassen Kaffee gemacht hat, kommt jetzt zu ihnen. Als sie Fred einen der Becher reicht, fragt sie leise: »Hat Jonas Michelsen sich bei Ihnen gemeldet?«

»Nein. Warum sollte er?«

»Er denkt, Sie hätten seine Frau getötet«, schaltet sich ihr Kollege wieder ein.

»Woher wollen Sie das wissen?«

»Ich war letzte Nacht in Hamburg und habe mit ihm geredet.«

»Und er hat Ihnen erzählt, dass mit seiner Ehe alles in Ordnung ist, oder wie?«

»Jedenfalls war er ziemlich schockiert, als er von Ihrer Affäre mit Frau Michelsen erfuhr.«

Fred Hübner schweigt. Er weiß genau, dass er jetzt von seinen Hamburger Beobachtungen erzählen müsste. Das Bild des Hotelbesitzers mit diesem verdammt jungen Mädchen geht Fred nicht aus dem Kopf. Doch Leumund und

Ehre von dem Scheißkerl Michelsen sind zu wertvolle Trophäen, um sie kampflos den beiden Kriminalen zu überlassen.

»Sie haben gar nichts dazu zu sagen?«, setzt der Kommissar jetzt nach.

»Wozu?« Fred hat plötzlich größte Mühe, sich auf das Gespräch zu konzentrieren, denn da ist sie wieder, die Wut, dieses ersehnte Gefühl.

»Jonas Michelsen war sichtlich überrascht von der Nachricht, dass seine Frau ein Verhältnis mit Ihnen hatte.«

»Vielleicht wollte er nur, dass Sie das denken.«

»Sie meinen, er hat davon gewusst?«

»Ich weiß es nicht.« Mit geschlossenen Augen trinkt Fred von seinem Kaffee. Er sieht seine eigene Badezimmertür von außen und hört Susannes Stimme hinter der Tür. Ein ganz belangloses Telefonat unter Ehegatten. *Keine besonderen Vorkommnisse hier auf der Insel, sorg dich nicht.* Der Schmerz sitzt tief.

»Ich würde Ihnen sehr gern weismachen, dass Susanne diesem Kerl reinen Wein eingeschenkt hat, das können Sie mir glauben. Aber Fakt ist, dass ich am Tag, bevor sie sterben musste, ein Telefonat der beiden mitgehört habe. Der Typ hatte tatsächlich keine Ahnung.«

»War das eigentlich in Ihrem Sinne?«, erkundigt sich die Schöne und holt einen Fruchtjoghurt aus dem Kühlschrank.

»Das zwischen Sanne und mir lief erst seit ein paar Tagen. Ich hatte ihr noch keinen Heiratsantrag gemacht.«

»Aber es war Ihnen ernst mit der Liaison.«

»Nicht nur mir. Auch Susanne verhielt sich so.«

»Woran konnten Sie das erkennen?«

»Wie würden Sie es denn nennen, wenn jemand Knall auf Fall bei Ihnen einzieht und über Tage gar keinen Kontakt zum Ehepartner hat?«

»Sie meinen also, Jonas Michelsen hätte etwas ahnen müssen.«

»Falls er noch einen Rest von Aufmerksamkeit für seine Frau übrig hatte, dann schon.«

Das Walross stellt seinen Becher auf den Tisch, richtet sich auf und fragt bohrend: »Was glauben Sie denn, worauf sich die Aufmerksamkeit von Jonas Michelsen stattdessen gerichtet hat?«

»Auf seine Geschäfte? Aufs Golfspielen? Hören Sie mal, ich bin es nicht, der seit fast zwanzig Jahren mit so einer faszinierenden Frau wie Susanne verheiratet war und das ganz offensichtlich nicht zu würdigen wusste.«

»Wissen Sie etwas über Jonas Michelsens Geschäfte? Sie erwähnten bei unserem Gespräch gestern, dass Sie im Hamburger Baumilieu recherchieren«, fragt die Kommissarin, als sie ihm den Joghurt reicht.

»Ich kann nicht sehen, was das mit Sannes Tod zu tun haben soll.«

»Vielleicht hat man sie umgebracht, um ihren Mann zu warnen«, gibt die Kommissarin vorsichtig zu bedenken.

»Das meinen Sie nicht ernst ...«

Fred spürt das Entsetzen wie einen Eisregen über sich niedergehen. Keine Vorstellung ist schlimmer, als die, dass ein Mensch aus Gründen sterben muss, die gar nichts mit ihm zu tun haben. Dagegen wäre selbst die Vorstellung von einer Eifersuchtstat noch tröstlich.

»Nein, ich weiß nichts von Michelsens Geschäften«, gibt er resigniert zu. »Ich war noch am Anfang meiner Recherchen – und so wie sich's anfühlt, wird das auch noch eine Weile so bleiben. Oder sehe ich aus wie jemand, der sein Leben jetzt einfach fröhlich weiterlebt?«

»Lassen Sie sich ein wenig Zeit, Herr Hübner.« Die Schöne beugt sich vor und legt ihm eine kühle Hand auf den Arm. »Und wenn Ihnen irgendetwas einfällt, dann rufen Sie uns an. Bitte!«

Fred nickt und weiß insgeheim sehr genau, dass er einen Teufel tun wird, sich bei der Jagd auf Jonas Michelsens Geheimnis von diesen Bullen unter die Arme greifen zu lassen.

»Sie finden selbst hinaus?«

»Ja danke.« Kurz vor der Tür dreht sich die Kommissarin noch einmal um. »Eine Frage habe ich noch, Herr Hübner. Sie erwähnten vorhin ein Telefonat, das Susanne Michelsen in Ihrer Gegenwart geführt hat. War das vom Festnetz oder von ihrem Handy aus?«

»Vom Handy.«

»Würden Sie das Gerät wiedererkennen?«

Fred wird es unbehaglich zumute. Irgendetwas an dieser Frage ist ihm nicht geheuer. Nur weiß er nicht genau, was es ist. Umso vorsichtiger fällt seine Antwort aus.

»Ein iPhone, glaube ich.«

»Aber Sie sind sich nicht sicher.«

»Ich bin nicht so ein Medienjunkie.«

»Es wäre aber wichtig, dass Sie sich erinnern. Ich will Ihnen auch erklären, warum. In Susanne Michelsens Handtasche haben wir zwei Handys gefunden. Eines, und das ist in der Tat ein iPhone des neuesten Typs, ist auch auf Susanne Michelsen angemeldet. Das zweite gehört allerdings jemand anderem …«

»Meins ist es nicht. Das liegt dort drüben auf dem Tresen.«

»Das wollte ich auch gar nicht andeuten. Wir wissen bereits, wem es gehört.«

»Und?«

»Sagt Ihnen der Name Marie Nussbaum etwas?«

»Nicht direkt.«

»Will heißen?«

»Ich kenne sie nicht. Bin ihr nie begegnet. Aber ich weiß, dass sie in Hamburg Theater spielt.«

»Hat Susanne Michelsen den Namen vielleicht einmal erwähnt?«

Fred denkt nach. Gründlich. Er weiß, dass sich hier ein wichtiger Hinweis finden könnte und würde gern noch mehr Informationen von den Ermittlern bekommen. Dafür müsste er allerdings etwas liefern, um das Gespräch am Laufen zu halten. Nur kann er das nicht, denn Susanne hat überhaupt niemanden erwähnt. Sie hat ihr ganzes bisheriges Leben ausgeklammert und mit keinem Wort darüber geredet. Und Fred ist glücklich darüber gewesen. Er hat es für ein gutes Zeichen gehalten. Für ein Zeichen dafür, dass Sanne ihr altes Leben hinter sich lassen wollte. Sich neu erfinden. Mit ihm zusammen. Doch nun ist sie tot. Und alles, was er rechtzeitig über sie und ihr Leben hätte in Erfahrung bringen können, würde helfen, ihren Mörder zu finden.

Doch was weiß er? Nichts.

»Herr Hübner?«

Das Walross spricht leise, fast flüsternd, als wolle es seinen Gedankengang nicht unterbrechen.

»Ich habe Sie nicht vergessen. Nur nachgedacht. Aber ich muss passen. Leider. Susanne und ich haben nur über die

Zukunft gesprochen. Über eine gemeinsame Zukunft. Eine Zukunft, die jetzt gestorben ist, so wie Susanne auch ...«

Fred bricht ab, er fühlt, wie ihm Tränen in die Augen steigen. Er hat keine Ahnung, wann er zum letzten Mal geweint hat. Vermutlich ist es Jahrzehnte her. Die Wut über seine eigene Schwäche manifestiert sich deutlich in Freds Tonfall.

»War's das jetzt? Ich würde nämlich gern allein sein ...«

»Natürlich.« Immer noch die weichgespülte Walross-Stimme. »Und es bleibt dabei, wenn Ihnen noch etwas einfällt, rufen Sie an. Egal wann. Hier steht auch meine Handynummer drauf. Scheuen Sie sich nicht.«

Der Kommissar legt eine Visitenkarte auf die Kommode neben der Eingangstür, dann hebt er die Hand zum Gruß und öffnet die Tür, um der kleinen Kommissarin den Vortritt zu lassen. Als beide längst die Wohnung verlassen haben, sieht Fred immer noch dieses Bild vor sich. Und plötzlich weiß er genau, die beiden haben was miteinander. Und da ist sie wieder, die Wut. Warum können andere glücklich sein, sich finden, sich behalten, und nur bei ihm geht alles schief?

Mit Wucht tritt Fred gegen den Koffer vor dem Ledersofa, der ihm als Couchtisch dient. Scheppernd fällt einer der Kaffeebecher um. Er war noch halbvoll und die auslaufende Flüssigkeit formt den Umriss eines Herzens, um dann zitternd stillzustehen. Fred hält die Tränen nicht mehr zurück.

Samstag, 20. August, 13.15 Uhr, Pizzeria *Tino*, Westerland

»Und es ist wirklich okay, wenn ich mir drei Tage freinehme?«, Sven Winterbergs Stimme klingt zweifelnd.

Bastian Kreuzer, der gerade sein Ossobuco bekommen hat, antwortet mit vollem Mund.

»Natürlich nicht, du Hornochse. Wir sind mitten in der heißen Phase der Ermittlungen. Aber bevor deine Frau jetzt einen Megastress macht, weil du ihr den Geburtstagstrip versaust, solltest du lieber einlenken. Wir können das Ganze doch diplomatisch angehen. Ihr habt euch in Hamburg eingebucht, sagst du?«

»Zwei Nächte im Hotel Atlantik. Morgens ein Superfrühstück, tagsüber shoppen, abends Musical und Theater. Und dazwischen ein Verwöhnprogramm mit allem Drum und Dran im Hotelspa.«

»Und eure Tochter? Wie alt ist sie jetzt?«

»Gerade acht geworden. Kommt nach den Ferien schon in die dritte Klasse, die Lütte.«

»Nehmt ihr sie mit?«

»Eben nicht. Sie geht zu den Großeltern. Ist alles von langer Hand organisiert, Anjas Geburtstagsgeschenk zum Vierzigsten. Nach acht Jahren der erste Kurztrip zu zweit. Davon träumt Anja schon seit einer Ewigkeit.«

»Dann tu ihr einfach den Gefallen und fahre. Erklär ihr möglichst dramatisch, wie schwer es war, mich zu überzeugen. Und wenn du damit so richtig Eindruck geschunden hast, dann kannst du sie auch um einen kleinen Gefallen bitten.«

»Ich wusste doch, dass die Geschichte einen Haken haben würde.«

Unglücklich zupft Sven an den Rucolablättern auf seiner Pizza.

»Deal or no deal, mein Freund?«

»Deal. Spuck schon aus, was ich tun soll.«

»Ist ganz einfach. Du besuchst diese Schauspielerin. Marie Nussbaum. Hältst ihr das eigene Handy unter die Nase und erzählst ihr, wie lächerlich wir ihre blöde kleine Geschichte mit dem Verlust auf der Parkbank finden. Quetsch sie noch mal so richtig aus.«

»Okay, das kann ich an einem der Nachmittage machen, wenn Anja in der Massage ist. Ich steh eh nicht auf solchen Firlefanz. War's das?«

»Nicht ganz. Egal, was du von dieser Marie Nussbaum erfährst, du gehst auch noch mit dem Handy zu Michelsen. Und mach ja nicht auf good guy, hörst du. Sei gnadenlos. Rühr die ganze Scheiße so richtig auf. Dieser Michelsen weiß jetzt, dass seine holde Gattin ihn betrogen hat. Wahrscheinlich ist seine Wut inzwischen so richtig hochgekocht. Mal sehen, was ihm da zu dem fremden Handy in der Handtasche seiner Angetrauten einfällt.«

»Dann wird Anja aber auch noch ohne mich shoppen gehen müssen.«

»Du Ärmster, siehst auch schon ganz traurig aus deswegen. Ich hoffe, dir vergeht nicht gleich der Appetit, sonst vertilge ich deine Pizza zum Dessert.«

»Keine Chance. Parmaschinken mit Rucola ist definitiv meine Traumkombi.« Energisch beginnt Sven, die knusprige Pizza zu zerschneiden. »Was wissen wir eigentlich über die an- und abgehenden Anrufe auf dem mysteriösen Handy?«

»Hat dir Silja das nicht erzählt?«

»Nö, sie ist vorhin zu diesem Hotelmanager aufgebrochen. Überprüft zusammen mit einem Experten die Buchhaltung, weil wir endlich ausschließen müssen, dass das Ganze irgendetwas mit Wirtschaftskriminalität zu tun hat.«

»Stimmt, hatte ich ganz vergessen. Also pass auf: Das Adressbuch weist nur eine einzige Übereinstimmung mit dem von Susanne Michelsen auf. Das ist die Praxisnummer vom Ehemann der Schauspielerin. Er ist Arzt und praktiziert in Nienstedten, das ist bei den Michelsens um die Ecke. Kann also sein, dass die Michelsen dort Patientin war. Das lassen wir gerade checken. Ist aber am Wochenende nicht so einfach. Ansonsten sind die Nummern komplett unterschiedlich, wie gesagt.«

»Und die an- und abgehenden Anrufe?«

»Nichts in den letzten zehn Tagen. Davor regelmäßige Telefonate der Nussbaum mit allen möglichen Theatermenschen. Wirkt unauffällig. Nur der letzte Anruf ist merkwürdig. Der ist am Donnerstag vor einer Woche bei einem Immobilienbüro eingegangen. Die vermieten diese Luxuslofts im Marco-Polo-Tower.«

»Dieses Gebäude mit den geschwungenen Balkonen in der Hafencity, wahnsinnig teuer und wahnsinnig überflüssig?«

»Genau. Silja dachte schon, das sei eine Spur, und hat die Kartei der Firma überprüfen lassen. Die waren natürlich wenig begeistert.«

»Kann ich mir vorstellen. Weißt du noch, als diese Maklerin im vorletzten Jahr verschwand und wir die leerstehenden Sylter Häuser ihrer Firma ins Visier genommen haben? Die Immobilienfuzzis haben sich fast ins Hemd gemacht, als wir an ihre Kartei wollten.«

»Ganz so schlimm war's jetzt wohl nicht. Allerdings war das Ergebnis erstaunlich. Marie Nussbaum war nämlich nicht in deren Kartei. Und die Typen von der Vermietung haben Stein und Bein geschworen, dass sie dann auch nicht angerufen haben kann. Weil sie nämlich immer zuerst die Kontaktdaten aufnehmen. Bei jedem Interessenten.«

»Leuchtet ja auch ein. Schließlich leben die von ihrer Adresskartei. Und außerdem war der Anruf letzten Donnerstag, sagst du? Dann war das immerhin zwei Tage, nachdem die Schauspielerin das Handy im Park vergessen haben will.«

»Genau. Deswegen ist Siljas These folgende: Wer immer das Handy an sich gebracht hat, hat vielleicht nur diesen einen Anruf getan.«

»Bei einer Immobilienfirma im Büro? Und dafür hat er das Handy geklaut? Bisschen weit hergeholt, findest du nicht?«

»Du hast ja recht. Aber wir haben nichts anderes.«

»Keine ominösen Nummern in der Anruferliste?«

»Nein. Nur ab und an mal ein bestimmtes Prepaid-Handy, das wir aber natürlich nicht zuordnen können. Danach kannst du die Schauspielerin ja auch fragen. Aber mach dich nicht unbeliebt, schließlich ist sie nicht verdächtig, und wir haben kein Recht, solche Auskünfte zu verlangen.«

»Wahrscheinlich weiß sie das auch sehr genau.«

»Wahrscheinlich. Die Menschen wissen viel zu viel, wenn du mich fragst.«

»Aber wer fragt dich schon – außer nach deinem Ossobuco. Ist das gut?«

»Vorzüglich. Danke der Nachfrage.«

»Lass mich mal kosten.«

»Nur gegen ein Stück Pizza. Aber aus der Mitte, wenn ich bitten darf.«

Samstag, 20. August, 15.10 Uhr, Strand am Ellenbogen, List

Ein kühler Wind fegt über das weitläufige Naturschutzgebiet am Lister Ellenbogen. Er peitscht das Dünengras, zerrt an Silja Blancks Baumwollschal und drückt den Stoff von Bastian Kreuzers Cargohose dicht an dessen Waden. Wenn der Sonne eine ihrer seltenen Stippvisiten durch die zerklüftete Wolkendecke gelingt, bestrahlt sie die beiden Ermittler. Eng umschlungen lassen sie sich nah am Flutsaum vom Wind vorwärts schieben. Außer den beiden gibt es hier kaum Spaziergänger. Und es ist gerade die Ruhe und Abgeschiedenheit an Deutschlands nördlichstem Strandabschnitt, die Silja bewogen hat, diesen Ausflug vorzuschlagen.

»Ich kann mir nicht helfen, aber ich finde, dass wir in dem Mordfall ganz schön feststecken«, beginnt sie das Gespräch.

»Du bist vielleicht ein kleines bisschen ungeduldig, Süße. Diese Michelsen ist gestern Abend erschossen worden – und jetzt ist Wochenende. Du weißt, was das für viele Informationen heißt, die wir brauchen: Wir müssen bis Montag warten – so läuft das in Deutschland nun mal. Dass schon morgen die Leiche freigegeben wird, ist eine Ausnahme und grenzt an ein Wunder. Die Staatsanwältin persönlich hat bei der Rechtsmedizin in Kiel mächtig Druck gemacht. Sonst sind die nämlich nicht so schnell.«

»Vielleicht liegt es auch an der Prominenz des Opfers.

Oder der des Ehemannes«, wirft Silja ein. »Aber das alles habe ich gar nicht gemeint. Ich glaube, wir müssen grundsätzlich anders an diese Ermittlung herangehen.«

»Da bin ich aber gespannt.«

»Wir reden immer von *dem* Mörder, männlich. Und weißt du, Bastian, ich habe langsam das Gefühl, dass das mehr als eine grammatikalische Vereinfachung ist.«

»Entschuldige mal. Der Michelsen ist mitten ins Gesicht geschossen worden. Kaltblütig und aus nächster Nähe. Würdest du so etwas schaffen?«

»Natürlich nicht. Aber du doch auch nicht, hoffe ich jedenfalls.«

»Okay, der Punkt geht an dich. Aber trotzdem: Nach allem, was wir über geschlechtstypisches Tötungsverhalten wissen, ist das eindeutig ein männliches Muster. Die klassische Killernummer.«

»Ja, ja, wie in amerikanischen Filmen. Das meinst du doch, oder? Männer gehen direkt zur Sache, mit höchstmöglicher Brutalität, schon um ihrem Testosteronspiegel zu entsprechen. Frauen dagegen bleiben selbst beim Töten noch sanft – oder hinterhältig. Im ersten Fall heißt das Gift, im zweiten ein Küchenmesser in die Rippen, meinetwegen auch eine Ming-Vase auf den Schädel.«

Bastian Kreuzer lacht laut auf. Der Wind trägt die Töne über den leeren Strand, während Bastian seine Partnerin fest in den Arm nimmt.

»Siehst du, das liebe ich an dir. Pointiert und wagemutig mit deinen Thesen, das bist du schon immer gewesen.«

Mit entschlossenen Bewegungen befreit sich Silja aus der Umarmung.

»Hör mal auf, ja? Das ist kein Flirtgespräch hier. Ich

meine es ernst. Wir stecken in irgendeiner blöden Klischee-falle. Und das von Anfang an. Wir haben zwar jede Menge Indizien, das Telefon und die verschwundene Waffe und so etwas, aber es fehlt uns die Idee vom Ganzen. Und das ist in so einer spektakulären Todesinszenierung doch höchst un-gewöhnlich, das musst du zugeben.«

»Okay, führen wir ein Dienstgespräch.« Bastian Kreuzers Tonfall ist plötzlich sehr kühl und geschäftsmäßig. »Und da hätte der Ermittlungsleiter doch gern eine ausführlichere Begründung von der Frau Kommissarin für ihren Verdacht, dass die Ermittlungen bisher allzu einseitig geführt worden sind.«

Silja tritt einen Schritt zurück und schickt einen kurzen prüfenden Blick in Bastians Gesicht. Er meint es ernst, das ist ganz offensichtlich. Auch Silja wechselt jetzt Haltung und Tonlage. Die Jungkommissarin verteidigt sich vor dem alten Hasen.

»Ich glaube, dass wir ganz prinzipiell unseren Blickwin-kel erweitern sollten. Und da gerät einem doch automatisch die zweite Hälfte der Menschheit ins Visier. Vielleicht gibt es sogar frauenspezifische Verhaltensweisen, die uns die Er-klärungen liefern könnten, nach denen wir suchen? Und da-mit meine ich eben nicht den Hang zu sogenannten unpro-fessionellen Tötungsmethoden.«

»Na gut, spielen wir alle Möglichkeiten durch. Wenn es, nur mal angenommen, ein Schlag gegen's Establishment war, dann käme natürlich auch eine Frau in Frage. Seit RAF-Zei-ten wissen wir, dass deren Weiber nicht zimperlicher waren als die Typen.«

»Aber es glaubt doch keiner von uns noch im Ernst an die politische Variante.«

»Hast du auch wieder recht. Also weiter. Bleibt die These vom Warnschuss wegen irgendwelcher wirtschaftlicher Verflechtungen. Und da wird es schon kompliziert, denn es könnte gegen Hübner wegen seiner Recherchen oder gegen Michelsen wegen irgendwelcher unsauberer Machenschaften gegangen sein.«

»Ja, das stimmt.« Silja löst sich ein wenig aus der Erstarrung und stürzt sich mit fast übertriebenem Engagement in die Argumentation. »Weißt du was? Vielleicht war das gar nicht die große Liebe zwischen Hübner und der Michelsen. Vielleicht sollte er das nur denken. Vielleicht war sie so eine Art Spionin ihres Mannes, um hinter Hübners Pläne zu kommen.«

»Die Mata-Hari-Nummer, also? Das Weib, das Verführung als Waffe benutzt. Bist du da nicht gerade selbst in die Klischeefalle gelaufen?«

»Mag sein. Vielleicht ist alles einfacher. Michelsen hat eine Geliebte, und die Ehefrau stand im Weg.«

»In diesen Kreisen greift man dann aber nicht zur Pistole, zumal noch zur eigenen. Und wenn doch, dann besorgt man sich ein anständiges Alibi.«

»Außerdem hätte selbst eine deftige Abfindung für die Ehefrau Michelsen nicht arm gemacht. Aber was ist mit der angenommenen Geliebten? Vielleicht wollte er sich ja gar nicht scheiden lassen – und jetzt hat sie freie Bahn.«

»Du denkst an diese Schauspielerin?«

»Du nicht?« Silja bückt sich, um eine perfekt geformte Seeschneckenschale aufzuheben. Während sie den Sand von dem Gehäuse putzt, redet sie weiter. »Das würde immerhin die Sache mit dem Handy erklären.«

»Das ist doch Quatsch. Glaubst du wirklich, diese Marie

142

Nussbaum war so blöd, ihr Handy in der Tasche des Opfers zu versenken, um uns die Ermittlungen zu erleichtern?«

»Okay, das ist unlogisch«, antwortet Silja kleinlaut. »Aber dann hat vielleicht jemand absichtlich eine falsche Spur gelegt. Es geht weder um das Handy noch um die Nussbaum. Vielleicht hat sie sogar ein Verhältnis mit Michelsen, immerhin logiert sie in seinem Hotel, aber das ist gar nicht der Punkt, wie gesagt, sondern jemand hat das nur gewusst und für seine Zwecke ausgenutzt.«

»Das hört sich schon viel besser an, und vielleicht darf ich die Frau Kommissarin beiläufig darauf hinweisen, dass sie gerade selbst ›seine Zwecke‹ und nicht ›ihre Zwecke‹ gesagt hat.«

»Ach, darum ging es dir die ganze Zeit? Ich dachte, wir arbeiten an dem Fall. Und zwar gemeinsam und nicht gegeneinander. Aber du hast nur dein eigenes Ziel verfolgt.« Silja spürt, wie eine Wut in ihr aufsteigt, die sie bald nicht mehr kontrollieren kann. »Du verdammter Egoist hast mich so lange in die Enge getrieben, bis du mich am Haken hattest, stimmt's? Und? Bist du jetzt zufrieden, dass du recht behalten hast?«

»Doch, durchaus, danke der Nachfrage.« Kühl, fast geschäftsmäßig ist Bastians Antwort. »In diesem Fall bin ich wirklich sehr überzeugt: Wir suchen einen Mann.«

Wütend bleibt Silja stehen und stemmt die Arme in die Seiten. Als Bastian ihr beschwichtigend die Hand auf die Schulter legen will, stößt Silja sie weg.

»Sag mal spinnst du? Was soll das jetzt?«

»Also gut. Noch einmal langsam und zum Mitschreiben. Warum um alles in der Welt sollte eine solch brutale Tat gegen jede Erfahrung von einer Frau verübt worden sein? Darauf bist du mir bisher die Antwort schuldig geblieben. Oder geht die Emanzipation jetzt schon so weit, dass ihr eine Quotierung bei Gewaltverbrechen einfordert?«

Bastians Tonfall ist jetzt offen höhnisch, seine Haltung signalisiert Angriff. Und Silja steigt bereitwillig darauf ein.

»Was erlaubst du dir eigentlich? Meinetwegen kannst du mit Sven so reden, wenn ihr zu zweit seid. Glaub ja nicht, dass ich nicht weiß, was für Sprüche ihr dann klopft. Aber wenn es jetzt schon so weit kommt, dass euer kleinbürgerliches Macho-Gehabe euch das Gehirn vernebelt, dann mache ich nicht mehr mit.«

»Ach, wir sind jetzt wieder die höhere Tochter, die nur ganz durch Zufall bei so einer primitiven Truppe wie der Bullerei gelandet ist, oder was? Ohne die tragisch verstorbene kleine Schwester wäre das ganze Leben der Silja von und zu Blanck natürlich anders verlaufen. Lass mich raten: Ein Studium der Kunstgeschichte oder doch lieber Literaturwissenschaft? Irgend so ein nutzloses Fach wär's dann geworden, und Madame würde sich nur kopfschüttelnd abwenden, wenn es um so etwas Ekliges wie Mord ginge.«

»Genau. Und wenn es um so etwas Eindimensionales wie dich ginge, vielleicht auch.«

Bastian Kreuzer stutzt nur kurz. Für wenige Sekunden spiegeln sich Entsetzen und Verletztheit in seinem Gesicht. Dann gewinnt eine oft erprobte Professionalität die Oberhand, und seine Züge erstarren zur Maske.

»Pass auf, ich will's kurz machen. Wir haben es hier mit zwei Problemen zu tun. Und die sollten wir ab sofort schön säuberlich auseinanderhalten. Erstes Problem: Wir haben eine berufliche Differenz. Das kommt vor und lässt sich entweder ausdiskutieren oder hierarchisch lösen. Aber nicht

144

hier und jetzt. Jetzt kümmern wir beide uns erst mal um das zweite Problem, und das scheint mir doch folgendes zu sein: Der kleinbürgerliche Macho hat peinlicherweise eine Affäre mit der Super-Ermittlerin ohne Fehl und Tadel. Dieses Problem lässt sich sehr schnell lösen. Heute Abend spätestens bin ich weg – aus deinem Privatleben und aus deiner Wohnung.«

»Bastian, jetzt komm wieder runter ...«

»Ich bin schon ziemlich weit unten, danke der Nachfrage. Und mach dir bloß keine überflüssigen Sorgen, ich finde auch in der Hauptsaison ein Zimmer auf der Insel. Zur Not frage ich meinen Macho-Kumpel Sven, ob ich fürs Erste bei ihm unterkriechen kann. Gib mir eine Stunde Vorsprung, dann ist deine Wohnung wieder männerfrei.«

Ohne ein weiteres Wort wendet sich Bastian ab und macht sich auf den Rückweg zur Straße. Wie erstarrt blickt ihm Silja hinterher. Leise und mehr zu sich selbst sagt sie:»Aber du hast doch gar kein Auto hier ...«

Doch da hat Bastian längst sein Handy gezückt und ein Taxi zum Parkplatz an der Straße bestellt.

Samstag, 20. August, 16.20 Uhr, Hafencity, Hamburg

Das Rundfahrtschiff tuckert direkt auf den Neubau der Elbphilharmonie zu. Wie der Bug eines Ozeanriesen ragt die Spitze des Gebäudes steil und hoch aus dem Wasser, das zu beiden Seiten des Gebäudes fließt. Auf einem backsteinroten Sockel, der allein schon die fünffache Höhe des Ausflugsschiffes hat, erhebt sich ein vielstöckiger gläserner Aufbau, dessen Spitzen wie Himmelswellen in die Wolken zu stechen scheinen. Sven Winterbergs Ehefrau Anja stößt einen Ruf der Überraschung aus.

»Hast du dir das so überwältigend vorgestellt, Sven?«

»Nee, nicht wirklich. Jetzt wird mir auch klar, warum den Hamburgern ständig das Geld ausgeht. Das ist ja ein Wahnsinnsunternehmen, so ein Gebäude mitten ins Wasser zu setzen.«

Die beiden Winterbergs stehen ganz vorn auf dem niedrigen Schiff, das angesichts des monströsen Baus klein und hilflos in den Wellen dümpelt. Sven hat den Arm um die Schultern seiner Frau Anja gelegt, die mit ihrem stämmigen Körperbau fast massig neben dem zierlichen Kommissar wirkt. Ihre zu einem Pferdeschwanz gebundenen mittelblonden Haare, die eben noch im Fahrtwind geflattert sind, kommen plötzlich zur Ruhe, denn gerade drosselt der Kapitän des Rundfahrtschiffes die Motoren, und eine klinischperfekte Frauenstimme aus dem Bordlautsprecher erläutert die Baugeschichte der Elbphilharmonie. Sie redet von der 82 Meter langen Rolltreppe, der grandiosen Plaza und dem Wundersaal mit geplanten 2150 Sitzplätzen. Die Information, dass die Kosten dieses Prestigeprojekts schon jetzt bei einer halben Milliarde Euro liegen, rund zwei Drittel davon seien Steuergelder, geht im Lärm der wieder anspringenden Motoren weitgehend unter. Das Ausflugsboot schippert jetzt rechts an der Konzerthalle vorbei, so dass wenig später der Marco-Polo-Tower ins Blickfeld der Touristen gerät. Wieder spuckt der Lautsprecher Informationen zu baulichen Details und zu den Mietpreisen des Luxusdomizils aus.

»Stell dir mal vor, du stehst auf einem dieser Balkone und

146

guckst über die Elbe. Das muss doch traumhaft sein«, ruft Anja Winterberg aus.

»Dann hättest du aber als Managerin Karriere machen oder dir einen anderen Ehemann suchen müssen, meine Liebe. Für Otto-Normalverbraucher haben die hier keinen Platz.«

»Weiß ich doch. Ich will außerdem gar nicht aus Sylt weg. Hier wären mir auf Dauer entschieden zu viele Menschen.«

Das Ausflugsschiff ist mittlerweile in den schmalen Wasserarm zwischen Philharmonie und Tower gefahren, damit die Menschen auf Deck beide Bauwerke noch einmal ganz aus der Nähe betrachten können. Während Anja sich nach links wendet und ihren Blick noch einmal bewundernd an den Glaswänden der Musikhalle hinaufwandern lässt, nimmt Sven die Straße, die vor dem Marco-Polo-Tower direkt am Wasser entlangführt, genauer in Augenschein. Aus einem dicken BMW steigt gerade ein Anzugträger, der Sven sehr bekannt vorkommt. Aufgeregt zupft er seine Frau am Ärmel.

»Schau mal da drüben, Anja. Der Typ neben dem BMW, der gerade von den beiden Herren in Clubjacketts begrüßt wird. Weißt du, wer das ist?«

»Ich bin nicht gerade eine Klatschspaltenleserin, woher soll ich das also wissen.«

»Das ist dieser Jonas Michelsen, der Mann unseres Mordopfers.«

»Und was glaubst du, was der hier macht?«

»Die Gesten der Herren sind doch eindeutig. Ständig zeigen sie auf diesen Wohnturm. Entweder das Geld von dem Hotelier steckt in dem Projekt …«

»… oder er will dort eine Wohnung kaufen.«

»Richtig. Und weißt du, was komisch ist? Ich habe dir doch von dem mysteriösen Zweithandy erzählt, das wir bei der Toten gefunden haben. Der einzige Anruf, der von diesem Handy getätigt wurde, nachdem die Schauspielerin es verloren hat, galt der Immobilienfirma, die hier die Wohnungen vermittelt. Die Schauspielerin Nussbaum hatte diese Firma nicht in ihrer Kundenkartei. Aber mit dem Namen Jonas Michelsen werden wir dort bestimmt fündig.«

Eilig holt Sven sein Handy aus der Tasche und tippt die Kurzwahl für Bastian Kreuzer an. Anja Winterberg verdreht die Augen.

»Aber lass dir ja nicht noch einen Rechercheauftrag aufhalsen, hörst du? Das hier ist *mein* Geburtstagsgeschenk und nicht das von deinem Kollegen Kreuzer. Ich sag's nur einmal.«

Samstag, 20. August, 18.23 Uhr, Campingplatz, Wenningstedt

»Verdammter Mist«, flucht Bastian, während er mit einem wackligen Gummihammer die letzten beiden Zeltheringe in den spröden Boden jagt. Den Versuch, ein bezahlbares Zimmer für die nächsten zwei Wochen zu bekommen, hat er nach wenigen Telefonaten abgebrochen. Und Sven Winterberg, der sich aus Hamburg mit interessanten Details über Jonas Michelsens Immobilienaktivitäten gemeldet hat, hat er gar nicht erst um eine Notunterkunft gebeten, als er erfuhr, dass in Svens Kampener Haus für die Zeit seiner Abwesenheit die Schwiegereltern einquartiert sind. Mette, die kleine Tochter der Winterbergs, wollte lieber zu Hause bleiben, als für drei Tage zu den Großeltern umzuziehen.

Es ist Bastian also wenig anderes übriggeblieben, als am Nachmittag in der Westerländer Fußgängerzone ein einfaches Ein-Mann-Zelt und einen Schlafsack zu kaufen. Beides hat er ins Heck seines Kombis zu den zwei Reisetaschen geworfen, die seine gesammelten Habseligkeiten aus Siljas Wohnung enthalten, und ist zum Wenningstedter Campingplatz gefahren. Der war, wie zu erwarten, ebenfalls ausgebucht. Unter Zuhilfenahme seines Dienstausweises und der gewagten Behauptung, er müsse undercover einige Recherchen durchführen, gelang es Bastian, den Platzwart dazu zu bringen, ihm gegen jede Regel doch noch einen schmalen Wiesenfleck zuzuweisen. Unter den schadenfrohen Blicken der benachbarten Camper kämpft der Hauptkommissar nun seit einer guten Viertelstunde mit den Tücken des Materials und bereut es längst zutiefst, nicht doch das von dem Verkäufer vollmundig gepriesene arktistaugliche Luxus-Iglu-Zelt erstanden zu haben. Stattdessen quält er sich jetzt mit minderwertigen Zeltstangen und leicht zu verbiegenden Heringen herum.

Zum Glück ist der Abend wenigstens windstill und trocken. Wie sein nicht besonders vertrauenserweckend wirkendes neues Heim auf einen ordentlichen Sturm oder gar einen Gewitterregen reagieren würde, wie er ihn bei den Ermittlungen vor zwei Jahren erlebt hat, wagt sich Bastian im Moment gar nicht vorzustellen. Mit knapper Not kann er jetzt seine beiden Reisetaschen am Kopf des Zeltes so unterbringen, dass noch genügend Platz für die Isomatte und den ausgerollten Schlafsack bleibt. Immerhin hat Bastian bei dessen Kauf nicht gespart, denn die Vorstellung, nachts zu frieren, war ihm schon immer zuwider. Kurz setzt er sich im Inneren des Zeltes auf den Schlafsack und denkt über seine Optionen für den weiteren Samstagabend nach. Ein Blockbuster im Westerländer Kino zwischen präpotenten Oberschülern? Ein einsamer Strandspaziergang mit den Erinnerungen an andere, entschieden romantischere Spaziergänge mit Silja? Oder ein Abend in einer guten Hotelbar in Gesellschaft des einen oder anderen Glases Whisky? Klingt alles sehr nach Selbstmitleid, und darauf hat er jetzt wirklich keine Lust. Zu frisch ist noch die Wut über den Krach mit Silja. Außerdem hat er mächtigen Hunger, denn seit dem Frühstück hat Bastian nichts Vernünftiges mehr gegessen.

Während er aus seinem Zelt kriecht, in Gedanken schon bei der vorzüglichen Scholle, die man bei Gosch am Lister Hafen bekommt, hört er zwei bekannte Stimmen hinter den Bahnen seines Zeltes.

»Und wo genau soll er jetzt sein Wigwam aufgeschlagen haben?«

»Na hier, du Spast, genau vor deiner Nase.«

Bastian richtet sich auf und zieht mit einem Ruck den Reißverschluss des Zeltes zu.

»Hi Jungs. Wir kennen uns doch. Ich sage nur BO-ND 007.«

Wie ertappte Sünder fahren die beiden Jugendlichen herum und starren ihn an. Bastian muss herzlich über ihre Mienen lachen, eine Reaktion, die ihm unerwartet guttut.

»Und? Alles im Lot bei euch, oder habt ihr wieder 'ne Pilzmahlzeit intus?«, erkundigt er sich leutselig.

»Nee, nee, heute nicht. Aber was wollen Sie denn hier beobachten?«, will der Rothaarige wissen. »Kommt der Mörder etwa vom Campingplatz?«

»Na, da hat der Platzwart ja im Rekordtempo geplaudert. Aber von mir erfahrt ihr nichts. Ist alles Ermittlungsgeheimnis. Ihr versteht schon«, grinst Bastian und holt seinen Autoschlüssel aus der Jeanstasche. »Ich fahr jetzt was essen und wenn ich zurück bin, dann seid ihr zwei Helden hoffentlich schon in der Falle und schlaft den Schlaf der Gerechten. Nicht, dass ich doch noch mit euren Eltern reden muss.«

»Keine Sorge, heute Abend läuft ›Matrix‹ in der Glotze vom Wohnwagen von Bos Alten. Die sind selbst zum Essen am Königshafen. Wir haben also sturmfrei. Vielleicht willst du ja mitgucken.«

»Danke Jungs für das freundliche Angebot, ich komm vielleicht sogar darauf zurück«, antwortet Bastian ohne jede Ironie, bevor er sich abwendet.

Die beiden Halbwüchsigen starren ihm mit offenem Mund hinterher.

Sonntag, 21. August, 12.00 Uhr, Thalia-Theater, Hamburg

»Sie sind kühner, großzügiger, ehrlicher als wir …«

»… kühner, ehrlicher, tiefer, Marie, bitte, merk's dir doch endlich!«

»… kühner, ehrlicher, tiefer als wir, aber denken Sie sich in uns hinein, seien Sie nur ein klein wenig ehrlich …«

»… großzügig, Marie, großzügig! Ehrlich ist dieser Trofimow doch zur Genüge! Jetzt konzentriere dich doch ein bisschen!«

»Es ist zum Kotzen! Ingrid, entschuldige bitte, aber was anderes fällt mir dazu nicht ein. Ich kann mir diesen Text einfach nicht merken! Großzügig, ehrlich, tief, und immer wieder dieses blöde kühn! Kühn, kühn, kühn, zum Kotzen!«

Während die Schauspielerin Marie Nussbaum vorn auf der Bühne mit beiden Fäusten auf einen zierlichen Eisentisch hämmert, die verschwitzten Haare an Schläfen und Stirn geklebt, wirft sie wütende Blicke ins Dunkel des Parketts, wo ihre Regisseurin Ingrid Albstätter in der vierten Reihe sitzt und sie mit Befehlen traktiert.

Sven Winterberg, der gerade eben von einem widerwilligen Portier in den Theatersaal geführt worden ist, sieht sich in der ihm fremden Umgebung um. Er hat versprechen müssen, die laufende Probe nicht zu stören und für seine Fragen die nächste Pause abzuwarten. In einer Woche solle der Tschechow-Klassiker »Der Kirschgarten« Premiere haben, hat der Portier ihn belehrt und ihm gnädig die Grundzüge der Handlung erläutert. Die verschwenderische Gutsherrin Ranewskaja sei aus Geldnot gezwungen, ihre Ländereien und vor allem den geliebten Kirschgarten an einen Immobilienspekulanten zu verkaufen. Er werde die alten Obstbäume abholzen lassen und Sommerhäuser auf dem Grundstück bauen, eine Maßnahme, die den Untergang der gesamten großbürgerlichen Welt der Ranewskaja symbolisiere.

Während Sven sich in eine der hinteren Parkettreihen zwängt, verlangt das Geschehen vorn auf der Bühne seine Aufmerksamkeit. Dort wird gerade das Abschiedsfest für Familie und Freunde der Gutsherrin geprobt. Umgeben von Salonmobiliar und in Würde gealterten Sitzgelegenheiten steht im Zentrum auf einem altmodischen Tisch ein Tablett mit Gläsern und Karaffen, in denen sich farbig schillernde Flüssigkeiten befinden. Marie Nussbaum und ein jüngerer Kollege sind die Einzigen auf der Bühne. Sie üben das Gespräch der Gutsbesitzerin mit dem armen Studenten Trofimow über den Sinn des Lebens.

»Sie sind kühner, ehrlicher, tiefer als wir, aber denken Sie sich in uns hinein, seien Sie nur ein klein wenig großzügig, schonen Sie mich.«

Die zierliche Schauspielerin, die, obwohl sie längst die dreißig überschritten hat, immer noch die Ausstrahlung eines jungen Mädchens kultiviert, schiebt sich langsam an den Möbeln entlang, redet gegen die Spitzendeckchen an und in die ramponierten Kronleuchter hinein, die wie zufällig von der Decke hängen. Doch der Darsteller des Studenten Trofimow fällt aus der Rolle und wirft sich in einen klapprigen Louis-Seize-Sessel.

»Mensch, Marie, kannst du mir das nicht ins Gesicht sagen? Ich bin völlig überflüssig, wenn du mich nicht ansiehst.«

»Ist nicht persönlich gemeint, aber die Ingrid hat doch ...«

»Was habe ich?«

Wieder kommt die heisere Stimme aus dem Dunkel zwischen Sven und der Bühne. Marie wendet sich um und redet in die Tiefe des bestuhlten Raumes.

»Ingrid, hast du nicht gesagt, ich kann zu den Möbeln sprechen? Hast du nicht gesagt, ich soll sie berühren, als hätte ich ein Verhältnis mit ihnen?«

Langsam gewöhnen sich Svens Augen an das fahle Licht, und er erkennt die Umrisse der Regisseurin, die einige Reihen vor ihm im Parkett sitzt. Sie hat Kopf, Hals und Schultern nach vorn gebeugt und stützt sich mit Ellenbogen und Unterarmen auf die Lehnen der nächsten Stuhlreihe.

»Aber doch nicht an der Stelle! Wenn du ›schonen Sie mich‹ sagst, stehst du doch als Bittstellerin vor dem Studenten. Die Machtverhältnisse haben sich umgekehrt. Und deshalb siehst du ihn selbstverständlich an!«

»Selbstverständlich.«

Mit gespreizten Fingern fährt sich Marie Nussbaum durch die strähnigen Haare und baut sich vor ihrem Kollegen auf. Ihre Augen blitzen den Darsteller des Studenten Trofimow an.

»Ich bin doch hier geboren, hier hat mein Vater gelebt, meine Mutter, mein Großvater, ich liebe dieses Haus, ohne diesen Kirschgarten kann ich mir mein Leben nicht vorstellen, und wenn es schon so dringend verkauft werden muss … Ach Scheiße!«

»Eben«, kommt es sarkastisch aus der vierten Reihe, »jetzt, Marie, jetzt redest du von dem Haus, jetzt kannst du auch die Möbel ansehen. Nur wenn du von dir redest, dann sieh doch bitte Trofimow an.«

»… und wenn es schon so dringend verkauft werden muss …« Die Hand der Gutsbesitzerin Ranewskaja fasst zärtlich nach dem Saum eines der Deckchen auf den Tischen, »… dann verkauft auch mich …« Ihre Finger krallen sich in einer plötzlichen Bewegung an der Spitze fest und ziehen das Deckchen fast zu Boden, »… dann verkauft auch mich, zusammen mit dem Garten …«

Der Blick der Ranewskaja hebt sich, wandert langsam über Stühle, Tischchen und Kommoden, streift die schweren, dunklen Portieren und lehnt sich schließlich, von dem einen Sehnsuchtsziel unausweichlich angezogen, klagend gegen die wie beschlagen wirkenden Fenster, hinter denen sich der geliebte Kirschgarten verbirgt.

»Hier ist doch mein Sohn ertrunken …«

Beharrlich versuchen die Augen der Gutsbesitzerin, die gläsernen Scheiben zu durchdringen. Doch ihre fortwährenden Anläufe, die Bitten um Durchlässigkeit an immer wieder neuen Stellen, müssen vergeblich bleiben. Stumpf verwehren die Fenster den Zugang zum Garten.

»Haben Sie Mitleid mit mir, Sie lieber, guter Mensch.«

Matt und kraftlos klingt die Stimme und matt und kraftlos begegnen die Augen der Gutsbesitzerin dem Studenten Trofimow, dem ehemaligen Hauslehrer ihres toten Sohnes. Der fühlt sich aufgerufen, seiner einstigen Förderin Trost zu spenden.

»Sie wissen, ich fühle mit Ihnen von ganzer Seele.«

Die Ranewskaja seufzt und blickt ihr Gegenüber vorwurfsvoll an.

»Aber das muss man anders, ganz anders sagen …«

»Moment«, Ingrid steht auf, »euch ist doch hoffentlich klar, dass ihr hier verdammt aufpassen müsst, um euch keine Lacher aus dem Publikum einzuhandeln.«

Es entsteht eine kurze Pause, in der die verzweifelte Gutsbesitzerin und der arme Student wieder zu Schauspielern auf einer Bühne werden. Marie Nussbaum und ihr Kollege stehen mit hängenden Armen am Bühnenrand und warten darauf, dass die Regisseurin weiterredet. Aber aus der vierten Reihe kommt nichts mehr. Da dreht sich die Schauspielerin in einer wütenden Pirouette und wirft ihren Körper in die Ecke eines klapprigen Sofas. Ihre Füße, die in Turnschuhen mit Plateausohlen stecken, schaben unruhig auf dem verblichenen Damast der Polsterung. Mürrisch schlägt sie vor: »Machen wir's noch mal von vorn, damit wir diese blöde Szene endlich abhaken können, ja?«

Ihr Kollege lehnt an der Bühnenwand und trommelt mit den Fingern dagegen, auch seine Stimme klingt missmutig. Er sieht Marie beim Reden nicht an.

»Wo wollen wir anfangen?«

»Na, da, wo das Duell beginnt.«

Der Schauspieler lacht kurz und hart, den Witz macht Marie offensichtlich nicht zum ersten Mal.

»Fünf Minuten Rauchpause, dann in einem Stück durch. Und achtet auf eure Gänge!«

Den gekrächzten Worten aus dem Dunkel der Parkettreihen folgt ein trockenes Husten. Mit einer unangezündeten Zigarette zwischen den Lippen verlässt die Regisseurin die Probe. Sven stemmt sich aus dem Theatersessel und geht langsam zum Bühnenrand.

Leise ruft er hinauf: »Frau Nussbaum. Winterberg ist mein Name. Kriminalpolizei Westerland. Kann ich Sie mal kurz sprechen? Es geht um Ihr verschwundenes Handy.«

»Muss das ausgerechnet jetzt sein?«

Widerwillig erhebt sich die Schauspielerin von dem Sofa, geht nach vorn zum Bühnenrand und setzt sich mit baumelnden Beinen auf die Kante. Von nahem wirkt sie noch fragiler als aus der Ferne, und die Feinheit ihrer Gesichtszüge passt gut zu dem mädchenhaften Tonfall, den sie auch im privaten Gespräch kultiviert.

»Es dauert nicht lange, und wenn Sie wollen, können wir uns auch weiter hinten unterhalten«, bietet der Oberkommissar an.

»Warum das?«

»Wir wären ungestört.«

»Was ich zu sagen habe, kann jeder hören.«

Die Schauspielerin spricht jetzt mit der Stimme eines beleidigten Kleinkindes. Doch Sven Winterberg hat genug von ihrer Kunst gesehen und gehört, um darauf nicht hereinzufallen.

»Wie Sie möchten, Frau Nussbaum. Ich habe ohnehin nur einige wenige Fragen.«

»Bitte.«

»Zunächst Folgendes: Sie bleiben dabei, dass Sie Ihr Handy auf einer Parkbank vergessen haben?«

»Ja, natürlich. Es war am Dienstag oder Mittwoch der vorletzten Woche, genau weiß ich das Datum nicht mehr. Ich habe an der Außenalster meine Rolle gelernt und bekam einen Anruf, den ich wegdrückte, weil mich das Klingeln störte. Dabei muss ich das Handy neben mich auf die Bank gelegt haben. Seitdem ist es jedenfalls verschwunden.«

»Und sie wissen nicht, wie es in den Besitz von Susanne Michelsen gekommen ist?«

»Ich kenne die Frau nicht mal persönlich. Nur über ihren Mann lese ich manchmal in der Zeitung.«

»Ihn kennen Sie auch nicht?«

Sven holt ein Pressefoto des Hoteliers aus der Innentasche seiner Jacke und hält es der Schauspielerin unter die Nase. Sie würdigt das Foto nur eines knappen Blickes.

»Nein, den Mann kenne ich nicht. Vielleicht bin ich ihm mal begegnet, bei einer Premiere zum Beispiel, das will ich gar nicht ausschließen. Es ist sogar möglich, dass man uns einander vorgestellt hat, aber das geschieht so oft, dass ich mich unmöglich an jedes Gesicht erinnern kann.«

»Wissen Sie eigentlich, wem das Hotel gehört, in dem sie seit einem halben Jahr eine Suite gemietet haben?«

»Das *Hampton*? Nein.«

Der immer noch bockige Ton in Marie Nussbaums Stimme

wird jetzt von einem irritierten Flackern in ihren Augen Lügen gestraft. Triumphierend nimmt Sven zur Kenntnis, dass es ihm gelungen ist, einen winzigen Keil in das Schutzschild seines Gegenübers zu treiben. Er hält noch einmal das Foto hoch und spart sich jedes Wort der Erklärung.

Die Schauspielerin wird blass.

»Das *Hampton* gehört Jonas Michelsen? Das wusste ich nicht.«

Sven schweigt und legt in einer ironischen Geste den Kopf schief. Er fühlt sich fast, als stünde er selbst auf einer Bühne.

»Sie müssen mir glauben«, beteuert die Schauspielerin jetzt. »Ich hatte wirklich keine Ahnung.«

»Warum haben Sie die Suite eigentlich gemietet? Das ist doch sicher nicht ganz billig.«

»Ein Weihnachtsgeschenk meines Mannes. Er ist Arzt, es geht ihm finanziell sehr gut.«

»Verstehe. Aber was war Ihr Grund für diesen Wunsch?«

»Ich brauche manchmal Ruhe nach den Aufführungen. Oder auch davor. Ich will dann allein sein und ungestört. Mein Mann und ich wohnen in Blankenese, und das Hotel liegt nicht weit vom Theater entfernt. Es bietet mir alles, was in solchen Situationen für meine Kunst angenehm ist.«

»Und vorgestern, am Freitag dieser Woche zwischen 17 und 19 Uhr, waren Sie da auch in diesem Hotel?«

»Sie fragen nach einem Alibi?«

»Wenn Sie es so nennen wollen …«

»Bin ich denn verdächtig?«

Zu dem Kleinkindblick gesellt sich eine beinahe spitzbübische Freude wie über eine unerwartete Überraschung.

»Ich frage nur zur Sicherheit.«

»Lassen Sie mich nachdenken«, die Schauspielerin scheint plötzlich jede Lust an dem Konfrontationskurs verloren zu haben. »Ja, ich glaube, ich war im Hotel. Wir hatten am Freitag um 19.30 Uhr Vorstellung. Ich werde also gegen 18.30 Uhr zum Theater aufgebrochen sein, es ist nur ein Fußweg von etwa zehn Minuten.«

»Und dann waren Sie durchgängig hier?«

»Erst in der Garderobe und anschließend auf der Bühne. Ich denke, es dürfte nicht schwer sein, ausreichend Zeugen dafür zu finden.«

In Marie Nussbaums Stimme steht jetzt offener Hohn. Bevor Sven Winterberg darauf reagieren kann, kommt von hinten die ungeduldige Stimme der Regisseurin.

»Bist du bald mal fertig, Marie? Wir wollen weitermachen.«

»Bin ich fertig?« Fragend hebt die Schauspielerin die Brauen.

»Bitte.« Mit einer resignierten Geste entlässt Sven Winterberg sie auf die Bühne.

Mit den wenigen Schritten, die Marie Nussbaum braucht, um sich zwischen den Kulissen einzufinden, verwandelt sie sich vollkommen zurück in die russische Gutsbesitzerin. Mühelos gewinnt ihr Körper Elastizität und Eleganz. Der Kopf hält sich hoheitsvoll, die Augen in dem stolzen Gesicht blicken herablassend. Maries linker Arm lehnt jetzt ausgestreckt an der Türfüllung, auch ihr Körper scheint ein wenig nach links geneigt, biegsam und empfindlich gespannt. Nur der rechte Arm hängt wie abgestorben an der Schulter, die Hand öffnet und schließt sich in einer Abfolge sinnloser Impulse.

»Ich möchte nur wissen: Ist das Gut verkauft oder nicht?«
Der Blick der Ranewskaja hebt sich zu dem breitesten der
Kronleuchter, liebkost die Prismen und die Kerzen, um
gleich darauf haltlos abzustürzen. »Das Unglück erscheint
mir derart unwahrscheinlich, dass ich nicht mehr weiß, was
ich denken soll …« Die rechte Hand unterbricht ihre fortwährend Bewegung, der Arm belebt sich und steigt bis
auf Brusthöhe. Dann ballt sich die Faust von neuem, und
der Arm sinkt kraftlos herab. »… Ich bin völlig durcheinander … Ich könnte schreien …« Leise flüsternd wird die
Frauenstimme nun eine Verbündete des lauernden Blickes, den die Ranewskaja dem Studenten Trofimow sendet.
»… Ich könnte eine Dummheit machen.«

Die Ranewskaja bewegt sich jetzt in einem regelmäßigen
und sinnlosen Kreis um Pjotr Trofimow herum. Der Kreis
bekommt Dellen und Beulen, die Gutsherrin schwankt und
greift nach einem der kleinen Tische. Der erweist sich als
wenig standfest und kippt um, eine Likörkaraffe zerbirst in
sinnlos geschliffene, spitze Scherben. Die sattblaue Flüssigkeit sickert in die Wölbungen der Dielen. Die Schauspielerin lässt sich nicht beirren und setzt ihre Wanderung fort.
Dabei stößt sie gegen das zerschlissene Sofa und strauchelt.
Sie will sich im Fallen auffangen, findet aber keinen Halt mit
den hohen Plateausohlen. Ihr Knöchel knickt um, und sie
geht zu Boden wie ein angeschossenes Tier. Mühsam rap-
pelt sie sich wieder auf und fasst dabei in die Flüssigkeit am
Boden. Ihre Hände färben sich giftig blau. Zunächst. Doch
dann mischt sich schnell ein Blutschwall in die Farbe. Die
Schauspielerin gönnt dem Schnitt in ihrem Handteller nur
einen kurzen, verachtungsvollen Blick, während der Darsteller des Studenten steifbeinig an seinem Platz stehen bleibt,

sichtlich erstaunt über die plötzliche Intensität der Darbietung. Aus der vierten Reihe kommt die gnadenlose Stimme der Regisseurin.

»Weiter, Marie, weiter! Das ist ganz großes Kino jetzt. Lass dich bloß nicht irritieren, wir verbinden die Hand später.«

Sven Winterberg spürt, wie ihm schlecht wird. Hastig springt er auf und verlässt fluchtartig das Theater. Er hat das Gefühl, einer Ansammlung von Irren entkommen zu sein – einerseits. Zum anderen ist ihm, als habe diese neue und gänzlich fremde Welt, in die er da hineingeraten ist, seinen Blick auf ungute Weise vernebelt. Natürlich kennt er den Umgang mit Verstellung und Halbwahrheiten, die mehr oder weniger gewiefte Betrüger jedem Ermittler als Wahrheit verkaufen wollen. Doch dieser professionellen Form von Verstellung gegenüber fühlt er sich hilflos. Wie soll man da vernünftig zwischen Wahrheit und Erfindung unterscheiden? Wie soll man als Ermittler die Aussage einer professionellen Lügnerin bewerten, deren Beruf es ja gerade ist, andere Persönlichkeiten zu verkörpern und glaubhaft darzustellen?

Voller Wut über seine eigene Verwirrung zückt Sven sein Handy und wählt Bastian Kreuzers Nummer. Er vertraut darauf, dass ein Gespräch mit dem durch und durch handfesten Kollegen ihn am schnellsten und gründlichsten aus den Fängen dieser fremden faszinierenden Welt befreien wird.

Sonntag, 21. August, 12.42 Uhr, Campingplatz, Wenningstedt

Als auf dem Display von Bastian Kreuzers Handy Sven Winterbergs Name erscheint, hat Bastian gerade die Sanitärräume des Campingplatzes verlassen. Er nimmt Zahnbürste und Zahnpasta in die linke Hand und mit der rechten den Anruf entgegen.

»Und? Was macht die Kunst?«, beginnt Bastian betont launig die Unterhaltung. Er hat keine Lust, Sven am Telefon von seinem Streit mit Silja zu erzählen und kann nicht ahnen, wie sehr er mit seinem Spruch den Nagel auf den Kopf trifft.

»Hör mir bloß auf mit Kunst und solchem Zeug. Ich war gerade im Theater, und mir schwirrt immer noch der Kopf, kann ich dir sagen. Dass diese Schauspieler über kurz oder lang nicht alle wahnsinnig werden, ist ein kleines Wunder.«

»Vielleicht sind sie's ja und können es nur besser verbergen als andere. Ist schließlich ihr Job.«

»Vermutlich hast du recht. Jedenfalls ist es fast nicht möglich abzuschätzen, wann diese Nussbaum die Wahrheit sagt und wann sie lügt. Aber eins ist klar, sie wirkt ziemlich fahrig und irgendwie aufgeregt. Ich glaube nicht, dass das ihr Normalzustand ist.«

»Und hast du sie nach dem Handy gefragt?«

Bastian hat jetzt sein Zelt erreicht, bückt sich und wirft Zahnbürste und Zahnpasta auf den Schlafsack. Anschließend zieht er den Reißverschluss zu und verursacht dabei ein Geräusch, das offenbar bis zu Sven nach Hamburg dringt.

»Was ist das denn? Gehst du Silja jetzt schon an die Wäsche, während du mit mir telefonierst?«

»Red nicht so einen Stuss. Was ist mit dem Handy?«, kontert Bastian missmutig.

»Die Nussbaum beharrt darauf, dass sie das Handy an der Außenalster beim Rollenlernen auf einer Parkbank liegen gelassen hat. Und so wirr, wie die im Moment ist, wäre das auch durchaus vorstellbar.«

»Dann hat sie also wirklich keine Ahnung, wie das Gerät in die Handtasche der Michelsen gekommen ist?«

»Sie behauptet: nein. Und sie will auch das Ehepaar Michelsen nie gekannt haben. Allerdings gibt es ein Detail, das merkwürdig ist. Du weißt ja von der Hotelsuite im *Hampton*, die sie zeitweise nutzt. Als ich ihr sagte, dass dieses Hotel Jonas Michelsen gehört, reagierte sie fast verstört. Dabei ist das an sich doch eine ganz harmlose Sache. Wenn sie wirklich in die ganze Sache nicht verwickelt wäre, dann gäbe es für diese Reaktion keinen Grund.«

»Du meinst, sie hat ein Verhältnis mit Michelsen und darum die Suite gemietet?«

»Zum Beispiel. Beide hätten gute Gründe für jede Form von Geheimhaltung. Und Marie Nussbaum hätte damit auch ein Mordmotiv. Vielleicht war sie mit der ewigen Heimlichtuerei doch nicht so glücklich und wollte die Ehefrau aus dem Weg räumen.«

»Meinst du?« Nachdenklich geht Bastian Kreuzer zwischen den Zelten und Wohnwagen hindurch auf den Ausgang des Campingplatzes zu. Er spürt, wie sein Adrenalinspiegel steigt. Jetzt kommt ihm auch der zweite Kollege noch mit der Frauenthese.

»Von Jonas Michelsen könnte die Nussbaum sogar von

der Existenz der Waffe in Susannes Handtasche erfahren haben«, führt Sven Winterberg seinen Gedanken weiter.

»Gut kombiniert, Watson«, lobt Bastian fast gegen seinen Willen.

»Ja, leider hat das Ganze einen Haken. Ihr Alibi ist absolut wasserfest.«

»Bist du sicher? Lass mal hören.«

»Sie hat auf der Bühne gestanden. Spätestens anderthalb Stunden nach dem Mord haben Hunderte von Theaterbesuchern sie als Medea gesehen. Ich hab's noch nicht überprüft, das mache ich gleich noch. Aber ich gehe schon mal davon aus, dass die Vorstellung nicht ausgefallen ist und sie sich auch nicht hat vertreten lassen.«

»Schlecht für uns, gut für sie. In anderthalb Stunden schafft man es höchstens mit einem Privatflugzeug von Sylt nach Hamburg, und das ist wahrscheinlich ein bisschen weit hergeholt.«

»Du kannst die Startzeiten ja sicherheitshalber am Flughafen checken lassen, aber ich denke mal, dass wir diese Nussbaum von unserer Liste streichen müssen. Irgendwie steckt in dieser ganzen Sache der Wurm.«

»Nur Geduld, wir klären den Fall schon noch. Mein Anruf bei der Immobilienfirma vom Marco-Polo-Tower war übrigens erfolgreich. Michelsen hat dort eine Wohnung gekauft und lässt sie gerade herrichten. Man kann sich allerdings nicht daran erinnern, ob er es war, der Mitte vorletzter Woche den Anruf von diesem ominösen Handy aus getätigt hat. Am Wochenende haben die aber nur einen Notdienst im Büro. Vielleicht kann sich am Montag einer von der restlichen Belegschaft an das Telefonat erinnern. Falls ja, wäre das ein entscheidender Hinweis.«

»Dann wäre das Handy aus dem Besitz der Schauspielerin direkt an Michelsen gegangen – und er wird es ja wohl kaum auf einer Parkbank aufgelesen haben.«

»Auffallend richtig. Wenn es gut läuft, haben wir ihn bald am Haken.«

»Irgendetwas verbirgt der Kerl, das glaube ich auch. Ob er aber deshalb gleich der Mörder seiner Frau ist?«

»Das weiß ich auch nicht, aber darum werde ich mich jetzt gleich in der Nachbarschaft von diesem Hübner noch mal gründlich umhören. Hier ist es heute ziemlich kühl und wolkig, kein Strandwetter also. Vielleicht kann ich ja noch ein paar Zeugen auftreiben. Und was machst du jetzt?«

»Ich werfe mich ins Taxi und fahre nach Blankenese. Erstaunlicherweise hat mir Jonas Michelsen bereitwillig eine Audienz gewährt. Er erwartet mich um eins. Das schaffe ich schon gar nicht mehr. Also, lass uns Schluss machen, ich muss mich beeilen.«

»Okay, dann viel Erfolg und hör mal, zwei Dinge noch. Erstens: Sag dem Michelsen erst einmal nichts von dem verräterischen Anruf im Marco-Polo-Tower. Der ist ohnehin schon nicht gut auf uns zu sprechen. Ich würde ihn gern mit vollendeten Tatsachen konfrontieren.«

»Okay. Und zweitens?«

»Ruf mich nicht bei Silja zu Hause an, ja? Wir haben uns gestern Nachmittag gestritten und ich bin direkt ausgezogen. Ich wohne jetzt auf dem Campingplatz in Wenningstedt.«

»Machst du Witze?«

»Höre ich mich so an?«

»Ach, Scheiße, Bastian, komm, versuch das wieder einzurenken. Du tust Silja gut, und das weiß sie auch ganz genau. Worum ging's denn überhaupt bei eurem Streit?«

»Sie behauptet, ich sei ein kleinbürgerlicher Macho.«

»Na, das bist du doch auch.«

»Oh, danke für das Kompliment.«

»Bitte, gern geschehen. Also, ich muss jetzt. Und halt die Ohren steif, hörst du? Bis Dienstag in alter Frische.«

Nachdenklich verstaut Bastian Kreuzer sein Handy wieder in der Hosentasche. Er hat eine unruhige Nacht hinter sich und immer wieder über den Streit nachgedacht. Aber der Ärger sitzt tief, und er ist nicht sicher, ob er noch eine Zukunft für die Beziehung mit Silja sieht. Außerdem hat er im Moment wirklich anderes zu tun, als seine analytischen Fähigkeiten auf Beziehungsarbeit zu verschwenden. Wütend legt er einen Schritt zu und stürmt durch die stillen Straßen von Wenningstedt. Wie von selbst führt ihn sein Weg auf den Dorffriedhof, wo er verdutzt vor einem niedrigen Naturstein stehen bleibt, in den in schlichten Lettern die Namen Marianne und Wolfgang Boysen eingraviert sind. Das Grab ist groß und bietet sicher noch Platz für die ermordete Tochter der beiden. Mit dem Vorsatz, sich möglichst bald nach dem Bestattungstermin zu erkundigen, wendet sich Bastian Kreuzer ab, um seine Runde an den Haustüren der Villenbewohner am Dorfteich zu beginnen.

Sonntag, 21. August, 12.50 Uhr, Dorfteich, Wenningstedt

Fröhlich lachend sitzt Susanne Michelsen in dem Strandkorb auf Fred Hübners Terrasse. Sie wirft den Kopf nach hinten und lässt ihr blondes Haar im Spätnachmittagslicht fliegen. Dann hebt sie das Glas mit dem hellroten Campari-Orange-Gemisch zum Mund und setzt es an ihre Lippen. Doch anstatt in ihrer Kehle zu verschwinden, überzieht die Flüssigkeit Susanne Michelsens ganzes Gesicht, malt Streifen auf Wangen und Nase, frisst sich hinauf zur Stirn, wo sie sich mäandernd verzweigt und schließlich mit dezenter Kraft die Hirnplatte sprengt. Während des gesamten Vorgangs hält Susanne ihre Augen fest auf Fred gerichtet. Fragend, nicht vorwurfsvoll ist ihr Blick.

Fred will aufspringen, er will zu der Geliebten laufen, er will mit beiden Händen ihre Hirnhälften halten und womöglich wieder zusammenpressen. Er will heilen, was längst nicht mehr zu heilen ist.

Doch seine Arme verfangen sich in der Wolldecke, sein Körper rollt fast von dem schmalen Ledersofa, das zum Schlafen nie vorgesehen war. Freds Blicke gleiten verständnislos über die Einrichtungsgegenstände seiner Wohnetage. Was macht er hier? Warum liegt er nicht oben in seinem Bett? Und wo zum Teufel ist Susanne geblieben? Dann überfällt ihn die Erkenntnis wie ein Hieb. Sein Schlafzimmer ist voll getrockneten Blutes, es ist das Blut der Frau, die er geliebt hat, das nun an Boden, Wänden und Decke klebt und ihm ein Betreten der oberen Etage unmöglich macht. Darum hat er wie schon in der letzten Nacht sein Lager hier unten aufgeschlagen. Denn bis gestern hielt sich hier noch die Erinnerung an die lebendige Susanne, an ihr Lachen, ihren Duft und ihren Gang. Doch jetzt, zwei Tage nach der Tat, ist auch dies fort. Fred Hübners Traum hat die sterbende Susanne bis hinaus auf die Terrasse getragen, er hat noch den letzten Rest von Erinnerung vergiftet und das Unfassbare in ebenso plastische wie schreckliche Bilder gebannt.

Stöhnend reibt sich Fred die Stirn. Ihm ist, als habe ein ausgewachsener Kater seinen Körper in den Krallen. Alle Glieder schmerzen, der Kopf pocht beharrlich und jede Bewegung ist mühsam. Ängstlich lässt Fred den Blick über den Koffer vor der Ledercouch wandern. Nein, hier stehen keine Alkoholreste, nur zwei Wassergläser, eine fast leere Seltersflasche und ein kleines Heer von Espressotassen, auf deren Untertellern verschütteter Kaffee schwarze Ringe hinterlassen hat. Für Sekunden überdeckt Erleichterung den Schmerz. Es hat in der vergangenen Nacht keinen Rückfall in die Sucht gegeben, Fred ist stark geblieben und hat den alten Dämonen den Einlass in sein Leben nach dem Mord verwehrt. Doch wie lange wird ihm das noch möglich sein?

Mühsam richtet Fred sich auf, lässt die Beine über die Couchkante zu Boden gleiten und stützt sich mit beiden Händen ab, um den Oberkörper wie ein überaltertes Geschütz in eine aufrechte Lage zu bringen. Schwankend sitzt er nun da, ein nutzloser Mann, den es vor der vor ihm liegenden restlichen Lebenszeit graut. Alle Anstrengungen der letzten zwei Jahre haben nichts gefruchtet, sondern ihn nur in diese hoffnungslose Lage gebracht. Fred Hübner spürt, wie die letzte Kraft seinen müden Körper verlässt, er gibt auf und lässt sich zurück auf sein provisorisches Lager sinken. Mit einer Hand tastet er nach der Packung mit den starken Beruhigungsmitteln, die er sich gestern besorgt hat. Er drückt ohne hinzusehen zwei Kapseln aus der Folie, legt sie auf die Zunge und spült sie mit der restlichen Flüssigkeit aus der Wasserflasche hinunter. Dann schließt er die Augen und wartet auf die gnädigen Schleier, die sich in spätestens zwanzig Minuten über sein Bewusstsein breiten werden, um alles zu verdecken: Die Verzweiflung, die Trauer, vor allem aber die Scham darüber, dass er nicht da war, als die geliebte Frau ihn gebraucht hätte.

Sonntag, 21. August, 13.10 Uhr, Elbchaussee, Hamburg

»Ich kenne diese Frau Nussbaum nicht persönlich, wie oft soll ich das denn noch betonen!«

Jonas Michelsens mühsam aufrechterhaltene Ruhe droht einer tiefen Wut zu weichen. Sven Winterberg sitzt auf dem gleichen Platz, den er schon bei dem nächtlichen Besuch in der Villa direkt nach dem Tod Susanne Michelsens eingenommen hatte und hofft plötzlich, dass es ihm gelingen könnte, den Panzer zu knacken, den der Hotelier sich offensichtlich sehr sorgsam angelegt hat. Nur noch eine kleine Provokation wird nötig sein, um vielleicht bis zu den wahren Gefühlen seines Gegenübers vorstoßen zu können.

»Herr Michelsen, Ihre Haushälterin, die mir eben die Tür geöffnet hat, konnte sich sehr genau an dieses Handy erinnern.«

»Wie kommen Sie dazu, mit meinen Angestellten zu reden?«

»Ich bin Kriminalpolizist, ich untersuche den Mord an Ihrer Ehefrau, das werden Sie ja wohl nicht vergessen haben.«

»Wenn Frau Lembke das Handy kennt, dann weiß sie mehr als ich.«

»Interessiert es Sie nicht, woher sie das Handy kennt?«

»Sie werden es mir sicher gleich sagen.«

»Ihre Frau Lembke hat dieses Handy«, fast triumphierend schwenkt Sven jetzt das Beweisstück in seiner durchsichtigen Plastikhülle vor den Augen Michelsens durch die Luft, »in Ihrem Jackett gefunden.«

»Das ist gelogen. Was hatte sie überhaupt an meinen Anzügen zu suchen?«

»Ihre Frau hat sie gebeten, einige davon in die Reinigung mitzunehmen. Und vorher hat Ihre Haushälterin die Taschen kontrolliert. Das macht sie immer, sagt sie. Alles, was ihr dabei in die Hände fällt, übergibt sie Ihrer Frau. Und am Freitag vor einer Woche war das unter anderem dieses Handy.«

»Freitag vor einer Woche. Woher weiß sie das Datum so genau?«

»Weil der Freitag seit Jahren der Tag ist, an dem sie regelmäßig die frischen Sachen aus der Reinigung holt und die schmutzigen abgibt. Es ist doch richtig, dass Ihre Haushälterin schon seit zehn Jahren für Sie arbeitet, oder nicht?«

Kraftlos nickt Jonas Michelsen mit dem Kopf. Sven Winterberg mustert ihn aufmerksam. Er wartet auf eine Entgegnung, eine Verteidigung oder auch eine längst überfällige Erklärung, aber es kommt nichts.

»Herr Michelsen, ich würde jetzt gern einmal den Stand unserer Ermittlungen zusammenfassen – jedenfalls was Ihre

Person betrifft. Und ich muss Sie vorher warnen, es wird nicht besonders schonend ausfallen.«

Mit einer müden Handbewegung fordert der Hotelier den Kommissar zum Reden auf.

»Beginnen wir mit Ihrem fehlenden Alibi für den Zeitpunkt der Tat. Ab Freitagnachmittag 14 Uhr bis zum Abend gegen 23 Uhr konnten oder wollten Sie uns bisher niemanden nennen, der Ihren Aufenthaltsort bezeugen kann. Es wäre also theoretisch durchaus möglich gewesen, dass Sie mit Ihrem Wagen nach Sylt und wieder zurück gefahren sind, zumal sich ein sehr plausibles Motiv für eine mögliche Gewalttat an Ihrer Gattin anbietet. Eifersucht ist ein starkes Gefühl, und Ihre Ehefrau hatte gerade ein Techtelmechtel mit einem alten Bekannten angefangen. Ein Typ, den sie noch aus den Zeiten vor ihrer Eheschließung kannte. Das wird Ihnen doch nicht gleichgültig gewesen sein.«

Jonas Michelsen reibt sich mit beiden Händen gleichzeitig über die Wangen, es wirkt, als würde er großflächig Rasierwasser verstreichen. Als er die Hände wieder aus dem Gesicht nimmt, sind seine Zähne so fest zusammengepresst, dass die Kieferknochen hervortreten. Der Hotelier räuspert sich kurz, bevor er antwortet.

»Sagen Sie mal ehrlich: Sehe ich aus wie ein Mörder? Wenn Sie mir schon nicht glauben wollen, dass ich von dieser verdammten Affäre nichts geahnt habe, dann müssen Sie doch wenigstens einsehen, dass es in meinen Kreisen für solche Fälle andere Lösungen gibt als Mord. Himmelherrgottnochmal, wir sind hier doch nicht im Slum!«

Jonas Michelsens Stimme steigert sich mit jedem Wort zu einer bedrohlichen Lautstärke.

»Bitte beruhigen Sie sich, Herr Michelsen. Ich will Ihnen

nur begreiflich machen, wie Sie in unseren Augen momentan dastehen. Meine Kollegen und ich haben alle das Gefühl, dass Sie uns etwas verheimlichen. Und es wäre außerordentlich hilfreich, wenn Sie einsehen würden, dass es dringend geboten ist, mit der ganzen Wahrheit herauszurücken.

Aber ich bin noch nicht fertig. Sie hatten nämlich nicht nur die Gelegenheit und das Motiv für die Tat, sondern auch die Mittel. Ihre Frau ist schließlich mit genau der Waffe erschossen worden, die Sie ihr zur Verfügung gestellt haben. Und zwar illegal, denn Susanne Michelsen hatte keinen Waffenschein, wie Sie sehr wohl wussten. Da dies natürlich Ihrer Frau auch bewusst war, wird sie vermutlich niemandem von der Waffe in ihrer Handtasche erzählt haben. Ihr Mörder scheint sich allerdings darauf verlassen zu haben, dass er die Tatwaffe nicht mitzubringen braucht.

Außerdem – und das ist das letzte, wenn auch nicht das unwichtigste Indiz, das gegen Sie spricht: Susanne Michelsen muss ihren Mörder gekannt haben – und zwar so gut, dass sie ihn leicht bekleidet in dem Schlafzimmer ihres Liebhabers empfangen hat. Sie ist aus nächster Nähe erschossen worden, ohne dass es auch nur ansatzweise zu einem Kampf gekommen wäre. Es gibt nicht den Hauch einer Spur von Gegenwehr, so viel hat der Rechtsmediziner bereits festgestellt.

Dies alles spricht eine deutliche Sprache. Glauben Sie mir, dass wir wirklich selten eine so starke Häufung von eindeutigen Indizien haben, die auf ein und dieselbe Person hinweisen. Es wäre also dringend geboten, wenn Sie sich endlich äußern würden.«

Auffordernd blickt Sven Winterberg dem Hotelier ins Gesicht. Doch wenn er späte Einsicht oder gar ein Geständnis erwartet haben sollte, so sieht er sich jetzt getäuscht. Michelsens Miene ist kampfbereit und wirkt dabei sehr siegessicher.

»Sie sind fertig mit Ihren Ausführungen, nehme ich an. Und ich muss Sie leider enttäuschen, denn ich werde mich in keinem Detail dazu äußern. Das werde ich meinem Anwalt überlassen. Lassen Sie mich abschließend nur Folgendes bemerken: Sie irren sich. Sie irren sich sogar ganz gewaltig. Ich habe meine Frau nicht umgebracht. Und niemand, und Sie schon gar nicht, wird mir das in die Schuhe schieben können. Und ich sehe auch nicht ein, warum ich Ihre Arbeit machen soll. Ich bleibe dabei, dass mir völlig schleierhaft ist, wie dieses Handy in meine Jackentasche gekommen sein soll. Die Schauspielerin Marie Nussbaum kenne ich nicht persönlich, das kann ich nur wiederholen. Ansonsten werden Sie von mir nichts über meine privaten Umstände erfahren. Wer mich mit solch haarsträubenden Unterstellungen beleidigt, kann nun wirklich nicht mit meiner Unterstützung rechnen. Dies ist die letzte Audienz, die ich Ihnen gewährt haben werde. Sie können sich in Zukunft gern an meinen Anwalt wenden, die Adresse wird Ihnen zugehen.«

Mit elastischen Bewegungen schnellt Jonas Michelsen vom Sofa auf und weist auf die Tür zur Eingangshalle.

»Wenn ich Sie jetzt bitten darf, mein Haus zu verlassen. Meine Frau wird am Mittwoch auf dem Friedhof in Wenningstedt neben ihren Eltern beigesetzt. Bis dahin habe ich noch viel zu erledigen, das werden Sie vielleicht verstehen können. Guten Tag.«

Sonntag, 21. August, 21.37 Uhr, Alte Dorfstraße, Westerland

Auf der Mattscheibe in Siljas gemütlichem Wohn-zimmer beginnt eine lächerliche Verfolgungsjagd durch eine dunkle Fernsehnacht. Während die beiden Kommissare das Letzte aus ihrem Dienstwagen herausholen, springt der Motorradmörder gerade noch über eine sich hebende Zugbrücke. Bremsen kreischen, und das Auto der Ermittler kommt nur wenige Meter vor dem Abgrund zum Stehen.

»Und jetzt?«, fragt der Dicke den Dünnen.

»Wie wär's mit Schwimmen, bei dir geht das ja ganz von allein«, ist die launige Antwort.

Silja trinkt den Rest aus ihrem Rotweinglas und angelt nach der Flasche, um sich nachzuschenken. Ohne Alkohol ist dieser »Tatort« kaum zu ertragen. Eigentlich erstaunlich, dass der Sonntagabendkrimi seit Jahrzehnten so viele Fans hat. Vielleicht ist es für unbescholtene Bürger einfach tröstlich, wenn am Ende jeder Woche wenigstens etwas abgeschlossen wird und das Gute einen verlässlichen Sieg erringt, egal wie konstruiert der jeweilige Fall auch sein mag.

Heute Abend hat der Motorradmörder zwar den Sprung über die Zugbrücke geschafft und damit einen uneinholbaren Vorsprung errungen, weil es jetzt aber nur noch vier Minuten bis zum Ende der Sendung sind, muss etwas geschehen. Ziemlich unvermittelt rutscht da auch schon die schwere Maschine in einer Öllache aus, die sogar im Fernseher überdeutlich zu erkennen war. Schön melodramatisch schlittern Mann und Gefährt meterweit über den Asphalt.

Gleich darauf ist das erste Blaulicht am Ende der nächtlichen Straße zu erkennen. Recht und Ordnung haben ihren
allsonntäglichen Sieg errungen.

Mit der linken Hand schaltet Silja das Gerät aus, während
sie mit der rechten wieder nach dem Weinglas greift. Direkt
neben der Fernbedienung liegen Festnetztelefon und Handy
auf dem Couchtisch.

Aber Bastian ruft nicht an.

Und Silja ist noch nicht einmal sicher, was sie tun würde,
falls er am Apparat wäre. Vielleicht ist es ja ganz gut, dass alles so gekommen ist. Seit gestern kann sie förmlich spüren,
wie ihr Panzer wieder stabiler wird. Und das ist noch nicht
mal ein unangenehmes Gefühl, eher im Gegenteil. Seit ihre
kleine Schwester vor etlichen Jahren zum Opfer eines Ge-
waltverbrechens geworden ist und beide Eltern an den Folgen dieser Tat zerbrochen sind, hat sich auch Siljas Leben
dramatisch verändert. Nicht nur ihr Entschluss, nach dem
Abitur auf ein Studium zu verzichten und zur Kriminalpolizei zu gehen, stammt aus dieser Zeit. Auch die unnahbare
und kühle Aura, die sie seitdem um sich zu verbreiten weiß
und die mit Sicherheit so manchen Verehrer abgeschreckt
hat, ist damals als reiner Schutzmechanismus entstanden.

Erst während der zwei Jahre zurückliegenden Ermittlungen im Fall der drei verschwundenen Mädchen bekam ihr
Panzer Risse. Und als in jenem Sommer Bastian Kreuzer als
Verstärkung vom Festland zu ihnen stieß, war es ausgerechnet er, dem sie zum ersten Mal von ihrer Vergangenheit erzählte. Als sie und Bastian wenig später ein Paar wurden,
schien es für Außenstehende, als habe sich damit auch Siljas
gesamte Ausstrahlung geändert. Sie wirkte offener und lockerer – und so fühlte sie sich auch.

Bis zu dem Gespräch gestern am Strand von List. Nicht dass Bastian an ihrer Tätertheorie zweifelte, hat sie erbost. Aber als er begann, höhnisch über ihre Vergangenheit zu reden, kochte alles wieder hoch, was sie längst überwunden geglaubt hatte. Die Panik, die Wut, die ungeheure Hilflosigkeit nach dem Tod der Schwester, deren Mörder man bis heute nicht gefunden hat.

Bastian hatte nicht das Recht, sich darüber lustig zu machen. Es war nicht fair, und Silja kann sich nicht vorstellen, ihm zu verzeihen. Als sie gestern Abend nach Hause kam und sah, dass Bastian bereits mitsamt Gepäck verschwunden war, fühlte sie nichts als Erleichterung. Auch während des heutigen Tages war sie froh, ihm nicht begegnen zu müssen.

Doch morgen wird das anders sein. Im Kommissariat werden sie sich nicht aus dem Weg gehen können, und es wird Silja verdammt viel Kraft kosten, die Konfrontation durchzustehen.

Mit einer entschiedenen Bewegung stellt sie ihr Handy aus.

Montag, 22. August, 8.15 Uhr, Kriminalkommissariat Westerland

Bastian Kreuzer sitzt weit zurückgelehnt hinter Sven Winterbergs Schreibtisch, hält ein Telefon ans linke Ohr gepresst und versucht gleichzeitig mit der rechten Hand, eine Mandarine zu schälen. Seit es diese Früchte auch im Sommer zu kaufen gibt, hat Bastian sie zu seinem Lieblingsobst erklärt. Leicht zu schälen und anschließend zur Not im Ganzen zu essen. Als sich am anderen Ende der Leitung eine befehlsgewohnte Frauenstimme meldet, lässt der Hauptkommissar trotzdem kurzzeitig von der Frucht ab.

»Guten Morgen, Frau Staatsanwältin. Hier Kreuzer, eigentlich Flensburg, jetzt aber Sylt. Es geht um den Mord vom vergangenen Freitag. Die Hoteliersgattin Susanne Michelsen, wir haben schon am Samstag darüber gesprochen.«

»Sind Sie weitergekommen?«, unterbricht ihn schroff die Stimme der Flensburger Staatsanwältin. Elsbeth von Bispingen ist eine ebenso korpulente wie durchsetzungsstarke Dame Anfang fünfzig mit kräftig rot gefärbten Locken, die den Ruf einer absoluten Hardlinerin hat. Zwar lässt sie den Ermittlern ungewöhnlich viel Freiraum und billigt ihnen eine große Entscheidungskompetenz zu, doch knüpft sie daran auch einen starken Erfolgsdruck. Ungelöste Fälle, so heißt es in Polizeikreisen, lägen ihr derart auf der Seele, dass sie alles tue, um dem erfolglosen Ermittler jede weitere Karrierechance zu verbauen. Obwohl Bastian Kreuzer schon häufiger mit ihr zu tun hatte, ist es ihm bisher nicht gelungen, auch nur das winzigste Lob aus ihrem Munde zu hören.

»Weitergekommen sind wir durchaus. Im Moment deuten alle Indizien auf den Ehemann als Täter hin. Der Liebhaber, in dessen Wohnung Susanne Michelsen erschossen worden ist, hat erstens kein Motiv und zweitens ein Alibi. Bei dem gehörnten Ehemann ist es genau andersherum. Außerdem wusste er von der Existenz der Waffe in Susanne Michelsens Handtasche, er hat sie seiner Frau nämlich selbst geschenkt. Und er ist latent gewaltbereit. Auf den Kollegen Winterberg und mich ist er wenige Stunden nach der Tat mit einem Gewehrkolben losgegangen.«

»Klingt doch gut. Vielleicht sollten Sie ihn festnehmen.«

»Deshalb rufe ich an. Er leugnet entschieden – und einige meiner Mitarbeiter tendieren dazu, ihm zu glauben.«

»Warum das?«

»Intuition.«

Elsbeth von Bispingen schweigt, und Bastian kann ihre Missbilligung förmlich durch die Leitung kriechen hören. Nach einer Weile erkundigt sie sich kurz angebunden: »Und was denken Sie?«

»Ich würde gern warten, bis uns das Ergebnis einer weiteren Recherche vorliegt. Es ist vielleicht besser, ihn bis dahin in Sicherheit zu wiegen.«

»Gib's keine anderen Erkenntnisse?«

»Nichts Konkretes. Ich habe mir die Hacken abgelaufen und in der ganzen Nachbarschaft nach Zeugen für den Mordzeitpunkt gesucht. Aber es ist wie verhext, niemand hat etwas gehört oder gesehen – bis auf zwei bekiffte Jugendliche, die irgendeinem Sportwagen hinterhergestarrt haben.«

»Und? Konnten Sie den Halter ermitteln?«

»Das war eine eiskalte Fährte. Es ist ein Bochumer Geschäftsmann, der sich zwar für James Bond hält, mit dem Ehepaar Michelsen aber nicht das Geringste zu tun hat. Außerdem saßen zwei Nutten mit ihm im Auto, die sich genau an die Fahrt erinnern können. Wenn das kein bombensicheres Alibi ist.«

Elsbeth von Bispingen lacht nicht.

»Was ist mit den Bränden, hat sich da etwas Neues ergeben?«

»Leider nein. Für den Hotelbrand und das Auto am Dorfteich ließe sich durchaus ein Motiv des Ehemannes denken. Aber wir wissen immer noch nicht, wie das Morsumer Reetdach ins Michelsen-Raster passen soll. Außerdem hat der Hotelier für die erste Brandnacht ein Alibi. Er war mit seiner Frau auf einer Hamburger Party, die bis weit nach Mitternacht gedauert hat.«

»Haben Sie die Buchhaltung des Hotels überprüft?«

»Da scheint alles in Ordnung zu sein. Aber meine Kollegin redet heute mit allen Handwerkern, die in der letzten Zeit für das Hotel *Friesenperle* tätig waren. Vielleicht gibt es doch irgendwelche gut getarnten Mauscheleien.«

»Ist das nicht ein bisschen weit hergeholt?«

»Irgendjemand muss das Feuer schließlich gelegt haben. Der Speisesaaltrakt ist erst vor zwei Jahren gebaut worden. Wer weiß schon, ob dabei alles mit rechten Dingen zugegangen ist. Es ist doch Usus in Unternehmerkreisen, die eine oder andere Rechnung nicht zu bezahlen. Manchmal treibt das die Handwerker an den Rand des Ruins. Und Rache ist immer ein starkes Motiv.«

»Besonders vielversprechend klingt das aber nicht.«

»Wir dürfen trotzdem nichts unversucht lassen. Außerdem ist übermorgen Susanne Michelsens Beisetzung.«

»Aha. Und Sie glauben, da wird der Mörder sich vor aller Augen am offenen Grab präsentieren?«

»Das nun gerade nicht. Aber vielleicht ist es sinnvoll, mit einer Verhaftung Jonas Michelsens bis nach der Trauerfeier zu warten. Falls wir bis dahin nicht neue Erkenntnisse haben …«

»Warum sagen Sie das nicht gleich, Kreuzer? Wenn Sie es für richtig halten, dann machen Sie es so. Aber danach will ich Resultate sehen, haben Sie das verstanden?«

»Selbstverständlich.«

Ohne Abschiedsgruß unterbricht die Staatsanwältin die

Verbindung. Bastian greift wieder zu seiner Mandarine und reißt ihr die Schale in einem Ruck vom Körper, als sei es eine rote Haarmähne, in die er seine Fingernägel krallen könnte.

Montag, 22. August, 10.50 Uhr, Haus Dünengrund, Kampen

Die Straße vor dem Anwesen Jonas Michelsens liegt verlassen in der Morgensonne, die seit Tagen zum ersten Mal von einem strahlend blauen Himmel scheint. Als ein schlanker Mann in Jeans und Poloshirt sich dem Grundstück nähert, er trägt eine Baseballkappe auf dem Kopf und eine Sonnenbrille im Gesicht, gibt es niemanden, der Notiz von dessen allzu neugierigen Blicken nehmen kann. Nachdem der Spaziergänger sich vorsichtig umgesehen hat, tritt er nah an das breite Friesentor heran. Doch er klingelt nicht, sondern versucht lediglich, sich einen genauen Eindruck von Haus und Grundstück zu verschaffen. In der Auffahrt parkt kein Wagen, doch die Villa wirkt bewohnt. In der ersten Etage ist ein schmales Fenster gekippt, und in der Diele scheint Licht zu brennen. Indizien, die auf eine Anwesenheit des Besitzers hindeuten könnten. Vielleicht hält sich aber auch nur eine Putzfrau in dem Gebäude auf. Der Beobachter wirft einen suchenden Blick die Straße hinauf und hinunter, doch kann er nirgendwo einen dieser kompakten Kleinwagen entdecken, mit denen die Reinigungsdienste für gewöhnlich auf der Insel unterwegs sind. Dafür erspäht er ein junges Mädchen, das sich vom Dorfkern her nähert und zielstrebig in seine Richtung läuft. Schnell bemüht sich der

180

Beobachter, möglichst unauffällig zu verschwinden. Dafür kommt nur noch der Weg in Richtung Strand in Frage. Zwischen dem Ende der Villenstraße und der Nordsee liegt ein breiter Streifen Heide, aus der sich die besonders hohe und seit Jahrzehnten befestigte Uwe-Düne erhebt, die wegen der phänomenalen Weitsicht, die sie bietet, ein beliebtes Touristenziel ist. Der Mann mit der Sonnenbrille schlägt den Weg durch die Heide ein und wagt es erst aus sicherer Entfernung, sich nach der jungen Frau umzudrehen. Es wundert ihn nicht, dass jetzt sie vor dem Tor zu Jonas Michelsens Anwesen auf den Zehenspitzen steht und versucht, einen Einblick in das Grundstück zu bekommen.

Fred Hübner – denn niemand anderes verbirgt sich unter Sonnenbrille und Baseballkappe – hat die junge Frau längst erkannt. Es ist die Schwesternschülerin, mit der sich Jonas Michelsen am Todestag seiner Ehefrau in dem Hamburger Café getroffen hat. Die Tatsache, dass Michelsen allen Presseberichten zufolge bisher ohne Alibi dasteht, er das Mädchen folglich nicht als Zeugin für seine Hamburger Aktivitäten genannt haben kann, bestätigt Hübner in seinem Verdacht, dass das ungleiche Paar aus gutem Grund das Licht der Öffentlichkeit scheut. Zu gern wüsste er jetzt, ob sich der Hotelier auch auf der Insel befindet.

Nach kurzem Nachdenken beschließt Hübner, ein nicht ungefährliches Experiment zu wagen. Er kehrt um und nähert sich wieder dem Anwesen Michelsens. Die junge Frau ist in ihre Beobachtung so vertieft, dass sie den Journalisten erst wahrnimmt, als er schon wenige Meter hinter ihr steht.

»Na, auch neugierig geworden auf das Wohnhaus der Toten?«, erkundigt er sich in einem betont leichten Tonfall, den herzustellen ihm sehr schwer fällt.

Die junge Frau fährt zusammen und wirft ihm einen ängstlichen Blick zu.

»Oh, Moin, Moin. Ich habe Sie gar nicht kommen gehört.«

»Seglerschuhe«, lacht Hübner und weist auf seine Gummisohlen.

Der Gesichtsausdruck der jungen Frau entspannt sich. Trotzdem errötet sie, als sie bekennt: »Es ist mir zwar peinlich, aber ich bin tatsächlich aus Neugier hier. Auf der ganzen Insel spricht man nur über den Mord, und da wollte ich mal sehen, wie die Frau so gewohnt hat.«

»Woher haben Sie eigentlich die Adresse?«

»Na, aus dem Internet. Sie doch wahrscheinlich auch. Es gibt seit Tagen ein Forum zu den Bränden. Seit dem Mord an Susanne Michelsen ist da mächtig was los. Sie müssen sich das mal ansehen. Und heute früh stand für kurze Zeit auch diese Adresse drin. Ist aber schon wieder gelöscht. Wahrscheinlich hat sich Herr Michelsen beim Administrator beschwert.«

»Das hätte ich an seiner Stelle auch getan. Außerdem wissen die echten Kampener ohnehin bei den meisten Villen, wem sie gehören.«

»Ich bin aus Hamburg und nur übers Wochenende bei meiner Mutter zu Besuch. Heute Nachmittag muss ich zurück.«

Wieder wird die junge Frau rot.

»Schade, dass er nicht da ist, oder?« Mit einer lässigen Geste weist Fred auf die Villa im Sonnenlicht. »Ich wüsste auch ganz gern, wie dieser Michelsen aussieht. Muss ja ein ziemlicher Chauvi sein.«

»Warum denn?«

Das Gesicht des jungen Mädchens spiegelt reines Erstaunen. Die ist ja noch viel naiver, als ich angenommen habe, überlegt Fred und beschließt, richtig dick aufzutragen.

»Na, hören Sie mal, aus dem Internet-Blog wissen Sie doch bestimmt, dass der Kerl die Mädchen reihenweise umgelegt hat. Je jünger, desto lieber.« Nach einem kleinen schmutzigen Lachen fährt er leise fort: »Sie wären übrigens genau seine Kragenweite, da bin ich mir ziemlich sicher.«

»Ach, hören Sie doch auf! Das glaube ich einfach nicht. Jonas Michelsen ist ein erfolgreicher Kaufmann, und das mit seiner Frau ist eine furchtbare Sache. Und jetzt wird er auch noch gemobbt. Sie sollten sich was schämen!«

»Na na, so war das doch nicht gemeint. Ich wollte Sie nicht provozieren, höchstens warnen.«

»Das können Sie sich sparen. Ich kann sehr gut selbst auf mich aufpassen.«

»Hoffentlich ist das so. Dann wünsche ich noch viel Spaß auf der Insel«, erklärt Fred leutselig, grüßt kurz mit leicht erhobener Hand und sieht zu, dass er sich zügig Richtung Dorfkern entfernt. Schließlich wollte er nur einen kleinen Sprengsatz legen und nicht auch noch die Detonation abbekommen.

Als Fred Hübner nach kurzer Zeit am Ende der Straße angekommen ist, dreht er sich noch einmal um. Ob die Kleine sich wohl traut, am Tor zu klingeln? Oder ist sie gar mit Jonas Michelsen verabredet und nur aus Diskretion vor dem Grundstück stehen geblieben, bis sie sicher sein konnte, dass niemand ihr Eintreten beobachten würde?

Doch Fred Hübners Fragen lassen sich nicht eindeutig beantworten. Die junge Frau steht immer noch wie angewurzelt vor dem Anwesen. Vielleicht hat er mit seiner kleinen Bemerkung also doch mehr bewirkt, als sie zugeben wollte.

Montag, 22. August, 11.15 Uhr, Reetdeckerei Hansen, Achsum

Es riecht nach Staub und gut getrocknetem Stroh. Meterhoch stapeln sich die Ballen des hellgelben Reets auf beiden Seiten eines gepflasterten Weges, der von der Straße im Gewerbegebiet von Achsum abzweigt. Der immer noch ursprüngliche Ort beherbergt viele Handwerksbetriebe, die von den relativ günstigen Gewerbemieten im Osten Sylts profitieren. Auch die Reetdeckerei Hansen gehört dazu. Silja Blanck steigt aus dem Auto und sieht sich um. Auf ihrem Weg zu dem niedrigen Lagerhaus bleibt sie vor einer großen Werbetafel stehen, die alle Stationen des Reets vom Anbau bis zur fertigen Eindeckung mit Fotos dokumentiert und leicht verständlich erklärt. Die Anlieferung des Materials mit einem Lastwagen aus Polen oder der Ukraine, das Abladen an der Baustelle, die komplizierte Positionierung der Ballen auf dem Dach, das Einbinden und Beschneiden und schließlich die fast schon künstlerische Gestaltung des Firstes.

Silja mustert die Tafel, um sich zu beruhigen und die Erinnerung an das kurze, sehr sachliche morgendliche Gespräch mit Bastian ebenso zu verdrängen wie die Ängste und die Wut der letzten beiden Tage. Während sie noch versucht, die Regeln dieses traditionellen Handwerks zu begreifen, kommt ihr aus der Lagerhalle ein untersetzter dunkelhaariger Mann in Cargohose und Muskelshirt entgegen.

184

Er ist etwa dreißig Jahre alt, und sein gedrungener Körper kündet deutlich von jahrelanger harter Arbeit. Der Druck seiner schwieligen Hand ist kurz und kräftig.

»Moin, Moin. Niklas Hansen. Sind Sie die Kommissarin?«

»Genau. Silja Blanck ist mein Name. Wir haben telefoniert.«

Mit einer routinierten Bewegung zückt Silja ihren Dienstausweis. Sie hat allerdings nicht den Eindruck, dass der Dachdecker sich besonders für das Dokument interessiert. Ungeduldig weist er auf den Eingang zur Lagerhalle.

»Am besten kommen Se mit rein, eck bin allein auf'm Hof und hab niemanden fürs Telefon.«

In der hohen Halle stehen Maschinen, zwei halb beladene Pritschenwagen und allerlei Gerät, dessen Verwendung Silja nicht ganz klar ist. Ein Teil der Halle ist durch einen Bretterverschlag abgegrenzt. Hier befinden sich ein Schreibtisch voller Papiere, mehrere Sitzgelegenheiten, ein schmales Fenster, das zum Grundstückseingang weist, und daneben eine kleine Küchentheke, auf der eine Kaffeemaschine vor sich hin blubbert.

Niklas Hansen holt zwei meerblaue Becher mit weißem Sylt-Aufdruck aus einem Hängeschrank und füllt sie.

»Milch? Zucker?«

»Nur Milch, bitte.«

»Hier. Am besten, Sie nehmen diesen Stuhl, der ist am bequemsten.«

Silja setzt sich in einen alten Ledersessel mit ausgeleierter Polsterung und nippt an ihrem Kaffee.

»Läuft Ihr Geschäft eigentlich gut?«

»Eck dachte, Sie sind vonne Kripo und nich vom Finanzamt.« Ein lauernder Blick Niklas Hansens unterstreicht den misstrauischen Tonfall seiner Entgegnung.

»Stimmt auch. Ich wollte nur höflich sein. Vergessen Sie die Frage.«

»Worum geht's denn wirklich?«

»Von der Brandstiftung beim Hotel *Friesenperle* und dem Mord an der Hotelbesitzerin Susanne Michelsen haben Sie ja sicher gehört?«

»Kloar. Davon redt die ganze Insel. Gibt's ja hier nich so oft. Moard is sonst nur im Fernsehen.«

Er lacht laut über seinen eigenen Witz, verstummt aber schnell, als er feststellt, dass die Kommissarin nicht einfällt.

Mit ernster Stimme erklärt Silja: »Wir prüfen natürlich alle möglichen Motive, das kennen Sie ja wahrscheinlich auch aus dem Fernsehen. Und wir haben die Buchhaltung des Hotels *Friesenperle* in Rantum durchgesehen. Es hat nämlich der ermordeten Susanne Michelsen gehört. Und dabei sind wir auf Ihre Firma gestoßen.«

»Min Vadda hat schon für den alten Boysen das Hoteldach gedeckt. Als der neue Speisesaal vonner *Friesenperle* gebaut wurde, hat der Manager, Dornfeldt heißt er, glaub eck, mein Betrieb als ersten angesprochen. So läuft das bei uns aufer Insel. Passt Ihnen daran was nich?«

»Doch, natürlich, alles in Ordnung. Ich wollte mich eigentlich nur nach der Zahlungsmoral vom Hotelmanagement erkundigen.«

»Eck hev min Geld kriegt«, ist die knappe Antwort, in der eine versteckte Feindseligkeit zu liegen scheint.

Silja bemüht sich sehr um einen verbindlichen Tonfall.

»Wissen Sie, Herr Hansen, ich habe eine Liste mit sechs Gewerken, die an dem Speisesaalbau beteiligt waren. Sie sind der Erste, mit dem ich rede. Und ganz bestimmt kennen Sie die anderen. Hat es bei denen vielleicht irgendwelche Probleme gegeben? Lieferengpässe, Terminschwierigkeiten, Zahlungsverzögerungen. Etwas in der Art? Wir wissen doch alle, dass auf einer Großbaustelle nicht immer alles glattläuft.«

»Und wenn's nich so war, dann soll eck Ihnen nu den Brandstifter liefern?«

»Nein, natürlich nicht. Es geht mir eher um eine Einschätzung von Albert Dornfeldt. Haben Sie ihn als fairen Bauherren erlebt?«

»Er war wie alle, hat die Kosten gedrückt, wo er konnte.«

»Und auf seinen Vorteil gesehen?«

Silja Blancks Worte sind nur ein Probeballon. Aber sie scheint das richtige Gespür gehabt zu haben, denn der Blick des Dachdeckers zeigt plötzlich große Wachsamkeit.

»Eck hab doch schon gesagt: War alles rechtens. Der Dornfeldt kennt sich gut aus inner Branche. Hat bei der Erstellung von siner Wohnung auch als Bauherr funktioniert.«

»Fungiert«, korrigiert ihn Silja automatisch, was ihr einen beleidigten Blick einträgt. »Wo liegt denn diese Wohnung?«

»Hätten Se ihn auch selbst fragen könn, Frau Kommissar, is ja nun wirklich kein Geheimnis. In Morsum, am Bahnhof wohnter. In dem Bau schräg gegenüber vonner Bushaltestelle, die auch gebrannt hat. Das Wohnhaus hat aber ein Ziegeldach, da konnte das Feuer nich ran. Und mine Reetdeckerei war da auch nich beschäftigt. Könn Se sich ja woll denken.«

Silja nickt. »Aber einige andere Gewerke, die auch im Hotel tätig waren, die haben da schon mitgearbeitet, das meinen Sie doch, oder?«

»Wenn Se dat so verstehn wollen, Frau Kommissar. Aber eck will Ihnen nüscht vertellt ham …«

»Ham Se ja auch nicht, da seien Se man unbesorgt, Hansen. Eck wer mich mal umsehn bei dem Dornfeldt …« Es fällt Silja unerwartet schwer, in das Platt ihrer Kindertage zu verfallen, obwohl das Signal deutlich wohlwollend aufgenommen wird. Kurz überlegt Silja, ob sie noch weitere Fragen anschließen soll, doch sie entscheidet sich dagegen. »Eck muss wieter, Hansen, hev noch viel zu tun. Schön Tag noch und Moin, Moin.«

Silja erhebt sich schnell und verlässt das Büro. Ein etwas verdutzter, aber auch sichtlich erleichterter Reetdachdecker winkt ihr hinterher.

Während Silja die Tür des Bretterverschlags hinter sich schließt, beginnt das Telefon des Dachdeckers zu klingeln. Die Kommissarin geht mit festen Schritten durch die Halle bis zum Eingang. Dort streift sie schnell die Slipper von den Füßen und huscht über den Betonboden zurück zu dem Bretterverschlag. Die Stimme Niklas Hansens ist von hier draußen leise, aber deutlich zu verstehen.

»Eck hev her nich vertellt, dat du die Elektrik inner Wohnung verlegt, aver die Rechnung aufes Hotel geschrieben hast. Geht se ja nu nüscht an. Oder hast *du* die Bude etwa angesteckt?«

Das laute Lachen Niklas Hansens, in dem sich die Erleichterung über den überstandenen Besuch der Kommissarin Bahn bricht, nutzt Silja, um leichtfüßig zum Eingangstor zurückzulaufen und die Schuhe wieder überzustreifen. Dann schlendert sie gemessenen Schrittes zu ihrem Wagen. Bevor sie einsteigt, dreht sie sich zu dem Fenster des Büroverschlages um. Wie sie es fast schon erwartet hat, ist Niklas

188

Hansen dahinter zu erkennen. Er hält immer noch den Telefonhörer ans Ohr gedrückt, scheint aber seine Aufmerksamkeit völlig auf ihren Abgang zu richten. Silja Blanck winkt dem Reetdachdecker kurz zu, bevor sie in ihr Auto steigt.

Niklas Hansen erwidert ihren Gruß nicht.

Montag, 22. August, 11.57 Uhr, Dorfteich, Wenningstedt

»Schwesternwohnheim Sankt Gertraudenstift, Maike Großmann am Apparat, was kann ich für Sie tun?« Die Frau am anderen Ende der Leitung klingt jung und fröhlich. Fred Hübner räuspert sich, legt besonders viel Vorsicht und Zögerlichkeit in seinen Tonfall und beginnt mit brüchiger Stimme zu reden.

»Guten Tag, Fräulein Großmann. Lothar Werner mein Name, ich bin Rentner und wohne bei Ihnen um die Ecke und habe eine vielleicht ungewöhnliche Bitte an Sie.«

»Ja?«

»Bei Ihnen wohnt doch so eine zuvorkommende und hilfsbereite junge Person. Sie ist Schwesternschülerin, hat sie mir erzählt, aber ihren Namen nicht verraten. Und dabei hat sie mir einen so großen Gefallen getan. Sie müssen wissen, vorgestern habe ich auf der Straße meine Börse verloren. Es war alles drin, die Bankkarte, mein Ausweis und ziemlich viel Geld noch dazu. Und jetzt stellen Sie sich vor: Noch bevor ich das bemerkt hatte, zum Glück, denn sonst hätte ich mich sicher grässlich aufgeregt und das wäre meinem Blutdruck ganz bestimmt nicht gut bekommen, also noch davor klingelt es an meiner Tür, und die junge Dame steht vor mir, hält mir meine Börse entgegen und sagt: ›Sie müssen Herr Werner sein. Sehen Sie mal, was ich gefunden habe.‹ Das war eine Freude, nein, ich muss mich korrigieren, es war erst eine Überraschung und dann eine Freude. Meine Frau wollte die Deern gleich zum Tee bitten, aber sie sagte, sie habe keine Zeit und eine Belohnung wollte sie auch nicht annehmen.«

»Das ist ja schön für Sie. Und wie kann ich Ihnen weiterhelfen?«

Die Ungeduld in Maike Großmanns Stimme ist nicht zu überhören. Schnell liefert Fred eine Beschreibung der mysteriösen Freundin Jonas Michelsens, immer darauf bedacht, die Umständlichkeit des Alters bei seiner Wortwahl gehörig zu berücksichtigen.

»Sie meinen bestimmt Valerie Simons, sie ist die Einzige, die so langes dunkles Haar hat, die meisten unserer Mädchen sind eher blond«, unterbricht ihn Maike Großmann nach einigen Sätzen ungeduldig.

»Valerie, das ist aber ein schöner Name, und er passt so gut zu der Deern. Sie wissen nicht zufällig, was die Lieblingsblumen von Fräulein Simons sind, oder?«

»Nein, weiß ich nicht.«

»Aber wenn ich einen schönen Sommerstrauß mit ihrem Namen bei Ihnen abgebe, dann stellen Sie ihn ihr schon aufs Zimmer, oder?«

»Selbstverständlich machen wir das.«

»Gut, dann bedanke ich mich sehr. Sie haben mir sehr geholfen.«

»Gern. Und einen schönen Tag noch, Herr …«

»Werner, Lothar Werner. Ihnen auch einen schönen Tag, Fräulein Großmann, und auf Wiedersehen.«

Schnell notiert sich Fred Hübner beide Namen auf einem Block. Valerie Simons, Maike Großmann. Zur Sicherheit schreibt er nach kurzem Zögern noch den Namen des fiktiven Rentners dazu. Wer weiß, vielleicht muss er den Alten ja noch einmal bemühen. Doch zunächst googelt er Valerie Simons. Aber außer Facebook- und Stayfriends-Einträgen ist im Internet nichts Brauchbares zu finden. Nach Eingabe des Namens Jonas Michelsen sieht das natürlich ganz anders aus. Über vier Millionen Ergebnisse in wenigen Sekunden liefert die Suchmaschine, das sind mehr als sie bei Freds eigenem Namen ausspuckt. Doch der Journalist gönnt sich nur einen kurzen Blick auf die Liste der Einträge, obwohl er sich zu gern ablenken würde, denn vor dem, was er sich eigentlich für heute vorgenommen hat, graut es ihm jetzt schon.

Fred Hübner braucht nur wenige Klicks, um auf der Website von *Mega-Clean* zu landen, einer Husumer Firma, die professionell auch extrem verschmutzte Räume säubert. Nachdem er sein Anliegen vorgetragen hat, zeigt sich, dass er zum richtigen Zeitpunkt angerufen hat. Gerade befinde sich ein Team der Firma auf der Insel, erklärt man ihm, und wenn er nichts dagegen habe, dann könne man heute Nachmittag noch seinen Auftrag erledigen. Vielleicht werde es auch früher Abend werden, aber vorher müssten sich die Kollegen kurz bei ihm umsehen. Ob es wohl in einer halben Stunde ginge? Da hätten die Kollegen eigentlich Mittagspause, aber es sei ja wohl dringend, und von diesem spektakulären Mordfall habe man in Husum natürlich auch gehört.

Fred atmet tief durch. Mit einer so prompten Reaktion hat er nicht gerechnet. Doch dann ist er plötzlich froh. Ja, er wird das, was er sich vorgenommen hat, so schnell wie möglich hinter sich bringen.

»Schicken Sie Ihre Leute vorbei. Ich erwarte sie«, erklärt Fred und nennt seine Adresse.

Die kurze Zeit, bis der Lieferwagen vor seinem Haus parkt, verbringt Fred Hübner am Fuß der Treppe, die zum oberen Geschoss seiner Wohnung führt. Auf der untersten Stufe sitzend kämpft er mit widerstreitenden Gefühlen. Doch bevor er den Mut hat, sich noch einmal in seinem blutbespritzten Schlafzimmer umzusehen, stehen schon ein kräftiger junger Mann und zwei ältere Frauen in Latzhosen und T-Shirts mit dem Firmenaufdruck von *Mega-Clean* vor seiner Eingangstür. Sie haben von dem Mord an Susanne gehört und vollstes Verständnis dafür, dass Fred sie nicht nach oben begleitet.

In vier Stunden, so erklären sie nach einer kurzen Ortsbesichtigung, werden sie alle Spuren des Mordes aus seinem Schlafzimmer getilgt haben. Sogar einen Neuanstrich der Wände wollen sie vornehmen. In ein oder zwei Tagen, wenn der Neuanstrich wiederholt und dann endgültig getrocknet sein wird, dürfte nichts mehr in diesem Raum an die schreckliche Tat erinnern.

Fred nickt zu ihren Ausführungen wie betäubt und überlässt dem Trio seinen Zweitschlüssel.

»Ich verlasse die Wohnung heute Nachmittag. Dann sind Sie völlig ungestört, das ist doch in Ordnung, oder?«

»Klar. Ist uns sogar lieber so. Und für Sie bestimmt besser«, antwortet in mütterlich-bestimmtem Tonfall eine der beiden Frauen. »Was soll eigentlich mit den Möbeln geschehen? Wollen Sie die auch loswerden?«

Als Fred spürt, wie ihm bei dem Gedanken an das blutbesudelte Bett schlecht wird, ist er dankbar für die Frage.

»Könnten Sie denn dabei helfen?«

»Falls Sie kein Geld für die Sachen wollen, bestimmt. Es wird nicht schwer sein, einen Trödelhändler dafür zu interessieren.«

»Okay, dann machen Sie das. Je früher der Raum leer ist, umso besser.«

Montag, 22. August, 13.10 Uhr, Hotel *Friesenperle*, Rantum

Nervös zupft Albert Dornfeldt an der Manschette seines makellos gebügelten Hemdärmels. Dass die Kriminalpolizei schon wieder bei ihm erschienen ist, gefällt ihm gar nicht. Und dass es heute sogar zwei Ermittler sind, die Auskünfte begehren, macht die Sache auch nicht besser. Zumal die beiden diesmal sogar mit einigen Angestellten des Hotels geredet haben. Außerdem wirkt der bullige Typ, der die grazile Kommissarin begleitet, nicht unbedingt so, als sei mit ihm gut Kirschen essen. Auch bei ganz harmlosen Sätzen liegt in seiner Stimme ein Unterton, der Albert Dornfeldt überhaupt nicht gefällt. Umso wichtiger ist es dem Manager, die eigene Irritation über diesen Besuch möglichst glaubhaft zu vermitteln.

»Ich verstehe nicht ganz, was Sie meinen, Herr Kommissar. Sie haben die Hotelabrechnungen doch schon prüfen lassen und nichts Unrechtes gefunden.«

Der Typ im T-Shirt, der sich als Kriminalhauptkommissar Bastian Kreuzer ausgewiesen hat, hebt in einer unwilligen Geste den Arm und wischt damit durch die Luft, als wolle er Dornfeldts Einwand auslöschen. Die Muskeln zeichnen sich deutlich unter seinem Shirt ab. Auf den Manager wirkt der Kerl eher wie ein Fitnesstrainer, dabei ist er als Hauptkommissar wahrscheinlich kein so ganz kleines Licht, überlegt Dornfeldt, während er mit mühsam festgehaltenem Lächeln den Ausführungen des Muskelmanns lauscht.

»Herr Dornfeldt, es geht jetzt nicht mehr ums Hotel, sondern um Sie persönlich. Sie sind doch in Morsum polizeilich gemeldet. Neben dem Bahnhof hat ein Reetdach gebrannt. Und nur ein paar Meter weiter liegt Ihre Eigentumswohnung in einem Mehrfamilienhaus.«

»Ja und?«

»Wir suchen immer noch nach einem Zusammenhang zwischen den Brandorten. Zwei davon befinden sich in Ihrer unmittelbaren Nähe, nämlich an Ihrem Wohnort und Ihrem Arbeitsplatz.«

»Ich kann nicht sehen, was damit bewiesen werden soll.«

»Das Gebäude, in dem Ihre Wohnung liegt, ist vor zwei Jahren fertiggestellt worden. Zur gleichen Zeit wurde auch der neue Speisesaal für dieses Hotel gebaut.«

»Und weiter? Das ist doch nicht verboten.«

»Für das Neubauprojekt Speisesaal haben Sie die finanzielle Abwicklung gemacht. Ist das richtig?«

Die Worte des Hauptkommissars werden von einem finsteren Blick begleitet, der dem Hotelmanager gar nicht gefällt. Seine Antwort formuliert er mit Bedacht.

»Der Beginn der Baumaßnahmen fiel in die ersten Monate meiner Tätigkeit hier. Natürlich habe ich mich darum gekümmert. Das gehörte zu meiner Aufgabenbeschreibung. Das Ehepaar Michelsen war der Meinung, dass es besser für alle Beteiligten sei, wenn der Verantwortliche vor Ort sei. Und das war ich ja auch.«

»Sie haben auch die Handwerker ausgewählt und beauftragt?«

»Teilweise. Vor allem, was den Innenausbau betraf. Die anderen Gewerke waren schon vergeben.«

»Und dieselben Firmen haben dann auch gleich in Ihrer neuen Eigentumswohnung gearbeitet«, mischt sich nun die zierliche Kommissarin ins Gespräch. Es ist Albert Dornfeldt nicht entgangen, dass sie nicht ein einziges Mal gelächelt hat.

»Nein, natürlich nicht. Wie kommen Sie denn darauf?«

Dornfeldt gelingt die Mischung aus Erstaunen und Entrüstung ausgesprochen gut.

»Wir haben einen Tipp bekommen«, erklärt die Kommissarin schmallippig.

»Es ist ja wohl kaum meine Aufgabe, mich zu Ihren Informanten zu verhalten«, erwidert Dornfeldt gestelzt. »Aber weil Sie sich nun schon mal die Mühe gemacht haben, mich hier aufzusuchen und mir natürlich an einer schnellen Aufklärung des Falles nach wie vor sehr gelegen ist, will ich Ihnen dazu Folgendes sagen: Es gibt auch unter den Handwerkern auf der Insel eine große Konkurrenz. Selbst hier kommen Firmenpleiten vor, und es sieht nicht immer für jeden rosig aus. Da schrecken manche vor nichts zurück. Auch nicht davor, die Kollegen mal eben anzuschwärzen.«

»Sie wissen vermutlich, dass die Staatsanwaltschaft auch die Überprüfung Ihrer privaten Handwerkeraufträge anordnen könnte.«

»Mag sein, ich kenne mich da nicht aus. Aber so etwas wie einen begründeten Anfangsverdacht sollten Sie schon haben, oder täusche ich mich?«

»Das lassen Sie nur unsere Sorge sein.«

Beide Ermittler tauschen einen kurzen Blick, dann stehen sie gleichzeitig auf, um sich zu verabschieden. Als Albert Dornfeldt sich gerade ebenfalls erheben will, läutet sein Telefon. Mit einer großzügigen Geste deutet der Kommissar auf den Apparat und erklärt mit leicht ironischem Unterton: »Bitte nehmen Sie den Anruf ruhig an, wir warten solange.«

Dornfeldt zögert einen kurzen Augenblick. Er kennt die Nummer auf dem Display genau und ist gar nicht glücklich über den Zeitpunkt des Anrufs. Doch er hat nicht unbedingt das Gefühl, dass er sich in seiner Position weitere Auffälligkeiten erlauben sollte. Also greift er nach dem Apparat und bemüht sich, seine Stimme möglichst geschäftsmäßig klingen zu lassen.

»Dornfeldt, Hotel *Friesenperle*. Was kann ich für Sie tun?«

»Albert, ich bin's. Störe ich?«

Die Frauenstimme am anderen Ende ist leiser als sonst. Immerhin.

»Im Grunde genommen schon. Gibt es etwas Wichtiges?«

»Die Beerdigung ist übermorgen.«

»Weiß ich schon.«

»Und am nächsten Tag sind wir beim Notar.«

»Gratuliere, das ging ja schnell.«

»War auch ein ordentliches Stück Arbeit ...«

»Das glaube ich gern«, unterbricht Dornfeldt eilig seine Gesprächspartnerin, während er sich um einen harmlosen Gesichtsausdruck bemüht. Schnell fügt er hinzu: »Na, dann ist ja alles geklärt. Wir sprechen uns morgen noch mal. Bis dahin alles Gute.«

Die beiden Ermittler mustern ihn aufmerksam. Erwarten sie jetzt, dass er sie über die Identität der Anruferin in

Kenntnis setzt? Besser wäre es vielleicht. Mit harmloser Miene erklärt er: »Das war meine Schwester. Sie hat es privat nicht leicht und ist ein bisschen angespannt.«

»So etwas Ähnliches haben wir uns schon gedacht«, antwortet der Kommissar höhnisch, als er Dornfeldt die Pranke zum Abschied reicht. »Schönen Tag noch, Herr Dornfeldt, und grüßen Sie Ihre Schwester unbekannterweise von uns, wenn sie wieder mal anruft.«

Montag, 22. August, 13.55 Uhr, Pizzeria *Tino*, Westerland

»Wir könnten das mit der Schwester überprüfen«, schlägt Silja vor, während sie das Hotel verlassen.

»Warum sollen wir uns ohne Not lächerlich machen? Ist doch egal, wen der vorschiebt. Helfen würde nur die Überwachung seines Telefons. Und das kriegen wir nie im Leben durch. Die Bispingen war ohnehin schon skeptisch, als ich ihr heute Morgen mit der Handwerkergeschichte kam. Und vielleicht hat sie sogar recht. Selbst wenn ein Handwerker die ersten beiden Brände gelegt haben sollte, um sich an diesem Dornfeldt zu rächen, indem er dessen Machenschaften aufdeckt – die Michelsen wird er nicht auch noch umgebracht haben ...«

Bastian Kreuzer zieht den Schlüssel aus der Tasche und öffnet die Türen des Dienstwagens. Als Silja auf dem Beifahrersitz Platz genommen hat, erklärt er, ohne sie anzusehen: »Mittagspause. Ich fahre jetzt zu Tino nach Westerland. Wenn du mitwillst, können wir dort die Besprechung machen. Sonst in einer Stunde im Büro.«

»Ich komme mit.« Auch Silja blickt starr geradeaus.

Bastian Kreuzer startet den Wagen und rast über die Landstraße zurück zur Inselhauptstadt. Silja hat den Kopf abgewandt und mustert die Landschaft seitlich der Straße mit einer Intensität, als sehe sie das alles zum ersten Mal. Während der gesamten Fahrt fällt kein Wort. Erst in der Pizzeria, nachdem beide ihre Bestellung aufgegeben haben, bricht Bastian das Schweigen.

»Wir müssen uns mehr um diesen Jonas Michelsen kümmern. Es ist *seine* Frau, die umgebracht wurde und *ihr* Speisesaal, den man angesteckt hat. Als das Auto in Wenningstedt brannte, konnte man *sie* mit *ihrem* Liebhaber auf dessen Terrasse sitzen sehen. Und Michelsen ist es schließlich auch, der diesen Dornfeldt als Manager eingestellt hat, und wenn der ihn bescheißt, indem er falsche Rechnungen ausstellen lässt, dann ist es Michelsens eigener finanzieller Verlust.«

Silja holt tief Luft. Sie weiß, dass es unklug ist, was sie jetzt sagen will, weil es Bastian nur noch mehr provozieren wird, aber sie kann nicht anders.

»Der Typ war's nicht, davon bin ich fest überzeugt. Je länger ich darüber nachdenke, umso mehr zweifle ich. Er hängt mit drin, ohne Frage, aber da muss es noch etwas anderes geben, was wir nicht wissen. Und es wird langsam Zeit, dass wir dahinterkommen, was das ist!«

Mit Wucht lässt Bastian Kreuzer seine Faust auf den Tisch knallen. Der Brotkorb springt, die Gläser klirren, die anderen Gäste sehen neugierig zu ihnen herüber.

»Verdammt nochmal, Silja, jetzt hör endlich mit dieser Scheiße auf«, poltert Bastian los, als der Kellner durch die Schwingtür aus der Küche kommt und ihren Tisch ansteuert. Während er den Salat für Silja und die Pizza für Bastian serviert, blicken die Ermittler sich zum ersten Mal an diesem Tag in die Augen. Eine tiefe Ratlosigkeit vermischt mit einer gehörigen Portion Wut steht beiden ins Gesicht geschrieben.

»Wann kommt eigentlich Sven zurück?«, erkundigt sich schließlich Silja, als habe es den Ausbruch Bastians nicht gegeben.

»Morgen früh. Wird auch Zeit.« Gierig schiebt sich Bastian den ersten Bissen von seiner Pizza in den Mund. »Verdammt, ist das heiß! Der Käse wirft ja noch Blasen.«

»Vielleicht nimmst du erst mal was von meinem Salat. Auch dein Körper braucht Vitamine.« Die Bemerkung ist Silja einfach so herausgerutscht, ein Relikt aus glücklicheren Tagen.

»Aber nur einmal im Monat, das weißt du doch.« Vorsichtig tippt Bastian mit dem Finger auf den Belag seiner Pizza. »Zehn Sekunden gebe ich ihr noch zum Abkühlen, dann schalte ich die Mahlwerkzeuge ein und meinen Denkapparat aus.«

»Wir sollten dir für solche Gelegenheiten endlich mal ein Schild schenken: *Hirn wegen akuter Nahrungsaufnahme geschlossen.*«

Silja hat ihre Bemerkung nett gemeint, sie sollte die Situation entspannen und zu einer besseren Gesprächsatmosphäre beitragen. Doch Bastian kriegt den Satz in den falschen Hals.

»Sehr witzig. Aber vorher darf ich vielleicht noch eine Frage zu deinen Ermittlungsergebnissen stellen. In welcher Situation genau hast du die Äußerung von diesem Dachdecker gehört?«

»Er hat telefoniert, und ich habe ihn belauscht. Ohne

Zeugen und ohne sein Wissen. Ich stand allein hinter einer Trennwand.«

»Also optimale Vernehmungsbedingungen. Was dieser Niklas Hansen dem Typen am Telefon gesagt hat, kann vor Gericht jederzeit bedenkenlos verwendet werden.«

»Bastian, es ging nicht anders. Was hätte ich denn tun sollen?«

»Nachdenken. Nachfragen, wenigstens jemanden mitnehmen, was weiß ich. Jedenfalls nicht so rumschlampen, nur weil der Typ ein Kerl ist und darum von vornherein nicht in dein feministisches Fahndungsraster passt. War wirklich hochprofessionelle Arbeit, Frau Kollegin. Guten Appetit auch.«

Als Silja aufspringt und das Restaurant verlässt, zieht sich Bastian ungerührt ihren Salat neben die Pizza und setzt seine Mahlzeit fort, als sei nichts gewesen.

Montag, 22. August, 17.50 Uhr, Parkplatz am Klärwerk, Rantumbecken

An einem Zaunpfosten schließt Fred Hübner sein Fahrrad an. Hier auf der Ostseite der Insel befindet sich mit der zehn Kilometer langen Rundstrecke ein hervorragender Laufparcours. Und die ziemlich lange Radfahrt bis hinunter zu dem Rantumer Wattgebiet ist nur der Anfang von Fred Hübners persönlichem Fitnessmarathon, dem er sich einmal monatlich unterzieht. Nach dem Joggen schwingt er sich wieder aufs Rad und strampelt zurück nach Wenningstedt. In der Regel braucht er dann für die Strecke erschöpfungsbedingt fast die doppelte Zeit, aber wenn er das gesamte Programm hinter sich hat, fühlt er sich regelmäßig körperlich so gestählt, dass er wochenlang davon profitiert. Und heute ist es genau das richtige Ablenkungsmanöver von dem Einsatz von *Mega-Clean*.

Fred trägt bereits seine Joggingsachen und läuft gleich los, zunächst auf dem Deich, dann am Zaun des Klärwerkes entlang nach Osten, bis er wieder auf den Deich stößt. In den dreißiger Jahren des letzten Jahrhunderts hat man das Becken vom Watt abgetrennt, um einen Wasserflughafen zu schaffen, doch bald war der Plan nicht mehr wichtig für die deutsche Wehrmacht, und nach 1945 wollte ohnehin niemand mehr etwas davon wissen. Das Areal verlandete, es entwickelten sich riesige Schilfgebiete, und schließlich stellte man das Rantumbecken unter Naturschutz.

Der hier entlangführende Weg bietet abwechslungsreiche Aussichten, denn in den Kanälen und Teichen, die die Schilfflächen durchziehen, siedeln die unterschiedlichsten Vogelarten. Fred kennt nur einige von ihnen aus Satzfetzen, die er nach und nach im Vorbeilaufen aus den Erklärungen der vogelkundlichen Führungen aufgeschnappt hat. Enten natürlich, die sich regelmäßig im Flachwasser versammeln, aber auch Lappentaucher und Schilfrohrsänger kann er mittlerweile unterscheiden.

Während des Laufens versucht Fred, sich nur auf seine Atmung und die Aktivitäten der Vögel zu konzentrieren. Die quälenden Gedanken an die Dinge, die gerade in seinem Apartment vor sich gehen, lässt er nicht an sich heran, auch wenn das nicht einfach ist. Er läuft zu schnell und er atmet zu hastig, denn es gibt noch etwas anderes, das er aus dem Kopf bekommen muss. Seit ihn am Nachmittag die grazile Kommissarin angerufen hat, weiß er, dass sich seine schlimmsten Befürchtungen erfüllen werden. Am Mittwochvormittag soll seine große Liebe Susanne Boysen neben ihren Eltern auf dem Dorffriedhof beerdigt werden. Direkt vor seiner Haustür.

Fred atmet tief im Takt seiner Schritte. Der salzige Wind füllt stoßweise seine Lungen, der wohlvertraute Geruch von Schlick und Vogelkot beruhigt seine Nerven. Doch die Anstrengungen und der massive Konsum von Beruhigungsmitteln in den letzten Tagen scheinen nicht folgenlos für seinen Organismus gewesen zu sein. Die Muskelstränge seiner Beine sind von ungewöhnlicher Härte und Schmerzempfindlichkeit. Außerdem schlägt Freds Herz wie wild, obwohl er doch erst ein gutes Drittel der Laufstrecke bewältigt hat. Auch nachdem er deutlich langsamer geworden ist, nimmt die Pulsfrequenz nicht ab. Das Blut rast durch Freds Venen, es dröhnt in seinen Ohren und hämmert in seinen Schläfen. Es dauert nicht lange, bis Fred kapituliert. Mit letzter Kraft schleppt er sich bis zu einer Holzbank. Er weiß genau, dass es keine gute Methode ist, ein Training so abrupt zu beenden, doch was soll er tun?

Vollkommen erschöpft fällt Fred auf die Bank. Die Strecke, die er bereits gelaufen ist, hat mindestens eine Länge von drei Kilometern. So weit müsste er zurückjoggen, um sich dann von dort aus ein Taxi zu rufen. Wenigstens hat er das Handy mitgenommen. Und wenn er einen großen Wagen bestellt, müsste auch sein Rennrad hinten hineinpassen. Denn dass er mit dem Fahrrad zurückfahren kann, scheint ihm im Moment wenig wahrscheinlich, auch wenn die Vorstellung, die Mannschaft von *Mega-Clean* mitten in der Arbeit anzutreffen, einfach grauenhaft ist.

Fred atmet jetzt bewusst langsam ein und aus. Dabei lehnt

er sich zurück und lässt den Blick über die Schlickwiesen wandern. Ein frischer Wind drückt unregelmäßige Wellen in die Armada der Halme und dient den Wasservögeln als Gleithilfe. Die Abendsonne lässt die Schatten der Tiere wie scheue Mäuse über die Gräser huschen. Fred verfolgt ihren Flug und entdeckt dabei, dass sich von Osten her eine joggende Gestalt nähert, die in übertriebener Manier die Arme seitlich schwingen lässt. Kurz spielt Fred mit dem Gedanken, den Sportskollegen zu bieten, Hilfe zu holen. Doch dann ist sein Stolz stärker. Außerdem scheint jetzt endlich das eben noch so heftig pochende Herz etwas ruhiger zu werden. Froh darüber, sich keine Blöße geben zu müssen, bedenkt Fred den Jogger, als dieser nach einiger Zeit an ihm vorbeitrabt, mit gleichmütigen Blicken. Der andere trägt Funktionskleidung, eine enge Hose und einen weiten Blouson, ist mittelgroß und recht dünn. Seine dunklen Haare sind nackenlang und mit einem Gummi auf dem Hinterkopf zu einem Schwänzchen gebunden, das einem Gänsebürzel nicht unähnlich ist. Das Gesicht mit den schmalen Lippen, den kräftigen Augenbrauen und der auffällig kleinen Nase glänzt vor Schweiß. Amüsiert stellt Fred fest, dass er das Geschlecht des unbekannten Joggers nicht mit Sicherheit bestimmen könnte. Auch bei genauem Studium der Rückansicht ließe sich nicht sagen, ob die kräftigen Beine und der definierte Hintern eher zu einem Mann oder einer Frau gehören.

Als Fred sich endlich erhebt, um zwar nicht laufend, aber doch recht schnell ausschreitend den Rückweg anzutreten, ist die Figur des besser Trainierten längst am Ende des Deichwegs angekommen und nur noch als feiner Strich in der Landschaft zu erkennen.

Montag, 22. August, 18.02 Uhr,
Deichweg, Rantumbecken

Man kann der Polizei nur gratulieren. Endlich haben sie eins und eins zusammengezählt und sich auf die richtige Fährte begeben. Hat ja lange genug gedauert. Aber nun ist das Schwein Dornfeldt in ihr Visier geraten, und alles wird vielleicht doch noch gut. Vor allem weil die tote Susanne natürlich das ultimative Aufmerksamkeitssignal ist. Geschieht ihr ganz recht, was musste sie auch mit diesem Journalisten rumhuren. Gegen diese Schlampe sind die Vögel mit dem schönen Namen Pfuhlschnepfen, die gerade in Scharen den Deich überfliegen, wahrscheinlich die reinsten Monogamisten oder wie immer man das bezeichnen will.

Wie gut, dass hier außer den wenigen Vogelkundlern fast niemand unterwegs ist. Eigentlich erstaunlich, wie wenige Jogger man trifft. Nur da hinten hängt einer japsend in den Seilen. So wie der auf seiner Bank sitzt, ist er eher ein Fall für die Beatmungsmaschine als für den Ausdauersport. Aber Moment, das ist ja der Journalist. Kein Wunder, dass der so mitgenommen aussieht. War wirklich kein schöner Anblick in seiner Wohnung. Aber er hat es auch nicht anders verdient.

Montag, 22. August, 18.53 Uhr,
Hotel *Friesenperle*, Rantum

In Gedanken versunken verlässt Albert Dornfeldt das Hotel. Nach dem Besuch der beiden Ermittler ist es ihm schwergefallen, sich auf die anstehenden Arbeiten zu konzentrieren. Immer wieder schweiften seine Gedanken zu den Fragen der Kriminalpolizei. Was wissen die Beamten schon? Und was werden sie demnächst noch herausfinden?

Als Dornfeldt gerade in seinen bulligen Landrover steigen will, der wie immer auf dem Hotelparkplatz abgestellt ist, nimmt er eine Bewegung auf dem Areal des ehemaligen Speisesaals wahr. Dieser Bereich ist seit dem Brand durch einen provisorischen Bauzaun gesichert, und niemand hat sich dort herumzutreiben.

Mit schnellen Schritten überquert der Manager den Parkplatz und biegt um die Ecke des Hotelgebäudes. Anstelle des ehemals stolzen Neubaus stehen hier nur noch schwarze Mauern, auf deren Kuppen die verkohlten Überreste des Dachstuhls wie stumm anklagende Finger in den Sommerhimmel ragen. Noch immer hängt der Geruch von Ruß in der Luft.

Albert Dornfeldt sieht sich aufmerksam um, doch es ist niemand zu entdecken. Vorsichtig steigt der Manager über Metallteile und Aschehaufen, inspiziert jeden Winkel des vollkommen leergebrannten Gebäudes und ruft schließlich mit lauter Stimme: »Ist da jemand?«

Keiner antwortet.

Mit einem resignierten Blick auf seine hellen Wildlederslipper, die inzwischen von Rußpartikeln überzogen und vermutlich nicht mehr zu retten sind, beschließt Dornfeldt spontan, noch einen kurzen Ausflug zum Strand zu machen, um sich ein wenig den Wind um die Nase wehen zu lassen. Insgeheim graut es ihm vor der abendlichen Einsamkeit in seiner Morsumer Eigentumswohnung, in der er sich seit dem Brandanschlag auf das Wartehaus nicht mehr so recht geborgen fühlen kann.

Für den Weg vom Hotelgelände bis zum Strand hinunter braucht Dornfeldt keine fünf Minuten. Schon die ersten Windböen, der Geruch nach Salz, die Möwenschreie und das Brüllen der aufziehenden Flut tun ihm gut. Er streift die Slipper ab, zieht die Socken aus, streckt anschließend sehr bewusst den ganzen Körper und atmet tief durch. Während Albert Dornfeldt langsam den sanft abfallenden Strand bis zur Meereskante hinunterläuft, ist ihm mehrmals, als höre er jemanden keuchend atmen. Doch hat er sich die huschende Gestalt am niedergebrannten Speisesaal nicht auch schon eingebildet?

Der gesamte Strand vor ihm ist leer, und auf dem Weg ist ihm niemand gefolgt. Außerdem tobt das Meer so laut, dass Atemgeräusche gar nicht hörbar wären. Vermutlich ist er nur überarbeitet und überreizt. Dornfeldt beschließt, sich nicht irre machen zu lassen, beginnt den Marlene-Dietrich-Schlager »Nur nicht aus Liebe weinen« zu pfeifen und setzt forsch seine Schritte im Takt der Melodie. Als wenige Meter vor der Wasserkante ein schwerer Schlag seine Schläfe trifft, bricht der Pfeifton plötzlich ab. Albert Dornfeldts gespitzte Lippen erschlaffen, sein Gesicht verzieht sich im Schmerz, sein Körper sackt zusammen und fällt ungelenk auf den feuchten Sand. Für wenige Sekunden ertönt ein kehliges Lachen, das sich schnell mit dem Schrei der Möwen mischt und gleich darauf von dem tiefen Grollen der nächsten Welle hinweggetragen wird.

Von weitem betrachtet wirkt der zusammengesackte Körper des Hotelmanagers wie ein eigentümlich geformtes Stück Treibholz, das in spätestens einer halben Stunde zum Opfer der gierigen Fluten werden wird.

Montag, 22. August, 20.10 Uhr, Autozug, Hindenburgdamm

Ungeduldig trommelt Jonas Michelsen auf das lederbezogene Lenkrad seines BMW. Er ist erst vor wenigen Minuten auf den Autozug gefahren, der in regelmäßigen Abständen über den Hindenburgdamm verkehrt und das Festland mit der Insel Sylt verbindet. Obwohl Michelsens Wagen auf dem Oberdeck des Autozuges steht, hat der Hotelier das Schiebedach weit geöffnet. Jetzt ruckt der Zug und fährt an. Sofort beginnt der Fahrtwind kräftig an Jonas Michelsens halblangen Haaren zu zausen. Doch er ist viel zu beschäftigt, um sich daran zu stören. Auf dem Display neben dem Lenkrad steht die Telefonnummer, die er eben schon zum dritten Mal innerhalb der letzten zehn Minuten gewählt hat. Der gleichmäßige Klingelton macht den Hotelier langsam wahnsinnig. Warum hebt sie nicht endlich ab? Er hat doch wirklich Einiges getan, um ihr zu Willen zu sein. Ein bisschen Zuspruch könnte er jetzt gebrauchen, schließlich hat er die Beerdigung Susannes in einem wahren Rekordtempo organisiert. Die Verhandlungen mit dem Catering-Service waren dabei noch das geringste Problem. Erstaunlicherweise fühlte sich ausgerechnet das Bestattungsinstitut terminlich unter Druck gesetzt und erwies sich als wenig flexibel. Und als dort alles geregelt war, musste Jonas Michelsen noch das Gespräch mit dem Gemeindepfarrer hinter sich bringen.

Doch nun ist alles vorbereitet, und wenn Susannes Körper übermorgen in die Sylter Erde versenkt werden wird, steht Jonas Michelsens gemeinsamer Zukunft mit der Frau, die seinem Herzen schon seit einiger Zeit so viel näher ist, als es Susanne war, niemand mehr im Weg. Wenn er nur wüsste, warum die andere ausgerechnet jetzt so kühl und abweisend zu ihm ist.

Wütend unterbricht Michelsen den Versuch, sie zu erreichen, und dreht im Radio den Jazzsender laut.

Dienstag, 23. August, 8.15 Uhr, Kriminalkommissariat, Westerland

»Moin, Moin!«

Mit federnden Schritten betritt Sven Winterberg sein Büro. Ohne sich von der Kaffeemaschine abzuwenden, ruft ihm Bastian Kreuzer zu: »Morgen! Gut, dass du wieder da bist. Wie war es im Luxushotel?«

Stöhnend lässt sich Winterberg hinter seinem Schreibtisch nieder.

»Das Hotel war super, aber der Rest ziemlich anstrengend. Shoppen und Kultur ist eine üble Mischung, wenn du mich fragst. Beides kostet irre viel Geld, und konzentrieren musst du dich auch noch. Ich wusste gar nicht, dass meine Frau so empfindlich sein kann.«

»Was ist passiert?«

»Sie wollte ständig meine Meinung hören. Sonst ist die ihr eigentlich ziemlich egal. Hier auf der Insel managt sie das Kind und nebenbei die Vermietung unseres Gartenhauses an die Feriengäste, und das macht sie beides prima. Die Steuererklärung macht sie auch, da habe ich nie was mit zu tun. Aber jetzt in Hamburg sollte ich mich ständig äußern. Ja, das Kleid ist süß, oder nein, so eine Hose hast du doch schon. Und wehe, ich habe das Falsche gesagt, dann hieß es gleich, dass ich ihr nicht zuhöre.«

»Hast du ihr denn zugehört?«

»Was ist das denn für eine blöde Frage. Hörst du Silja vielleicht immer zu? Apropos: Wo ist sie überhaupt?«

»Geht mir aus dem Weg. Klappert immer noch die Handwerker ab, die an dem Speisesaal des Rantumer Hotels mitgearbeitet haben. Möglicherweise hat Albert Dornfeldt, das ist dieser Manager, die Leute auch noch in seiner Eigentumswohnung beschäftigt und dann die Rechnungen aufs Hotel laufen lassen. Silja hat da so etwas läuten hören.«

»Aha. Und seit wann sind wir bei der Steuerfahndung? Ich dachte, wir haben es mit einem Mord zu tun. Gib mir auch einen Kaffee und dann kannst du mir vielleicht den Unterschied erklären.«

»Stell dich nicht so blöd. Wir wissen immer noch nicht, ob die Brände und der Mord wirklich zusammenhängen. Und der Hotelbrand könnte ja auch eine Rachetat sein, zumal dieser Dornfeldt direkt gegenüber vom Morsumer Bahnhof wohnt.«

»Na, das ist ja ein Ding! Endlich haben wir das gesuchte Verbindungsglied zwischen allen Vorfällen. Gibt's noch mehr Neues?«

Bastian seufzt theatralisch, während er die beiden Kaffeebecher auf Svens Schreibtisch stellt und sich auf den Besucherstuhl fallenlässt.

»Der Abschlussbericht vom Rechtsmediziner ist da. Aber richtig weiter bringt uns das auch nicht. Susanne Michelsen war gesund, nicht schwanger, hatte in den letzten 24 Stunden vor ihrem Tod Geschlechtsverkehr, vermutlich sogar mehrmals, und ist durch den großen Blutverlust nach dem

Kopfschuss gestorben. Eintritt der Munition zwischen der vorderen rechten Schläfe und dem Ohr auf Höhe des Wangenknochens.«

»Und war sie wirklich sofort tot? Dann müsste die Hauptschlagader getroffen worden sein. Denn sonst gehen Hirnschüsse ja oft eher glimpflich aus. Die Munition flutscht unverformt durch den Kopf und tritt dann wieder aus. Das Problem sind eher die Hirnhautentzündungen, an denen die Opfer dann Tage später sterben.«

»Nicht schlecht, Herr Kollege, das habe ich auch recherchiert. Doch in diesem Fall hat die Munition dem Opfer im Wortsinn das Hirn weggeputzt. Der Täter hat nämlich ein Hohlmantelgeschoss benutzt.«

»Das ist ja übel. Dann hat es sich nach dem Eintritt aufgepilzt?«

»Ja, und einen enormen Blutverlust ausgelöst. Daraufhin ist der Kreislauf zusammengebrochen, und das war's dann.« Suchend blättert Bastian Kreuzer in dem Bericht. »Ach ja: Schmauchspuren gab es übrigens keine, das heißt, es war ein gewisser Abstand zwischen Kopf und Waffe. Wahrscheinlich zwei bis vier Meter. Und der Einschusswinkel ist schräg. Sieht alles so aus, als habe der Täter nicht lange gefackelt und gleich von der Tür aus geschossen.«

»Oder die Täterin.«

»Fängst du jetzt auch noch damit an?«

»Hör mal, Bastian, ich habe doch mit dieser Schauspielerin gesprochen …«

»… die ein astreines Alibi hat. Ja, ich erinnere mich.«

»Hat sie wirklich, habe ich noch mal geprüft. Aber trotzdem. Ich kann mir nicht helfen, irgendwie stinkt diese Geschichte zum Himmel.«

»Hör endlich auf!«

»Du musst mich nicht anbrüllen, Bastian, nur weil du dich mit Silja verkracht hast. Lass uns erst mal vernünftig über den Fall reden, und dann besprechen wir den Rest, okay?«

»Na gut, schieß los.«

Bastian klingt resigniert. Auf Sven wirkt er wie ein Feldherr, der gerade eine empfindliche Niederlage eingesteckt hat. Der Oberkommissar verkneift sich ein Grinsen und bemüht sich stattdessen sehr um eine angemessen ernste Miene. Langsam fährt er sich mit gespreizten Fingern durch die dunklen Locken, verschränkt anschließend die Hände hinter dem Kopf und lehnt sich in seinem Schreibtischsessel weit zurück.

»Tja, ich habe versucht, beim Hotelpersonal des *Hampton* etwas über die Aufenthalte der Schauspielerin dort herauszubekommen. Häufigkeit und Länge, du weißt schon. Aber im Hotel halten alle dicht. Ohne richterliche Anweisung kommen wir da nicht weiter.«

»Das dauert doch alles viel zu lange. Hast du es nicht mal mit Schmiergeld versucht?«

»So gut werde ich nun auch nicht bezahlt, dass ich noch aus eigener Tasche Zeugen bestechen kann.«

»Warum glaubst du überhaupt, dass uns das weiterbringen würde?«

Während er redet, runzelt Bastian Kreuzer die Stirn und blättert fahrig in den Papieren auf dem Schreibtisch.

»Vielleicht hat sie sich ja mit dem Hotelbesitzer dort getroffen und die Michelsen hat's rausgekriegt«, schlägt Sven Winterberg vor.

»Und dabei das Handy der Schauspielerin geklaut? Vergiss es.« Kreuzers Tränensäcke legen sich in dekorative Falten, als er sein Gesicht zu einem Grinsen verzieht. »Wir hatten gestern Abend eine Nachricht von der Immobiliengesellschaft, die den Marco-Polo-Tower vermarktet. Der Mitarbeiter, der den Anruf von diesem Handy am vorvergangenen Donnerstag entgegengenommen hat, ist noch von der alten Schule, also so einer, der sich Gesprächsnotizen macht. Deshalb wusste er genau, dass er zur fraglichen Zeit mit Jonas Michelsen höchstpersönlich geredet hat. Der Typ hat demnach einen Tag, bevor seine Haushälterin das Handy an die Gattin weitergereicht hat, noch damit telefoniert. Die Linie läuft also über ihn und nicht direkt von der Schauspielerin zur Toten.«

»Okay, das ist doch schon mal was. Vielleicht sollten wir die Liste der ein- und abgehenden Anrufe auf diesem verdammten Handy noch einmal durchgehen. Wer weiß, ob uns jetzt nicht etwas auffällt, das wir vorher übersehen haben.«

»Was glaubst du wohl, wonach ich die ganze Zeit suche.« Hektisch wühlt Bastian einen weiteren Papierstapel auf dem Schreibtisch durch. »Wenn ich nur wüsste, wo das Mistding geblieben ist. Ach, da ist sie ja endlich. Jetzt erinnere ich mich auch wieder.« Während der Hauptkommissar redet, lässt er die Blicke über die Aufstellung wandern. »Telefonate mit Schauspielerkollegen und -kolleginnen. Die Namen stehen alle hier. Außerdem Anrufe bei ihrem Ehemann, entweder auf seinem Handy oder in dessen Arztpraxis. Und dann waren da diese Verbindungen mit dem Prepaid-Handy, ziemlich häufig sogar, mindestens einmal am Tag, allerdings zu sehr unterschiedlichen Uhrzeiten. Sag mal, wolltest du sie nicht danach fragen?«

»Scheiße, das habe ich vergessen!«

Bastian Kreuzer schlägt mit der flachen Hand auf den Schreibtisch, dass die Becher wackeln, und springt auf. »Das ist doch nicht zu fassen! Bin ich denn von lauter Idioten umgeben? Erst versemmelt Silja die Vernehmung von diesem Dachdecker, und jetzt kommst du mir mit so was!«

»Bastian, tut mir leid, echt. Keine Frage, das war wirklich blöd von mir. Unaufmerksam und unprofessionell – alles, was du willst. Aber das ist nicht der Weltuntergang. Erstens kann ich sie immer noch fragen, und zweitens sollten wir vielleicht gleich was anderes versuchen, dann wird die Nussbaum wenigstens nicht noch misstrauischer.«

»Und was bitteschön soll das sein?«

»Wie hoch schätzt du die Chance ein, dass wir rauskriegen, wo und wann die Karte von diesem Prepaid-Handy gekauft worden ist?«

»Das müsste sich klären lassen.«

»Dann lass es mich machen, Bastian. Ich kümmere mich sofort darum, und vielleicht bringt uns das am Ende weiter als noch eine Lüge von der Schauspielerin.«

»Hoffentlich. Wir brauchen dringend Ergebnisse. Die Staatsanwältin hat mir ziemlich unverhohlen die Pistole auf die Brust gesetzt. Bis zur Beisetzung von Susanne Michelsen hält sie sich raus, aber dann will sie Resultate sehen.«

»Und wann ist die Beisetzung?«

»Morgen früh um zehn auf dem Friedhof der alten Dorfkirche von Wenningstedt.«

Mittwoch, 24. August, 9.42 Uhr, Dorfteich Wenningstedt

Obwohl der Himmel über Sylt an diesem Morgen strahlend blau ist, hat sich Fred Hübner warm angezogen. In der vergangenen Nacht hat ein Albtraum den nächsten gejagt, so dass Freds Schlaf zerfasert und unruhig war. Seit dem Aufstehen plagen ihn Schüttelfrostattacken, die auf unangenehme Weise an die schwierigen Phasen seines Alkoholentzugs erinnern. Bisher hat er sich auch noch nicht in das ausgeräumte Schlafzimmer getraut. Stattdessen sitzt er seit dem frühen Morgen mit seinem dicksten Wollpullover über Jeans und Sweatshirt auf einer Bank am Dorfteich, die ihm einen ungehinderten Blick auf den Vorplatz der Wenningstedter Kirche erlaubt. Noch liegt deren behäbiger Backsteinbau mit dem gedrungenen Kirchturm still in der Morgensonne. Nur der Pfarrer ist vor wenigen Minuten eingetroffen und vor einer Stunde der Wagen des Bestattungsunternehmens. Als vier kräftige Männer den Sarg aus hellem Holz, die Leuchter und den Blumenschmuck ins Innere der Friesenkapelle trugen, musste Fred Hübner die Augen schließen. Der Gedanke, dass Susannes Körper im Zustand einer beginnenden Verwesung sich jetzt nur geschätzte fünfzig Meter von ihm entfernt im Altarraum dieser Kirche befindet, ist kaum zu ertragen.

Eine neue Schüttelfrostattacke überfällt Fred und zwingt ihn, den mitgebrachten Schal umzulegen und die Wollhandschuhe überzustreifen. Eine Spaziergängerin in Cordhose und leichter Jacke mustert ihn verwundert, bevor sie in Richtung Kirche weitergeht. Fred kümmert sich nicht darum, sondern richtet seine ganze Aufmerksamkeit wieder auf den Vorplatz der Friesenkapelle.

Dort treffen gerade die ersten Gäste ein. Die meisten von ihnen kommen in großen Limousinen, deren leise Motoren sanft durch die morgendliche Stille hallen. Das Scheppern einiger weniger Kleinwagen nimmt sich fast unanständig gegen das sonore Summen aus. Den Autos entsteigen vorwiegend Paare, aber auch etliche einzelne Herren, die vermutlich dem Witwer zuliebe an der Feierlichkeit teilnehmen werden. Schnell versammelt sich eine Schar von dunkel gekleideten Figuren, die in ständigem Wechsel immer neue Grüppchen bilden. Man begrüßt sich und plaudert. Sogar gedämpftes Lachen schallt vereinzelt über die Wasserfläche.

Doch plötzlich erstarren die Gruppen und alles dreht sich zur Straße, auf der sich langsam der dunkle BMW Jonas Michelsens nähert. Der Wagen parkt direkt vor der Kirche. Schon setzen sich die ersten Gäste in Bewegung, um den Witwer zu begrüßen. Aus der Ferne betrachtet, wirkt die Prozedur, als sei im Inneren des Wagens ein starker Magnet angebracht, auf den die Körper der Trauergäste unweigerlich zusteuern.

Fred kann den Gesichtsausdruck des aussteigenden Hoteliers nicht erkennen, aber seine Gestalt wirkt wie in Hamburg: straff und durchtrainiert. Sein Gang ist federnd und alles andere als gramgebeugt. Lediglich die Schritte des Mannes sind langsamer und fast verhalten gesetzt. Schnell bildet sich um ihn ein größerer Kreis von Kondolierenden. Die dunklen Anzüge und Kostüme, die sperrigen Blumen und Kränze in den Händen der Wartenden verdecken für Fred bald die Sicht auf Susannes Witwer. Und als ein Mitarbeiter des Bestattungsunternehmens aus der Kirche tritt, um den Anwesenden die Kränze abzunehmen, ist die Figur Jonas Michelsens längst in der Masse der dunklen Anzüge untergetaucht und aus der Entfernung nicht mehr von den anderen zu unterscheiden. Erst als Minuten später die Glocken der Kapelle zu läuten beginnen und sich der Zug der Leidtragenden bildet, löst sich der Hotelier von den anderen und setzt sich an die Spitze der Formation. Gemessenen Schrittes begibt sich die Trauergemeinde ins Innere der Kirche.

Fred schlägt die Arme vor dem Oberkörper zusammen und reibt sich Schultern und Brustkorb. Die eisige Kälte hält ihn immer noch umfangen, obwohl die Luft um ihn herum immer wärmer wird. Um nichts in der Welt möchte er sich den weiteren Fortgang der Prozedur vorstellen, und doch kreisen seine Gedanken nur um den Gottesdienst. Einem spontanen Impuls folgend steht Fred auf und nähert sich vorsichtig der Friesenkapelle, deren Vorplatz jetzt menschenleer ist und nur noch von Vogelstimmen widerhallt. Plötzlich durchschneidet ein tiefes Röhren die Stille und übertönt die Vögel. Sekunden später biegt ein heller Porsche älteren Baujahrs um die Ecke, beschleunigt noch auf den wenigen Metern bis zu den Parkbuchten, bremst vor dem letzten freien Platz ab und schwenkt hinein.

Fred bleibt stehen und beobachtet, wie eine schlanke, hochgewachsene Frau mit knabenhaftem Körper im dunkelblauen Kostüm und fransiger Kurzhaarfrisur im sehr hellblonden Haar aus dem Wagen springt. Sie hat die Elastizität einer jungen Frau und gleichzeitig die Sicherheit einer älteren. Hastig drückt sie die Autotür ins Schloss, schließt sie mit einem Schlüssel ab und läuft dann schnellen Schrittes auf ihren mörderisch hohen Pumps dem Portal der Kirche entgegen. Sekunden später ist sie durch die Tür geschlüpft und im Inneren verschwunden.

Langsam nähert sich Fred dem Porsche und prägt sich das Kennzeichen ein: HH – AD 911H. Der Wagen kommt aus Hamburg und das H am Schluss weist auf sein Alter hin. Für Sekunden vergisst Fred, was ihn antreibt, und bewundert die perfekten Proportionen des legendären 911er, der nach seiner Schätzung aus den sechziger Jahren stammen muss. Der niedrige Bau, die vergleichsweise große Heckscheibe und der dominante Kühlergrill auf der Motorhaube lassen den Klassiker elegant und nicht halb so bolidenartig wirken wie spätere Modelle der Firma. Der Wagen ist perfekt restauriert, die roten Ledersitze im Inneren scheinen die letzten 50 Jahre in makellosem Zustand überstanden zu haben. Wer auch immer dieses Auto besitzt, muss über erhebliche Geldmittel verfügen. Oder einen generösen Sponsor haben, überlegt Fred und hat fast schon entschieden, die Kirche doch noch zu betreten, als ihm eine bessere Idee kommt.

Mittwoch, 24. August, 10.00 Uhr, Dorfkirche Wenningstedt

Bastian Kreuzer und Sven Winterberg tragen dunkle Kleidung und bemühen sich auch sonst sehr um Unauffälligkeit. Den Dienstwagen haben sie eine Straße entfernt geparkt und sind zu Fuß zur Kirche gekommen. In der Menge fallen die beiden Ermittler kaum auf. Fast alle Anwesenden sind zwischen dreißig und sechzig Jahre alt und ausgesprochen gut gekleidet. Kinder sind nicht unter den

Trauergästen und wohl auch keine sehr nahen Familienangehörigen, denn es herrscht zwar eine gesetzte, dem Anlass angemessene Stimmung, aber niemand scheint emotional besonders berührt zu sein. Das ändert sich auch nicht, als der Trauerzug die Kirche betritt.

Bastian und Sven stehen abseits und beobachten die Gäste genau. Es entgeht ihnen nicht, dass Albert Dornfeldt, der Manager des Hotels *Friesenperle*, an der linken Schläfe eine tennisballgroße Schwellung hat, deren Farbverlauf gerade von grün nach gelb zu wechseln scheint.

»Sollen wir ihn darauf ansprechen?«, fragt Sven flüsternd seinen Kollegen, während sie als Letzte in die Kirche schlüpfen und sich weit hinten auf zwei Plätze am Gang setzen.

»Logisch. Wir passen ihn nach der Beisetzung ab und dann …«

Bastian unterbricht sich, weil nun der Pfarrer vor den Altar tritt, um die Trauergemeinde zu begrüßen. Seine salbungsvollen Worte stehen in einem merkwürdigen Gegensatz zu der allgemeinen Stimmung. Sogar der Witwer wirkte bisher erstaunlich distanziert, beinahe geschäftsmäßig. Er sitzt fast allein in der ersten Reihe, lediglich der lädierte Manager des Hotels *Friesenperle* hat sich an das Ende seiner Bank geklemmt. Es sieht aus, als erwarteten die beiden noch jemanden. Dazu passt, dass Jonas Michelsen sich in den ersten Minuten des Gedenkgottesdienstes immer wieder suchend umsieht.

Den Grund für Michelsens Unruhe erfahren die Kommissare, als plötzlich die Kirchentür mit lautem Krachen ins Schloss fällt und klackernde Schritte durch den Sakralraum hallen. Nicht nur Bastian und Sven, sondern fast alle Trauergäste blicken zur Tür. Doch die schlanke Dame mit dem hellblonden Fransenschnitt denkt gar nicht daran, sich unauffällig in die letzte Reihe zu setzen, um möglichst schnell aus dem Fokus der allgemeinen Aufmerksamkeit zu verschwinden. Im Gegenteil. Sie eilt mit hoch erhobenem Kopf durch die Bankreihen, grüßt sogar vereinzelt nach links und rechts und lässt sich erst nieder, als sie direkt vor dem Sarg angekommen ist, den sie keines Blickes würdigt.

Die Blondine nimmt so selbstverständlich zwischen dem Witwer und dem Hotelmanager Platz, als sei dies seit Jahren ihr gutes Recht. Dass die beiden Herren ihr einvernehmlich zunicken, verwirrt die Kommissare besonders. Sogar der Pfarrer kommt ob dieses merkwürdigen Zwischenfalls für einige Sekunden aus dem Konzept.

»Hast du eine Ahnung, wer das ist?«, raunt Bastian Sven während des ersten Orgelstücks zu.

Ratlos schüttelt der Oberkommissar den Kopf, bemerkt aber wenig später: »Im Englischen würde man die Atmosphäre zwischen Michelsen und der Blonden als ›familiar‹ bezeichnen. Dafür gibt's im Deutschen kein Wort.«

»So vertraut wie zur Familie gehörig? Meinst du das?«

»Das trifft's doch, oder?«

»Sieht ganz so aus. Gut, dass wir hier sind. Das kann durchaus noch spannend werden.«

Mittwoch, 24. August, 10.20 Uhr, Villa am Friedhof, Wenningstedt

Das heruntergekommene Haus seitlich der niedrigen Friedhofsmauer steht seit Jahren leer, ein Erbenstreit lähmt den Verkauf, der Garten verwildert. Zwar ist das Tor versperrt, aber es macht Fred Hübner wenig Mühe, den niedrigen Zaun zu übersteigen. Bei seinem gestrigen Besuch am Grab von Susannes Eltern hat Fred das Grundstück entdeckt, denn er konnte vom Friedhof aus direkt auf die Hinterfront und die rückwärtige Terrasse der baufälligen Villa sehen.

Nur die niedrige Friedhofsmauer, ein unkrautbewachsener Graben und ein schmaler Weg trennen das Gräberfeld von dem verwilderten Garten, den Fred jetzt betritt. Auf der Terrasse steht ein alter Strandkorb, das Geflecht ist schadhaft, das blau-weiß gestreifte Polster zerschlissen und stark verschmutzt. Trotzdem quetscht sich Fred in eine Ecke und zieht die Lehne weit nach vorn, um möglichst gut vor fremden Blicken geschützt zu sein.

Noch ist auf dem Friedhof alles ruhig. Das ovale Areal weist nur wenige höhere Bäume auf, so dass es gut zu überblicken ist. Die beiden Rundwege, die die Form einer Acht bilden, liegen verlassen im Sonnenlicht. Eingebettet in Rasenflächen und niedrige Bepflanzung finden sich in lockerer Folge Einzel- und Familiengräber.

Das Grab von Susannes Eltern liegt nur wenige Schritte jenseits der Friedhofsmauer. Die Grube ist bereits ausgehoben, und auch zwei Ständer mit Sand und Rosenblüten stehen bereit. Fred schließt die Augen und bemüht sich, an nichts zu denken. Es gelingt ihm erstaunlich gut. Die zweite Beruhigungstablette dieses Morgens legt einen barmherzigen Schleier über seine Wahrnehmungen. Es ist, als seien nicht nur die Erinnerung an Susannes schrecklichen Tod, sondern auch diese ganze Beerdigung Dinge, die sich weit entfernt von Freds Existenz abspielten.

Als plötzlich die Kirchenglocken läuten, schreckt Fred

auf und muss sich eingestehen, dass er wohl für kurze Zeit eingenickt ist. Die Situation auf dem Friedhof hat sich indessen wenig verändert. Am Eingangstor lungern jetzt zwei Typen mit Kameras um den Hals herum, die vermutlich auf Schnappschüsse vom Trauerzug warten. Und am anderen Ende des Gräberfeldes rupft eine Frau mittleren Alters Unkraut von einer Urnenstelle, ohne sich um die Vorgänge in ihrem Rücken zu kümmern. Mit wachsender Nervosität beobachtet Fred, wie sich langsam die Sargträger und in ihrem Gefolge die Trauergäste nähern. Als er die blonde Porschefahrerin von vorhin direkt neben Jonas Michelsen entdeckt, verschlägt es ihm den Atem. Fast wäre er aus seinem geschützten Sitzplatz gesprungen und über Graben und Mauer gehechtet, um diesem Schwein von Ehemann gründlich die Meinung zu sagen. Aber er kann sich zusammenreißen, und die Beruhigungstablette dämpft ihn zusätzlich. Wie eine Serie von Einzelbildern, unzusammenhängend und immer wieder von kurzen Absencen unterbrochen, nimmt Fred Hübner das Geschehen auf dem Friedhof zur Kenntnis.

Die Blonde tuschelt direkt vor der Grube mit Michelsen. Die Fotoreporter zücken ihre Objektive. Ein bulliger Typ drängt sie zur Seite. Die beiden Ermittler, die Fred noch vom vorletzten Jahr in unguter Erinnerung hat, starren die attraktive Begleitung Jonas Michelsens ziemlich unverhohlen an.

Der Sarg mit Susannes Körper wird in die Erde gesenkt. Einzeln treten die Trauernden vor und greifen nach Erde oder Rosenblüten. Eine weite Stille liegt über dem Areal. Und als jenseits der niedrigen Mauer die letzte Handvoll Erde auf den Sarg mit Susannes sterblichen Überresten fällt, umfängt Fred Hübner fast so etwas wie eine große Beruhigung.

Der Ostwind trägt die Geleitworte des Pfarrers und das gemurmelte gemeinsame Gebet der Trauergäste bis zu ihm in den alten Strandkorb. *Vater unser.* Der Journalist schließt die Augen. *Und vergib uns unsere Schuld.* Was mögen alle, die Susanne Michelsen in den letzten Jahren unglücklich gemacht haben, jetzt wohl denken? *Wie auch wir vergeben unseren Schuldigern.* Ist nicht er, Fred Hübner, der Einzige, der wirklich Grund zum Trauern gehabt hätte? *Und führe uns nicht in Versuchung.* Diese ganzen Schaumschläger dort drüben auf dem Gräberfeld sind letztendlich nichts anderes als Zaungäste in Susanne Boysens Leben gewesen, davon ist Fred plötzlich fest überzeugt. Jetzt erst ist Susanne angekommen, für immer wird sie hier in seiner ganz unmittelbaren Umgebung ruhen. Was bisher als Drohkulisse am Horizont stand, erweist sich nun als unerwarteter Trost. Am Ende ist Susanne doch zu niemand anderem als zu ihm zurückgekehrt. *Amen.*

Erschöpft spürt Fred Hübner, wie sein Kopf auf die Schulter sinkt. Es ist vollbracht. Wie gern würde er sich jetzt einem langen, heilenden Schlaf hingeben. Nichts hören, nichts sehen, nichts sagen. Doch der Prozess des Einnickens verläuft nicht ungestört.

Da ist etwas, das ihn hindert.

Ein unbekannter Stachel.

Ein Gedanke, eine Erinnerung, eine Beobachtung?

Mühsam taucht Fred aus den Tiefen des Medikamentenrausches auf. Ihn befällt ein ungutes Gefühl. Hatte er nicht einen bestimmten Grund für seine Anwesenheit hier? Er weiß, er muss sich konzentrieren, und es muss schnell gehen, denn nur zu bald werden ihn die Schleier der Beruhigung wieder einlullen.

Da fängt eine Bewegung seinen Blick ein. Auf dem Schotterweg zwischen der Friedhofsmauer und dem Lattenzaun, der das Grundstück mit der baufälligen Villa begrenzt, läuft eine unauffällige Gestalt in leicht geduckter Haltung mit gesenktem Kopf entlang. Eine Frau mit halblangen Haaren und einer Cordhose, unscheinbar und dezent. Zu dezent. Sie hat nicht einen einzigen Blick für die Prominentenbeerdigung, die sich nur wenige Meter entfernt in ihrer unmittelbaren Nähe abspielt. Genau das macht Fred stutzig. Und als er genauer hinsieht, bemerkt er, dass es sich bei der Frau um dieselbe Person handelt, die er bereits am Morgen neben dem Dorfteich gesehen hat. Sie war es, die ihn so verwundert angeschaut hat. Warum treibt sie sich ebenso wie er selbst seit Stunden hier herum? Seine eigenen Beweggründe kennt Fred genau. Aber welchen Grund mag sie dafür haben?

Fred ist sicher, dass sie unter den halblangen Haaren, die ihr Gesicht fast verbergen, das Geschehen auf dem Friedhof sehr genau beobachtet. Ihr Kopf ist stetig ein kleines bisschen zur Seite geneigt, nichts, was einem flüchtigen Beobachter auffallen würde. Aber Fred ist längst mehr als das. Und als die Fremde jetzt auch noch am Ende der Friedhofsmauer kehrtmacht und zurück in Richtung Dorfteich läuft, wieder mit dem eigentümlich geneigten Kopf, diesmal allerdings zur anderen Seite, mobilisiert Fred seine letzten Kräfte, stemmt sich aus dem Strandkorb und stürmt mit zunächst schwankenden, dann immer sichereren Schritten durch den Garten zurück zur Straße.

Die Bewegung stabilisiert seinen Kreislauf, vielleicht hat auch das Adrenalin, das er plötzlich spürt, die Wirkung des Beruhigungsmittels vorübergehend neutralisiert. Fred springt über den niedrigen Grundstückszaun. Wenn er sich beeilt, dürfte die Unbekannte den Kirchenvorplatz kaum vor ihm erreichten, denn die Straße vor der Villa verläuft parallel zu dem Fußweg.

Doch es kommt anders als erwartet, denn noch bevor Fred um die Ecke biegt, stürmt die Frau an ihm vorbei. Fred schätzt ihr Alter auf Anfang fünfzig, die feinen unauffälligen Züge sind dezent geschminkt, als junge Frau war sie womöglich recht attraktiv. Jetzt wirkt sie trotz ihrer schlanken Figur und der sorgfältig gefärbten Haare auf eine rätselhafte Weise ältlich, was vermutlich an dem verkniffenen Zug um ihre Mundwinkel liegt.

Fred dreht sich um und folgt ihr langsam. Mit forschem Schritt läuft die Unbekannte noch etwa hundert Meter geradeaus, ohne sich umzusehen. Dann setzt sie sich in einen hellen Kleinwagen, der an der Straße zum Campingplatz geparkt ist. Sie startet hastig und braust direkt auf Fred zu. Das Kennzeichen ist gut zu erkennen: NF – ES 1961. Doch weil sich Fred darauf konzentriert und der Wagen ein ziemliches Tempo vorlegt, kann er Marke und Typ nicht eindeutig zuordnen. Für Kleinwagen hat sich Fred Hübner noch nie interessiert, und jetzt wird ihm dieses Desinteresse zum Verhängnis. Denn längst sind Wagen und Insassin am Ende der Straße verschwunden, und Freds Überlegung, ob es sinnvoll sein könnte, mit dem Rennrad die Verfolgung aufzunehmen, kommt viel zu spät.

Niedergeschlagen kehrt er zu dem Platz vor der Dorfkirche zurück, wo gerade die ersten Beerdigungsgäste auftauchen. Einige mustern ihn nachdenklich und beginnen prompt, miteinander zu flüstern. Frustriert dreht Fred ihnen den Rücken zu, vergräbt die Hände in den Taschen seiner Jeans und beeilt sich, die wenigen Meter bis zum Eingang seines Apartmenthauses hinter sich zu bringen. Als er den Schlüssel im Schloss herumdreht, muss er feststellen, dass ihm auch noch das Kennzeichen des hellen Kleinwagens entfallen ist. NF – FS 1691? Oder war es doch NF – SF 1169?

Fluchend wirft Fred Hübner die Tür hinter sich ins Schloss, lässt sich auf sein ungemachtes Couchbett fallen und bricht in Tränen aus.

Mittwoch, 24. August, 10.53 Uhr, Dorffriedhof Wenningstedt

»Nimm du dir diesen Dornfeldt zur Brust, ich kümmere mich um die Blonde«, raunt Bastian Kreuzer, nachdem die letzte Erde auf Susanne Michelsens Sarg gefallen ist.

»Das ist aber sehr pietätlos«, wagt Sven Winterberg einzuwenden.

»Quatsch nicht, mach. Die Staatsanwältin sitzt mir im Nacken – und wir sind schließlich nicht von der Heilsarmee.«

Nachdem Sven sich mit zögernden Schritten in Richtung Hotelmanager entfernt hat, drängt sich Bastian durch die Menge der Kondolierenden bis zu der Blonden, die etwas abseits steht. Auf den gezückten Dienstausweis des Hauptkommissars reagiert sie mit einem kühlen Lächeln und der Bemerkung: »Sie sind also der überaus erfolgreich ermittelnde Kommissar, von dem ich schon so viel gehört habe.«

Ohne auf die Provokation einzugehen, antwortet Bastian: »Wenn Sie mir kurz ein paar Fragen beantworten würden, wäre ich Ihnen sehr verbunden.«

»Und wenn nicht?«

»Habe ich andere Möglichkeiten.«

»Da bin ich aber gespannt.«

»Ich könnte Sie zur Personalfeststellung mit aufs Kommissariat nehmen.«

»Ich könnte die anwesenden Journalisten auf Ihr ausgesprochen taktloses Vorgehen aufmerksam machen.«

»Sie wollen mir also Ihre Personalien nicht mitteilen?«

»Das habe ich nicht gesagt.«

»Also, wer sind Sie?«

»Reicht Ihnen eine mündliche Auskunft?«

»Nein. Ich hätte gern Ihren Ausweis gesehen.«

»Dann sagen Sie das doch auch.«

Mit zuckersüßem Lächeln wartet die Blonde auf Bastian Kreuzers Reaktion. Sie scheint sehr genau zu wissen, wie wütend er bereits ist. Käme es jetzt zur Eskalation, stände das morgen in allen Gazetten. Bastian atmet tief durch. Mit aufreizend langsamen Bewegungen öffnet die Blonde ihre Tasche und beginnt zerstreut darin zu suchen. Natürlich bleibt das Geschehen den anderen Trauergästen nicht verborgen.

»Der Herr Kommissar interessiert sich für meine Identität. Ich fühle mich zwar geschmeichelt, kann aber nicht sehen, inwiefern das der Aufklärung eines Kapitalverbrechens dienen soll«, erklärt die Blonde den Nähertretenden.

Einzelne Lacher werden laut.

Auch die Fotoreporter, die gezwungenermaßen jenseits der Friedhofspforte Position bezogen haben, sind auf das Geschehen aufmerksam geworden und richten jetzt ihre massigen Objektive auf das ungleiche Paar. Als habe sie nur darauf gewartet, zückt die Blonde genau in diesem Moment ihren Ausweis und reicht ihn dem Hauptkommissar.

»Antonia Dornfeldt«, liest er halblaut. »Sie sind Albert Dornfeldts Ehefrau?«

»Wie kommen Sie denn darauf?«

»Sind Sie es, oder nicht?«

»Nein.«

Wieder branden im mittlerweile recht zahlreichen Publikum einzelne Lacher auf.

»Sie wollen mir weismachen, dass die Namensgleichheit zufällig ist?«

»Das habe ich nicht gesagt.«

»Stehen Sie zu Albert Dornfeldt in einem verwandtschaftlichen Verhältnis?«

»Ja.«

»Und in welchem?«

Am liebsten würde Bastian Kreuzer diese Zicke packen und schütteln. Äußerlich ungerührt gibt er ihr den Ausweis zurück, verschränkt danach allerdings sicherheitshalber die Hände auf dem Rücken.

»Ich bin Albert Dornfeldts Schwester«, erklärt die Blonde jetzt und fügt mit ironischem Unterton hinzu: »Und wenn mich nicht alles täuscht, dann hat mein Bruder Ihnen sogar schon von mir erzählt.«

»Tatsächlich?«

»Tatsächlich. Darf ich jetzt gehen?«

»Wohin?«

»Zu der Trauerfeier für Susanne Michelsen. Was dachten Sie denn?«

Bastian verzichtet auf jede Antwort und nickt. Sekundenlang steht er wie versteinert zwischen den Gräbern im Sonnenlicht und sieht der Blonden hinterher, die mit wiegenden Hüften dem Ausgang zustrebt. Wer die Gewinnerin des Wortduells gewesen ist, kann man auf jedem Gesicht der Umstehenden ablesen. Von Mitleid bis zu Spott reicht der Ausdruck der Mienen. Selten in seinem Leben hat Bastian Kreuzer sich dermaßen blamiert gefühlt. Zum Glück verlieren die anderen Friedhofsgäste schnell das Interesse an ihm und verlassen jetzt auch das Gräberfeld. Bastian blickt sich suchend um. Sven scheint mit dem Hotelmanager verschwunden zu sein, jedenfalls kann er die beiden nicht entdecken. Nur Jonas Michelsen redet noch neben dem offenen Grab mit dem Pfarrer.

Verbittert folgt Bastian der Blonden in angemessener Entfernung. Sie geht wie eine Erscheinung durch die Menge vor der Kirche, spricht mit niemandem, sondern wendet sich stattdessen nach links zu den Parkhäfen, um in einen alten cremeweißen Porsche zu steigen.

Endlich regt sich etwas in Bastians Gedächtnis. Der 911er ist zwar kein Kleinwagen, aber wegen seines wenig bulligen Aussehens im Dunkel einer Gewitternacht vielleicht damit zu verwechseln. Und war es nicht ein heller Kleinwagen, den der Zugabfertiger am Bahnhof Morsum in der Brandnacht gesehen haben wollte?

Ohne mit einem weiteren Blick nach Sven zu suchen, setzt Bastian zu einem ordentlichen Spurt in die nächste Querstraße an. Auf halber Strecke überholt ihn die Blonde und hupt kurz, als wolle sie ihn anfeuern. Als Kreuzer den Dienstwagen erreicht hat, ist der Porsche gerade noch am Ende der Straße zu sehen. Sein Blinker zeigt nach links, wo es zu der großen Kreuzung zwischen Westerland und Kampen geht. Vielleicht fährt die Blonde tatsächlich nur zu der Villa Jonas Michelsens, überlegt Bastian, während er ins Auto springt, startet und Gas gibt. Da schießt der Porsche in eine Lücke im Querverkehr. Sollte die nur wenige Meter entfernte Ampelkreuzung jetzt grünes Licht zeigen, wäre diese Dornfeldt nicht mehr einzuholen. Bastian erwägt kurz, das Blaulicht aufs Dach zu setzen, entscheidet sich dann aber dagegen. Die Höhe seines Adrenalinspiegels garantiert auch ohne Blaulicht vollen Einsatz.

Zum Glück wartet der Porsche noch an der Ampel, als Bastian endlich um die Ecke biegen kann. Die Fahrerin hat den linken Blinker gesetzt, es soll also tatsächlich in Richtung Kampen gehen. Der Wagen Antonia Dornfeldts ist der erste an der Kreuzung, dahinter stehen zwei weitere, die ebenfalls nach Norden wollen, dann erst kommt Bastian in der Schlange. Während des Wartens auf einen Farbwechsel, muss der Hauptkommissar an den Showdown seines ersten Einsatzes auf dieser Insel denken. Er meint förmlich, das Rotieren der Hubschrauberblätter wieder zu hören, die Massen der Journalisten und Zaungäste wieder zu sehen und die aufgestaute Angst aller Anwesenden zu spüren. Das alles hat genau hier auf dieser Kreuzung stattgefunden, nur dass an diesem Tag neben Sven auch Silja bei Bastian im Wagen saß und ihre Liaison gerade begonnen hatte. Ein Stich fährt ihm durchs Herz und eine unangebrachte Welle von Zuneigung überschwemmt ihn.

Doch dann wird die Ampel grün, der Porsche, immer noch links blinkend, fährt an, aber hält nicht, wie zu erwarten gewesen wäre, um den Gegenverkehr vorbeizulassen, sondern biegt mit quietschen Reifen nach rechts auf die große Inselstraße nach Westerland ab. Fluchend steht Bastian hinter seinen beiden Vordermännern, die sehr wohl den Gegenverkehr abwarten müssen. Selbst ein Blaulicht würde jetzt nichts mehr helfen. Oder doch? Wertvolle Sekunden verstreichen, während das Röhren des Porschemotors langsam verhallt. Als Bastian Kreuzer schon die Seitenscheibe heruntergelassen hat und gerade das Blaulicht aufs Dach setzen will, rutschen die Wagen vor ihm durch eine Lücke im Gegenverkehr. Bastian greift mit beiden Händen nach dem Lenkrad, schlittert um die Kurve nach rechts und tritt anschließend das Gaspedal voll durch. Am Horizont entschwindet der Porsche seinem Blickfeld.

Mittwoch, 24. August, 10.59 Uhr, Umgehungsstraße zwischen Wenningstedt und Westerland

Wenn das keine erhebende Veranstaltung war.

Eine tote Hotelerbin, ein ungerührter Witwer und ein betrügerischer Manager, der verdientermaßen gerade eins auf die Mütze bekommen hat. Dass es so perfekt laufen würde, hätte ich nie zu hoffen gewagt. Diesmal scheint sich sogar die Polizei um die Richtigen gekümmert zu haben. Und für Jonas Michelsen wird es langsam Zeit zu erkennen, was Freund und Feind unterscheidet. Aber das kommt schon noch. Bald werde ich aus der Deckung treten können. Jetzt habe ich mich schon so lange in Geduld geübt, dass ich ganz bestimmt nicht auf den letzten Metern die Nerven verlieren werde …

Mittwoch, 24. August, 11.03 Uhr, Keitumer Landstraße

Obwohl die Ampel gerade rot geworden ist, fegt Bastian als Letzter über die Kreuzung. Von der Umgehungsstraße kommend biegt er nach Osten auf die Keitumer Landstraße ab. Zwischen ihm und dem Porsche ist zwar kein weiterer Wagen, aber immer noch eine Distanz von etlichen hundert Metern. Der Motor des cremefarbenen Autos, das er in einer rasenden Jagd von Wenningstedt bis nach Westerland verfolgt hat, muss sich in exzellentem Zustand befinden, und seine Fahrerin scheint durchaus Spaß an der Geschwindigkeit zu haben. Bastians sparsam motorisierter Audi ist fast an seinem Leistungslimit angekommen, mehr als 190 Stundenkilometer sind nicht drin. Der alte Porsche scheint das locker zu schaffen. Bastian überlegt ernsthaft, ob Antonia Dornfeldt nicht möglicherweise noch schneller fahren und ihm tatsächlich entkommen könnte –, wenn sie es denn wollte. Auch jetzt wieder scheint sie auf der schnurgeraden Straße, die von Industriebauten, Outlets und Supermärkten gesäumt wird, einen Spurt hinzulegen. Binnen Sekunden vergrößert sich die Entfernung, bis der helle Wagen im Dunst des mittäglichen Sonnenlichts zu verschwimmen scheint. Als er ernsthaft erwägt, aufzugeben und die Verfolgung abzubrechen, drosselt die Porschefahrerin ihr Tempo von neuem, und langsam wird der flache Wagen mit dem ausgeprägten Kühlergrill am Ende der Straße wieder deutlicher sichtbar.

»Verdammter Mist, die verarscht mich doch«, flucht Bastian, ohne den Fuß vom Gaspedal zu nehmen. Es würde ihn nicht wundern, wenn längst der eine oder andere entgegenkommende Autofahrer die Kollegen von der Verkehrspolizei über diese wilde Jagd informiert haben sollte. Möglicherweise wird man den Porsche und damit auch ihn selbst demnächst stoppen. Fragt sich nur wo – und fragt sich ebenfalls, wie er als der rasende Verfolger in diesem sinnlosen Rennen dann dastehen wird.

Weiter kommt Bastian mit seinen Überlegungen nicht, denn jetzt fordert der Kreisverkehr am Ortseingang von Keitum seine ganze Aufmerksamkeit. Schon glühen die Bremsleuchten des Porsche auf, und Bastian schließt in Sekundenschnelle so weit auf, dass endlich das Kennzeichen zu entziffern ist. Die Dame kommt aus Hamburg, das hätte er auch nicht anders erwartet. Fragt sich nur, was sie hier auf Sylt will. Dass sie wirklich bloß ihren Bruder zur Beerdigung von dessen Chefin begleitet hat, glaubt Bastian nicht eine Sekunde lang. Doch zunächst stellt sich eine naheliegendere Frage: Wird sie mit ihrem Porsche geradeaus nach Keitum fahren oder nicht doch eher die Abzweigung Richtung Norden nehmen und über Munkmarsch und Braderup nach Kampen zurückkehren?

Während Bastian noch bremst, viel zu spät und viel zu heftig, so dass sein Wagen ausbricht und zu schleudern beginnt, kann er sehen, dass der Porsche tatsächlich fast den gesamten Kreisverkehr umrundet, ihn erst Richtung Munkmarsch verlässt und gleich darauf zügig an Geschwindigkeit zulegt. Nur mit größter Mühe gelingt es Bastian, den Audi wieder einzufangen. Zu seinem großen Glück ist der Kreisverkehr leer, und er muss nicht bremsen, sondern kann schlingernd in die Kurve gehen. Der Fahrer eines aus Keitum kommenden Wagens, der wartend an der Zufahrt zum Kreisverkehr steht, bedenkt Bastians gefährliches Manöver mit einem aufdringlichen Hupton und einer eindeutigen Geste des gestreckten Zeigefingers in Richtung Stirn. Doch der Hauptkommissar ist längst jenseits von Gut und Böse. Er kommt gar nicht mehr auf die Idee, von seiner Beute abzulassen, und beschleunigt von neuem.

Auf Höhe der Severinskirche hat er den Porsche fast eingeholt. Doch plötzlich schiebt sich vollkommen überraschend ein älterer Mercedes aus dem Parkplatz gegenüber der Kirche auf die Fahrbahn in Richtung Munkmarsch. Als der Fahrer die behagliche Geschwindigkeit von vierzig Stundenkilometern erreicht hat, stellt er jedes Beschleunigen ein. Jetzt ist es an Bastian zu hupen, denn zum Bremsen ist es längst zu spät. Hektisch bricht Bastian auf die Gegenfahrbahn aus, schlingert an dem Mercedes vorbei und kann gerade noch rechtzeitig zurück nach rechts einscheren, um nicht frontal in einen entgegenkommenden Jeep zu rasen. Als er sieht, dass vorn auf der Straße wieder die Bremsleuchten des Porsche glühen, erreicht seine Wut ihren Höhepunkt. Offensichtlich will Antonia Dornfeldt ihn nicht nur provozieren, sondern sich auch ausgiebig an seinen Nöten weiden. Ihr Bemühen, ihn nicht aus den Augen zu verlieren, ist jedenfalls allzu deutlich. Und auch auf der jetzt folgenden Strecke hält sie den Stresspegel hoch. Mit einem Tempo zwischen 90 und 120 Stundenkilometern rauscht sie durch die weiten Kurven, als handle es sich darum, eine Rallyetrophäe zu erringen. Immerhin gelingt es Bastian jetzt, ihr sehr nah auf den Fersen zu bleiben. Als sein Handy in der Jackentasche klingelt, greift er danach, um den Anruf anzunehmen. Im selben Moment bremst die Porschefahrerin so plötzlich, dass Bastians Audi fast in sie hineinrauscht. Fluchend steigt Bastian selbst auf die Bremse und lässt das Handy klingeln. Mit lächerlichen 20 Stundenkilometern biegt Antonia Dornfeldt anschließend nach rechts ab und rollt ihren Sportwagen in eine schmale Sackgasse, die direkt zum *Fährhaus Sylt* führt. Das weiße Luxushotel im Bäderstil liegt am Munkmarscher Watt und bietet von seiner holzüberdachten Veranda einen bezaubernden Blick bis hinüber zum Festland. Antonia Dornfeld parkt den Porsche, entsteigt ihm beschwingt und eilt trotz ihres engen Rocks mit federnden Schritten die wenigen Stufen zur Veranda hinauf. Sie nickt einem Kellner zu, lehnt sich anschließend in einer eleganten Bewegung an einen der weißlackierten Terrassenpfeiler und zieht ein silbernes Etui und ein schmales Feuerzeug aus ihrer Designertasche. Während sie das Etui aufspringen lässt und sich eine Zigarette ansteckt, ruht ihr Blick mehr amüsiert als herausfordernd auf Bastian Kreuzers Audi.

Mittwoch, 24. August, 11.20 Uhr, Dorfkirche Wenningstedt

Erleichtert sieht Sven Winterberg Silja in ihrem Privatwagen auf die Straße vor der Friesenkapelle einbiegen. Er geht dem Auto einige Schritte entgegen und beugt sich, als es neben ihm anhält, zum geöffneten Fenster hinunter.

»Bin ich froh, dass du erreichbar warst. Ich weiß gar nicht, was heute los ist. Alles scheint irgendwie schiefzulaufen.«

Silja parkt den Wagen und steigt aus.

»Bei mir nicht. Aber Bastian ist ein bisschen aus der Spur, oder?«

Ihre Worte werden von einem fragenden Blick begleitet, der andeutet, dass die Bemerkung sowohl auf die persönliche als auch auf die berufliche Ebene bezogen werden kann.

»Das weißt du wahrscheinlich besser als ich. Fakt ist jedenfalls, dass er mich nach der Beerdigung erst zu diesem Dornfeldt geschickt hat und dann plötzlich verschwunden war. Und mit ihm unser Dienstwagen.«

»Geht er nicht ans Handy?«

»Keine Chance.«

»Merkwürdig, das passt gar nicht zu ihm. Er hat mich letztens derartig zusammengefaltet, weil ich für eine Stunde das Telefon abgestellt hatte, das kannst du dir gar nicht vorstellen. Dabei wollte ich nur mal in Ruhe nachdenken.«

»Ja, ich erinnere mich. Mir gegenüber hat er das eher als Kavaliersdelikt abgetan.«

»Wenn es ein Mann macht, dann ist es das für ihn vielleicht auch«, entgegnet Silja bitter. »Wollen wir eine Runde um den Teich drehen? Hier können wir ebenso gut reden wie im Büro. Und es ist nicht ganz so stickig.«

»Gern. Sag mal, habt ihr euch wirklich über etwas so Blödes wie Geschlechterrollen gestritten?«

»Das ist nichts Blödes. Fängst du jetzt auch noch damit an?«

»Entschuldige. Aber ich verstehe nicht, was das mit unserem Fall zu tun haben soll.«

»Ich glaube halt nicht bedingungslos an Bastians Hypothese vom männlichen Täter. Das hat ihn tierisch aufgeregt. Und dann hat ein Wort das andere gegeben.«

Sven seufzt. »Bringt das bloß wieder in Ordnung, hörst du? Ihr seid so ein tolles Paar.«

»Ich weiß nicht. Ich glaube im Moment, dass es mehr gibt, was uns trennt als was uns verbindet.«

»Wart's ab, vielleicht schwenkt Bastian demnächst ganz von selbst zu deiner Frau-als-Täterin-Theorie um.«

»Wie kommst du darauf?«

»Bei der Beerdigung gab's einen großartigen Auftritt: Eine kühle Blonde vom Typ ›Sex on the Rocks‹ saß in der ersten Reihe neben dem Witwer. Beide wirkten nicht sehr traurig, um es mal vorsichtig zu formulieren.«

»Sex on the Rocks, ja? Und die verdächtigt ihr jetzt also. Du bist auch nicht besser als Bastian, weißt du das?«

»Silja, sei so gut und lass uns das Thema wechseln. Ich weiß nicht, wo die Dame nach der Beerdigung abgeblieben ist, und es wäre immerhin möglich, dass sich Bastian näher mit ihr beschäftigt.«

»Was du nicht sagst.«

»Silja, bitte! Wir müssen noch etwas anderes klären. Albert Dornfeldt, der Hotelmanager, hat nämlich ein beeindruckendes Hämatom an der Schläfe. Zum Glück hat er nicht versucht, mir weiszumachen, er sei die Treppe hinuntergefallen.«

»Sondern?«

»Er ist niedergeschlagen worden. Vorgestern bei einem Strandspaziergang.«

»Wenn er Anzeige erstattet hätte, wüssten wir davon.«

»Hat er nicht. Er wollte jede Öffentlichkeit vermeiden.«

»Spinnt der? Wir sind doch nicht die *Bild*-Zeitung.«

»Du weißt doch, wie viel Wert Dornfeldt auf sein Saubermann-Image legt. Viel wichtiger ist für uns aber die Frage, wer das war. Dornfeldt sagt natürlich, er habe keine Ahnung.«

Nachdenklich blickt Silja über den sonnenbeschienenen

Teich, dessen Wasserfläche durch die Fontäne in regelmäßigen kreisförmigen Bewegungen gehalten wird.

»Ich kenne jemanden, der gute Gründe hat, Dornfeldt eins auszuwischen. Ich habe doch mit allen Handwerkern gesprochen, die beim Neubau des Hotelspeisesaals Aufträge hatten. Dabei hat mich eine Kollegin im Rahmen der Amtshilfe vom Finanzamt unterstützt. Sie hat die Abrechnungen der Betriebe überprüft und ziemlich schnell herausgefunden, dass der Parkettleger eine, sagen wir mal, recht eigenwillige Auffassung von Materialbestellungen hat.«

»Was heißt das im Klartext?«

»Er hat im letzten Jahr laut Steuererklärung nur knapp 1500 qm Parkett verlegt. Bestellt hatte er aber über 5000 qm. Und seine Lager waren leer.«

»Also Schwarzarbeit?«

»Was sonst? Wahrscheinlich auch in der Privatwohnung von diesem Dornfeldt. Das Finanzamt hat ihn jedenfalls ganz schön am Haken. Und natürlich gibt er Dornfeldt die Schuld, denn ohne den Hotelauftrag, den er übrigens ordnungsgemäß abgerechnet hat, wären wir nicht auf ihn gestoßen.«

»Sollen wir nicht gleich mal sein Alibi überprüfen? Die Angaben von Dornfeldt zum Zeitpunkt des Überfalls sind immerhin präzise: Am Montagabend zwischen sieben und halb acht war er am Strand von Rantum, als er von hinten niedergeschlagen wurde. Er fiel, war wohl auch kurz ohnmächtig, ist aber wenig später wieder zu sich gekommen. Da war natürlich niemand mehr zu sehen, und Zeugen gab es auch nicht.«

»Na, dann wissen wir ja, wonach wir fragen müssen«, antwortet Silja und legt einen Schritt zu.

Mittwoch, 24. August, 11.21 Uhr,
Hotel *Fährhaus Sylt*, Munkmarsch

»Und hier findet also die Trauerfeier für Susanne Michelsen statt?«

Bastian Kreuzer nimmt die letzte Treppenstufe und blickt sich zweifelnd auf der Hotelterrasse um. Etwa ein Drittel der Tische ist besetzt. Einige ältere Paare nippen an ihrem Tee, zwei Damengrüppchen und eine Familie sitzen vor einem üppigen Frühstück. Antonia Dornfeldt lehnt noch immer rauchend an der geschnitzten Holzsäule.

»Natürlich nicht. Ich logiere hier. Und jetzt ziehe ich mich um. Sie können selbstverständlich gern hier warten und mir anschließend zurück nach Kampen folgen.«

Die Blondine zieht noch einmal an ihrer Zigarette und drückt sie anschließend in dem Aschenbecher auf dem nächsten Tisch aus. Bevor sie sich abwenden kann, erklärt Bastian mit entschiedener Stimme: »Ich würde gern vorher noch zwei Minuten Ihrer kostbaren Zeit beanspruchen. Erstens: Sie wissen vermutlich, dass ein Wort von mir genügt, damit Sie den Führerschein verlieren.«

»Seien Sie nicht so humorlos. Wir wollten es doch beide«, antwortet sie anzüglich.

Bastian verzieht nur sehr kurz das Gesicht, bevor er weiterredet.

»Zweitens, und das frage ich jetzt nicht aus Spaß: In welchem Verhältnis standen Sie zu Susanne Michelsen?«

»Ich kannte sie nicht. Nie getroffen. Allerdings war sie mir auch aus der Ferne herzlich unsympathisch. Genügt Ihnen das als Mordmotiv?«

238

»Sie finden sich vielleicht sehr komisch, aber diese Einschätzung kann ich nur bedingt teilen. Nächste Frage: Wie stehen Sie zu Jonas Michelsen?«

»Was wollen Sie denn hören?«

»Was steht zur Auswahl?«

»Mal nachdenken: Wir sind alte Freunde? Ich schlafe mit ihm? Er ist verrückt nach mir?«

»So etwas wie ›Ich liebe ihn‹ haben Sie nicht im Angebot?«

»Das haben jetzt Sie gesagt.«

»Das ist keine Antwort.«

»Sehe ich so aus, als würde ich mit jedem Beliebigen über meine Gefühle reden?«

»Haben Sie Gefühle?«

»Es ist wirklich interessant, mit Ihnen zu plaudern, Herr Kommissar, aber leider muss ich Sie jetzt verlassen. Ich will mich noch umziehen und möchte den trauernden Witwer nicht unnötig warten lassen.«

»Ich hätte geschworen, das sei Ihre Spezialität.«

»Das Warten lassen?« Antonia Dornfeldt lacht eine perlende Koloratur. »Glauben Sie mir, wer mich kennt, würde auf meiner Spezialitätenliste durchaus noch andere Dinge zu nennen wissen. Gerade Ihnen sollte aufgefallen sein, dass ich durchaus auch für Schnelligkeit zu haben bin.«

Mittwoch, 24. August, 15.42 Uhr, Parkettstudio Bieber, Westerland

Als Sven Winterberg die schmutzige Glastür des Ladenraumes aufdrückt, erklingt ein Dreitongong, der sich wiederholt, als die Tür langsam zufällt. Mehr geschieht nicht. Der Verkaufsraum ist leer, an den Wänden hängen Holz- und Laminatmuster, ein schäbiger Tresen und zwei abgeschabte Polsterstühle vervollständigen die Einrichtung.

»So richtig repräsentativ sieht es hier aber nicht aus«, murmelt Sven, während Silja sich dem Vorhang nähert, der offenbar zu den hinteren Räumlichkeiten führt.

»Herr Bieber, die Kriminalpolizei ist da. Wir hatten telefoniert.«

Ein trockenes Husten ist die Antwort, gefolgt von den mehr gekeucht als gesprochenen Worten: »Komme gleich, Momentchen noch.«

»Du bist sicher, dass der uns nicht reinlegt?«, will Sven flüsternd von Silja wissen.

»Ziemlich. Der Typ ist verschlagen, aber harmlos. Wirst du gleich sehen.«

Wie aufs Stichwort schlurft jetzt ein nachlässig gekleideter Mann mit Schnauzbart und strähnigen Haaren hinter dem Vorhang hervor. Gert Bieber hat einen Körper, der vor nicht allzu langer Zeit einmal muskulös gewesen sein muss, sich aber jetzt an der Grenze zur Verfettung befindet. Der Parkettleger sieht aus wie Mitte vierzig, ist aber erst Mitte dreißig, wie die Nachforschungen der Ermittler ergeben haben. Er hat vor zehn Jahren seine Meisterprüfung abgelegt und führt seitdem das in einem schlechten Viertel von Westerland gelegene Geschäft.

»'tschuldigung, hab gestern Abend ein bisschen was über den Durst getrunken. Steckt man in meinem Alter auch nicht mehr so ohne weiteres weg«, erklärt der Parkettleger mit einem Augenaufschlag, der wahrscheinlich treuherzig wirken soll, aber eher dümmlich aussieht.

240

»Herr Bieber, wir sind mit einigen sehr konkreten Fragen zu Ihnen gekommen«, beginnt Sven die Vernehmung.

»Ihre Kollegin hat mir letztens schon ganz schön zugesetzt. Ich hab jetzt zu allem Ärger auch noch die Steuerfahndung am Hals. Was wollen Sie denn noch von mir?«

»Wie Sie sicher wissen, ermitteln wir wegen des Mordes an Susanne Michelsen. Und wegen der Brandanschläge in den Tagen vor dem Mord. Wir sind hier, um Ihr Alibi zu überprüfen.«

»Sie denken, ich war's? Ist das nicht ein bisschen zu viel der Ehre? Sehe ich vielleicht aus wie ein Mörder?«

In der Stimme des Parkettlegers klingt das blanke Entsetzen mit.

»Herr Bieber, lassen Sie es uns kurz machen: Wo waren Sie am letzten Freitag zwischen 17 und 19 Uhr?«

»Keine Ahnung. Vielleicht hier im Geschäft, vielleicht bei einem Kunden.«

»Möglicherweise haben Sie so etwas wie einen Terminkalender, und ein Blick dort hinein könnte helfen«, erklärt Silja cool, ohne ihre Abneigung gegen den ungepflegten Mann zu verbergen.

»Momentchen, ich seh gleich nach.«

Als sie den dienstfertigen Tonfall des Mannes hören, wechseln Sven und Silja einen triumphierenden Blick, enthalten sich aber jeden Kommentars.

»Hier steht's ja: Ich hab vom frühen Morgen bis nachmittags in einer Privatwohnung Laminat verlegt. Bin dann gleich bar bezahlt worden. Die Rechnung ist vorschriftsmäßig gestellt worden, und ich hab sie hier auch irgendwo«, fügt er mit devotem Blick hinzu und beginnt in einem speckigen Ordner zu wühlen.

»Was heißt ›nachmittags‹ genau?«, unterbricht Silja seine Bemühungen.

»Weiß nicht mehr, vielleicht vier, vielleicht halb fünf.«

»Aha. Und danach?«

»War ich wahrscheinlich hier. Oder zu Hause. Manchmal mache ich den Laden früher zu. Hier gibt's nicht gerade viel Laufkundschaft.«

Gert Bieber lacht meckernd wie über einen guten Witz. Die Kommissare verziehen keine Miene.

»Motiv und Gelegenheit hätte er also schon mal«, sagt Silja mit bedeutungsschwerem Tonfall zu Sven.

»Halt, Moment mal. Das meinen Sie doch nicht ernst! Sie wollen mir doch nicht etwa diesen Mord in die Schuhe schieben.«

»Sie haben notorisch die Steuer betrogen, Herr Bieber. Sie haben in dem Hotel des Mordopfers gearbeitet. Und Sie sind als gewalttätig aufgefallen.«

»Was denn, was denn. Wann soll das denn gewesen sein? Davon wüsste ich doch.« Fahrig wischt der Parkettleger sich seine breiten Hände an der speckigen Jeans ab.

»Sie waren es schließlich, der den Manager des Hotels *Friesenperle* letztens am Strand von Rantum niedergeschlagen hat«, erklärt Sven mit harmloser Stimme, als verkünde er eine längst bekannte Tatsache.

»Woher wissen Sie das?«

Gert Biebers Stimme und sein Gesichtsausdruck zeigen völlige Verblüffung.

»Sie geben es also zu?« Silja Blanck lächelt plötzlich entwaffnend freundlich.

»Äh, ja. Wenn Sie es ohnehin schon wissen. Ich war sauer, ich wollte eigentlich mit diesem Dornfeldt reden, aber dann

242

kochte die Wut so in mir hoch und da hab ich ihm eins über-
gebraten. War aber harmlos. Der ist zwar umgekippt, aber
nach ein paar Minuten wieder aufgestanden. Das habe ich
beobachtet. Hätte ihm sonst geholfen, Ehrensache.«

»Ihnen ist schon klar, dass das ein Fall von Körperverlet-
zung ist? Dafür können Sie locker in den Knast wandern,
Bieber«, setzt Sven Winterberg eindringlich nach.

»Ja, äh, sorry. Ich würde mich auch bei dem Dornfeldt
entschuldigen. War wirklich nicht so gemeint. Ich war eben
sauer auf den. Aber ich würde niemals jemanden umbrin-
gen. Das ist doch ganz was anderes.«

»Das sagen alle.«

»Und jetzt? Bin ich jetzt festgenommen?«

»Herr Bieber!« Mit ernstem Blick baut sich Silja Blanck
vor dem Parkettleger auf. »Sie haben unglaubliches Glück.
Albert Dornfeldt hat darauf verzichtet, Anzeige zu erstatten.
Und wir verzichten darauf, Sie festzunehmen. Zunächst. Sie
dürfen aber die Insel nicht verlassen und müssen sich zu unserer Verfügung halten. Ist das klar?«

»Ja, völlig klar. Natürlich. Und danke auch. Obwohl: Ich
hab diese Michelsen wirklich nicht umgebracht, das müssen
Sie mir schon glauben.«

»Wir überlegen es uns, Herr Bieber. Und Ihnen einen
schönen Tag noch – trotzdem.«

Als Sven für Silja die Ladentür aufhält, hat er Mühe, sich
das Lachen zu verkneifen. Mit schnellen Schritten gehen
beide zu ihrem Wagen. Doch erst als sie gestartet und um
die nächste Ecke gebogen sind, prusten sie los.

»War eine super Idee von dir, Silja, das mit dem Mordvor-
wurf. So schnell haben wir noch nie ein Geständnis gekriegt.
Der war ja völlig paralysiert.«

»Das hat gut geklappt, stimmt. Aber es hilft uns nicht wirklich weiter. Denn dass der Typ die Hotelerbin umgebracht hat, das glaubt doch keiner, oder?«

»Nee, das wäre zu weit hergeholt. Aber immerhin können wir Bastian jetzt ein Ergebnis wegen des Überfalls am Strand präsentieren. Der geschätzte Kollege Kreuzer ist nämlich in ziemlich übler Laune. Ich weiß ja nicht, wann du zum letzten Mal mit ihm geredet hast, aber er macht heute unter Garantie jeden platt, der ihm im Weg ist.«

»War eure Besprechung vorhin so schlimm?«

»Schlimm ist gar kein Ausdruck. Bastian sah aus wie eine Bulldogge. Und er hat sich auch so benommen. Ich habe keine Ahnung, was die Bispingen ihm vorhin am Telefon beim Rapport nach der Beerdigung erzählt hat, aber die Frau Staatsanwältin ist ja bekannt für ihre deutlichen Worte. Und dann muss dieses blonde Gift, diese Schwester vom Dornfeldt ...«

»... Sex on the Rocks, ich erinnere mich ...«

»Genau, also die muss Bastian so was von angemacht haben, dass er schier ausgerastet ist, als er von ihr redete.«

»Angemacht?«

Obwohl sie es gern vermieden hätte, klingt Siljas Stimme eher ängstlich als überrascht. Doch jetzt ist es heraus und nicht mehr zu ändern. Zum Glück ist Sven so in seine Schilderung vertieft, dass er nicht auf Siljas Tonfall achtet.

»Die ist ihm so richtig in die Parade gefahren. Das muss ein Teufelsweib sein, Mannomann.«

»Geht's ein bisschen sachlicher, wenn ich bitten darf?«

Mit bewährt coolem Gesichtsausdruck mustert Silja nun den Kollegen und lässt sich in aller Ausführlichkeit erklären, wie diese Frau es geschafft hat, Bastian mitsamt seinen Machoallüren gründlich bloßzustellen.

Donnerstag, 25. August, 8.20 Uhr, Feinkost Meyer, Wenningstedt

In dem weitläufigen Eingangsbereich des Wenningstedter Supermarktes gibt es drei unabhängige Verkaufsflächen. Zeitungen, Fisch und Backwaren. Zielstrebig steuert Fred auf den Backstand zu, der eine ganze Querseite einnimmt und üppig mit Broten, Brötchen, Kuchen und Torten ausgestattet ist. Trotz der frühen Stunde hat sich bereits eine kleine Schlange am Tresen gebildet, die aber zügig von den drei Verkäuferinnen bedient wird. Nachdem Fred das Vollkornbrot und die beiden Croissants gekauft hat, holt er sich am Fischstand, der zu dieser Zeit noch ziemlich leer ist, eine große Portion Hering in Sahnesoße fürs Abendessen.

Mit dem Aufstehen am ersten Tag nach Sannes Beerdigung hat Fred Hübner beschlossen, seinem Leben wieder eine vernünftige Struktur zu geben, und dieser Einkauf vor dem Frühstück soll der Beginn davon sein. Als Fred nur noch wenige Schritte vom Ausgang des Supermarktes entfernt ist, fällt sein Blick auf die Ständer mit den Zeitungen, die rechts von den Glastüren den Bereich mit den Büchern, Spielsachen und Strandartikeln abgrenzen.

Ganzseitig titelt die *Bild*-Zeitung DEUTSCHLANDS LUSTIGSTER WITWER und zeigt ein gestochen scharfes Bild von Jonas Michelsen und der blonden Porschefahrerin mit dem Raspelhaarschnitt. Beide stehen seitlich von Susannes offenem Grab und wechseln gerade einen Blick, den man nur als erotisch aufgeladen bezeichnen kann.

Fred reißt die Zeitung aus dem Ständer, greift sich gleich noch mehrere andere Blätter, wirft der verdutzten Verkäuferin einen Zwanzig-Euro-Schein auf die Theke und verlässt im Laufschritt den Laden. Draußen stopft er Brötchen, Brot, Fisch und Zeitungen in den rostigen Korb, der sich seit Jahren vorn an seinem Fahrrad befindet, und erbricht sich anschließend direkt neben dem Hinterreifen. Ohne sich um die Bemerkungen und Blicke der Umstehenden zu kümmern, reißt Fred das Rad von der Wand, steigt auf und tritt so kräftig in die Pedale, dass einige Passanten entsetzt zur Seite springen, als er den Parkplatz des Supermarkts verlässt.

Donnerstag, 25. August, 8.55 Uhr, Kriminalkommissariat Westerland

»Haben Sie die *Bild*-Schlagzeile des heutigen Tages schon gesehen, Herr Hauptkommissar?« Die Stimme Elsbeth von Bispingens am anderen Ende der Telefonleitung trieft vor Hohn.

Bastian Kreuzer, der nach einer entsetzlichen Nacht voller Albträume und Ameisen, die sich irgendwie in sein Zelt geschlichen haben, mühsam versucht, mit einer Überdosis Kaffee wach zu werden, antwortet zeitverzögert.

»Nein, habe ich nicht. Geht's um unseren Fall?«

»Geht's um unseren Fall«, äfft ihn die Staatsanwältin nach. »Ja, Herr Hauptkommissar, es geht um Ihren Fall – auch wenn er das vielleicht nicht mehr lange bleiben wird.«

246

»Und wären Sie so freundlich, mir die Schlagzeile zu verraten?«

»Gern. Unter der Headline DEUTSCHLANDS LUSTIGSTER WITWER befindet sich ein Foto des ausgesprochen fidel wirkenden Jonas Michelsen, der mit seiner langjährigen Geliebten am offenen Grab seiner ermordeten Frau steht. In dem folgenden Artikel kann man detailliert nachlesen, was die beiden in den letzten Tagen so in Hamburg und auf Sylt getrieben haben ...«

Bastian Kreuzer atmet tief durch, bevor er die Staatsanwältin unterbricht.

»Sie reden von Antonia Dornfeldt, ich weiß. Ich habe sie bereits gestern vernommen – gleich nach der Beerdigung.«

»Na, das freut mich zu hören. Hat sie Ihnen auch erzählt, dass Jonas Michelsen ihretwegen für heute einen Termin beim Notar hat, um ein neues Testament aufzusetzen?«

»Zu ihren Gunsten?«

»Der Kinderschutzbund wird das Michelsen-Vermögen jedenfalls nicht erben.«

»Aber woher wissen Sie von dem Notartermin?«

»Aus der *Bild*-Zeitung, mein Bester, alles aus der *Bild*-Zeitung. Und langsam frage ich mich, warum wir eigentlich hochprofessionelle Ermittler bezahlen, wenn wir uns am Morgen doch nur so ein Schmutzblatt zu kaufen brauchen, um über die Hintergründe eines Verbrechens im Bilde zu sein. Und mit mir fragt sich das wahrscheinlich die halbe Republik.«

»Bitte werden Sie nicht ungerecht, Frau von Bispingen. Schließlich suchen wir einen Mörder, keinen Ehebrecher. Oder steht auch in der Zeitung, wer Susanne Michelsen umgebracht hat?«

Bastian Kreuzer weiß ganz genau, dass es einem beruflichen Selbstmord gleichkommt, die aufbrausende Staatsanwältin zu provozieren, aber heute Morgen ist er einfach nicht Herr seiner selbst. Und die Reaktion Elsbeth von Bispingens lässt auch nicht lange auf sich warten. Furiengleich schnaubt sie durchs Telefon.

»Wie kurzsichtig sind Sie eigentlich, Kreuzer? Es liegt doch auf der Hand, dass es dieser Typ war. Und hatten wir beide nicht sogar schon darüber gesprochen? Wenn ich mich recht erinnere, dann waren Sie es, der mit einer Festnahme bis nach der Beerdigung warten wollte und der mich selbst gestern Nachmittag noch einmal um Geduld gebeten hat. Zu diesem Thema kann ich Ihnen jetzt nur eines sagen: Meine Geduld ist am Ende. Ich will endlich Resultate sehen – und zwar heute noch. Unternehmen Sie etwas und seien Sie dabei erfolgreich, sonst ziehe ich Sie von dem Fall ab – und zwar schneller als Sie denken.«

Das Krachen in der Leitung, das davon kündet, dass die Staatsanwältin das Mobilteil ihres Telefons zurück in die Halterung gefeuert hat, hallt in Bastians Ohr nach. Er legt das Telefon zur Seite, greift mit langsamen Bewegungen nach seinem Kaffeebecher und lässt dessen mittlerweile abgekühlten Inhalt in einem einzigen Schwall die Kehle hinunterlaufen. Als Pubertierender hat er ausdauernd dafür geübt, den Schluckreflex willkürlich aussetzen zu können, aber es ist einige Zeit her, dass Bastian Kreuzer es nötig hatte, von dieser lächerlichen Fertigkeit Gebrauch zu machen. Und dann auch noch ohne Zeugen und nur um sich selbst zu imponieren. Das Selbstmitleid überschwemmt ihn in einer kräftigen Woge, und er hat Mühe, dabei nicht unterzugehen. Um sich abzulenken, greift er nach dem belegten Brötchen, das er auf dem Weg zum Kommissariat in einer Bäckerei gekauft hat. Krachend beißt er hinein und hört, weil die Kaugeräusche in seinen Ohren knacken, erst leicht verspätet, dass Silja die Bürotür öffnet. Sie trägt eine graue Leinenhose, die er noch nie an ihr gesehen hat, und eine hochgeschlossene, aber ärmellose helle Bluse aus dem gleichen Material. Die Haare sind im Nacken zu einem strengen Knoten gesteckt, und der Duft ihres Shampoos füllt in Sekundenschnelle den Raum.

»Guten Morgen und guten Appetit«, erklärt Silja ohne Wärme in der Stimme und ohne Bastian auch nur anzusehen.

Bastian spürt, wie noch mehr Wut in ihm hochsteigt. Aber solange er kaut, muss er sich wenigstens keine Gedanken über eine angemessene Begrüßung machen. Zügig beißt er ein weiteres Mal von seinem Brötchen ab.

»Was liegt heute an?«

Siljas Stimme ist leise und fest. Sie gönnt Bastian nun doch einen ihrer unterkühlten Blicke, setzt sich dann aber sofort an ihren Schreibtisch und senkt den Kopf über einen Aktenstapel.

Bastian schluckt den trockenen Bissen herunter und brummt: »Eben hat die Bispingen angerufen.«

»Was wollte sie denn? Du hast doch gestern schon mit ihr telefoniert.«

»Wir sind die Schlagzeile der *Bild*-Zeitung. Bundesweit.«

»Wie wir? Du und ich?« Silja wird blass, ihre Augenlider flattern. Bastian kennt diese Reaktion genau, und immer hat sie einen sofortigen Schutzimpuls bei ihm ausgelöst. Auch jetzt muss er sich sehr beherrschen, um nicht aufzuspringen und Silja tröstend in den Arm zu nehmen. Doch da hat sie schon selbst bemerkt, dass sie sich verraten hat.

»Du sprichst nicht von uns, sondern von unserem Fall, nehme ich an.«

Ihr Tonfall ist außerordentlich geschäftsmäßig.

Wie du willst, denkt Bastian und antwortet ebenso kühl: »Ganz recht. Die *Bild*-Zeitung titelt: ›Deutschlands lustigster Witwer‹, was die Bispingen gar nicht lustig finden kann. Und jetzt will sie Taten sehen.«

»Wir sollen jemanden verhaften?«

»Schon falsch. Nicht jemanden, sondern IHN. Den großen Buhmann. Jonas Michelsen.«

»Sei doch froh, dann bist du ja am Ziel deiner Wünsche.«

»Seit wann kennst du dich mit meinen Wünschen aus.«

Gern hätte Bastian weitergeredet, aber Silja unterbricht ihn schroff.

»Lass das, ja. Ich brauche keine Privatunterhaltung. Mir geht's gut ohne dich. Und ich wäre dir dankbar, wenn du dich entsprechend verhalten würdest.«

Bevor Bastian diesen Angriff parieren kann, öffnet sich erneut die Bürotür, und Sven Winterberg kommt herein. Mit wenigen Blicken hat er die Situation erfasst und versucht intuitiv, die Stimmung aufzulockern.

»Moin, Moin, ihr beiden. Gibt's schon wieder Krieg?«

»Halt die Klappe«, faucht Silja und erntet für ihre vergleichsweise drastische Wortwahl von beiden Männern erstaunte Blicke. Doch dann bricht Bastian in Lachen aus.

»Das Mäuschen zeigt die Krallen«, kann er gerade noch sagen, dann springt Silja auf und verlässt türenknallend das Büro.

»Was ist hier denn los? Wenn ich gewusst hätte, dass ich direkt ins Wespennest trete, wäre ich unten bei den Kollegen geblieben und hätte mich telefonisch angekündigt.«

»Madame hat offenbar beschlossen, die Unverwundbare zu geben«, erklärt Bastian mit kaum verhohlener Wut in der Stimme.

»Tja, mein Lieber, das ist ihr gutes Recht, oder etwa nicht?«

»Jetzt fall du mir nicht auch noch in den Rücken. Ich habe vorhin schon die Bispingen in der Leitung gehabt. Eigentlich müssten die Wunden von den Dolchstößen noch deutlich zu erkennen sein.«

»Armes Schwein. Aber tröste dich, du hast es immerhin überlebt. Das kann nicht jedes ihrer Opfer von sich behaupten.«

»Sie hat mir die Schlinge schon um den Hals gelegt. Heute Abend zieht sie sie zu.«

»Es sei denn?«

»Wir verhaften Michelsen.«

»Na, dann tun wir das doch. Verdachtsmomente gibt's genug. Wir können ihn ja erst einmal für 48 Stunden hier einbuchten. Verdunkelungsgefahr, Fluchtgefahr, was weiß ich.«

Bastian schluckt den Einwand hinunter, der ihm auf der Zunge liegt, und wuchtet sich stattdessen aus dem Schreibtischstuhl hoch. »Okay, dann mal los.«

»Nur wir beide?«

»Nur wir beide. Die Prinzessin Tausendschön lassen wir einfach im Schloss zurück. Soll sie doch Akten fressen, bis ihr das Kotzen kommt.«

»O Mann, ihr müsst euch aber mächtig gekracht haben«, murmelt Sven, während er nach dem Nötigsten greift, sich zur Tür wendet und sie mit einem energischen Stoß öffnet.

Donnerstag, 25. August, 9.05 Uhr, Haus am Dorfteich, Wenningstedt

Noch hat Fred seine Croissants nicht angerührt.

Nur die Zähne hat er sich geputzt, anschließend einen starken Kaffee aufgesetzt und gleich seinen Rechner hochgefahren. Die Zeitungslektüre hat den Adrenalinausstoß des Journalisten nicht unerheblich angeheizt. Diese Flaschen von der Kripo scheinen keine Spur zu haben und nur orientierungslos rumzueiern. Wenn selbst die *Bild* mehr über den Fall herausbekommen kann, dann sollte es ihm erst recht gelingen.

Vor Fred Hübner liegt der Zettel mit den drei Namen.

Maike Großmann: die freundliche Dame am Telefon des Gertraudenstifts.

Lothar Werner: der vorgebliche Name des alten Herrn, der schusselig genug war, seine Geldbörse zu verlieren und es noch nicht einmal zu bemerken.

Valerie Simons: die blutjunge Bekanntschaft Jonas Michelsens, die vorgestern um seine Kampener Villa herumgeschlichen ist.

Fred schnappt sich seinen Laptop, öffnet das Suchprogramm und probiert einige Kombinationen aus. Michelsen/Simons ist eine davon. Simons/Kampen und Simons/Sylt sind weitere. Die Ergebnisse machen Fred nicht gerade Mut. Er muss den Fokus erweitern, aber wie? Eingefahrene Gedankenbahnen verlassen, ermuntert er sich. Probier einfach mal was Unwahrscheinliches aus. Aber auch die Kombination Susanne Michelsen/Valerie Simons ergibt keine relevanten Treffer. Ebenso wenig wie das Paar Valerie Simons/

Antonia Dornfeldt. Also noch weiter ausholen. Aber in welche Richtung? Fred beginnt zu assoziieren. Mord, Pistole, Brand, Hotel. Doch auch die Kombi Simons/Sig Sauer ist eine Niete. Was bleibt? Simons/*Friesenperle* vielleicht. Lustlos gibt Fred die Stichworte ein. Zweimal vertippt er sich und überlegt ernsthaft, ob er den Versuch nicht abbrechen soll. Aber er hält durch – und siehe da, diesmal hat er einen Treffer gelandet. Nicht, dass das Gefundene sonderlich vielversprechend wäre, aber es ist immerhin keine komplette Niete.

Unter den Angestellten des Hotels ist eine Eva Simons aufgeführt. Sie ist in leitender Position für die Buchhaltung zuständig, ein Foto findet sich leider nicht auf der Website. Dafür ergibt Freds nächste Recherche im Online-Telefonbuch, dass auf Sylt kein einziger Haushalt auf diesen Namen registriert ist, was natürlich wenig heißt, denn bestimmt jeder Zehnte lässt sich gar nicht erst ins öffentliche Telefonbuch eintragen. Und hat die junge Valerie nicht erwähnt, ihre Mutter wohne auf der Insel? Vielleicht findet sich ja hier ein Zusammenhang zwischen dem Hotel, dem Mädchen und dem Mord.

Fred ist verzweifelt genug, um sich an diesem Strohhalm festzuklammern.

Er zwingt sich dazu, eines der beiden Croissants zu essen und holt anschließend sein Rennrad aus dem Abstellraum. Die Fahrt nach Rantum zum Hotel *Friesenperle* wird ihm guttun. Seit gestern ist das Wetter stabil, nicht zu heiß, aber sonnig und windstill, ganz als habe die Beerdigung Susannes wenigstens an dieser Front für Ruhe gesorgt. Fred schämt sich ob des zynischen Gedankens und kann doch nicht verhindern, dass er neugierig und fast freudig gespannt seiner Recherche entgegengefiebert. Er hatte schon fast vergessen, wie es ist, ein konkretes Ziel vor Augen zu haben.

Donnerstag, 25. August, 9.10 Uhr, Kriminalkommissariat Westerland

Mit klopfendem Herzen steht Silja am Waschbecken der Damentoilette. Minutenlang hat sie sich eiskaltes Wasser über die Handgelenke laufen lassen, bis die Haut weh tat. Sie hat kühle Tücher an ihre Schläfen gedrückt und sich dabei insgeheim gut zugeredet. Sie hat alles getan, um sich zu beruhigen. Aber die Wut sitzt tief, und der Drang danach, ins Büro zurückzustürmen und diesem ignoranten Chauvi Bastian gründlich die Meinung zu sagen, ist kaum zu bezähmen.

Doch jetzt hört sie durch die Tür, wie die beiden Kollegen das Gebäude verlassen. Und der Ärger darüber, dass die Männer es nicht für nötig gehalten haben, ihre Rückkehr abzuwarten, um sie über das weitere Vorgehen zu informieren, ist nichts gegen die Erleichterung, die Silja bei dem Gedanken empfindet, für einige Zeit allein im Büro sein zu können.

Sie schließt den Wasserhahn, trocknet sich Hände und Schläfen ab und geht langsam die Treppe hinunter. Nur wenige Meter vom Polizeigebäude entfernt ist ein Zeitungskiosk. Die Schlagzeile der *Bild* ist tatsächlich nicht zu übersehen. Silja kauft ein Exemplar, rollt es verschämt zusammen und kehrt schnell ins Kommissariat zurück.

Oben öffnet sie das Fenster weit, um die letzten Reste

von Bastians Rasierwasserduft aus dem Raum zu vertreiben. Silja hat ihm das Aftershave zu Weihnachten geschenkt, und die Vorstellung, dass Bastian vermutlich jeden Morgen an sie denkt, wenn er den Duft aufträgt, macht sie schon wieder aggressiv. Die anschließende Lektüre des *Bild*-Aufmachers ist wenig geeignet, ihren Adrenalinspiegel zu senken. Der Artikel enthält einige Seitenhiebe auf die sich dahinschleppenden Ermittlungen. Spöttisch wird gefragt, wodurch ein betrügerischer Ehemann, der zudem der Besitzer der Mordwaffe sei, sich denn noch verdächtig machen müsse, bis die Polizei sich seiner annähme. Kein Wunder, dass Bastian sauer ist.

Silja tritt ans Fenster und beugt sich weit hinaus. Die Luft ist warm und sanft. Ein leichter Wind trägt den Meergeruch bis in die Westerländer Innenstadt, wo er sich neben den Abgaswolken zu behaupten versucht.

Langsam beruhigt sich Silja. Eigentlich ist es mit der Meerluft und den Abgasen so wie mit der Polizeiarbeit und der Presseeinmischung. Das eine ist gut, das andere schlecht, jedenfalls aus Sicht der Ermittler. Aber manchmal ist so ein kleiner Nasenstüber doch ganz hilfreich, um die eigene Sichtweise zu korrigieren, auch wenn Silja die Befürchtung nicht los wird, dass die beiden Kerle jetzt überreagieren werden.

Seufzend setzt sie sich an ihren Schreibtisch. Dort liegt ein hoher Stapel, bestehend aus Heftern, Fax-Kopien und Briefen, die die neuesten Rechercheergebnisse zu ihrem aktuellen Fall betreffen. Drei anonyme Briefschreiber wollen den Mörder ausgemacht haben. Zwei weitere wettern gegen das Establishment und kündigen mit markigen Worten Anschläge auf andere Sylter Hotelbesitzer an – natürlich ebenfalls ohne Unterschrift und Absender. Genervt schiebt Silja die Papiere zur Seite und schlägt einen dunkelblauen Klapphefter auf. Das Labor teilt mit, dass die in Auftrag gegebene DNA-Analyse einiger Hautpartikel an Susanne Michelsens Tasche abgeschlossen ist, aber leider keine Übereinstimmung mit den gespeicherten Daten ergeben hat.

Das kann alles heißen. Entweder der Mörder oder die Mörderin ist nicht polizeibekannt oder er oder sie kommt ganz einfach nicht aus dem Kreis der Verdächtigen, die eine Speichelprobe haben abgeben müssen. Es kann aber auch bedeuten, dass der Hautfetzen von irgendeiner Taschenverkäuferin stammt oder von einem Kellner, der Susanne Michelsens teure Tasche hilfsbereit vom Boden aufgehoben hat, nachdem sie im Restaurant oder Café von der Stuhllehne gerutscht war.

Silja seufzt und schlägt frustriert die nächste Akte auf. Die Verkaufsstelle einer Prepaid-Handykarte ist ermittelt worden. Zunächst weiß Silja nicht, worum es sich handelt, doch dann fallen ihr die ungeklärten abgehenden Anrufe von dem Handy der Schauspielerin Marie Nussbaum ein. In wessen Tasche dieses Prepaid-Handy gerade steckt, wird nicht herauszufinden sein, aber wo die Karte gekauft worden ist, mit der es betrieben wird, hat sich klären lassen. Es ist ein Zeitungskiosk in Hamburg, dessen Adresse Silja nichts sagt. Sie fährt den Rechner hoch und gibt die Anschrift ein. Der Marker auf dem Stadtplan zeigt ihr einen Punkt an der südlichen Binnenalster. Silja vergrößert die Ansicht, bis alle öffentlichen und kommerziell genutzten Gebäude in der unmittelbaren Umgebung sichtbar werden. Die Kommissarin braucht einen Moment, um sich zu orientieren, aber dann sieht sie es: Das Thalia Theater ist zu Fuß zu erreichen. Die

Bank, auf der Marie Nussbaum ihr Handy vergessen haben will, befindet sich in unmittelbarer Nähe des Kiosks. Und noch etwas liegt direkt nebenan: das Design-Hotel *Hampton*, in dem Marie Nussbaum logiert, wenn sie vor den Aufführungen ihre Ruhe haben will, und das dem Ehemann der ermordeten Susanne Michelsen gehört.

Silja Blanck bemüht sich um Konzentration, blendet alle privaten Probleme aus und versucht, nur die Motivlinien in diesem Fall zu sehen, natürlich in der Hoffnung, dass sich endlich ein Muster zeigen möge.

Alles dreht sich schließlich um die Schauspielerin und ihre Handys.

Es ist sicher keine übertriebene Schlussfolgerung, anzunehmen, dass es Marie Nussbaum selbst gewesen sein wird, die die fragliche Prepaid-Karte anlässlich eines ihrer vielen Hotelaufenthalte gekauft hat. Sehr wahrscheinlich hat sie auch das Handy dazu besorgt. Beides wird sie dann an eine bisher unbekannte Person weitergegeben haben, um mit ihr in der Folge mehrmals täglich unbemerkt telefonieren zu können.

Soweit zu Handy eins.

Handy zwei, offiziell auf Marie Nussbaum angemeldet und auch ihrem Ehemann bestens bekannt, findet sich am Freitag vor fast zwei Wochen überraschend in der Jacketttasche Jonas Michelsens. Obwohl er das bisher bestreitet, muss der Hotelier davon gewusst haben, schließlich hat er selbst einen Tag vorher mit diesem Handy telefoniert. Der Anruf beim Verkaufsbüro des Marco-Polo-Towers ist nachgewiesen und durch einen Zeugen verbürgt.

Aber wie ist das Handy von der Schauspielerin zu dem Hotelier gelangt, wenn beide beteuern, sich nicht zu kennen, und bisher niemand das Gegenteil beweisen kann? Die These, sie hätten ein Verhältnis miteinander und gute Gründe, ihre Beziehung zu verheimlichen, ist kaum noch zu halten, seitdem Antonia Dornfeldt auf Susanne Michelsens Beerdigung aufgetaucht ist und die *Bild*-Zeitung so freundlich war, ihre intime Freundschaft zu dem »lustigen Witwer« in etlichen Details zu dokumentieren.

Nervös streicht sich Silja eine Haarsträhne aus dem Gesicht. Keinesfalls darf sie sich jetzt ihren analytischen Verstand vom Klatsch des Boulevardblattes vernebeln lassen. Also noch einmal langsam und von vorn: Marie Nussbaum hat ein Geheimnis. Sie unterhält eine wie auch immer geartete Beziehung zu einem Menschen, der alt genug ist, ein Handy zu bedienen, dessen Umgebung aber ganz offensichtlich nichts von diesem Handy wissen soll. Doch wer könnte dieser Mensch sein? Ein Kind, das die Schauspielerin vor Jahren heimlich geboren und leichtfertig zur Adoption freigegeben hat? Ein Geliebter, der nicht Jonas Michelsen ist? Ein peinlicher Familienangehöriger, von dem ihr Ehemann nichts wissen soll? Da lässt sich allerhand denken. Doch ohne zusätzliche Informationen wird Silja hier nicht weiterkommen.

Aber das ist nicht das einzige Rätsel. Denn es fehlt noch eine zweite Person in dem Schema, nämlich diejenige, die das offizielle Handy der Schauspielerin an Jonas Michelsen weitergereicht hat. Es muss jemand sein, dem Michelsen vertraut und dem gleichzeitig seine Ehefrau misstraut hat oder der ihr unbekannt war. Schließlich hat sie der Handyfund so beschäftigt, dass sie das Gerät ganz nah bei sich in ihrer Handtasche behalten hat.

Plötzlich weiß Silja auch, warum das so war. Natürlich hat

Susanne Michelsen darauf gewartet, dass das Handy klingelt. Sie wollte den Anruf annehmen und auf diese Weise mehr über den Besitzer des Apparats erfahren. Wahrscheinlicher ist allerdings, dass es sich um eine Besitzerin handelt, korrigiert sich Silja sofort. Und eigentlich wäre es nur folgerichtig, wenn Jonas Michelsens Geliebte Antonia Dornfeldt diese Handybesitzerin wäre. Ist sie aber nicht, sondern die Schauspielerin Marie Nussbaum. Logisch gesehen gibt es für dieses Problem zwei Lösungen, überlegt Silja. Erstens: Die Schauspielerin und der Hotelier haben auch ein Verhältnis miteinander. Zweitens: Es gibt eine Verbindung zwischen Antonia Dornfeldt und Marie Nussbaum.

Aber was könnten diese beiden Frauen miteinander zu tun haben?

Silja stutzt. Kann es tatsächlich sein, dass sie gerade die beiden losen Enden des Fadens gefunden hat? Schnell ruft sie die Daten beider Frauen im Rechner auf und startet jeweils eine Google-Suche. Natürlich steht über die Schauspielerin erheblich mehr im Netz als über Antonia Dornfeldt, doch zwei Dinge lassen sich sofort feststellen: Die Frauen sind beide in Hamburg gemeldet und sie sind fast gleichaltrig, die Nussbaum 39 und die Dornfeldt 38 Jahre alt. Geboren sind sie allerdings an unterschiedlichen Orten. Die Schauspielerin in der Schweiz, die Dornfeldt in Kiel. Probehalber gibt Silja beide Namen gemeinsam in die Suchmaschine ein – und landet einen unerwarteten Treffer.

Marie Nussbaum und Antonia Dornfeldt haben einen Teil ihrer Schulzeit gemeinsam verbracht. Ein Gymnasium im Hamburger Norden verzeichnet die beiden als Absolventinnen des Abschlussjahrgangs 1991. Aber waren sie auch Freundinnen? Und hält die Freundschaft vielleicht bis heute?

Silja spürt, wie sie kribbelig wird. Die Spur ist zwar nur klein, aber wenn sie sich als gehaltvoll erweisen würde, dann wäre eine ganze Reihe von Fragen gelöst.

Silja muss nicht lange nachdenken, um zu wissen, wie sie weiter verfahren wird. Entschlossen greift sie zum Telefon und wählt die Nummer des Hamburger Design-Hotels. Mit energischer Stimme verlangt sie nach dem Geschäftsführer und bittet diesen um Rückruf im Kommissariat, damit er sich von der Authentizität ihrer Person und ihres Anliegens überzeugen kann. Als Minuten später Siljas Apparat klingelt, bedankt sie sich charmant für die Kooperation des Managers und erkundigt sich nach den Sicherheitsbedingungen im Hotel. Silja hat Glück, denn im Foyer gibt es zwei Überwachungskameras, die Tag und Nacht laufen und deren Bänder jeweils einen Monat lang aufgehoben werden. Nach kurzem Zögern erklärt der Manager sich bereit, dem Ermittlungsteam die noch vorhandenen Bändern leihweise zur Verfügung zu stellen.

»Soll ich sie mit einem Kurierdienst zu Ihnen nach Sylt schicken?«

»Nicht nötig. Außerdem dauert das zu lange. Ich schicke einen Kollegen von der Hamburger Kripo bei ihnen vorbei. Der kann die Bänder abholen und ins Intranet einspeisen. Dort können wir dann darauf zugreifen. Das Ganze ist selbstverständlich mehrfach geschützt, Sie müssen sich also keine Sorgen um die Datensicherheit machen.«

Mit einem Triumphgefühl legt Silja das Telefon zurück in die Basisstation. Wenn alles klappt, wird sie in zwei bis drei Stunden einen Einblick in das Kommen und Gehen im Hotelfoyer haben. Und sie würde fast darauf wetten, dass Marie Nussbaum das Hotel nicht allein zu betreten pflegt …

Donnerstag, 25. August, 9.22 Uhr,
Dünensteg, Kampen

Das war knapp. Fast hätten sie mich gesehen, und das wäre vermutlich sogar die gerechte Strafe gewesen. Man soll sich eben nicht zu unüberlegten Handlungen hinreißen lassen. Aber es ist ja noch einmal gutgegangen. Und die Gelegenheit war einfach zu günstig. Alles, was ich wollte, alles, was ich jemals im Leben gewollt habe, wurde mir sozusagen auf dem Silbertablett präsentiert. Wie dicht doch Liebe und Hass zusammenliegen können. Und Leben und Tod genauso. Jetzt hat sich diese Geschichte also gelöst. Anders, ganz anders, als ich es mir immer vorgestellt habe, aber doch insgesamt schlüssig. Wenn ich nun noch eine nachvollziehbare Haltung zu dem Ganzen einnehmen kann, dann wird mir niemand auf die Schliche kommen. Vielleicht kann ich sogar die Waffe behalten, denn irgendwie hänge ich an ihr – trotz allem.

Donnerstag, 25. August, 9.25 Uhr,
Haus Dünengrund, Kampen

Verschlafen liegt die Straße im Sonnenlicht. Ein junges Mädchen in Ugg-Boots und einer knappen Jeans-Shorts, das einen Windhund spazieren führt, mustert die beiden Beamten mit einem Blick, in dem sich Verachtung und Mitleid die Waage halten. Wer seid ihr beiden Vögel denn, sagt dieser Blick. Ihr gehört hier nicht hin, nicht in diese Straße jedenfalls, denn ihr könntet noch nicht mal eines der Autos bezahlen, die bei meinen Eltern auf der Einfahrt stehen. Glaubt ja nicht, dass euch das nicht auf die Stirn geschrieben steht.

Als die Kleine außer Hörweite ist, verdreht Sven die Augen und murmelt: »Mit solchen Leuten teilen wir uns jetzt die Insel. Einfach ist das auch nicht immer.«

»Na, wir arbeiten ja gerade daran, einem von ihnen mal so richtig einzuheizen.« Energisch drückt Bastian auf den Klingelknopf der Hoteliersvilla.

»Pass auf, was du sagst. Der Typ ist ohnehin nicht gut auf uns zu sprechen.«

»Ich auch nicht auf ihn. Der ist schließlich drauf und dran, mir die Karriere zu vermasseln.«

Noch einmal betätigt Bastian den Drücker. Nichts geschieht. Nach einem forschenden Blick über die Gartenpforte breitet sich ein Grinsen auf dem Gesicht des Hauptkommissars aus.

»Siehst du auch, was ich sehe?«

»Gekippte Fenster, sogar die Eingangstür steht offen. Und dahinten parkt tatsächlich der schicke Porsche von deiner speziellen Freundin.«

»Vielleicht sollten wir das als Einladung betrachten.« Probeweise greift Bastian über die Holztür und dreht den innen liegenden Messingknauf. »Na bitte, wer sagt's denn. Hier wartet man auf uns.«

»Bastian, halt dich zurück, okay? Lass deine Wut auf Silja jetzt bitte nicht an dem Typen aus«, mahnt Sven, während er dem Kollegen durch den Vorgarten folgt.

»Apropos Silja. Hat sie nicht behauptet, dass diese Villa so megamäßig gut gesichert sein soll?«

»Glaubst du, die offene Tür könnte eine Falle sein?« Vorsichtig späht Sven Winterberg durch eines der Parterrefenster. »Du, da ist jemand. Eine Zugehfrau wahrscheinlich. Sie saugt den Wohnraum.«

»Umso besser, dann hört sie uns nicht.«

»Bastian, spinnst du? Wir können da nicht so ohne weiteres reinspazieren.«

»Wenn Gefahr im Verzug ist, dann schon. Und hier ist noch nicht mal abgeschlossen. Das ist doch verdächtig.«

Mit diesen Worten stößt Bastian Kreuzer die schwere Villentür auf und betritt die Halle. Links aus dem Wohnraum kommt immer noch das Brummen des Staubsaugers. Rechts steht die Tür zu einer riesigen Wohnküche offen. Der Frühstückstisch ist noch nicht abgeräumt und wird von den Ermittlern neugierig gemustert. Zwei Gedecke mit Eierbechern und halbvollen Teetassen, deren Inhalt noch lauwarm ist, wie sie schnell feststellen können. Dazu eine Kanne auf einem brennenden Stövchen, eine Platte mit Schinken und eine mit mehreren Käsesorten, außerdem Honig und zwei Marmeladengläser von einer französischen Firma. Der gut gefüllte Brotkorb wirkt, als hätten die Frühstückenden höchstens zwei Brötchen entnommen. Ein halbes davon liegt noch unangebissen auf einem der Teller.

Zweimal umrundet Bastian misstrauisch den Tisch, dann erklärt er befriedigt: »Das sieht ganz nach einem überstürzten Aufbruch aus, findest du nicht?«

Sven nickt und schlägt vor: »Ein Streit vielleicht. Das würde auch die offene Haustür erklären.«

»Ich denke, wir werden uns der Haushaltshilfe doch vorstellen müssen.«

Als die Ermittler die Küche verlassen, bricht im Wohnraum das Staubsaugergeräusch ab.

»Gerade noch rechtzeitig«, seufzt Sven und klopft vorsichtig an die Tür zum Wohnraum.

»Ja?«

Die Frauenstimme klingt überrascht. Man hört eilige Schritte, dann wird die Tür aufgemacht. Die stämmige Dunkelhaarige trägt einen beigefarbenen Schlabberpulli und eine ausgewaschene Jeans. Ihre Füße stecken in nagelneuen Sneakers, deren giftiges Grün einen merkwürdigen Kontrast zu der restlichen Aufmachung bildet.

»Was machen Sie denn hier? Wer sind Sie überhaupt?«, fragt die Haushaltshilfe empört, um gleich darauf mit energischer Stimme zu rufen: »Herr Michelsen, haben Sie die beiden Männer reingelassen?« Als keine Antwort kommt, wird der Blick der Dunkelhaarigen plötzlich ängstlich. »Was wollen Sie hier?«

»Keine Sorge.« Bastian unterstreicht seine Worte mit einer beruhigenden Geste und tritt einen Schritt zurück, während er seinen Dienstausweis zückt.

»Ich bin Hauptkommissar Bastian Kreuzer, und dies ist mein Kollege Oberkommissar Sven Winterberg von der Kriminalpolizei Westerland. Wir haben geklingelt, aber Sie haben das beim Staubsaugen wahrscheinlich überhört. Und da alle Türen offenstanden, sind wir vorsichtig näher gekommen.«

»Die Türen standen offen?« Aus der Stimme der Haushaltshilfe spricht der reine Unglauben. »Das kann ich mir nicht vorstellen, Herr Michelsen ist doch so bedacht darauf, dass alles immer verriegelt und gesichert ist. Selbst ich habe keinen Schlüssel zum Haus. Wo ist er überhaupt?«

»Der Schlüssel?« Sven versucht, mit einem Witz die Stimmung zu entspannen, aber der Versuch geht schief.

»Quatsch. Der Hausherr. Die saßen doch eben noch am

Frühstückstisch, deshalb habe ich auch im Salon begonnen ...«

»Dürften wir Ihren Namen erfahren, bevor wir uns ein wenig mit Ihnen unterhalten«, unterbricht Bastian ihre Überlegungen.

»Mirjam Boest. Ich arbeite für *Luxus-Loft*, das ist eine Agentur, die sich auf die Reinigung von hochwertigen Ferienimmobilien spezialisiert hat. Ist ein angenehmer Job, die Besitzer sind oft nicht da und wenn doch, dann geben sie gute Trinkgelder.«

»Gilt das auch für Jonas Michelsen?«

»Meinen Sie die Abwesenheit oder das Trinkgeld?«

Bastian verdreht die Augen. »Die Abwesenheit.«

»Herr Michelsen ist immer hier, wenn wir kommen. Deshalb haben wir auch keinen Schlüssel für die Villa. Das ist selten, wie gesagt. Dafür muss er damit leben, dass der Staubsauger röhrt, während er mit seiner Frau frühstückt.«

»Moment mal. Susanne Michelsen ist letzte Woche hier auf der Insel erschossen worden. Das haben Sie doch bestimmt mitbekommen.«

Neugierig beobachten Bastian und Sven die Reaktion der jungen Frau. Zunächst steht sie still, wie erstarrt, dann öffnet sich ihr Mund, doch kein Ton ist zu hören. Schließlich fährt sie sich mit der Hand über das Gesicht, wie um die Nachricht wegzuwischen.

»Das kann nicht sein. Ich habe sie doch vorhin noch beide gesehen. Als ich kam, saßen sie in der Küche, Frau Michelsen hatte gerade den Tee aufgesetzt.«

»Blond, extrem kurze Haare?«, fragt Bastian nach.

»Genau. So einen Pixie lasse ich mir vielleicht auch mal schneiden, ich muss nur noch meinen Freund überzeugen.«

»Das wird dauern, Männer stehen nicht auf Kurzhaarfrisuren«, wirft Sven ein, doch Bastian unterbricht das Geplänkel schnell.

»Die Dame, die Sie für Frau Michelsen gehalten haben, war eine Hamburger Bekannte von Jonas Michelsen. Seine Ehefrau war seit Jahren nicht hier, nur einmal in der letzten Woche – direkt vor ihrem Tod. Sie hatte übrigens lange blonde Haare. Und sie ist hier auf der Insel erschossen worden. Das kann Ihnen doch unmöglich entgangen sein.«

»Letzte Woche war ich im Urlaub in Ägypten, da hat's keine Zeitungen gegeben.«

»Dann wissen Sie tatsächlich nichts von dem Mord?«

»Wenn ich's Ihnen doch sage. Bin erst gestern Abend in Hamburg aus dem Flieger gestiegen.«

»Na dann. Aber lassen Sie uns noch einmal von Jonas Michelsens heutigem Hausgast reden. Diese Dame kennen sie also?«

»Ja, klar. Sie war schon öfter mit Herrn Michelsen hier, manchmal auch tagelang. Ich dachte natürlich, die beiden sind verheiratet. Aber darüber redet man ja mit seinem Arbeitgeber nicht. Außerdem legt *Luxus-Loft* viel Wert darauf, dass wir zurückhaltend sind, und ich will schließlich meinen Job nicht verlieren.«

»Es macht Ihnen auch niemand einen Vorwurf. Nur zu den Vorgängen heute früh hier im Haus würden wir Ihnen gern ein paar Fragen stellen.«

»Ich will aber nicht indiskret sein.«

»Junge Frau«, in Bastian Kreuzers Tonfall schleicht sich Ungeduld, »wir sind von der Kriminalpolizei, nicht von der Klatschpresse. Und es geht um Mord, nicht um Ehebruch. Nur damit das ein für alle Mal klar ist.«

266

Die Haushaltshilfe nickt eingeschüchtert.

»Was wollen Sie denn wissen?«

»Alles, was Sie heute Morgen beobachtet haben. Oder auch nur gehört. Vor allem interessiert uns, ob irgendetwas anders war als sonst.«

»Na, darauf können Sie aber Gift nehmen«, legt Mirjam Boest plötzlich los.

Sven Winterberg muss sich ein Grinsen verkneifen, allzu deutlich ist der jungen Frau die Erleichterung darüber anzumerken, dass sie endlich einmal ungehindert über ihre Arbeitgeber reden darf.

»Sonst ist hier immer alles ganz friedlich. Die beiden schlafen oft lange, manchmal macht Herr Michelsen noch im Kimono auf, und ich muss dann nur die untere Etage putzen und oben vielleicht noch die Bäder.«

»Und heute?« Bastian Kreuzers Stimme klingt ungeduldig.

»Heute saßen sie schon in der Küche. Herr Michelsen hat mich kaum begrüßt, nur die Tür aufgerissen und mich angesehen, als käme ich wirklich sehr ungelegen. Ich glaube, er hat sogar *auch das noch* gemurmelt. Dann ist er kommentarlos wieder in der Küche verschwunden, hat die Tür laut hinter sich ins Schloss fallen lassen und sofort angefangen zu brüllen.«

»Haben Sie verstehen können, was er gesagt hat?«

»Das ließ sich kaum vermeiden. Es ging um ein Testament. Herr Michelsen schrie mehrmals: *Sie ist meine Tochter.* Und dann noch: *Das ändert natürlich alles, das wirst du doch wohl verstehen.*«

»Herr Michelsen hat keine Tochter«, erklärt Sven Winterberg leise.

»Er hat keine Tochter, von der wir etwas wüssten, Kollege. Das ist etwas anderes«, belehrt ihn Bastian und will sich wieder der Haushaltshilfe zuwenden. Doch das laute Zuschlagen der Gartentür lenkt die Aufmerksamkeit aller auf sich.

Sekunden später wird die Haustür von außen aufgerissen und eine völlig verstörte Antonia Dornfeldt erscheint in der Diele. Sie trägt eine helle Baumwollhose und ein weißes Herrenoberhemd, dessen weite Ärmel hochgekrempelt und dessen lose Enden in der Taille geknotet sind. Auf dem linken Ärmel befinden sich mehrere Spritzer, die aussehen wie frisches Blut. Auf dem rechten Handrücken der Blondine sind einige kleine Kratzer.

»Das sieht aber gar nicht gut aus. Was haben Sie denn da gemacht?«, erkundigt sich Bastian mit leutseliger Mine.

»Das geht Sie gar nichts an. Ist Herr Michelsen hier?«

Die Frage ist an Mirjam Boest gerichtet, die aber nur eingeschüchtert den Kopf schüttelt.

»Verdammt, wo bleibt er bloß.« Ungeduldig sieht Antonia Dornfeld auf ihre goldene Armbanduhr. »Wir müssen in vierzig Minuten beim Notar sein«, fügt sie mehr an sich selbst gerichtet hinzu, wendet sich dann aber wieder an Bastian Kreuzer. »Und jetzt verraten Sie mir mal, was Sie hier zu suchen haben!«

»Offensichtlich das Gleiche wie Sie, nämlich den Hausherrn«, antwortet der Hauptkommissar und unterstreicht seine Worte mit einem unschuldigen Augenaufschlag.

»Sparen Sie sich Ihre falsche Freundlichkeit. Worum geht es genau?«

»Wir wollten Herrn Michelsen gern mit auf die Wache nehmen. Ich hoffe, das bringt Ihren Tagesplan nicht allzu sehr durcheinander.«

»Das können Sie sich abschminken. Er wird nicht mitkommen«, faucht die Blondine, um sich gleich darauf an die Haushaltshilfe zu wenden. »Was stehen Sie hier so blöd herum? Machen Sie, dass Sie fertig werden, dafür werden Sie schließlich bezahlt.«

Mirjam Boest verzieht sich schnell ins Wohnzimmer. Die Tür schließt sie sehr sanft hinter sich. Es wirkt wie ein ironischer Kommentar zu dem giftigen Blick, den Antonia Dornfeldt der Haushaltshilfe hinterherschickt und in den sie auch die beiden Ermittler einbezieht.

»Jonas Michelsen hat heute anderes zu tun, als sich mit Ihnen zu unterhalten, das können Sie mir ruhig glauben. Also machen Sie, dass Sie weiterkommen.«

Mit einem energischen Schwenk wendet sich Antonia Dornfeld von den Kommissaren ab und läuft die Treppe ins erste Geschoss hinauf. Während Bastian Kreuzer noch darüber nachdenkt, ob es klug ist, ihr zu verraten, dass sie gekommen sind, um den Hotelier zu verhaften, klingelt sein Handy. Als er die Nummer von Siljas Mobiltelefon erkennt, runzelt er kurz die Stirn, nimmt dann aber den Anruf an.

Siljas Stimme klingt gehetzt und gleichzeitig triumphierend.

»Ich weiß ja nicht, wohin ihr unterwegs seid, aber ihr solltet schnellstens umkehren. An der Uwe-Düne haben zwei Jugendliche einen Toten gefunden.«

»Im Ernst? Und wo liegt er genau?«

Bastian gibt sich größte Mühe, weiterhin cool und keinesfalls überrascht zu klingen, denn er spürt die Blicke der Dornfeldt nur allzu deutlich auf sich ruhen.

»Die Leiche liegt etwa in der Mitte des Dünenweges zwischen dem Kampener Campingplatz und dem Zugang zur

Uwe-Düne. Der Pfad läuft parallel zum Meer oben auf der Kliffkante entlang. Du wirst ihn nicht kennen, aber Sven kann dich hinführen. Am besten, ihr parkt unten beim Campingplatz. Ich bin schon vor Ort und warte auf euch. Bis dann.«

»Halt. Stopp. Nicht so schnell, Silja. Eine Frage noch: Mann oder Frau?«

Silja holt am anderen Ende der Leitung tief Luft. Dann platzt es aus ihr heraus: »Alles deutet darauf hin, dass es Jonas Michelsen ist.«

»Bist du sicher?«, fragt Bastian leise und überprüft mit einem knappen Blick, ob Antonia Dornfeldt immer noch am oberen Treppenrand steht. Sie schaut alarmiert zu den Beamten hinunter und erkundigt sich zaghaft: »Was ist passiert?«

Bastian bringt sie mit einer unwilligen Geste zum Schweigen, während Silja weiterredet.

»Ich kenne diesen Michelsen ja nicht persönlich, aber ich habe einige Fotos gesehen, und ich würde sagen: Er ist es.«

»Wie ist er gestorben?« Bastian hat sich von der Treppe weggedreht und flüstert nur noch ins Telefon.

»Er wurde erschossen.«

»Tatwaffe?«

»Bisher nichts, aber die Kollegen suchen noch.«

»Okay, bis gleich.«

Langsam dreht sich der Hauptkommissar wieder um. Für Sekundenbruchteile geht sein Blick unschlüssig zwischen Antonia Dornfeldt und Sven Winterberg hin und her. Dann hat er eine Entscheidung gefällt.

»Sven, ich muss dich mal für drei Sekunden allein sprechen. Und Sie, Frau Dornfeldt, bleiben bitte währenddessen genau dort stehen, wo Sie jetzt sind.«

»Aber ...«, will die Dornfeldt einwenden, doch dann lässt der Ausdruck auf Bastian Kreuzers Gesicht ihre Miene gefrieren. »Was ist los? Bitte sagen Sie es mir!«

Die beiden Beamten verlassen den Raum und als sie kurz darauf zurückkehren, steht Antonia Dornfeldt noch immer an der Treppe und presst sich theatralisch die Hand auf den Mund. Sven Winterberg geht zu ihr hinauf, und sie tritt instinktiv einige Schritte zurück.

»Frau Dornfeldt, ich muss Sie leider bitten, unverzüglich mit mir aufs Kommissariat zu kommen. Es hat einen weiteren Toten gegeben, und ich brauche genaue Angaben über Ihre Aktivitäten der letzten Stunde.«

»Wer ist es? Bitte sagen Sie es mir.«

»Die Identität steht noch nicht endgültig fest, aber es könnte sich um Jonas Michelsen handeln.«

Donnerstag, 25. August, 10.12 Uhr, Hotel *Friesenperle*, Rantum

Wären nicht die verkohlten Reste des Speisesaals neben dem reetgedeckten Hotelgebäude, so könnte die idyllische Ansicht, die sich Fred Hübner bietet, jederzeit als Postkartenmotiv durchgehen. Ein zweigeschossiger symmetrischer Bau mit friesenblau gestrichenen Fenstern und Türen, der in einem Meer von rosa Heckenrosen, gestutztem Buchs und blaublühenden Hortensien zu schwimmen scheint. Überall in dem sorgfältig gepflegten Garten stehen weißlackierte Bänke und einzelne Strandkörbe, in denen Hotelgäste entspannt Zeitung lesen oder einen späten Kaffee genießen. Mit dezenter Aufmerksamkeit eilt ein Kellner durch die Anlage und erkundigt sich nach den Wünschen der Gäste.

Fred Hübner schließt sein Rennrad auf dem kleinen Parkplatz des Hotels an und wendet sich dann der Einfahrt zur hoteleigenen Tiefgarage zu, die sich seitlich des Hauptgebäudes befindet und von hohen Rhododendronsträuchern fast verdeckt wird. Seiner Erfahrung nach kommt man durch den Aufzug, den eine solche Garage zu bieten hat, erheblich unbeobachteter in jedes Hotel, als wenn man es durch den Haupteingang betritt und sich damit gleich ins Visier des Concierge begibt.

Lässig schlendert Fred die steile Einfahrt hinunter und geht an der Schranke vorbei ins Innere der Tiefgarage. Da sich außer ihm niemand hier aufzuhalten scheint, kann er sich ungehindert und gründlich umsehen. Gleich rechts befindet sich ein Bereich, der ganz offensichtlich den Hotelangestellten vorbehalten ist, hier parken etliche Kleinwagen und viele ältere Modelle. Auf den anderen Stellplätzen finden sich fast nur makellose Fahrzeuge von Firmen, die teuer und angesagt sind. Fred zählt allein vier Porsche-Geländewagen, ein altes Jaguar-Cabriolet und zwei Bentleys neben vielen anderen Nobelkarossen. Er lässt sich Zeit beim Betrachten der Wagen, denn noch ist er ziemlich verschwitzt. Vorsichtshalber hat Fred darauf verzichtet, in Funktionskleidung zu kommen, so dass er jetzt in Designer-Jeans und teurem Polo-Shirt immerhin angemessen gekleidet ist. Als er schließlich den Aufzug besteigt, haben sich Atmung und Puls etwas beruhigt, so dass er den Eindruck eines entspannten Sommergastes zu machen hofft, der sich in dem Hotel seiner Wahl aufhält.

Leider hat Fred Hübner die Aufmerksamkeit der Dame

hinter dem Empfangstresen unterschätzt. Mit warmherzigem Lächeln und sehr echt wirkender Freundlichkeit wendet sie sich ihm zu, kaum dass er den Aufzug in der Lobby verlassen hat.

»Kann ich Ihnen helfen?«

Der Fall ist klar. Er ist als Hotelfremder identifiziert worden. Leider.

Fred setzt sein gewinnendstes Lächeln auf und geht zu ihr hinüber.

»Guten Morgen. Lars Schuster ist mein Name. Ich suche für eine Freundin eine Unterkunft hier auf der Insel und habe dabei an Ihr Hotel gedacht. Wäre es wohl möglich, das ich mich hier ein wenig umsehen kann?«

»Aber selbstverständlich. Wenn Sie einen Moment Geduld haben, dann rufe ich Ihnen einen Boy, der Sie herumführt. Und wenn Sie nachher aus der Garage fahren, sagen Sie mir vorher Bescheid, damit ich Ihnen eine Ausfahrtmünze geben kann.«

»Das ist sehr aufmerksam von Ihnen, vielen Dank«, erwidert Fred und hofft insgeheim, dass die Dame am Tresen nicht über einen Bildschirm verfügt, mit dem sie auch die Garageneinfahrt im Blick gehabt hat. Doch ihre Freundlichkeit scheint echt zu sein, und weder sie noch der Page, der tatsächlich eine lächerliche Uniform trägt, erkennen in ihm den berühmten Journalisten. Zunächst. Denn als Fred Hübner und der Page auf dem Weg zu einem leerstehenden Hotelzimmer sind, räuspert sich der junge Mann vielsagend.

»Sind Sie undercover hier?«

Fred denkt, dass dies wohl einer der Tage werden wird, an denen so ziemlich alles schiefläuft und antwortet knurrig: »Sie haben mich erkannt?«

»Nach dem Mord an Frau Michelsen war Ihr Foto in allen Medien. Und vorher auch schon. Wegen der Reportage.«

»Dann scheint die Dame am Tresen aber über beträchtliches Verstellungsvermögen zu verfügen.«

»Warum? Sie hat doch sehr professionell reagiert und Sie höflich aber bestimmt unschädlich gemacht. Ich zeige Ihnen jetzt nach dem Zimmer noch den Empfang vom Wellness-Center und dann bringe ich Sie wieder hinaus. Keiner unserer Hotelgäste wird auch nur ahnen, dass es sich dabei um einen Hausverweis handelt.«

»Das war deutlich.«

»Nichts für ungut, aber darauf trainieren sie uns hier.«

»Sie machen eine Ausbildung in diesem Hotel?«

»Genau. Und in den ersten zwei Wochen stecken sie uns alle in diese netten Uniformen. Danach geht es durch sämtliche Abteilungen, aber das können Sie sich wahrscheinlich denken.«

Fred Hübner nickt lächelnd, während sein Hirn fieberhaft arbeitet. Er weiß nur zu gut, dass er höchstens noch fünf Minuten hat, um die Frage zu stellen, die ihn als einzige interessiert. Aber wie formuliert er sie am besten? Nach einer kurzen Abwägung entscheidet er sich, aufs Ganze zu gehen.

»Sagen Sie, eines wüsste ich noch gern. Ist zugegebenermaßen eher privater Natur und nicht schlimm, wenn Sie mir nicht antworten wollen. Würde mich nur interessieren.«

»Ja?«

»Arbeitet Eva Simons noch hier? Ist eine alte Freundin von mir. Ich traf sie vor einigen Monaten in Westerland in der Fußgängerzone, und sie erzählte mir von ihrem Job in der *Friesenperle*.«

»Frau Simons leitet die Buchhaltung, so viel darf ich sicher verraten. Aber mehr wollten Sie auch gar nicht wissen, oder?«

Wenn sich Fred nicht ganz täuscht, dann liegt ein schalkhaftes Blitzen in den Augen des Pagen. Kurz überlegt der Journalist, was das zu bedeuten hat. Ist es ein Signal, das ihn ermutigen will, nach weiteren Informationen zu fragen, oder macht sich der Page gerade über ihn und seine naive Ermittlungsmethode lustig? Fred wartet darauf, dass ihn der alte Kampfgeist überkommt. Aber da ist nichts außer Resignation. Das Glück scheint ihn endgültig verlassen zu haben. Auch diese Niederlage wird er irgendwie verkraften müssen. Fred Hübner verzichtet auf jede weitere Frage.

Fünf Minuten später steht der Journalist mit einer völlig überflüssigen Parkmünze in der Hand wieder in der Tiefgarage. Niedergeschlagen trottet er in Richtung Einfahrt. Wie konnte er vergessen, dass jemand, der längst zu einer öffentlichen Person geworden ist, nicht mehr unerkannt recherchieren kann? Lächerlich und peinlich ist das. Und sollte das wirklich alles sein, was ihm die letzten zwei Jahre und der so hart erkämpfte Verzicht auf die geliebte Droge eingebracht haben? Zu viel öffentliche Aufmerksamkeit anstatt zu wenig davon? Alkohol könnte in diesem Fall durchaus eine Lösung sein, denkt Fred zynisch, während er an den Stellplätzen für die Mitarbeiter des Hotels vorbeikommt. Gerade ist ein heller Toyota eingefahren und schiebt sich in eine freie Lücke. Ausgerechnet jetzt, denkt Fred, und ärgert sich darüber, dass der Fahrer nun oben im Hotel von dem merkwürdigen Typen mit der Münze in der Hand berichten kann, der zu Fuß die Einfahrt hinaufsteigt, um dann das Fahrrad zu nehmen. Als die Autotür hinter ihm zuschlägt, dreht sich Fred kampflustig um. Es soll wenigstens nicht so aussehen, als schäme er sich für irgendetwas.

Die Frau, die den Toyota verlassen hat, grüßt reflexhaft, doch dann stutzt sie kurz und zieht nachdenklich die Augenbrauen zusammen. Anscheinend hat sie Fred erkannt. Halten mich hier etwa alle für mitschuldig am Tod der Besitzerin, überlegt Fred gerade, als ihm klar wird, dass auch er die Frau nicht zum ersten Mal sieht. Es ist die so auffällig unauffällige Friedhofsbeobachterin am Tag von Susannes Beerdigung. Und der Wagen ist ebenjenes Auto, mit dem sie gestern davongefahren ist, ohne dass Fred sich das Kennzeichen hat merken können. Jetzt wird ihm das nicht passieren. Zwar hat er sich schon abgewandt und geht mit energischen Schritten die Einfahrt hinauf, um kein zusätzliches Aufsehen zu erregen. Doch oben angekommen, wartet er einige Minuten, bis die Frau ganz sicher im Aufzug verschwunden ist, dann kommt er zurück.

Das Kennzeichen des Toyota lacht ihm entgegen, als wolle es ihn und seine gesamten bisherigen Bemühungen verhöhnen.

NF – ES 1961.

E. S. Das kann kein Zufall sein.

Nicht wenige Menschen wählen ihre Initialen als Autokennzeichen.

E. S. wie Eva Simons also, die die Mutter einer etwa Zwanzigjährigen ist, demnach selbst zwischen 40 und 55 Jahren alt sein müsste? Mit dem Geburtsdatum 1961 wäre die Fahrerin des Toyota jetzt 50 Jahre alt. Initialen und Zahl auf dem Kennzeichen geben demnach einen Sinn, der ziemlich perfekt in Fred Hübners Schema passt. Oder irrt er sich? Ist er seinem eigenen Wollen aufgesessen und beginnt jetzt schon

Zusammenhänge zu sehen, wo für andere nur Zufälle herrschen?

Nein, Fred ist sich sicher, hier handelt es sich um eine Spur, die zumindest genau untersucht werden sollte. Dass er dabei vorsichtig zu Werke gehen muss, versteht sich von selbst, denn es wissen jetzt einige Hotelmitarbeiter, dass er sich hier herumtreibt. Er kann nur hoffen, dass diese Eva Simons über die Begegnung in der Tiefgarage schweigt, und auch der Page und die Dame vom Empfang sein Auftauchen in der Halle nicht an die große Glocke hängen.

Vorsichtig blickt sich Fred Hübner auf der Straße um. Er braucht einen unauffälligen Aufenthaltsort, von dem aus er die Tiefgaragenausfahrt im Auge behalten kann. Da es in Sichtweite sowohl ein Restaurant als auch ein Café gibt, dürfte das nicht so schwer sein. Mehr Sorgen macht ihm schon die Tatsache, dass er mit seinem Rennrad nicht unbedingt in der Lage sein wird, Eva Simons zu verfolgen, wenn sie das Hotel verlässt. Jedenfalls dann nicht, wenn sie außerhalb von Rantum wohnen und bei ihrer Fahrt auf der Überlandstraße ordentlich Gas geben sollte. Da würde nur ein Leihwagen helfen. Oder ein Taxi, das rechtzeitig bestellt und für den ganzen Tag bezahlt werden müsste. Es kostet Fred Hübner mehrere Anrufe und ein längeres Wortgeplänkel mit einer mürrischen Angestellten, bis endlich ein Unternehmen verspricht, einen Wagen zu schicken.

Als das Taxi nach einer Viertelstunde eintrifft und unauffällig neben dem Café Posten bezieht, fühlt Fred Hübner zum ersten Mal seit Susannes Tod so etwas wie Zuversicht. Er hat eine Verdächtige und er hat dafür gesorgt, dass Eva Simons ihm nicht entkommen wird. Die Erleichterung flutet seinen Körper und setzt ein übermächtiges Bedürfnis

277

frei. Eine Belohnung muss her. Fred verscheucht jeden vernünftigen Gedanken und ruft schnell nach der Kellnerin.

»Bringen Sie mir einen doppelten Espresso bitte. Und dazu einen Cognac.«

Donnerstag, 25. August, 10.12 Uhr, Uwe-Düne, Kampen

Wie ein träger Riese erhebt sich die Uwe-Düne aus dem flachen Naturschutzgebiet zwischen dem westlichen Ende der Kampener Bebauung und der Dünenkette, die zum roten Kliff hinaufführt. Besteigt man die hölzerne Treppe, die auf die Düne führt, so bietet der Blick von der Aussichtsterrasse das ganze Insel-Panorama zwischen Watt und Meer, wie Bastian weiß. Doch jetzt ist die Terrasse leer, und das Gelände um die Düne herum weitläufig abgesperrt. Inmitten des Bewuchses aus Gräsern, Heidepflanzen und vereinzelten niedrigen Rosensträuchern leuchten die hellen Schutzanzüge der Spurensucher im Sonnenlicht, und die strahlend weiße Leinenbluse Silja Blancks ist schon von weitem vor der Kulisse des wogenden Dünengrases zu erkennen.

Mit schnellen Schritten eilt Bastian dem abgesperrten Bereich entgegen. Es riecht nach den Aromen des Meeres, Salz und Schlick. Der Sommermorgen wirkt rein und strahlend, nichts deutet auf das grausige Verbrechen hin, das sich dort hinten ereignet hat. Bastian steuert die überschaubare Gruppe von Beamten an, die sich am Fuß der Düne versammelt hat. Seine Erfahrung sagt ihm, dass dies der Tatort sein muss.

»Moin, Moin, allerseits. Darf ich mal sehen?«

Siljas Blick streift ihn nur kurz, dann fixieren ihre Augen wieder den Männerkörper, der mit verrenkten Gliedern am Boden liegt. Es ist eindeutig Jonas Michelsen, dessen gelbes Polohemd auf der Brust ein Einschussloch und einen ungleichmäßig geformten rotglänzenden Fleck aufweist. An seinem Hosenbein haften kleine Steinchen vom Weg, und eine Hand umklammert immer noch wie hilfesuchend ein Büschel Gräser am Wegesrand.

»Herzschuss«, sagt Silja mit tonloser Stimme. »Der Mörder muss sehr nah vor ihm gestanden haben, es gibt starke Schmauchspuren, das kann man gut erkennen.«

»Die Waffe ist aber weg?«

»Bisher haben wir sie nicht gefunden. Aber ein Kollege, der sich ein bisschen auskennt, sagte, es könnte durchaus wieder die Sig gewesen sein. Aber ganz sicher ist er sich nicht.«

Während ein Fotograf den Toten aus allen Blickwinkeln aufnimmt, bemüht sich Bastian darum, eine Vorstellung von der Szene zur Zeit des Schusses zu bekommen.

»Wie sah es hier aus, als du ankamst, Silja?«

»Genau so wie jetzt auch. Ich war als Erste hier und habe darauf geachtet, dass niemand was verändert.«

»Keine Streife vor dir?«

»Hat mich auch gewundert, aber die beiden Jungs, die den Toten entdeckt haben, haben gar nicht erst 110 gewählt, sondern gleich bei uns angerufen. Es war Svens Anschluss, der geläutet hat. Ich bin aber noch nicht dazu gekommen, die Jungs zu fragen, woher sie die Durchwahl hatten.«

Bastian hebt den Blick und schaut in die Richtung, die ihm Siljas Hand weist. Er braucht einen Moment, um wirklich zu glauben, was er da sieht. Tomtom und Bo, die beiden Kiffer vom Zeltplatz, stehen mit hängenden Schultern am Rand des Weges. Als sie ihn erkennen, geht eine Spur von Erleichterung über ihre Gesichter, und Tomtom hebt kurz die Hand zur Begrüßung.

»Bleibt ja da stehen und rührt euch nicht. Ich bin gleich da«, ruft Bastian den beiden quer über Spurensucher und andere Helfer hinweg zu. Tomtom nickt artig, Bo reagiert überhaupt nicht.

»Du kennst die zwei?«, will Silja wissen.

»Sie haben als Einzige den Schuss aus dem Apartment von Fred Hübner gehört. Aber ihre Aussage hat uns auch nicht sonderlich weitergebracht.«

»Sie waren bei beiden Morden in der Nähe?«

»Sieht ganz so aus. Aber sie haben mit dem Fall nichts zu tun, das kannst du mir glauben. Die sind wahrscheinlich nur wieder durch die Dünen gestrolcht, um ihren Eltern zu entkommen. Aber es gibt schon eine dringend Verdächtige.«

»Wen?«

»Sven belehrt vermutlich gerade auf dem Kommissariat Antonia Dornfeldt über ihre Rechte.«

»Du meinst, sie war es?«

Bastian zögert kurz mit seiner Antwort. Er hofft sehr, dass seine spontane Entscheidung richtig war, die Geliebte Jonas Michelsens nicht mit zum Dünenrand zu nehmen. Nur so kann es vielleicht gelingen, ihr Dinge zu entlocken, die sie nur wissen könnte, wenn sie nach dem plötzlich abgebrochenen Frühstück in der Nähe von Jonas Michelsen geblieben sein sollte. Bastian kann nur hoffen, dass Sven die Dornfeldt nach allen Regeln der Kunst ausquetschen wird. Zu verlockend ist die Vorstellung, dass die vermeintliche Doppel-mörderin sich bereits in Polizeigewahrsam befindet.

In knappen Worten informiert Bastian Silja über das Vor-gefallene.

»Du siehst also: Antonia Dornfeldt hatte die Gelegenheit, das Motiv und wahrscheinlich sogar Informationen über die Tatwaffe. Das reicht dreimal für eine vorläufige Festnahme. Alles andere werden wir sehen. Übrigens: Wie lange ist Jo-nas Michelsen schon tot? Hat sich der Gerichtsmediziner dazu geäußert?«

»Der kommt erst noch. Aber die Jungs da hinten haben ihn gefunden, als das Blut noch lief, sagen sie. Es kann also nicht viel mehr als eine halbe Stunde her sein.«

»Okay, ich gehe rüber und rede mit denen. Willst du mit-kommen?«

Silja nickt und wendet sich mit einem letzten Blick von der Leiche ab. In weitem Bogen gehen die beiden Ermittler durchs Dünengras, denn auf dem Weg oberhalb der Klippe sind die Spurensucher eifrig dabei, Sohlenabdrücke sicher-zustellen. Tomtom und Bo blicken den Kommissaren fast hilfesuchend entgegen und sobald Silja und Bastian in Hör-weite sind, sprudelt es aus Tomtom heraus.

»Voll krass, ey, wir laufen hier einfach nur durch die Dü-nen, und dann liegt da dieser Typ am Boden. Ich dachte erst, die drehen einen Film, Tatort oder so, und der Typ ist ein Dummy, aber dann hab ich gesehen, dass das Blut immer noch lief, und dann hab ich gleich bei euch angerufen.«

Mit einer hektischen Bewegung zieht er die zerknickte Visitenkarte des Hauptkommissars aus der Tasche, auf der Bastian handschriftlich die Durchwahl zur Westerländer Kripo-Direktion notiert hat.

»Habt ihr was angefasst?«, erkundigt sich der Hauptkommissar streng.

»Ja, ich, den Arm. Sorry auch. Ich dachte einfach, der wär nicht echt und wollte Bo so'n bisschen verschrecken …«

»Du bist also Bo?«, mischt sich Silja in das Gespräch und fixiert den rothaarigen Jungen genau. »Sag mal, was ist denn mit deinen Augen los? Mit den Pupillen stimmt doch irgendwas nicht.«

Bastian stöhnt. »Ihr habt jetzt aber nicht schon am Vormittag was eingeworfen, oder?«

Bo verdreht die Augen und schüttelt apathisch den Kopf, sagt aber kein Wort.

»Hey Kumpel, aufwachen! Ich hab dich was gefragt«, setzt Bastian ungeduldig nach.

»Lassen Sie den mal besser in Ruhe. Der hat wahrscheinlich ein Köpfchen zu viel geraucht und jetzt ist er ein bisschen abwesend. Deswegen wollte ich ihn ja auch schocken. Ich dachte, ich winke so'n bisschen mit der Hand von dem Dummy, der sah ja auch verdammt echt aus. Ach Scheiße, ey, das war er dann auch. Wenn das keine abgefahrene Geschichte ist …«

»Sagt mal, spinnt ihr beide?« Siljas Stimme überschlägt sich fast vor Empörung. »Hier liegt ein Toter. Und ihr findet ihn als Erste und fangt an, mit der Leiche rumzuspielen? Habt ihr sie noch alle?«

»Hey, die Alte ist aber mega-mies drauf«, kommt es plötzlich von Bo. Sekunden später verliert er die Balance, schwankt kurz, stolpert ein paar Schritte zur Seite und fällt dann zu Boden.

»Gut, dass der umgekippt ist, ich hätte ihm sonst wahrscheinlich eine gelangt«, zischt Silja, während sie aus dem

Augenwinkel sieht, wie der Rechtsmediziner vom Parkplatz herüberkommt. »Entschuldige mich mal«, fährt sie Bastian in aggressivem Tonfall an, »aber die beiden hier sind eindeutig deine Zeugen. Das halte ich keine Sekunde länger aus.« Mit eiligen Schritten läuft sie zurück zu dem Toten, über den sich gerade der Mediziner beugt.

»Ihr könnt doch die Lady nicht so verschrecken«, schimpft Bastian, während er Bo wieder auf die Beine hilft. »Am besten wird es sein, wenn wir uns alle drei da drüben in die Sandkuhle setzen und ihr erzählt mal von Anfang an, wie ihr den Toten gefunden habt ...«

Donnerstag, 25. August, 10.19 Uhr, Kriminalkommissariat Westerland

Sven Winterberg öffnet die Tür zu seinem Büro und lässt Antonia Dornfeldt den Vortritt. Luise Brönne, die junge Kollegin, die bei der Vernehmung dabei sein soll, hält sich im Hintergrund. Obwohl die kräftige und leicht übergewichtige junge Frau sonst eher burschikos auftritt, wirkt sie jetzt eingeschüchtert. Vielleicht ist die fast physisch spürbare Attraktivität der Geliebten von Jonas Michelsen der Grund, überlegt Sven und ordnet in übertrieben strengem Tonfall an: »Setzen Sie sich bitte dort hinten vor den Schreibtisch, Frau Dornfeldt, es geht gleich los.«

»Was geht gleich los?«, erkundigt sich die Blondine mit provokanter Stimme, während sie es fertigbringt, auch auf dem schmalen Besucherstuhl so lasziv zu posieren, als handle es sich um ein plüschrotes Sofa. Während der kurzen Fahrt ins Präsidium hat sie kein Wort gesagt, aber Sven konnte im Rückspiegel beobachten, wie sich ihre Miene von Minute zu Minute klärte und ihre Gestalt sich straffte. Jetzt ist nichts mehr von der Aufregung zu spüren, die Antonia Dornfeldt in den wenigen Minuten zwischen ihrer Ankunft in der Michelsen-Villa und dem verhängnisvollen Anruf gezeigt hat.

Sven seufzt leise und verdreht kurz die Augen, so dass nur Luise Brönne es sehen kann. Die Jungkommissarin zuckt die Schultern und setzt sich schweigend an Siljas Schreibtisch. Sie weiß, dass es ihre Rolle sein wird, zuzuhören und zu lernen. Und natürlich als potentielle Zeugin dafür zur Verfügung zu stehen, dass bei dieser Vernehmung alles mit rechten Dingen zugegangen ist und keine Übergriffe stattgefunden haben.

»Lassen Sie sich nur Zeit«, höhnt jetzt Antonia Dornfeldt hinter Svens Rücken. »Die Frage, ob der Mann, mit dem ich meine Zukunft verbringen wollte, tot in den Dünen liegt oder nicht, muss ja nicht unbedingt heute noch beantwortet werden.«

»Woher wissen Sie, wo der Tote liegt?«, erkundigt sich Sven, ohne sich umzudrehen.

»Hat Ihr Kollege das nicht gesagt?«

»Hat er? Sind Sie sicher?«

»Eigentlich nicht. Ist das denn wichtig?«

Das Klicken eines Feuerzeugs klingt wie eine Bestätigung der allzu beiläufig gestellten Frage und reißt Sven Winterberg aus seinen Vorbereitungen.

»Hier ist das Rauchen verboten – wie übrigens in allen öffentlichen Räumen seit einigen Jahren schon, wenn ich nicht ganz irre.«

»Und was wollen Sie jetzt machen? Mich einsperren?«

Seelenruhig zieht Antonia Dornfeldt an ihrer Zigarette und schnippt die Asche auf den Boden.

Sven atmet einmal tief durch und nimmt sich vor, sich nicht provozieren zu lassen. Er füllt einen Becher mit etwas Wasser, geht betont langsam quer durch den Raum zu seinem Schreibtisch, nimmt dahinter Platz, schiebt den Becher über die Platte zu der Dornfeldt und lehnt sich zurück.

»Falls mein Kollege nicht erwähnt haben sollte, dass der Tote in den Dünen liegt, dann stellt sich die Frage, woher Sie diese Information haben. Und da gibt es nur zwei Möglichkeiten. Erstens: Sie haben den Mann gefunden. Oder zweitens: Sie haben ihn umgebracht.«

Antonia Dornfeldt hebt spöttisch die Brauen und lässt sich mit ihrer Antwort viel Zeit.

»Gefunden habe ich ihn nicht«, erklärt sie schließlich mit einem kleinen Lächeln im Gesicht.

»Das wusste ich auch vorher.«

»Ist das Ihre Vernehmungsmethode, ja? Sie fragen die Verdächtigen einfach nach den Dingen, die Sie ohnehin schon wissen. Dann können Sie wenigstens beurteilen, ob man Ihnen die Wahrheit sagt.«

Der Blick, den die Blonde Sven unter halbgeschlossenen Lidern zuwirft, ist fast schon amüsiert. Immerhin ascht sie jetzt in den bereitgestellten Becher.

»Ihnen ist schon klar, dass Ihr gesamtes Verhalten hochgradig verdächtig ist, oder?«

»Dafür wird man aber noch nicht eingesperrt, Herr Kommissar. Oder täusche ich mich?«

»Frau Dornfeldt, für Sie scheint das hier ein großer Spaß zu sein. Ich kann Ihnen aber versichern, dass es sich um blutigen Ernst handelt. Und um auf Ihre Frage von vorhin zurückzukommen …« Ein leiser Pling-Ton unterbricht den Beamten. Langsam zieht Sven sein Handy aus der Tasche und schaut kurz auf den Bildschirm. Die SMS ist von Bastian und enthält genau die Information, die Sven jetzt braucht. »Um auf Ihre Frage zurückzukommen: Der Tote in den Dünen ist tatsächlich Jonas Michelsen. Mein Beileid.«

Für Sekundenbruchteile bricht die Fassade auseinander, und es scheint, als spiegle das Gesicht Antonia Dornfeldts Trauer und Entsetzen. Doch gleich darauf ist ihre Miene wieder perfekt undurchdringlich. Sogar der spöttische Zug um den Mund ist zurückgekehrt. »Wenn Sie nicht seit Tagen derart stümperhaft ermitteln würden, könnte Jonas noch leben. Davon bin ich fest überzeugt.«

»Weil wir Sie andernfalls längst festgenommen hätten vielleicht?«

»Sparen Sie sich Ihre lächerlichen Provokationen doch für einfachere Gemüter auf.«

»Frau Dornfeldt, ich denke, es ist Zeit, Sie darüber zu belehren, dass alles, was Sie jetzt sagen, gegen Sie verwendet werden kann. Sie haben das Recht, einen Anwalt hinzuzuziehen, wenn Sie das wünschen …«

Bevor Sven weiterreden kann, beugt sich die Blondine vor und greift nach dem Telefon auf den Schreibtisch.

»Ich darf doch, oder? Die Null als Vorwahl?«

»Ganz recht«, antwortet Sven und denkt, wenn sie unbedingt will, dass wir die Nummer ihres Gesprächspartners gleich griffbereit haben, dann soll sie doch von meinem Anschluss aus anrufen. Die unwillige Geste, die Luise Brönne am anderen Ende des Raumes macht, ignoriert er. Lieber konzentriert er sich auf die Worte der Dornfeldt.

»Guten Morgen, Doktor Erlenkamp. Antonia Dornfeld

hier. Es ist mir sehr unangenehm, aber ich muss Sie leider bitten, den Termin für die Testamentsunterzeichnung zu verschieben. Herr Michelsen ist momentan unabkömmlich. Darf ich mich am Nachmittag noch einmal bei Ihnen melden? … Danke, sehr freundlich. … Ja, Ihnen auch. Bis dahin. Auf Wiederhören.« Mit einem unschuldigen Augenaufschlag wendet sich Antonia Dornfeldt wieder dem Kommissar zu. »Es war doch richtig, dass ich dem Notar nichts von dem Mord gesagt habe, oder?«

»Ich hatte erwartet, dass Sie ihn als Anwalt benötigen.«

»Tja, so kann man sich täuschen. Aber seien Sie ganz beruhigt. Ich brauche keinen Anwalt. Mit Ihnen werde ich locker allein fertig, Sie …«

Antonia Dornfeldt verzichtet darauf, ihre Stimme am Ende des Satzes zu senken. Es wirkt, als habe sie das noch fehlende Wort einfach nicht ausgesprochen. Sven kann sie sich auch so denken. *Sie Würstchen*, vielleicht. Oder auch *Sie Versager*. Er spürt, wie die Wut endgültig in ihm hochkocht und schaltet mit einer energischen Geste das Band ein, um das folgende Gespräch aufzunehmen.

»Frau Dornfeldt, bitte schildern Sie mir möglichst detailliert, was Sie am heutigen Vormittag zwischen 8 und 10 Uhr gemacht haben und wer das eventuell bezeugen kann.«

»Ich habe gefrühstückt. Mit Jonas Michelsen. Leider keine Zeugen, denn Jonas ist ja tot. Während des Frühstücks hat Jonas die Putzfrau ins Haus gelassen. Da sie aber gleich in den Salon gegangen ist, kann sie mich kaum gesehen haben. Höchstens durch den Türspalt. Dummerweise habe ich keine Ahnung, wie neugierig sie ist. Irgendwann habe ich die Villa verlassen und bin quer durch Kampen zum Watt gelaufen. Zeugen? Ganz viele. Jeder Passant hat mich gesehen.

Die meisten haben mich sogar gemustert. Ich scheine eine auffällige Person zu sein, was nicht immer angenehm ist. Sie werden also verstehen, dass ich die betreffenden Herrschaften nicht nach ihren Namen gefragt habe, aber das können Sie ja nachholen. Am Watt bin ich niemandem begegnet. Pech für Sie. Aber ich habe auch eine gute Nachricht. Für meine Rückkehr in die Villa gibt es drei Zeugen. Zwei Polizeibeamte und eine Putzfrau. Sie können sie gern befragen, vielleicht erinnern die sich sogar an mich.«

»Sehr lustig, Frau Dornfeldt. Sie haben mir wirklich ungemein geholfen.«

Sven reicht es endgültig. Als er die Hand nach dem Telefonapparat ausstreckt, kann er ein Zittern nicht ganz verbergen. Zum Glück geht der Kollege in der unteren Etage gleich an den Apparat.

»Schickst du mir zwei Beamtinnen hoch? Ich habe hier eine Verdächtige, die ich wegen dringender Fluchtgefahr vorübergehend festnehmen werde.«

»Das ist nicht Ihr Ernst ...«

Jetzt wird Antonia Dornfeldt doch blass.

»Es ist mein voller Ernst. Für die nächsten 24 Stunden bleiben Sie hier. Wir haben gleich unten im Parterre eine schöne Zelle für Sie. Und am Nachmittag reden wir nochmal miteinander.«

»Ich will meinen Anwalt anrufen.«

»Sie haben Ihren Anwalt schon angerufen, Frau Dornfeldt. Vor etwa fünf Minuten und unter Zeugen. Das war's für heute. Ach ja, noch was: Ich muss Sie leider bitten, alle persönlichen Dinge abzugeben. Auch Ihr Handy.«

Sven Winterberg hält die Hand so lange ausgestreckt, bis die Dornfeldt das Gerät aus ihrer Tasche gefischt hat. Er überlegt kurz, ob er sie nach dem Passwort fragen soll, aber er entscheidet sich dagegen. Vielleicht hat er Glück, und das Handy ist nicht geschützt.

Als die beiden Beamtinnen die Blondine aus dem Raum führen, werden sie von Luise Brönne begleitet. Der Griff, mit dem die Brönne den Ellenbogen Antonia Dornfeldts umfasst hält, ist alles andere als sanft. Auch die beiden uniformierten Damen wirken recht entschlossen. Grinsend sieht Sven dem Grüppchen hinterher. Frauen können manche Dinge einfach besser als Männer, denkt er noch, dann konzentriert er sich auf das Display des nagelneuen iPhones der soeben Verhafteten. Und endlich hat er einmal Glück: Es gibt keine Code-Sperre auf dem Gerät.

Donnerstag, 25. August, 10.26 Uhr, Dünensteg, Kampen

»Ihr müsst das hier viel großflächiger absperren, verdammt nochmal, sonst trampeln die Badegäste uns in null Komma nichts alle Spuren kaputt«, herrscht Bastian Kreuzer die uniformierten Kollegen an.

Sein ungewöhnlich strenger Ton trägt ihm nicht wenige erstaunte Blicke ein, aber das ist Bastian im Moment egal. Er weiß genau, jetzt geht es ums Ganze. Dieser zweite Mord wird ihm beruflich das Genick brechen – es sei denn, er kann beide Straftaten ganz schnell aufklären. Und das heißt im Klartext: innerhalb von Stunden. Denn wenn erst einmal die Presse Wind von der Geschichte bekommt, ist der Skandal da. Und mit ihm die vernichtende Wut der Staatsanwältin Elsbeth von Bispingen.

Während die Beamten mit ihren rot-weiß gestreiften Bändern das ganze Areal zwischen der Bebauungsgrenze und dem Strand sichern, instruiert Bastian die beiden Jugendlichen, die brav am Wegrand auf ihn gewartet haben. »Gleich geht's los. Wir machen eine Rekonstruktion des Geschehens zur Tatzeit. Das heißt, wir stellen jeden eurer Schritte gemeinsam nach. Und wehe, ihr konzentriert euch nicht. Hast du gehört, Bo, das geht vor allem an dich. Reiß dich zusammen, Mensch, und verscheuch gefälligst den Qualm aus deinem Hirn.«

Der Rothaarige nickt apathisch.

»Werd' mir Mühe geben, Chef. Langsam wird's auch klarer in meiner Birne.«

»Das will ich stark hoffen«, murmelt Bastian, ohne die Uniformierten aus den Augen zu lassen, die mit erstaunlicher Geschwindigkeit ihre Bänder neu spannen. Jenseits der Absperrung sammeln sich Scharen von Zaungästen. Und Bastian weiß sehr genau: Die Ankunft der Presse ist nur noch eine Frage von Minuten.

»Auf geht's, Jungs. Von wo seid ihr gekommen?«

Mit brüchiger Stimme berichtet Tomtom: »Wir hatten uns unter der Treppe von der Uwe-Düne verkrochen. Da ist es windstill, war einfach besser für das Pfeifchen. Und dann haben wir den Schuss gehört.«

»Na also, geht doch. Nichts wie hin.«

Als sich alle drei in eine Nische unterhalb des Holzgerüstes zwängen, blickt Bastian sich um.

»Wenn der Mörder von Norden gekommen wäre, hättet ihr ihn gesehen, oder?«

»Na ja«, gibt Tomtom, der inzwischen schon nüchterner wirkt, zu bedenken. »Ich würd's andersherum formulieren:

Wenn der Typ sich aus dem Süden angeschlichen hat, konnten wir ihn auf keinen Fall sehen, denn dann war ja die Düne zwischen uns und ihm.«

»Clevere Antwort. Du bist ja richtig brauchbar, Junge.«

Nuschelnd meldet sich jetzt Bo zu Wort. »Ich glaube aber, der Tote ist an uns vorbeigegangen – also als er noch nicht tot war, meine ich.«

»Wie kommst du darauf?«

»Hab ihn gesehen.«

»Echt jetzt?«, erkundigt sich Tomtom verblüfft.

»Bin ziemlich sicher. Ich dachte noch, der sieht genauso aus, als ob er uns mit Freuden verpfeifen würde.«

»Spießig, oder was?«, will Bastian wissen.

»Nee, nicht spießig. Eher arrogant. Ist ja manchmal noch schlimmer.«

»Wem sagst du das«, murmelt der Hauptkommissar, um gleich im Befehlston fortzufahren: »Weiter. Ihr habt eure Pfeife geraucht – und dann?«

»Dann kam der erste Flash. Hammermäßig! Hat mich fast umgehauen. Und als es so richtig abging, da fiel der Schuss. Ich dachte natürlich, das knallt nur in meiner Birne, aber dann habe ich gesehen, wie Tomtom aufspringt. Und da wusste ich, der hat's auch gehört.«

»War ja auch irre laut, dieser Schuss«, fällt Tomtom ein. »Und ich hatte noch nicht so viel inhaliert wie Bo. Der hat echt für zwei gezogen.«

»Das ist mir auch schon aufgefallen«, wirft Bastian lakonisch ein. »Und was habt ihr beiden Helden dann gemacht?«

»Ich bin raus aus dem Kabuff und die Treppe rauf auf die Düne. Ich dachte mir, von oben sehe ich alles besser«, erklärt Tomtom.

»Dann machen wir das jetzt auch.«

Mit einer Handbewegung fordert Bastian die beiden auf, ihm zu folgen. Während sie hintereinander die Holztreppe zur Uwe-Düne hinaufsteigen, wendet sich der Hauptkommissar noch einmal an Bo.

»Und du? Bist du ihm hinterhergegangen?«

»Ich glaub schon, aber später. Weiß nicht mehr genau.«

»Der kam erst, als alles schon vorbei war«, erklärt Tomtom kurzatmig. »Und dann schwankte er wie 'ne Boje im Sturm und fiel gleich auf eine der Bänke. Hast du überhaupt irgendwas gesehen?«

»Nee, nur so blaue Schlieren und Blitze. Glaub aber nicht, dass das was mit dem Mord zu tun hatte.«

»Okay, Bo. Dann lassen wir dich jetzt mal hier oben sitzen«, mischt sich Bastian wieder in das Gespräch. »Welche Bank war's denn? Da vorn? Dann nimm einfach mal Platz und halt die Klappe, so wie du's vorhin wahrscheinlich auch getan hast.«

Bo nickt und befolgt die Anweisung.

»Und jetzt dein Auftritt, Tomtom. Was hast du gesehen?«

»Da war ein Typ, der rannte weg.«

»Ein Typ? Also ein Mann, oder wie?«

»Hab ich jedenfalls gedacht. Schließlich hatte der 'ne Knarre bei sich.«

»Hast du die gesehen?«

»Nee, nur den Schuss gehört.«

»Dann erzähl jetzt bloß das, was du beobachtet hast. Keine Hypothesen, haben wir uns verstanden?«

»Aye aye, Chef. Also die Figur lief quer durch die Heide Richtung Wenningstedt. Hatte 'ne Öljacke und 'ne rote Pudelmütze an. Dabei war ja nun wirklich schönes Wetter. Stinkt also nach Verkleidung, oder? Die Hose habe ich nicht genau erkennen können, vielleicht war's 'ne Jeans. Als ich die Figur entdeckt habe, war sie auch schon ein ganzes Stück weit von der Leiche weg. Die habe ich übrigens erst später gesehen. Wahrscheinlich weil die sich nicht bewegt hat und mir deshalb nicht aufgefallen ist.«

»Also rote Mütze und Öljacke. War die gelb oder blau oder grün?«

»Grün glaube ich. Kann auch eine Barbour-Jacke gewesen sein. Auf jeden Fall hatte sie rechts eine große Tasche auf der Seite, in die der Typ von oben reingefasst hat.«

»Um was zu tun?«

»Keine Ahnung, sah aus, als würde er irgendwas in die Tasche stopfen, was eigentlich zu groß dafür ist. Er hat's mehrmals rausgezogen und dann wieder versucht.«

»Wo ungefähr hat sich das abgespielt?«

»Da hinten vor dieser eiförmigen Sandfläche.«

Tomtom weist mit der ausgestreckten Hand nach Süden.

»Da gehen wir beide jetzt mal hin. Vorher prägst du dir die Route aber gut ein. Von unten sieht das alles nämlich wieder ganz anders aus.«

»Und ich?« Bos Stimme klingt kläglich.

»Du bleibst hier sitzen und kümmerst dich um deinen Restrausch. Aber nicht von der Bank fallen, okay?«

»Werd' mir Mühe geben«, seufzt Bo, schließt erleichtert die Augen und beginnt sofort, seinen Oberkörper hin und her zu wiegen.

»Der lernt's nicht mehr«, schimpft Tomtom, während sie die Treppe hinunterlaufen. »Der findet einfach kein Maß.«

»Musst du gerade sagen. Aber jetzt Konzentration, wenn ich bitten darf. Du gehst vor, ich laufe hinterher. Und wir beide gucken genau auf den Boden. Interessant ist alles, jede Spur, jeder Fussel. Du schreist sofort, falls dir was auffällt, aber fass nichts an, hörst du?«

»Schon klar, bin ja nicht blöd.«

Schweigend trotten die beiden durch die Heide. Tomtom hebt immer wieder den Blick, um sich zu orientieren. Doch von Fußspuren oder sogar von Fundstücken kann keine Rede sein. Der Täter war offensichtlich clever genug, um seinen Weg fernab der sandigen Wege zu suchen. Erst als Tomtom plötzlich vor der eiförmigen Sandmulde stehen bleibt, entdecken sie ein orangefarbenes Etwas zwischen den Heidesträuchern. Bastian zieht eine Plastiktüte aus der Tasche, stülpt sie um, greift mit der Hand hinein und nimmt anschließend vorsichtig das Fundstück vom Boden auf. Es ist ein Streichholzheft mit dem schwungvollen Schriftzug des Hotels *Friesenperle* auf der Umschlagklappe.

»War es hier, wo der Typ versucht hat, etwas in seine Tasche zu stecken, was unter Umständen eine Waffe gewesen sein könnte?«

»Ja, ziemlich genau hier sogar«, antwortet Tomtom, während er sich bemüht, einen Blick auf das Fundstück zu erhaschen. »Hey, das Teil ist ihm dabei aus der Tasche gerutscht, oder?«

»Sieht ganz so aus. Und deshalb habe ich auch eine gute Nachricht für dich. Das hier ist ein Eins-a-Indiz. Und dir ist eine lobende Erwähnung im Polizeiprotokoll sicher.«

Donnerstag, 25. August, 10.30 Uhr, Hotel *Friesenperle*, Rantum

Ob es wohl schon in den Nachrichten ist? Meine Uhr zeigt halb elf, und im Radio verklingen gerade die letzten Töne einer Mahler-Symphonie, wie passend.

Jetzt, das Zeitzeichen.

Und – ja! Es ist die Topmeldung.

Kein Wunder, auf der Insel spricht sich alles schnell herum. Obwohl die Polizei die Heidefläche offenbar großräumig abgeriegelt hat, musste der Leichenwagen schließlich irgendwo halten. Und das wird den Reportern kaum entgangen sein. Noch wissen die allerdings nicht, wer das Opfer war. Eine Pressekonferenz der Polizei ist erst für 18 Uhr abends angesetzt, hört, hört. Vom Täter ist natürlich gar keine Rede, auch die Verbindung zu der Schlampe Susanne Michelsen kann die Presse im Moment nur locker ziehen, denn sie wissen ja noch nicht, wen es diesmal erwischt hat. Merkwürdig, dass die Bullen über die Identität des Opfers schweigen. Oder haben sie den guten Jonas etwa nicht erkannt? Dabei habe ich diesmal auf die Brust und nicht ins Gesicht gezielt. Den Anblick hätte ich selbst nicht ertragen. Und übrigens auch nicht gewollt.

Schließlich geht es um den Blick, den letzten, den einen entscheidenden, das habe ich mittlerweile gelernt.

Süchtig werden könnte ich nach diesem Moment, wenn ich ihnen kurz vor dem Ende in die schreckstarren Augen sehe, die Sekunde des Begreifens beobachte. Dieses Entsetzen, wenn das Unfassbare plötzlich für mein Opfer Realität wird.

Und dann der Schuss, der Schluss, was für ein simples Wortspiel.

Und was für ein grandioses Gefühl. Macht in all ihrer Vollkommenheit. Ich habe so lange nicht gewusst, dass es das gibt.

Schade eigentlich, dass es nun vorbei sein soll, wo es doch gerade erst angefangen hat, Spaß zu machen. Aber man soll ja nie nie sagen. Denn wenn mir in Zukunft jemand dumm kommt, dann werde ich genau wissen, was ich zu tun habe … sehr genau sogar …

Donnerstag, 25. August, 10.39 Uhr, Kriminalkommissariat Westerland

Fieberhaft durchsucht Sven Winterberg das iPhone von Antonia Dornfeldt. Schnell stößt er auf die mehr oder weniger gereizten Mails, die sie in den letzten Tagen mit Jonas Michelsen gewechselt hat. Mehrmals ist von dem bevorstehenden Notartermin die Rede, doch nie wird eine Tochter Michelsens erwähnt. Allerdings scheint es auch so, als lege sich Michelsen mit seinen Angaben über den Inhalt des neuen Testaments bewusst nicht fest. Ob Antonia Dornfeldt dies auch aufgefallen ist, vermag Sven nicht zu entscheiden, denn bekanntlich fällt einem ja immer nur das auf, wonach man auch sucht. Und die Dornfeldt ist mit Sicherheit davon ausgegangen, dass das Testament ausschließlich zu ihren Gunsten aktualisiert werden wird.

Interessanter für Sven sind also die Mails, die zwischen der Dornfeldt und ihrem Bruder getauscht worden sind. Der Hotelmanager hat seinen Arbeitgeber offenbar in größerem Umfang betrogen als bisher angenommen. Und die Schwester hat davon gewusst.

Schnell kommt Sven zu dem Schluss, dass die Betrügereien nur dann nicht aufgeflogen wären, wenn Antonia Dornfeldt durch das neue Testament und vielleicht auch durch eine Eheschließung mehr Mitspracheməglichkeiten in Michelsens Imperium gehabt hätte. Eine plötzlich auftauchende leibliche Tochter war da natürlich wenig willkommen. Wahrscheinlich ist das noch kein stichhaltiges Mordmotiv, überlegt Sven, aber der Mörder oder die Mörderin hat es ja nicht zum ersten Mal getan, und aller Erfahrung nach sinkt die Hemmschwelle bei Folgetaten erheblich.

Energisch greift Sven nach dem Telefon. Und es dauert nur Sekunden, bis Bastian an sein Handy geht.

»Dein Anruf kommt wie gerufen.«

»Ich habe diese Dornfeldt hier festgesetzt. Sie hat kein Alibi und ist auch noch renitent geworden. Außerdem habe ich ihr Handy konfisziert. Ihr Bruder und sie haben bei den Betrügereien unter einer Decke gesteckt. Scheint so, als hätten sie diesen Michelsen ausgenommen wie eine Weihnachtsgans. Der dachte wahrscheinlich, dem Bruder von seinem Betthäschen könnte er vertrauen. Aber weit gefehlt.«

»Na, das passt ja super ins Schema. Der Mörder von Jonas Michelsen hat nämlich in den Dünen ein Streichholzbriefchen verloren. Und rate mal, was draufsteht.«

»Hotel *Friesenperle.*«

»Ganz genau. Hör zu, Sven, wir machen Folgendes: Du fährst jetzt sofort rüber nach Rantum zur *Friesenperle* und passt auf, dass Dornfeldt nicht abhaut. Ich komme nach, so schnell ich kann. Sag niemandem Bescheid, wir schnappen uns diesen Manager ganz allein. Hauptsache, es geht schnell und die Presse bleibt außen vor.«

»Der haut nicht ab. Der fühlt sich sicher, solange er nicht weiß, dass wir seine Schwester schon haben.«

»Hat sie einen Anwalt eingeschaltet?«

Sven lacht übermütig ins Telefon. »Nö, hat sie nicht. Stattdessen hat sie hier eine Posse abgezogen, das glaubst du nicht. Ich erzähl's dir später ausführlich.«

»Okay, gern. Apropos Anwalt: Du weißt nicht zufällig, wer für das Testament zuständig ist, oder? Denn da müssen wir sicherheitshalber noch mal nachfragen.«

»Warum das denn?«

»Wegen der angeblichen Tochter von Michelsen. Ob's die wirklich gibt. Kann ja sein, er hat sie erfunden, damit die Dornfeldt sich mal so richtig schön aufregen kann. Woher sollte er wissen, dass die oder ihr feiner Bruder ihn gleich abknallen werden. Ach so, das weißt du ja noch gar nicht: Wir haben hier einen Ballistiker, der hat gerade die Munition angeschaut. Und jetzt darfst du raten, wo die her ist.«

»Aus der hauseigenen Wunderwaffe, dieser blauen Sig Sauer?«

»Genau. Und wenn wir jetzt auch noch auf dem Streichholzbrief die Fingerabdrücke von diesem Dornfeldt finden und dazu vielleicht noch die Waffe im Hotel, dann reicht das dicke für eine Mordanklage.«

»Du glaubst, dass er es war und nicht die Schwester?«

»Ein Zeuge hat gesehen, wie eine Person mit Regenjacke und Mütze nach Süden gelaufen ist. Die Dornfeldt hätte aber nach Norden gemusst und außerdem Jacke und Mütze noch irgendwo verstecken, bevor sie zurück in die Villa kommt. Dafür fehlte aber die Zeit. Viel wahrscheinlicher ist es doch, dass sie Jonas Michelsen ihrem Bruder und damit seinem Mörder direkt in die Arme getrieben hat. Das wäre immerhin noch Beihilfe zum Mord. Aber noch mal zum Notar. Hast du die Dornfeldt nach dem gefragt?«

»Besser, viel besser: Sie hat ihn von meinem Apparat aus angerufen.«

»Na, wer sagt's denn. Gib mir mal die Nummer, dann hetze ich diesem Juristen die emsige Kollegin Silja auf den Hals. Sie soll nach der Tochter fragen.«

»Meinst du nicht, wir sollten Silja zum Hotel mitnehmen? Schließlich hat sie für den Fall genauso viel gearbeitet wie wir, da darf sie doch bei der finalen Festnahme nicht fehlen.«

»Lass stecken. Das, was wir hier vorhaben, ist Männersache. Außerdem hat Silja mit ihrem Tipp danebengelegen. Und wenn keine Frau aufs Schafott kommt, dann muss auch keine Frau bei der Festnahme mitmischen.«

»Ich find's trotzdem unfair. Aber du bist der Boss.«

»Du sagst es, mein Freund. Also bis gleich am Hotel.«

Donnerstag, 25. August, 10.47 Uhr, Café *Zur Sturmmöwe*, Rantum

Der erste Cognac ist ein Genuss. Der Duft, die ölige Konsistenz, der Geschmack auf der Zunge und das Aroma in der Kehle. Ein Gefühl, als würde Fred von einer ewig langen Reise endlich wieder zurück nach Hause kommen. Nicht zu glauben, dass er fast zwei Jahre lang auf dieses Behagen verzichtet hat. Als Fred Hübner den leeren Schwenker in Richtung Theke hebt, versteht die Bedienung sofort, und der Nachschub lässt nicht lange auf sich warten.

Leider ist das zweite Glas ebenso schnell geleert wie das erste. Da muss wohl noch ein drittes her, damit sich Fred auch einmal Zeit lassen kann. Und ein weiterer Espresso wird ebenfalls nicht schaden.

Während Cognac- und Kaffeearoma sich an Freds Gaumen verbünden, klären sich seine Gedanken.

Dieser Jonas Michelsen hat irgendeine Schweinerei mit der blutjungen Valerie Simons angestellt. Da lässt sich ja Einiges denken. Prostitution, Pornofotos, Perversionen. Wahrscheinlich hat sie ihm vertraut, und wer weiß schon, was der Typ ihr versprochen hat. Als das Schwein aber die Versprechungen nicht einlösen wollte, hat die Kleine in Michelsens Ehefrau die Ursache für seinen Wortbruch gesehen. So muss Susanne in den Fokus dieses Früchtchens geraten sein. Und dann hat die Kleine Susanne erschossen. Nein, das kann nicht sein. Er selbst hat ja Michelsen und das Mädchen an dem Tag in Hamburg gesehen. Aber ist nicht auch er fast pünktlich zur Tatzeit wieder zurück auf Sylt gewesen? Und hätte Michelsen mit seinem fetten BMW nicht noch erheblich schneller sein können als die Bahn? Und warum, fragt sich Fred jetzt plötzlich, bin ich nicht vorher auf diesen naheliegenden Gedanken gekommen? Oder war da irgendwas unlogisch? Ach was, mir hat bisher nur die Inspiration durch den Alkohol gefehlt.

Und es gibt noch weitere Fragen zu beantworten. Wie zum Teufel ist eigentlich die Mutter der Kleinen ins Spiel gekommen? Was könnte das junge Mädchen seiner Mutter erzählt haben? Wie weit geht das Vertrauen zwischen ihnen? Eines ist jedenfalls klar: Die Beschützerinstinkte einer Mutter für ihre Tochter sollte man nicht unterschätzen. Und Eva Simons' Verhalten am Beerdigungstag war höchst auffällig. Als Angestellte in Susanne Michelsens Hotel wäre es ihr doch jederzeit möglich gewesen freizunehmen, um ganz offiziell an der Beerdigung teilnehmen zu können. Warum also das Versteckspiel? War Eva Simons möglicherweise als Abgesandte ihrer Tochter dort, um Jonas Michelsen zu beobachten?

Oder ahnt die Mutter nur, dass ihre Tochter in Schwierigkeiten ist und spioniert auf eigene Faust? Vielleicht hat sie vor, Michelsen zu erpressen. Nervös kippt Fred den restlichen Espresso und spült mit Cognac nach. Er sitzt genau hinter der spiegelnden Scheibe des Straßencafés und hat das spärliche Treiben draußen zwischen den reetgedeckten Einzelhäusern und dem breiteren Hotelbau die ganze Zeit im Blick.

Als plötzlich ein dunkelblauer Mittelklassewagen mit überhöhter Geschwindigkeit auf den Parkplatz einbiegt und mit quietschenden Reifen zum Stehen kommt, runzelt Fred irritiert die Stirn. Der schmächtige Typ, der dem Wagen entsteigt, kommt ihm bekannt vor, auch wenn er einige Sekunden braucht, um den Kriminalkommissar zu erkennen, dem er nach Susannes Tod häufiger begegnet ist. Sein Name will Fred nicht mehr einfallen, aber dass er mit seinem muskulösen Kollegen beim Böser-Bulle-Guter-Bulle-Spiel gern die Rolle des Bösen übernommen hat, daran erinnert sich Fred sehr wohl.

Wieder hebt er die Hand, um einen vierten Cognac zu bestellen.

Wie um seiner Erinnerung auf die Sprünge zu helfen, rauscht jetzt ein Streifenwagen vor die Hoteleinfahrt, stoppt kurz, spuckt den zweiten Kommissar aus und fährt mit quietschenden Reifen wieder an. Der Muskelmann zückt sein Handy und wenig später biegt der Schmächtige um die Ecke. Ohne sich lange zu besprechen, laufen beide ins Hotelgebäude.

Hey, denkt Fred, Moment mal ihr beiden, ihr werdet mir doch nicht den Vogel vor der Nase wegfangen? Er reißt der Bedienung den Cognac aus der Hand und kippt ihn in einem Schwung hinunter. Gleichzeitig ärgert er sich über die Trägheit, die jetzt Körper und Geist lähmt.

Doch im Ausgleich dazu überschlagen sich draußen die Ereignisse. Vor dem Hotel erscheinen der schmächtige und der bullige Kommissar. In ihrer Mitte führen sie aber nicht Eva Simons ab, sondern einen smarten Burschen, der von Kopf bis Fuß in Markenklamotten gehüllt ist. Die Logos kann Fred sogar von weitem erkennen. Als die drei gerade am Parkplatz angekommen sind, öffnet sich die Schranke der Tiefgaragenzufahrt und der helle Toyota Eva Simons' kommt die Auffahrt herauf. Die Kommissare würdigen den Wagen keines Blickes. Zügig, aber ohne erkennbare Hast verlässt der Toyota den Parkplatz.

Schnell springt Fred auf, wirft im Schwanken seinen Stuhl um, lallt ein knappes »Sorry, kann ja mal vorkommen«, lässt einen mittelgroßen Geldschein auf den Tisch segeln und trabt unsicheren Schrittes zu dem wartenden Taxi. Dessen Fahrer wirft den Motor an, sobald er ihn kommen sieht, und setzt sich umstandslos auf die Spur des anderen Wagens. Auf seinen launigen Kommentar »ist ja besser als im Kino hier«, erwidert Fred nichts. Er hat auch so schon Mühe, die Kontrolle über Bewegungen und Gedanken zu behalten.

Der helle Wagen biegt nach Norden ab, allerdings nur, um bald darauf in eine Stichstraße, die zum Watt führt, einzuschwenken.

302

»Lassen Sie sich bloß zurückfallen, Mann, sonst merkt die noch was«, nuschelt Fred.

»Wohl schon am frühen Morgen ein bisschen zu tief ins Glas geschaut?«, erwidert der Fahrer ungerührt, während er auf eine Reihe von unansehnlichen Gebäuden zusteuert, die an Dreißigerjahre-Mietskasernen erinnern. Und als handle es sich bei seiner Fuhre um eine Sightseeingtour, beginnt der Taxifahrer übergangslos zu dozieren.

»Da drüben geht's übrigens zu diesem riesigen neuen Hotelkomplex, der nicht alle Einwohner Rantums erfreut. Aber das hier vorn, das ist die Torbogen-Siedlung. Wissen Sie, was es damit auf sich hat? Kann ich Ihnen nämlich erzählen. Hab hier als Kind mit meinen Eltern gewohnt.« Seine ausladende Geste umschließt das Ensemble aus mehrstöckigen schmucklosen Häusern, die blockförmig angeordnet sind. »Nach dem Krieg hat man in diesen Baracken die Ost-Flüchtlinge untergebracht, die Sylt so wie viele andere Regionen auch aufnehmen musste. Sie können sich sicher vorstellen, wie beliebt wir waren. Hänseleien der Kinder in der Schule, und abfällige Blicke für die Mütter beim Einkaufen waren an der Tagesordnung. Klar passten wir nicht in die Gesellschaft der Sylter. Die hielten sich noch jahrzehntelang für was Besseres. Aber nicht wenige von uns sind geblieben, und einige haben sogar ganz gut Karriere gemacht. Hier wohnen tut, glaube ich, aber niemand von uns mehr. Hat wohl keiner richtig gute Erinnerungen an die Zeit. Dabei sind aus einigen Lagerbaracken längst ganz normale Wohnungen geworden, und die sind auch alle vermietet. Es gibt ja immer noch Leute auf der Insel, die es nicht so dicke haben.«

Fred ist dankbar für den Redestrom des Taxifahrers, so

kann er ungestört beobachten, wie Eva Simons ihren Wagen auf dem großen Parkplatz vor dem Zugang zur Siedlung abstellt. Sie steigt aus, ohne sich umzusehen, und steuert mit schnellen Schritten eine nahe gelegene Eingangstür an. Als sie einen Schlüssel aus ihrer Tasche holt, schiebt Fred dem immer noch redenden Fahrer einen Hundert-Euro-Schein nach vorn.

»Warten Sie noch eine Stunde hier. Wenn ich dann nicht wieder da bin, können Sie meinetwegen fahren.«

»Okay. Und viel Glück – bei was auch immer Sie vorhaben sollten!«

»Danke. Kann's brauchen.«

Als Fred an der Haustür ankommt, ist die längst ins Schloss gefallen. Aber auf dem Klingelschild steht tatsächlich der Name »Eva Simons«. Sie wohnt ganz oben in der dritten Etage. Während Fred Hübner noch versucht, durch das verschmierte Glasfenster der Eingangstür in den dämmrigen Hausflur zu spähen, tippt ihm von hinten ein Mann auf die Schultern.

»Wenn Sie mich eben mal ranlassen, dann lass ich Sie dafür rein.« Meckernd lacht er über seinen eigenen Kalauer. »Dann müssen Sie auch nicht so blöd durchs Bullauge linsen. Suchen Sie wen?«

»Nein, nein. Ich kann da drüben vielleicht eine Wohnung kriegen – und ich wollte mal sehen, wie es sich hier so lebt.«

»Gibt Schlimmeres. Die Mieter sind ruhig und unauffällig. Bis auf die beiden Motorradfahrer aus dem Mittelgebäude da hinten. Die starten gern nachts noch zu 'ner Sauftour. Und wenn deren Maschinen dann losbrüllen, fällt die ganze Nachbarschaft aus den Betten.«

»Na ja, einer stört immer. Was dagegen, wenn ich bis nach

oben gehe? Wegen der Sauberkeit und dem Zustand der Treppen und so.«

»Machen Sie nur. Ich bin eh schon da. So eine Parterrewohnung hat auch ihre Vorteile. Kommt man nicht so schnell ins Schnaufen. Schönen Tag noch.«

Schwankend erklimmt Fred Hübner die Treppen. Je höher er steigt, desto unsicherer wird er. Wie war noch mal die logische Abfolge der Gedankenkette, die ihn hierhergeführt hat? Noch wartet unten das Taxi und im nächsten Supermarkt ganz sicher eine große Flasche Cognac. In Panik umklammert Freds Hand das Treppengeländer. Jetzt ist es geschehen. Zwanzig Monate hat er durchgehalten und nun das. Er will nicht zurück, er will nicht wieder nach da draußen und sich der Versuchung durch den Alkohol stellen. Er will seine Mission zu Ende führen, auch wenn ihm im Moment völlig entfallen ist, worin diese Mission eigentlich besteht. Es wird ihm wieder einfallen, das Glück muss ihm doch hold sein, es kann einfach nicht sein, dass er gerade jetzt alles vermasselt. Mit lauten Schritten stapft er die letzten Stufen hinauf. Ein Klingelschild aus Messing leuchtet ihm entgegen. E. Simons. Die Buchstaben verschwimmen für Sekunden zu einem wirren Schriftzug.

E S.

Und weiter?

E S i.

E S I?

Etwas klingelt in Freds Hirn. Er kennt das Wort.

ESSI.

Oder besser: Essi. Das ist ein Name, den er schon einmal gehört hat. Spöttisch ausgesprochen, eigentlich fast schon abfällig. Aber wer hat das gesagt? Und wann war das?

Eigentlich will Fred gar nicht mehr auf den Klingelknopf drücken, er will in Ruhe nachdenken und herausfinden, woher er diesen Namen kennt. Aber seine Hand hat sich verselbständigt, und jetzt schellt es laut und aggressiv im Inneren der Wohnung. Fred weiß, er hat nur noch wenige Sekunden, um sich zu erinnern. Und während sich von drinnen schon Schritte nähern, hört er plötzlich Sannes Stimme.

Es ist die Stimme der ganz jungen Susanne Boysen, eine Stimme, die sie sich in der Endphase ihrer Beziehung zugelegt hatte. Eine Stimme, mit der Sanne sich fortwährend hektisch und schuldbewusst verteidigte, obwohl sie sehr genau wusste, dass sie eher Grund hatte, sich zu schämen.

Essi, höhnt diese Stimme jetzt in Fred Hübners Kopf, *das ist doch nur so eine miese kleine Versagerin, eine Schleimschnecke, wenn du mich fragst. Die hat sich den Jonas noch auf der Schule geangelt und seit Jahren schon krallt sie sich an ihm fest. Es ist ihr egal, dass er längst in mich verliebt ist, dass ich sogar bereit bin, die Beziehung zu dir aufzugeben, um ihn zu heiraten. Jonas und ich, wir passen einfach perfekt zueinander. Zwischen uns passt kein Blatt – und diese zähe Klette wird das auch noch einsehen müssen. Schwanger will sie plötzlich sein, das hat sie mir ganz im Vertrauen erzählt, um mich von Jonas abzubringen. Unter Frauen sozusagen. Na, wer's glaubt, wird selig, das ist doch der hinterletzte und billigste Trick überhaupt …*

Plötzlich wird Fred Hübner alles klar.

Doch in diesem Moment öffnet sich die Tür, und er blickt in die Mündung einer Waffe, die er nur zu genau kennt. Massig und elegant zugleich. Golden gehämmert und großzügig mit blauen Verzierungen versehen.

»Kommen Sie nur herein«, spottet die Frau hinter der Waffe. »Auf Sie warte ich schon seit Tagen.«

Donnerstag, 25. August, 11.15 Uhr, Kriminalkommissariat Westerland

Als Silja das Büro im Westerländer Kommissariat leer vorfindet, stutzt sie. Dass Bastian noch am Tatort in den Kampener Dünen ist, hat sie fast vermutet. Obwohl er nicht zu entdecken war, als sie aufbrach, und auch nicht ans Handy gegangen ist, als sie sich telefonisch abmelden wollte. Aber wo zum Teufel steckt Sven? Sollte er nicht hier sein und Antonia Dornfeldt vernehmen?

Ein Anruf bei den Kollegen von der Wache unten ergibt, dass Sven vor einer knappen Stunde im Laufschritt das Kommissariat verlassen hat. Niemand weiß, wohin er wollte.

Silja spürt, wie eine eisige Wut in ihr aufsteigt. Was hier gerade geschieht, ist sonnenklar. Die beiden Machos haben sich verbündet, um sie kaltzustellen. Sven Winterberg, mit dem sie seit Jahren gut und vertrauensvoll zusammenarbeitet, der sie von Anfang an respektiert und unterstützt hat, ist übergelaufen. Ausgerechnet zu Bastian, dem Obermacho, dem Typen, den sie zwei Jahre lang geglaubt hat zu lieben. Scheißkerle, denkt Silja, kein Mann kann eben auf Dauer den Verführungen einer echten Kumpelei widerstehen. Mit einer ausholenden Handbewegung fegt sie einen Aktenstapel von Svens Schreibtisch. *Verrat*, schreit es in ihr. *Feiger, fieser, testosterongesteuerter Verrat!* Am liebsten würde sie das ganze Büro verwüsten, Kaffee über die Tastaturen gießen, die Aktenschränke mit Fußtritten malträtieren. Die Wut ist so groß, dass selbst Silja klar wird, dass das Vorgefallene nur der Auslöser ist. Die Wut an sich sitzt tiefer, ist älter. Es ist die Wut auf alle Männer, auf ein Geschlecht von Vergewaltigern und Machtmissbrauchern. Es ist eine Wut, die Silja Blanck seit ihrer Kindheit spürt, die sie beständig im Zaum zu halten versucht, die sie im Zaum halten muss, um ihren Beruf ausüben zu können, einen Beruf, den sie fatalerweise gerade wegen dieser großen Wut gewählt hat …

Erschöpft von der inneren Anspannung lässt sich Silja auf ihren Schreibtischstuhl fallen. Die blöden Typen, die sie bisher für sympathische Kollegen gehalten hat, werden wieder auftauchen, beruhigt sie sich. Was immer sie gerade tun, es wird etwas sein, das mit dem Fall zu tun hat, mit dem ersten oder mit diesem frischen zweiten Mord. Und sie selbst, Silja Blanck, wird gut beraten sein, wenn sie sich ebenfalls den anstehenden Ermittlungen widmet, anstatt sich von zweifelhaften Gefühlen überwältigen zu lassen. Schließlich gibt es eine konkrete Aufgabe.

Silja zückt ihr Handy und sucht nach der Rufnummernweiterleitung. Da. Sven hat die Nummer des Notars vom Festnetz aus an Bastian geschickt und dieser hat sie Silja übermittelt. Sie stellt eine Verbindung her und landet bei einer näselnden Vorzimmerdame. Herr Dr. Erlenkamp habe zu tun. Silja senkt ihre ohnehin schon kühle Stimme noch einige Grade bis kurz vor die Eisfachgrenze. Sie erwarte den Rückruf des Notars im Kommissariat zügig. Ob sie das Wort *zügig* noch präzisieren müsse, erkundigt sie sich überflüssigerweise. Ihre Worte sind hart und kalt wie Hagelkörner und schlagen ohne Zweifel ansehnliche Dellen in das Selbstbewusstsein der Vorzimmerdame. Irgendwo muss Siljas aufgestaute Wut schließlich hin. Und die Frage, ob Jonas Michelsen tatsächlich eine leibliche Tochter hatte, muss sofort geklärt werden.

Zehn Sekunden später ist der Rückruf da. Dr. Erlenkamp hat eine Stimme wie Samt und entschuldigt sich sogar für seine Angestellte. Auskunftsfreudig ist er aber nicht. Es gäbe da so etwas wie ein Standesgeheimnis, das könne sie doch sicher verstehen. Silja bemüht noch einmal ihre Eisblock-Stimme und informiert den Herrn Doktor davon, dass sein Klient am Vormittag leider Opfer einer Mordtat geworden sei. Man habe ihm aus nächster Nähe ins Herz geschossen. Sie, Silja Blanck, sei die ermittelnde Kommissarin und in dieser Eigenschaft gehe sie davon aus, dass der Herr Doktor ihr umgehend die gewünschte Information zukommen lassen werde.

Drei Minuten später weiß Silja alles, was der Notar auch weiß.

Donnerstag, 25. August, 11.16 Uhr, Siedlung Am Torbogen, Rantum

Nie hätte ich gedacht, dass ich mit diesem Journalisten so leichtes Spiel haben würde. Der hat mir ja fast schon die Arme entgegengestreckt, als ich die Handschellen aus der Tasche gezogen habe. Und jetzt liegt er hier vor mir auf dem Teppich. Wehrlos. Guckt mich mit glasigen Augen an, dabei hieß es überall, er sei mittlerweile trocken. Na ja, mir soll's egal sein, solange er sich noch an seine Zeit mit dieser Schlampe Susanne erinnert. Ich will wissen, was sie über mich geredet hat, ich will wissen, wie Jonas über mich gedacht hat. Ich weiß, dass ich sterben werde, dies hier ist nicht zu überleben, aber ich will möglichst viele von diesen Schweinen, die mir mein Leben versaut haben, in den

Tod mitnehmen. Und vorher will ich sie befragen. Ich werde ganz bestimmt nicht sterben, ohne zu erfahren, warum das alles so gekommen ist.

Donnerstag, 25. August, 11.17 Uhr, Kriminalkommissariat Westerland

Nachdem Silja den Notar Jonas Michelsens aus der Telefonleitung gedrückt hat, fasst sie in einer kurzen Notiz alle Informationen zusammen, die der Anwalt ihr mitteilen konnte.

Die Tochter des Hoteliers heißt Valerie Simons, ist vor neunzehn Jahren in Hamburg unehelich geboren worden und hat erst vor wenigen Monaten Kontakt zu ihrem Erzeuger aufgenommen. Es hat einige Treffen gegeben, und in Jonas Michelsens neuem Testament, dessen Abfassung nach dem Mord an seiner Ehefrau notwendig geworden ist, hat der Hotelier die Tochter nicht nur mit dem Pflichtteil bedacht, sondern auch weitere Überschreibungen vorgesehen. Ob Valerie Simons selbst von diesem Testament weiß, konnte der Notar nicht sagen. Auch auf die Frage nach Michelsens Beziehung zur Mutter musste er passen. Sein Klient habe sich in diesem Punkt mit Aussagen sehr zurückgehalten, so dass der Notar vermutete, dass es sich bei der jungen Frau Simons um das Ergebnis einer eher unbedeutenden Affäre handelt.

Silja überfliegt ihre Notizen und beginnt sofort, alle Details über die Mutter von Valerie Simons zu ermitteln. Schließlich sind Rache oder das Gefühl, zurückgesetzt worden zu sein, starke Motive. Doch bald muss Silja einsehen, dass die Hypothese des Notars falsch war. Die Mutter von Jonas Michelsens unehelicher Tochter scheint in dauerndem Kontakt zu dem Erzeuger ihres Kindes gewesen zu sein. Sie lebt nicht nur auf Sylt, sondern arbeitet auch als Buchhalterin im Hotel *Friesenperle*. Das kann kein Zufall sein, sondern es muss sich um eine stillschweigende Vereinbarung zwischen Michelsen und dieser Eva Simons handeln. *Du ziehst mein Kind groß, ich verschaffe dir einen ordentlichen Job.* Vielleicht hat man in beiderseitiger Absprache darauf verzichtet, das junge Mädchen über seinen Vater aufzuklären. Mag sein, die junge Valerie ist von allein hinter dessen Identität gekommen, überlegt Silja. Wahrscheinlicher ist es aber, dass die Mutter anlässlich der Volljährigkeit ihrer Tochter den Schleier gelüftet hat.

Enttäuschung macht sich in Silja breit. Zu gern hätte sie den Kollegen ein Schnippchen geschlagen und sich ebenfalls im Alleingang auf eine neue Spur gesetzt. Der Vollständigkeit halber sucht sie nach allen weiteren Informationen, die interne Quellen über diese Eva Simons bieten können. Doch als sie gerade die Halterschaft für deren PKW überprüfen will, kommt die Mail von der Hamburger Kripo mit dem Log-in-Code für die Überwachungsbänder des Hotelfoyers herein, und Silja unterbricht die Suche.

Neugierig kontrolliert sie die Bänder aus dem Design-Hotel *Hampton*. Wie nicht anders zu erwarten, ist die Schauspielerin Marie Nussbaum mehrmals im Focus der Kamera. Stets ist es früher Nachmittag und wahrscheinlich sucht sie das gemietete Hotelzimmer auf, um sich vor einer Vorstellung zu entspannen. Interessant ist allerdings, dass die Schauspielerin das Foyer ab und an in Begleitung einer etwa gleichaltrigen Dame betritt, die der Kommissarin bekannt vorkommt. Silja kopiert eine Aufnahme der Frau und startet eine vergleichende Bildersuche im Netz. Das Ergebnis lässt sie triumphieren. Es handelt sich bei der Begleiterin tatsächlich um Antonia Dornfeldt. Siljas Hypothese, dass die Verbindung zwischen den beiden Schulfreundinnen nicht abgerissen ist, hat sich damit als wahr erwiesen. Der merkwürdige Weg des Nussbaum'schen Handys von der Parkbank neben dem Hotel bis in die Handtasche von Susanne Michelsen wird sich mit diesem Wissen wahrscheinlich klären lassen. Silja nimmt einen Block zur Hand, schreibt mit großen Buchstaben HANDYKETTE auf die erste Seite und skizziert mit wenigen Strichen eine Übergabefolge: Marie Nussbaum – Antonia Dornfeldt – Jonas Michelsen – Haushälterin – Susanne Michelsen.

Bleibt nur die Frage nach den Motiven für die jeweilige Weitergabe des Handys. Und die viel interessantere Frage, welcher Art die Verbindung der beiden Damen Nussbaum und Dornfeldt wohl sein mag. Wären sie nur alte Freundinnen, gäbe es wohl kaum Anlass zum Erwerb eines geheimen Prepaid-Handys.

Silja sieht die Aufnahmen noch einmal gründlich durch. Die beiden Frauen fassen sich nie an, kommen manchmal miteinander, häufiger aber kurz nacheinander ins Foyer. Der Concierge scheint beide zu kennen, auch wenn es immer nur Marie Nussbaum ist, die den Zimmerschlüssel holt. Wenn Antonia Dornfeldt das Hotel allein betritt, nickt sie dem Personal hinter dem Empfangstresen kurz zu und geht direkt zum Fahrstuhl. Vielleicht hat Jonas Michelsen, der ja immerhin der Besitzer des Hotels ist, hier auch eine Suite, und die beiden treffen sich dort zu heimlichen Schäferstündchen, überlegt Silja. Doch dann entdeckt sie ein interessantes Detail im Hintergrund einer Aufnahme. Die Schauspielerin Marie Nussbaum hat das Hotel allein betreten, den Schlüssel geholt und ist gerade in den Lift gestiegen. Noch hat sich dessen Tür nicht geschlossen, als von links Antonia Dornfeldt ins Bild tritt, schnell mit in den Fahrstuhl huscht und in einer sehr vertraut wirkenden Weise den Arm um die Hüfte der Nussbaum legt.

Silja stutzt. Freundinnen legen sich nicht die Arme um die Hüfte. Vielleicht um die Schultern. Oder sie tauschen Küsse. Aber die Hüfte ist tabu. Die Hüfte ist eindeutig sexuelles Gebiet. Es gibt nur eine Erklärung für diesen Ausreißer: Marie Nussbaum und Antonia Dornfeldt haben ein lesbisches Verhältnis.

Als Silja gerade in Ruhe darüber nachdenken will, was diese Erkenntnis für die Ermittlungen bedeuten kann, wird die Bürotür von außen aufgerissen. Bastian und Sven stürmen herein, ihre Gesichter glühen vor Begeisterung.

»Rate, wer unten neben der Dornfeldt in der zweiten Zelle sitzt«, ruft ihr Sven triumphierend zu, ohne ihre Antwort abzuwarten. »Der saubere Bruder ist es, dieser Hotelmanager, wir haben ihn gerade aus seinem Büro geholt. Er war am Tatort, hat dort leider, leider eine Kleinigkeit verloren, und jetzt ist er dran.«

»Der hat mit seiner habgierigen Schwester gemeinsame Sache gemacht und erst die Ehefrau und dann den Hotelier umgelegt«, fügt Bastian an.

»Ist ja super, dass ich das auch erfahre«, gibt Silja zickig zurück.

»Stell dich nicht so an, Mädchen, wir teilen den Ruhm natürlich.« Bastians Stimme trieft vor Selbstzufriedenheit.

»Oh, sehr großzügig von euch, vielen Dank auch!«

Wütend rennt Silja aus dem Büro und knallt sogar die Tür hinter sich zu. Unerträglich diese beiden. Und außerdem stimmt bei der ganzen Sache irgendetwas nicht. Silja läuft die Treppe hinunter und unten an den erstaunten Beamten vorbei hinaus auf den sonnenbeschienenen Parkplatz. Sie braucht frische Luft und zehn Minuten Ruhe zum Nachdenken. Sie spürt genau, hier läuft etwas gründlich schief. Aber was ist es, und wo liegt der Schlüssel zu dem Ganzen?

Donnerstag, 25. August, 11.18 Uhr, Siedlung Am Torbogen, Rantum

Fred Hübner blinzelt angestrengt zwischen Lidern hindurch, die immer wieder zufallen wollen. Er liegt in einem spießig eingerichteten Wohnzimmer auf dem Boden. Wahrscheinlich ist er gestürzt, denn ihm ist immer noch schwindlig, und sein Kopf schmerzt wie bei einer Migräneattacke. Doch als er sich an die Stirn fassen will, muss Fred feststellen, dass beide Hände hinter dem Rücken gefesselt sind. Verstörtes Nachtasten lässt ihn kaltes Metall spüren. Handschellen? Das kann doch nicht wahr sein.

Fred zwingt sich, die Augen ganz zu öffnen.

Über ihm steht breitbeinig eine dunkelhaarige Frau mit einer blau-goldenen Waffe in der Hand und redet von der Vergangenheit. Von Freds Vergangenheit wohlgemerkt, nämlich von der Zeit seiner Trennung von Susanne Michelsen, die damals noch Boysen hieß. Schon falsch, verbessert sich Fred innerlich, es war *ihre* Trennung von *ihm* und nicht umgekehrt. Nach einigen Schrecksekunden erkennt Fred in

314

der Irren mit der Knarre Eva Simons wieder. Und dann fällt ihm auch der Rest der Geschichte ein. Vor ihm steht niemand anderes als eben jene Essi, der Susanne damals unbedingt den Lover ausspannen musste. Und jetzt behauptet diese Irre auch noch steif und fest, es sei seine Schuld gewesen, dass Susanne sich in die Beziehung zwischen ihr und Jonas Michelsen gedrängt habe.

Seine Schuld. Ausgerechnet.

»Jonas hat mich geliebt, das weiß ich genau, und ich habe ihn angebetet«, erklärt sie gerade, trinkt anschließend einen Schluck aus einer Plastikwasserflasche und setzt zu einer längeren Suada an.

Fred überlegt ernsthaft, ob man nach zwanzig Monaten Alkoholentzug wohl bei vier Cognac schon ins Delirium fallen kann. Unangenehm wäre diese Möglichkeit nicht, denn dann ließen sich der wirre Redestrom ebenso wie die Erscheinung über ihm und die Details seiner Vergangenheit, die sie fortwährend ausspuckt, ganz einfach damit erklären, was der plötzliche Rausch offensichtlich in seinem eigenen Hirn angerichtet hat.

Oder ist er vielleicht schon tot? Ist diese absurde Waffe, die ständig auf ihn gerichtet ist, die einzige Erinnerung an ein Leben, das für den bedauernswerten Journalisten Fred Hübner in dem Moment beendet war, als sich die Eingangstür zu Eva Simons' Wohnung geöffnet hat? Hat die Jugendfreundin Jonas Michelsens ihn vielleicht umgehend abgeknallt und er ist längst in der Vorhölle, wo man ihn mit dem Heraufbeschwören seiner größten Verfehlung quält?

»Du Versager hast diese blöde Kuh Susanne nicht glücklich gemacht«, jault die Irre über ihm gerade wieder. »Sonst wäre sie doch nie auf die Idee gekommen, sich an Jonas heranzumachen. Er war nämlich glücklich mit mir. GLÜCK-LICH, verstehst du? Er brauchte die blonde Schlampe nicht. Sie hat ihn verhext – und du bist schuld!«

Leider ist Sanne auf diese Idee ganz von allein gekommen, will Fred antworten, aber weil seine Kehle trocken und seine Zunge pelzig geschwollen ist, verlässt nur ein verkrächztes »Leidrisanneufdisideeanzvnleingekomn« seinen Mund. Ein schmerzhafter Tritt in seinen Magen ist die Folge.

»Au, wsfltihnnein?«, stöhnt Fred.

»Halt die Klappe, Versager«, befiehlt die Simons, »du hast eh nicht mehr lange zu leben, denn du hast auch beim zweiten Versuch versagt.«

»Siehamsedchnchmehralle«, wehrt sich Fred nuschelnd, aber die Simons ist längst in ihre eigene Logik abgetaucht.

»Jahrelang habe ich darauf hingearbeitet, dass Jonas zu mir zurückkommt. Unverzichtbar wollte ich für ihn werden. Irgendwann würde er das erkennen. Er sollte sehen, was er an mir hat. Und als ausgerechnet dieser unfähige Schnösel Dornfeldt der neue Manager der *Friesenperle* wurde und prompt den alten Buchhalter entlassen hat, tja, da habe ich meine Chance bekommen. Ich habe mich beworben und den Job gekriegt. Dornfeldt konnte nichts von Jonas' und meiner gemeinsamen Vergangenheit wissen, und Jonas selbst ist nur selten ins Hotel gekommen und hat sich auch sonst wenig um Interna gekümmert, was ein blöder Fehler war. Dornfeldt hielt mich für naiv und dachte, er kann mir problemlos seine gefaketen Abrechnungen vorsetzen. Aber ich bin seinen Schiebereien ziemlich schnell auf die Schliche gekommen. Eine bessere Gelegenheit, wieder Kontakt zu Jonas aufzunehmen, gab's gar nicht. Ich habe zweimal einen Brief an Jonas' Privatadresse geschrieben, aber nie kam eine

Reaktion. Wahrscheinlich hat die Schlampe Susanne meine Briefe einfach verschwinden lassen.« Wieder nimmt Eva Simons einen Schluck aus der Wasserflasche. »Also musste ich mir etwas anderes ausdenken. Da bin ich auf die Idee mit den Bränden gekommen. Einen am Hotel und einen neben Dornfeldts Wohnung. Ich konnte ja nicht ahnen, dass die Polizei so dämlich sein würde, den Zusammenhang nicht herzustellen.«

»Welchnzusamhng?«, unterbricht Fred den Redestrom und fügt gleich noch bittend hinzu: »Köntchvillchtauchnschluckwssrham?«

Wieder erntet er einen Tritt in den Magen. Er ist noch schmerzlicher als der letzte und hat zur Folge, dass sich die Reste von Kaffee, Alkohol und Frühstückscroissants aus seinem Magen in weitem Schwall auf den Teppichboden ergießen.

Merkwürdigerweise nimmt Eva Simons keine Notiz von der Schweinerei, die er angerichtet hat, sondern redet ohne Pause weiter.

»Die Kripo hätte doch darauf kommen müssen, dass Dornfeldt mit den Handwerkern gemeinsame Sache macht und Jonas am laufenden Band betrügt. Und wenn schon nicht der Polizei, dann hätte das zumindest Jonas auffallen müssen. Aber nein, er schert sich einen Dreck darum, er kommt noch nicht einmal selbst nach Sylt, sondern schickt stattdessen diese Schlampe. Ich habe sie natürlich genau im Auge behalten – und prompt hat sie mir den größten denkbaren Gefallen getan, nämlich den, Jonas zu betrügen. Leider ausgerechnet mit dir, du Versager.«

Sie bekräftigt ihre Worte mit einem dritten Tritt, aber Freds Magen ist leer und er kann nur noch hohl würgen.

»Als ich das Auto vor der Kirche abgefackelt habe, da hatte ich noch Hoffnung. Ich dachte, wenn Jonas von euch beiden erfährt, dann begreift er endlich, wer ihn wirklich liebt, wer für ihn arbeitet und sich einsetzt, dann kommt er zurück zu mir und zu seinem Kind. Seinem einzigen Kind!«

Die Stimme Eva Simons' steigert sich zum Crescendo. Kurzatmig schnappt sie nach Luft und trinkt wieder aus der Flasche.

»Valriistmichlsnstochtr?«

»Klar ist Valerie Jonas' Tochter. Was glaubst du denn, Idiot? Dass ich vielleicht noch mit einem anderen rumgemacht hätte? Ich bin nicht so eine wie deine blonde Hure, die's wahrscheinlich mit jedem getrieben hat, aber dafür auch zu blöd zum Kinderkriegen war. Ich war nicht zu blöd dazu. Ich hab's gerade noch rechtzeitig hingekriegt. Beim Abschiedsfick sozusagen. Und jetzt bin ich die Mutter von Jonas' einzigem Kind. Und nicht nur das. Ich habe mich auch immer für Jonas aufgehoben. Die ganzen Jahre lang habe ich keinen anderen Kerl auch nur angesehen. Ich wusste ja, dass Jonas eines Tages zu mir zurückkommen würde. Und als ich dich mit der Schlampe auf dieser Terrasse beobachtet habe, da war mir klar: Jetzt ist es so weit. Endlich.«

»Warmhastdususnnednnerschossn?«

Langsam gelingt es Fred, sich etwas besser in dieser absurden Situation zurechtzufinden. Vielleicht sinkt gerade der Alkoholpegel in seinem Hirn, vielleicht hat es aber auch geholfen, dass er sich übergeben hat. Jedenfalls sind ihm in den letzten Minuten drei Dinge klargeworden. Erstens: Vor ihm steht die Mörderin Susanne Boysens. Zweitens: Diese Eva Simons ist so irre, dass sie auch ihn abknallen wird. Und drittens: Es hilft nur eines, er muss sie zum Reden animieren. Solange sie sich vor ihm produziert, solange sie ihn als Zuhörer braucht, wird sie nicht schießen.

»Warmhastdusannerschossn?«, wiederholt Fred seine Frage.

»Sie wollte sich nicht trennen«, kreischt Eva Simons plötzlich mit sich überschlagender Stimme. »Ich hab sie beobachtet, als sie allein auf deiner dreckigen Terrasse saß. Sie hat mit Jonas telefoniert, sie hat mit ihm geflirtet, gescherzt und gelacht und dabei in aller Seelenruhe Campari getrunken. Und dann ist sie reingegangen und ich hinterher. Es war wie ein Zwang. Ich konnte gar nicht anders. Und während deine Susanne nichtsahnend die Treppe hochstieg, hab ich die Knarre auf dem Küchentresen entdeckt.« Eva Simons schwenkt die Waffe in wilder Gebärde, so dass Fred befürchten muss, dass sie gleich losgehen wird. Aber erstaunlicherweise beruhigt sich die Simons wieder und redet leiser weiter. »Ich habe das gute Stück an mich genommen und die Schlampe oben in deinem Schlafzimmer zur Rede gestellt. Hat 'n bisschen gedauert, bis sie sich an mich erinnern wollte. Aber dann hat sie mir glatt erklärt, dass sie sich nie von Jonas trennen wird. Dass du charmant aber unzuverlässig bist und nicht der richtige Mann für sie. Sie wollte ein Abenteuer, weil Jonas auch ständig Affären hat. Ich hab ihr nicht geglaubt, erst hab ich ihr widersprochen, hab gefleht und sogar gebettelt, sie solle zu dir zurückkehren und Jonas freigeben. Da hat sie gelacht. Ausgelacht hat sie mich, dabei hatte ich zu diesem Zeitpunkt schon die Waffe auf sie gerichtet. Sie hat es einfach ignoriert und mich weiter verspottet. Was ich mir einbilden würde, wer ich sei? *Na, was glaubst du wohl, wer du bist?* wollte sie von mir wissen. *Die Mutter von Jonas' einzigem Kind*, habe ich geantwortet. *Träum wei-*

ter, davon wüsste ich aber, hat sie gehöhnt. *Eine kleine durchschnittliche Büromaus mit Wahnvorstellungen, das bist du in Wirklichkeit, aber doch keine Frau für einen Mann vom Kaliber eines Jonas Michelsen.«*

Plötzlich bricht der Redeschwall ab, und Eva Simons betrachtet nachdenklich die Waffe in ihrer Hand.

»*Kaliber* hat sie gesagt. Ich weiß es noch ganz genau. Da hab ich abgedrückt. Einfach so. Es ging ganz leicht. Fast leichter als das Feuerlegen. Die Schlampe fiel nach hinten und regte sich nicht mehr. Ich bin auch nach hinten gefallen, aber dann bin ich raus. Angefasst hab ich nichts. Nur die Waffe, und die hab ich mitgenommen.«

»Und als Sanne tot war, hat sich Michelsen plötzlich wieder um dich und deine Tochter gekümmert, oder wie?«

Dankbar registriert Fred, dass seine Artikulation besser funktioniert. Auch sein Verstand scheint die Arbeit wieder aufgenommen zu haben. Jedenfalls ist ihm jetzt klar, dass das Treffen zwischen Jonas Michelsen und der jungen Valerie Simons kein Annäherungsversuch im sexuellen Sinne war, sondern ein tastendes Vater-Tochter-Gespräch.

Doch die Irre über ihm hat ihre eigene Wahrheit.

»Jonas hat alles nur noch schlimmer gemacht. Er hat sich an Valerie herangemacht oder sie sich an ihn. Das ist mittlerweile auch schon egal. Verraten haben mich beide. Ich wollte das Bindeglied zwischen ihnen sein. Die schöne wohlgeratene Tochter, die ich ganz allein und ohne sein Wissen und seine Hilfe aufgezogen habe, sollte eine Überraschung, sollte mein Geschenk für ihn sein. Das Geschenk, das ich ihm präsentieren wollte, wenn wir wieder zusammenkommen, endlich wieder ein Paar sein würden. Aber sie haben mir einen Strich durch die Rechnung gemacht. Alle beide. Weiß der

Teufel, wie Valerie herausgefunden hat, wer ihr Vater ist. Heimlich haben sie sich getroffen, sie haben mich übergangen, mich ausgeschaltet, sie brauchten mich nicht für ihr Vereinigungsfest. Und als dann die Bilder von der Beerdigung in der Zeitung waren, Jonas mit dieser anderen Frau, die auch noch die Schwester vom Dornfeldt ist, da wurde mir alles klar. Längst hatten sie und ihr sauberer Bruder ein anderes Komplott geschmiedet, und ich würde wieder das Nachsehen haben. Kein Wunder, dass Jonas nicht hinter die Geldschiebereien gekommen ist, wenn er ausgerechnet die Schwester des Betrügers vögelte. Plötzlich wusste ich, Jonas würde sich nie ändern, und ich hatte mein Leben vergeudet. Nutzlos gewartet. Immer nur auf ihn. Da hab ich ihn erschossen, das war das Einzige, was ich noch tun konnte.«

»Moment mal. Jonas Michelsen ist tot?«

Eva Simons nickt matt. Es wirkt, als habe sie plötzlich alle Energie verloren. »Heute früh. In den Dünen. Auch mit dieser Pistole.« Beim Blick auf die Waffe strafft sich ihr Körper. »Und jetzt bist du dran. Wirst sehen, es geht ganz schnell. Nur eine Bitte habe ich noch. Die wirst du mir schon nicht abschlagen. Sieh mich an. Na mach schon. Ja, so ist's gut. Sieh dir ganz genau an, was ich jetzt tue. Schau, so entsichert man das Ding.« Sie kichert irre. »Bis jetzt war sie nämlich noch gesichert, aber das hast du ja nicht gemerkt. Bist ziemlich hinüber, scheint mir.«

Fred Hübner konzentriert sich. Zwar liegt er am Boden, und seine Hände sind immer noch gefesselt. Aber seine Beine sind frei, und vielleicht könnte er mit einer schnellen Bewegung die über ihm Stehende zu Fall bringen. Was geschähe, wenn die Waffe dabei losginge, daran will er jetzt lieber nicht denken.

Während Eva Simons mit einer theatralischen Bewegung die Waffe senkt und abfällig grinsend auf seine edelsten Teile zielt, macht er sich bereit zum Stoß. Innerlich zählt er bis drei und hofft dabei, dass die Simons das nicht auch gerade tut. Sicherheitshalber zählt Fred schneller. Einszweidrei. Dann zieht er in einer blitzartigen Bewegung die Knie an und hebt die Füße. Doch bevor er zustoßen kann, klingelt es. Die Simons fährt vor Schreck zusammen und Freds Tritt geht ins Leere.

»Das hast du dir fein ausgedacht«, zischt sie. »Na warte, dafür werde ich dich büßen lassen. Aber ohne Zeugen, denn dein Sterben wird wohl etwas länger dauern. Entschuldige mich kurz, ich muss eben mal zur Tür gehen. Wir wollen ja nicht unnötig auffallen. Bin gleich wieder da.«

Mit einem wilden Lächeln um die Mundwinkel verlässt Eva Simons ihr Wohnzimmer und zieht sorgfältig die Tür hinter sich zu.

Donnerstag, 25. August, 11.23 Uhr, Kriminalkommissariat Westerland

»Wen knöpfen wir uns zuerst vor? Den Manager oder seine Schwester?« Angriffslustig reibt sich Sven Winterberg die Hände.

»Als Erstes machen wir den Manager platt. Dann die Schwester. Die ist nicht ohne, das hast du ja gemerkt.«

»Allerdings. Die hält sich wahrscheinlich für unverwundbar. Keine Ahnung, woher das kommt. Aber wir werden's ihr schon austreiben.«

»Auf jeden Fall. Aber immer schön der Reihe nach. Zwei

Fragen hab ich vorher noch. Erstens: Die Fingerabdrücke von Dornfeldt hast du nehmen lassen?«

»Ist erledigt. Das Streichholzbriefchen haben sie auch. Mit einer vorläufigen Diagnose ist in der nächsten halben Stunde zu rechnen. Das ist dann noch nicht gerichtsfest, aber um diesen Dornfeldt weichzuklopfen, wird es reichen. Und zweitens?«

»Wie?«

»Du hattest noch eine zweite Frage.«

»Ach nichts. Wollte nur wissen, wo unsere Prinzessin abgeblieben ist.«

Sven Winterberg zuckt die Schultern. »Bist *du* hier der Frauenversteher oder bin ich es?«

»Na, mir hat man den Titel ja vor kurzem unehrenhaft entzogen.«

»Pech für dich. Aber Silja macht keinen Blödsinn, da kannst du sicher sein. Vielleicht schmollt sie ein bisschen, und es dauert, bis sie sich wieder einkriegt.«

»Hinterher wird sie noch mehr schmollen, weil wir mit der finalen Vernehmung ohne sie angefangen haben. Aber was soll's, warten können wir jetzt nicht. Bis zur Pressekonferenz heute Abend muss die Sache in trockenen Tüchern sein.«

Bastian Kreuzer greift zum Telefon und fordert Albert Dornfeldt zur Vernehmung an. Wenige Minuten später wird der Hotelmanager hereingeführt. Sein Gesicht zeigt die Miene eines beleidigten Kindes.

»Was Sie hier abziehen, wird Ihnen noch leidtun.«

»Setzen Sie sich erst mal, dann können wir das ganz in Ruhe erörtern«, gibt Bastian in jovialem Tonfall zurück.

Nachdem das Band angestellt ist und die Personalien aufgenommen worden sind, schießt der Hauptkommissar seine erste Frage ab. »Jonas Michelsen wurde heute Vormittag ziemlich genau um Viertel nach neun in den Kampener Dünen erschossen. Wo waren Sie zu dieser Zeit?«

Albert Dornfeldt schnappt nach Luft, antwortet dann aber ziemlich cool: »Im Auto.«

»Geht's etwas genauer?«

»Ich saß allein in meinem Wagen und fuhr von meiner Wohnung in Morsum nach Rantum ins Hotel. Dort bin ich gegen halb zehn angekommen. Das können Ihnen diverse Mitarbeiter bestätigen.«

»Fangen Sie immer so spät an?«, mischt sich Sven in die Befragung.

»Normalerweise nicht. Ich habe heute verschlafen.«

»So ein Zufall aber auch.« Bastian kann sich ein Grinsen nicht verkneifen, ein Umstand, der Albert Dornfeldt nicht entgeht.

»Jetzt hören Sie aber auf! Was Sie mir hier unterstellen, ist doch absurd. Nur weil ich einmal verschlafen habe, bin ich noch lange kein Mörder. Was sollte ich denn für ein Motiv haben?«

»Habgier«, gibt Sven prompt zurück. »Sie haben gemeinsam mit Ihrer Schwester Ihren Arbeitgeber um große Beträge geprellt. Praktischerweise war nämlich Jonas Michelsen gleichzeitig der Geliebte Ihrer Schwester, so dass er offenbar glaubte, Ihnen beiden vertrauen zu können.«

»Okay, wir haben da das eine oder andere Ding gedreht. Aber das macht uns doch noch nicht zu Mördern.«

Mit einem Ruck richtet Bastian sich auf und blickt Albert Dornfeldt lange ins Gesicht. »Interessant, was Sie da sagen. Ihre Schwester war also Ihre Komplizin.«

324

»Verdrehen Sie mir nicht das Wort im Mund.«

»Habe ich das? Ich glaube kaum. Außerdem sind wir auch vor Ihnen schon auf diesen Gedanken gekommen. Vielleicht interessiert es Sie beiläufig, dass Ihre Schwester ebenfalls unten in einer der Zellen sitzt.«

»Das wird euch noch leidtun. Ihr seid so was von auf dem Holzweg, dass eure Vorgesetzten euch beide in der Luft zerreißen werden, wenn sich diese Geschichte endlich geklärt hat.«

Albert Dornfeldts Stimme überschlägt sich. Er ist jetzt außer sich vor Wut, ein Umstand, den Bastian mit einem zufriedenen Grunzen quittiert.

»Hast du gehört, Sven? Der Verdächtige hat uns das *du* angeboten. Verlockend, wirklich. Leider müssen wir aber ablehnen.«

Bastian lehnt sich in seinem Stuhl zurück und holt tief Luft. Dann hebt er die Arme und verschränkt sie hinter seinem Kopf. Die Botschaft ist deutlich. *Hör jetzt gut zu, mein Freund, denn gleich bist du erledigt.*

»Leider haben Sie nicht nur kein Alibi für die Tatzeit, sondern auch etwas für uns am Tatort zurückgelassen. Unabsichtlich, nehme ich mal an. Unabsichtlich«, Bastian lässt sich das Wort auf der Zunge zergehen, »aber aufschlussreich.«

Albert Dornfeld verzichtet auf jede Antwort und schüttelt nur ungläubig den Kopf. In diesem Moment klopft es an die Bürotür.

»Denkst du auch, dass das die Kollegen von der Spurensicherung sind?«, erkundigt sich Bastian fast belustigt bei Sven.

»Wer sonst? Gutes Timing haben die Jungs, das muss man

ihnen lassen. Kommt nur rein, wir warten schon auf euch«, ruft Sven mit unverhohlenem Triumph in der Stimme.

Doch als die Tür aufgeht und die Kommissare in das Gesicht des Eintretenden blicken, wird schnell klar, dass sie sich zu früh gefreut haben. Hastig steht Bastian auf und zieht den Kollegen von der Spurensicherung nach draußen auf den Flur. Kaum haben sie die Tür hinter sich geschlossen, erklärt der Kollege knapp: »Negativ. Leider. Wir haben die Daktyloskopie jetzt zwar nur vorläufig durchgeführt, das ginge alles noch sehr viel präziser. Aber nötig ist es eigentlich nicht mehr. Die Abweichungen der beiden Fingerabdrücke sind jetzt schon evident.«

»Habt ihr die Abdrücke von der Schwester auch mit denen auf dem Streichholzbrief verglichen?«

»Ja. Leider auch negativ.«

»Mist.«

»Die beiden könnten es trotzdem gewesen sein …«

»Weiß ich. Aber nachweisen können wir's dann nicht so schnell.«

»Sollen wir eigentlich noch die Fingerabdrücke von allen anderen Hotelmitarbeitern nehmen? Immerhin ist dieser Streichholzbrief zusammen mit der Aussage des Jugendlichen ein wichtiges Beweismittel.«

»Wäre gut. Auch wenn wir mit der Aussage von diesem Tomtom vor Gericht nicht viel werden anfangen können.«

»Warum das denn nicht?«

»Der war so was von bekifft, als er das alles beobachtet hat, das glaubst du gar nicht. Die Verteidigung wird uns den Zeugen mit Freuden um die Ohren hauen, jede Wette.«

»So lange es dieser Dornfeldt wirklich war, ist doch egal, wie du ihn überführst. Geh einfach rein und mach den Typen fertig. Er muss ja nicht gleich erfahren, was ich dir eben gesagt habe.«

»Recht hast du. Also auf in den Kampf«, murmelt Bastian, während er die Tür zum Vernehmungszimmer wieder öffnet.

Überzeugt klingt er nicht.

Donnerstag, 25. August, 11.28 Uhr, Siedlung Am Torbogen, Rantum

Fast ist Silja Blanck erstaunt, als wenige Sekunden nach ihrem Klingeln der Summer geht. Nachdenklich betritt sie das schlichte Treppenhaus. Eva Simons wohnt ganz oben, das hat Silja der Anordnung der Klingelknöpfe entnehmen können. Dass es keinen Fahrstuhl gibt, ist ihr ganz recht, denn noch hat sie sich nicht entschieden, wie sie vorgehen soll.

Nur eines ist ihr klar: Bastian und Sven haben die Falschen verhaftet. Die Geschwister Dornfeldt mögen vielleicht Betrüger sein, aber Mörder sind sie nicht. Keines der möglichen Motive überzeugt Silja, und außerdem scheint Antonia Dornfeldt großes Interesse daran gehabt haben, ihre lesbische Beziehung geheim zu halten. Warum sollte sie dann ausgerechnet ihren Liebhaber seiner Ehefrau berauben? Damit er noch mehr Zeit mit ihr verbringen will? Wohl kaum.

Diese Eva Simons dagegen hätte gleich mehrere Motive: Rache, Eifersucht, gekränkter Stolz. Andererseits hat sie sich mit dem Vater ihres unehelichen Kindes arrangiert, schließlich arbeitet sie in dessen Hotel. Also wer bleibt übrig? Silja stutzt. Im Grunde genommen kann es durchaus auch die uneheliche Tochter gewesen sein. Hat Rache genommen für ein Leben, das man ihr und ihrer Mutter vorenthalten hat. Erst an der Ehefrau des Vaters, die ihn der Mutter weggenommen hat. Dann an dem Vater selbst, der die Mutter verlassen hat. Fragt sich nur, ob Eva Simons ahnt, welche Schuld ihre Tochter möglicherweise auf sich geladen hat.

Während Silja die letzten Stufen hinaufsteigt, nimmt sie sich vor, behutsam vorzugehen. Wichtig ist zunächst herauszufinden, wo Valerie Simons sich zurzeit aufhält. Harmlos müssen ihre Fragen wirken, als suche sie lediglich eine Zeugin. Dazu passt auch der Umstand ganz gut, dass Silja keine Waffe bei sich trägt. Die lag noch oben im Büro, als sie sich entschlossen hat, direkt vom Parkplatz aus zu starten, ohne vorher ihren durchgedrehten Kollegen von ihrem Plan zu erzählen. Silja weiß, dass Bastian hinterher wieder toben wird, aber eine zweite Begegnung mit den beiden testosterongesteuerten Kerlen wäre für den heutigen Vormittag zu viel gewesen.

Kurz schließt die Kommissarin die Augen, bevor sie auf den Klingelknopf neben der Wohnungstür drückt. Sie hört die Glocke, aber keine Schritte hinter der Tür. Irritiert mustert sie die winzige Öffnung des Spions, der auf Augenhöhe angebracht ist. Etwas bewegt sich dahinter, erst ist es dunkel, dann hell, dann wieder dunkel. Es hat also die ganze Zeit jemand hinter der Tür gestanden und sie gemustert. Hat man sie vielleicht schon erwartet?

Silja durchfährt es eiskalt. Sie weiß plötzlich, sie ist dabei, einen großen Fehler zu machen. Wahrscheinlich liegt es an ihrer Theorie. Irgendetwas stimmt daran nicht. Und während die Tür sich langsam öffnet, hofft Silja nur, dass ihr noch rechtzeitig einfallen möge, was es ist.

Donnerstag, 25. August, 11.30 Uhr, Kriminalkommissariat Westerland

»Aber woher wussten Sie, dass Jonas Michelsen in den Kampener Dünen erschossen worden ist?«

Bastian Kreuzer befindet sich auf dem Rückzugsgefecht und er weiß es. Antonia Dornfeldt, die gerade anstelle ihres Bruders auf dem Vernehmungsstuhl Platz genommen hat, weiß es auch. Erstaunlicherweise scheint dieser Umstand sie milder zu stimmen. In beinahe freundlichem Tonfall erklärt sie: »Ich war mir nicht sicher. Aber Jonas liebt, sorry, liebte das Meer. Mich zieht es eher zum Watt. Solche Vorlieben kennt man voneinander. Und wenn man sich dann streitet und einer rennt raus, dann wird er in seiner Wut wohl nicht gerade in die Richtung laufen, die er sonst auch nicht einschlägt.«

Bastian nickt. Sven reagiert gar nicht auf ihre Erklärung. Er folgt der Vernehmung nur mit einem halben Ohr. Unkonzentriert kramt er in einigen Papieren herum, die auf Siljas Schreibtisch liegen. Plötzlich nimmt er einen Notizblock hoch und mustert ihn stirnrunzelnd. Übergangslos will er von Antonia Dornfeldt wissen: »Was haben Sie eigentlich mit Marie Nussbaum zu tun?«

Als Sven Bastians überraschten Blick sieht, erklärt er leise: »Silja hat hier so merkwürdige Notizen hinterlassen«, und zeigt auf den Block.

Antonia Dornfeldt räuspert sich. »Wir sind befreundet. Mehr nicht.«

»Aha.« Bastians Stimme klingt alarmiert. Nachdenklich runzelt er die Stirn. »*Wir sind befreundet, mehr nicht.* Wissen Sie, wie sich das für mich anhört? Als habe mein Kollege Sie nach Ihrer Beziehung zu einem Mann gefragt. Nur dann wäre eine solche Antwort nämlich normal.«

»Ach, denken Sie doch, was Sie wollen«, schimpft die Dornfeldt plötzlich aufgebracht.

»Das tue ich auch«, antwortet Bastian freundlich lächelnd und wendet sich dann an den Kollegen. »Warum wolltest du das wissen?«

»Na ja, wegen dieses Schaubildes hier. Silja hat es HAN-DYKETTE genannt.«

Nachdem Sven Bastian den Block gereicht hat, versucht er es bei der Dornfeldt auf die sanfte Tour. »Vermutlich wissen Sie genau, dass wir seit Tagen versuchen herauszubekommen, wie das Handy Ihrer ... Freundin ... Marie Nussbaum in die Handtasche Ihres ... Geliebten ... Jonas Michelsen geraten ist. Können Sie uns da irgendwie weiterhelfen?«

Und tatsächlich hat er Erfolg.

»Das war eine blöde Sache«, gibt sie zu. »Hat mich selbst unheimlich geärgert. Mein Handy hatte ich an dem Tag zu Hause liegen lassen, da habe ich mir Maries zum Telefonieren geborgt und ganz in Gedanken in meine Tasche gesteckt. Als ich mich wenig später mit Jonas getroffen habe, war sein Handy leer. Ausgerechnet, das passiert ihm sonst nie. Passierte, wollte ich sagen.« Sie schluckt.

»Schon okay, reden Sie weiter.«

»Jonas wollte meinen Apparat für einen wichtigen Anruf benutzen. Bevor ich etwas tun konnte, hatte er schon in meine Tasche gegriffen. Nach dem Telefonat hat er mir das fremde Handy zurückgegeben, da bin ich ganz sicher. Aber wahrscheinlich ist ihm später aufgefallen, dass es kein iPhone war. Jedenfalls muss er irgendwann im Verlauf der nächsten Stunden Maries Handy wieder aus meiner Tasche geholt haben. Jonas war schon immer sehr eifersüchtig. Seitdem habe ich dieses Handy nicht mehr gesehen. Aber das Verrückte war, dass Jonas mich auch nie darauf angesprochen hat, so dass ich nicht sicher sein konnte, ob er das verfluchte Ding tatsächlich hatte …«

»Danke für Ihre Offenheit, Frau Dornfeldt.« Bastian steht auf. »Das war's dann wohl. Ich muss mich sehr für die Unannehmlichkeiten entschuldigen, die wir Ihnen bereitet haben. Aber so ist das nun mal bei Tötungsdelikten. Wir müssen in alle Richtungen ermitteln.«

Antonia Dornfeldt nickt. Überzeugt sieht sie nicht aus, aber immerhin enthält sie sich jedes zickigen Kommentars. »Kann ich jetzt gehen?«, ist das Einzige, was sie wissen will.

»Ja. Ich bringe Sie nach unten.«

Mit einem nachdenklichen Blick verfolgt Sven, wie die beiden das Büro verlassen. Dann wendet er sich wieder den Stapeln auf Siljas Schreibtisch zu. Langsam macht er sich Sorgen um die Kollegin. Seit Jahren arbeitet er mit ihr zusammen, aber ein solches Verhalten ist ihm noch nie untergekommen. Sie kann doch nicht ständig verschwinden, ohne Bescheid zu sagen, wo sie ist. Unruhig lässt Sven seine Blicke über Siljas Arbeitsplatz wandern. Der Rechner ist angeschaltet, aber im Ruhemodus. Sven tippt auf die Tastatur, der Bildschirm wird hell und verlangt nach einem Passwort. Auf gut Glück gibt Sven »Bastian« in das Feld ein. Bingo, sie hat ihr Passwort noch nicht geändert.

Gebannt verfolgt Sven den Film der Überwachungskamera. Schnell findet er bestätigt, was Antonia Dornfeldt nicht dementiert hat. Silja hat den Film gerade in dem Moment gestoppt, als die Hand der einen Frau auf der Hüfte der anderen zu liegen kommt. Okay, das wusste die Kollegin also auch schon. Aber wäre das nicht ein Grund mehr gewesen, bei der Vernehmung der Dornfeldt-Geschwister dabei sein zu wollen?

Verdammt, irgendetwas läuft hier schief.

Als Bastian wieder zur Tür hereinkommt, hat Sven sich gerade den Verlauf von Siljas Recherche aufgerufen. Bevor sie die Video-Bänder gesichtet hat, muss sie eine Anfrage beim KFZ-Amt gestartet, die Antwort aber nicht mehr zu Gesicht bekommen haben. Jetzt ist die Auskunft da. Neugierig klickt sich Sven in den Vorgang. EVA SIMONS liest er. Halterin des Fahrzeugs mit dem amtlichen Kennzeichen NF – ES 1961. Fabrikat: TOYOTA Aygo, saharabeige.

»Hey Bastian, kommst du mal? Dieser Bahnwärter hatte doch in der ersten Brandnacht einen hellen Kleinwagen am Morsumer Bahnhof gesehen. Hier habe ich einen. Beziehungsweise Silja ist darauf gestoßen.«

»Und der Halter?«

»Eine Frau. Eva Simons. Sagt dir der Name was?«

»Nö. Aber das können wir ja ändern.«

Zwei Minuten später wissen Bastian Kreuzer und Sven Winterberg, dass Eva Simons die Mutter von Jonas Michelsens unehelicher Tochter ist, und wo sie arbeitet. Drei Minuten und einen Anruf im Hotel *Friesenperle* später haben sie erfahren, dass Eva Simons das Hotel direkt nach der Festnahme Albert Dornfeldts verlassen hat. Hektisch und ohne Angabe von Gründen. Vier Minuten später haben die Beamten die Privatadresse der Simons ermittelt und festgestellt, dass dort niemand ans Telefon geht. Als auch Siljas Handy tot bleibt und sie überdies die Dienstwaffe der Kollegin in deren Spind entdecken, schnappen sie sich die eigenen Waffen und stürmen hinunter zum Wagen.

Auf ihrem Weg nach Rantum heult die Sirene, und das Blaulicht rotiert.

Beide Kommissare wechseln kein einziges Wort.

Donnerstag, 25. August, 11.31 Uhr, Siedlung Am Torbogen, Rantum

Als sich die Wohnungstür einen Spalt weit öffnet, ist Silja erleichtert. Die Frau, deren linke Körperhälfte in dem Spalt erscheint, lächelt fragend. Sie wirkt freundlich und zugewandt. Ihre Stimme ist angenehm dunkel und klingt leicht verwundert.

»Guten Tag. Sie wollen zu mir?«

»Silja Blanck ist mein Name. Kriminalpolizei Westerland. Sind sie Eva Simons?«

»Ja.«

»Ich habe ein paar Routinefragen an Sie. Sie arbeiten doch im Hotel *Friesenperle*?«

»Ja.«

»Es geht um den Mord an der Besitzerin des Hotels. Sie wissen natürlich davon.«

»Ja, natürlich.«

»Kann ich hereinkommen?«

»Ist es so dringend?«

Silja räuspert sich und bemüht sich um eine anteilnehmende Miene.

»Ziemlich dringend. Ich muss Ihnen leider mitteilen, dass

heute Vormittag auch der Ehemann der Hotelbesitzerin ums Leben gekommen ist. Auch er wurde erschossen.«

Eva Simons nickt. Sonderlich überrascht sieht sie nicht aus, denkt Silja noch, dann öffnet sich die Wohnungstür ganz und die rechte Körperhälfte der Bewohnerin erscheint. In der Hand hält Eva Simons die blau-goldene Sig Sauer, nach der zurzeit fieberhaft in den Kampener Dünen gesucht wird. Der Lauf ist direkt auf Siljas Herz gerichtet.

»Es tut mir furchtbar leid, aber der Andrang auf meine Wohnung ist mir gerade ein wenig über den Kopf gewachsen. Sie werden es hoffentlich verstehen können, dass ich es mir nicht leisten kann, Sie ohne Vorsichtsmaßnahmen hereinzubitten.«

Während Silja noch überlegt, was die Worte zu bedeuten haben, korrigiert die Frau die Zielrichtung ihre Waffe ein wenig. Sie hat jetzt Siljas rechte Schulter im Visier. Die Kommissarin zögert nicht lange, sondern wirft sich mit dem ganzen Körper in die Diele, der Simons entgegen. Wenn sie Glück hat, kann sie ihr noch rechtzeitig die Waffe aus der Hand schlagen.

Aber Silja hat kein Glück. Diesmal nicht.

Mitten in ihre Bewegung kracht ein Schuss überlaut durch Wohnung und Treppenhaus. Im ersten Moment hat Silja nur Sorgen um ihr Trommelfell, dann kommt der Schmerz. Die Kugel muss ihre Schulter getroffen haben. Sie tastet mit der linken Hand nach der Schulter und greift in warmes Blut. Die Simons drückt mit einem Fußtritt die Tür hinter Silja ins Schloss. Dann schießt sie ohne Vorwarnung ein zweites Mal.

Alles wird schwarz um Silja herum. Nein, das ist nicht korrekt. Alles wird golden, dann blau und schließlich schwarz.

Den Aufprall ihres Körpers auf dem Boden spürt die Kommissarin schon nicht mehr.

Donnerstag, 25. August, 11.32 Uhr, Siedlung Am Torbogen, Rantum

Fred Hübner richtet sich auf, sobald die Irre den Raum verlassen hat. Während er konzentriert auf die Frauenstimmen in der Diele lauscht und ziemlich bald in der Besucherin die junge Kommissarin erkennt, robbt er in einer Art behindertem Ameisengang rücklings hinüber zu dem niedrigen Couchtisch aus Eisen und Glas, auf dem die Wasserflasche steht. Fred setzt sich auf und dreht sich mit dem Rücken zum Tisch. Ungeschickt versucht er, die Flasche mit den gefesselten Händen zu greifen. Nach endlosen Sekunden gelingt es ihm. Er hält in der Bewegung inne, um nach draußen zu lauschen, doch er kann nicht verstehen, was gesprochen wird. Also konzentriert er sich weiter auf sein Vorhaben.

Obwohl Eva Simons ständig Wasser getrunken hat, ist die Flasche immer noch ziemlich schwer. Fast rutscht sie ihm aus den Händen. Langsam und sehr vorsichtig lässt Fred seinen Oberkörper zurück auf den Boden sinken. Zum Glück hat er beim Fitness regelmäßig seine Bauchmuskeln trainiert, sonst hätte er jetzt ein Problem. Kurz bevor er den Boden erreicht, rollt er sich auf die Seite und bewegt sich anschließend mit geduldigem Schlängeln zurück in die Ecke des Raumes, in der er auch vorher gelegen hat. Als er seine alte Position fast erreicht hat, ist von jenseits der Tür ein Schuss zu hören. Fred zuckt zusammen, kann aber die Flasche gerade noch festhalten. Er spürt, wie ihm der Schweiß aus allen Poren tritt.

Jetzt hat diese Irre doch tatsächlich die kleine Polizistin erschossen. Und gleich wird sie zurückkommen und sich ihn vorknöpfen. Seine Finger krampfen sich um die Wasserflasche, auch sie sind schweißnass. Er hat vollkommen vergessen, was er mit dem blöden Ding eigentlich vorhatte. Während Fred noch verzweifelt versucht, sich daran zu erinnern, kommt ein zweiter Knall. Hat es diesmal ihn erwischt? Nein, noch nicht. Noch ist die Tür zur Diele geschlossen. Dafür fällt ihm wieder ein, was er mit der Flasche gewollt hat: sie der Simons zwischen die Füße werfen, ihre Aufmerksamkeit ablenken und sie mit einem Stoß der angezogenen Beine zu Fall bringen. Eine blöde Idee. Viel zu kompliziert. Fred lässt die Wasserflasche aus seinen schwitzenden Fingern gleiten. Sie rollt quer durchs Zimmer und bleibt in der Mitte liegen. Währenddessen robbt Fred in die Ecke hinter der Tür. Als die Klinke von außen niedergedrückt wird, hebt er beide Beine und winkelt sie dicht vor seinem Bauch an.

Dann schwingt die Tür auf.

Donnerstag, 25. August, 11.46 Uhr, Siedlung Am Torbogen, Rantum

Bei der Einfahrt auf den Parkplatz entdeckt Bastian Siljas Auto als Erster. Es steht nur wenige Meter von dem hellen Toyota entfernt, der Eva Simons gehört. Der Hauptkommissar springt aus dem Wagen, bevor Sven den Motor abgestellt hat.

»Mach schon, es geht um Sekunden«, ruft er dem Kollegen zu, während er quer über den Parkplatz zu dem Wohnhaus von Eva Simons spurtet. Mit der flachen Hand schlägt Bastian auf alle Klingeln gleichzeitig. »Aufmachen. Polizei.«

Als sofort mehrere Türöffner summen und verschreckte Stimmen aus der Gegensprechanlage dringen, wirft Bastian dem Kollegen einen alarmierten Blick zu und zückt seine Waffe.

»Mein Gott, hoffentlich kommen wir nicht zu spät«, ist alles, was Sven Winterberg darauf antwortet.

Mit finsterem Gesicht drückt Bastian die Eingangstür des Hauses auf. Ein Mann steht mit ratlosem Gesicht auf der Treppe, ein junges Mädchen drückt sich verschreckt an eine Wohnungstür.

»Was ist hier los?«, ruft Bastian, während er gefolgt von Sven die Treppe hinaufhechtet.

»Schüsse, zwei Stück«, flüstert die junge Frau.

»Von oben?«

Sie nickt.

»Machen Sie, dass Sie rauskommen, aber dalli«, kann Sven noch rufen, dann verschwinden die beiden Ermittler auf ihrem Weg zur oberen Etage. Hier hat sich niemand aus einer der Wohnungen getraut. Alle Türen sind fest verschlossen, selbst die von Eva Simons.

Bastian Kreuzer und Sven Winterberg tauschen einen kurzen Blick.

»Zugriff?«, fragt Sven leise.

Bastian nickt und zählt: »Eins … zwei …«

Bei *drei* schießt er direkt in das Türschloss und wirft sich anschließend mit voller Wucht gegen die Tür. Sie springt aus dem Schloss, aber geht nur wenige Zentimeter weit auf.

»Scheiße, da klemmt irgendwas von innen«, schimpft Bastian gerade, als er auf dem Boden hinter der Tür den Stoff der Hose und die Schuhe erkennt. Bastian greift durch den Türspalt und hebt vorsichtig die Beine an, bis sie die Wohnung betreten können. Siljas Körper liegt leicht gekrümmt am Boden, die helle Bluse, Wände und Teppichboden sind voller Blut, und Siljas rechte Schulter ist in Fetzen geschossen.

»Lass sie noch zwei Sekunden hier liegen, Bastian. Wir müssen erst mal rein und die Lage klären, sonst erwischt diese Simons uns noch beide von hinten.«

Energisch zieht Sven den Kollegen zu der einzigen geschlossenen Tür, die von dem Flur abgeht.

»Eins ... zwei ... drei.«

Während Sven dem Kollegen Feuerschutz gibt, stürmt Bastian in den Raum. Zunächst scheint dieser leer zu sein, doch dann entdeckt der Kommissar in der Ecke hinter der Tür zwei Menschen ineinander verkeilt. Die Frau hat er noch nie gesehen, aber den Typen kennt er genau. Mit weit aufgerissenen Augen starrt ihm Fred Hübner entgegen. Seine Hände scheinen auf dem Rücken gefesselt zu sein und sagen kann er auch nichts, denn den Mund hat er um das Handgelenk der Frau geschlossen. Ihre Nase hängt quer im Gesicht und an einer Augenbraue ist eine lange Platzwunde. Der Journalist wirkt wie ein Jagdhund, der sich in sein angeschossenes Opfer verbissen hat.

Als auch Sven den Raum betritt, beginnt die Frau, sich leicht zu bewegen, ihre Hände und Lider flattern, als erwache sie aus einer Ohnmacht. Ihr verwirrter Blick bleibt an Bastian hängen, der seine Waffe auf sie richtet. Als Fred Hübner daraufhin das Handgelenk ausspuckt, läuft aus seinen Mundwinkeln eine feine Blutspur.

»Wurde auch Zeit, dass ihr auftaucht«, ruft er Sven zu. »Die Knarre liegt da hinten unter der Gardine. Und pass auf, dass du nicht über die Wasserflasche stolperst, das hatte ich nämlich eigentlich für die Irre hier vorgesehen. Aber ich hab ihr dann doch die Tür ins Gesicht gerammt.«

Fünf Sekunden später ist alles vorbei. Sven hat die Sig Sauer sichergestellt und der immer noch desorientierten Eva Simons Handschellen angelegt. Bastian kniet in der Diele neben Silja und hat sein Gesicht ganz nah an ihren Mund gebracht. Sie atmet. Flach aber gleichmäßig. Wenigstens das. Während er noch ins Handy brüllt, als wolle er alle Krankenwagen der Insel auf einmal zu der Wohnung Eva Simons bestellen, schlägt Silja die Augen auf.

»Bist du okay?«, fragt Bastian leise.

Silja nickt, dann schließt sie die Augen wieder.

Freitag, 26. August, 13.19 Uhr, Kriminalkommissariat Westerland

Das Telefon schellt. Bastian Kreuzer schickt einen hoffnungsvollen Blick zu dem Kollegen Winterberg hinüber, der gerade die Kaffeemaschine entkalkt. Als der abwinkt, greift Bastian selbst zum Hörer.

»Kreuzer, Kripo Westerland.«

»Sie klingen ja schon, als seien Sie auf der Insel zu Hause.«

Die Stimme der Staatsanwältin Elsbeth von Bispingen ist nicht ganz so aggressiv wie sonst, ohne dass sie ihren Reibeisen-Unterton völlig verloren hätte.

»Ist immerhin mein zweiter Fall hier.«

»*War* Ihr zweiter Fall, oder habe ich da etwas falsch verstanden? Sie haben den Täter doch, oder nicht?«

»*Die* Täter*in*, weiblich«, verbessert Bastian die Staatsanwältin und bemüht sich, das anzügliche Grinsen Sven Winterbergs zu ignorieren. »Sie ist noch gestern Nachmittag in Untersuchungshaft genommen worden – aber das wissen Sie doch alles ganz genau.«

»Ich habe sogar schon mit ihr geredet, stellen Sie sich vor. Aber deswegen rufe ich nicht an.«

»Sondern?«

»Ich wollte Sie etwas fragen, Kreuzer.«

»Das wäre?«

»Ihre Kollegin … wie heißt sie noch gleich?«

»Silja Blanck.«

»Genau. Sie ist doch verletzt, oder?«

»Ziemlich schwer sogar. Einen Schuss ins Schultergelenk und einen in den Oberarm. Wenn sie Pech hat, muss ein künstliches Gelenk eingesetzt werden.«

»Und das dauert wie lange?«

»Mit Reha und allem Drum und Dran etwa drei Monate – wenn alles gut läuft.«

»Und wenn nicht?«

»Was soll das werden? Eine Anleitung zum Unglücklichsein?«

»Sie haben ein Verhältnis mit der Kommissarin, nicht wahr?«

»Das ist vorbei.«

»Schade, ich wollte Ihnen gerade einen Vorschlag machen.«

»Und der wäre?«

»Wollen Sie nicht ganz auf Sylt anheuern? Oberkommissar Winterberg würde sich sicher über die Unterstützung freuen.«

»Die verletzte Kommissarin Blanck vielleicht weniger. Aber trotzdem, danke für das Angebot. Kann ich darüber nachdenken?«

»Eher nicht. Wir haben hier schon alles besprochen. Ihr Chef hat das angeregt. Sie steigen auf, Kreuzer. Immer noch Hauptkommissar, aber eine Gehaltsstufe nach oben. Das haben Sie verdient.«

»Und das aus Ihrem Mund.«

»Jetzt werden Sie mal nicht frech.«

»Wie käme ich dazu?«

»Woher soll ich das wissen. Also: Wollen Sie oder nicht?«

»Habe ich eine Wahl?«

»Nein. Aber zustimmen müssten Sie schon.«

»Okay, sagen Sie das doch gleich. Also, ja, ich stimme zu.«

»Fein, dann hätten wir das geklärt. Schönen Tag noch.«

Ein leises Knacken und die Verbindung ist weg. Bastian starrt das Telefon an, als müsse dringend noch etwas nachkommen.

»Was ist los?« Sven entsorgt die Verpackung vom Entkalker im Papierkorb und wirft sich anschließend stöhnend in seinen Schreibtischstuhl. »Wie ich das hasse. Jetzt beginnt hier der ganze Bürokram. Und das, wo ich diese Berichteschreiberei echt nicht ausstehen kann. Aber du musst ja auch noch ran.«

Bastian reagiert nicht auf den schadenfrohen Blick, sondern fährt sich mit beiden Händen übers Gesicht, als wolle er die Anspannung der letzten Tage wegwischen. Doch als er die Hände sinken lässt, künden die Furchen zwischen

Mund und Nase ebenso wie die dunklen Ringe unter den Augen immer noch von Schlaflosigkeit und Sorgen.

Sven Winterberg richtet sich alarmiert in seinem Stuhl auf.

»Hey, Bastian, sprich mit mir.«

»Die Hexe hat gerade mal eben mein Leben umgekrempelt.«

»Von Silja redest du jetzt aber nicht?«

»Die will mich doch nicht sehen. Warst du nicht selbst der freundliche Bote, der mir diese Hiobsnachricht gestern überbracht hat?«

»Und trotzdem lebe ich noch, wofür ich dir ewig dankbar sein werde.«

»Das mit der Dankbarkeit wirst du dir gleich überlegen. Die Hexe am Telefon war unsere geschätzte Staatsanwältin.«

»Sag bloß, sie hat dich gelobt.«

»So weit ist sie nun doch nicht gegangen. Aber sie hat mich versetzt.«

»Wie versetzt? Hast du mit ihr angebandelt?«

»Sehe ich aus wie ein Selbstmörder?«

Sven lässt sich Zeit, um den Kollegen in Ruhe zu mustern. »Wenn du eine ehrliche Antwort willst: im Grunde ja. Jedenfalls hast du gesünder ausgesehen, als du hier angekommen bist.«

»Na, das kann ja heiter werden.«

»Was denn? Jetzt lass doch endlich mal die Katze aus dem Sack.«

»Die Bispingen hat mir erklärt, dass man in Flensburg meine Versetzung beschlossen hat.«

»Hierher?«

»Du sagst es.«

Sven runzelt irritiert die Stirn. Bastian kann sehen, dass der Kollege die Nachricht erst einmal verdauen muss. Kein Wunder, sicher hat er selbst auf eine Beförderung zum Hauptkommissar gehofft.

»Bist du jetzt sauer?«, erkundigt sich Bastian leise.

»Sauer? Auf dich? Nö. Aber auf die Deppen in Flensburg schon. Ist ein blödes Gefühl, wenn man übergangen wird.«

»Kann ich verstehen.«

»Andererseits habe ich noch nie mit jemandem so gut zusammengearbeitet wie mit dir. Wir sind auf Dauer bestimmt ein gutes Team.«

»Danke. Schade nur, dass unsere geschätzte Kollegin Silja das nicht auch so sehen wird.«

»Komm, reg dich jetzt nicht auf. Ich verstehe ja, dass du gekränkt bist. Erst rettest du ihr quasi das Leben und dann will sie dich noch nicht mal treffen. Aber das ändert sich schon noch. Silja ist völlig durch den Wind. Wenn wir nur ein wenig später gekommen wären, wäre sie wahrscheinlich verblutet.«

»Oder diese Irre hätte sie sich noch einmal vorgenommen.«

»Oder das.«

Beide Männer wechseln einen Blick, in dem vor allem Sorge um die Kollegin steht. Bastian reibt sich noch einmal mit den Händen übers Gesicht. Sven ordnet mit nervösen Fingern seine Locken. Das Schweigen ist wie zufällig eingetreten, aber jetzt dehnt es sich. Sven beginnt, Aktenstapel auf seinem Schreibtisch sinnlos von einer Ecke in die nächste zu schieben. Bastian starrt die Kaffeemaschine an, als habe sie ihn persönlich beleidigt. Immer noch sagt keiner ein Wort.

Schließlich steht Bastian auf.

»Eine Pizza und ein Bier wären jetzt gut. Kommst du mit? Ich lade dich ein.«

»Klar. Ein Essen mit meinem Vorgesetzten, da werde ich doch nicht nein sagen.«

»Noch einmal das Wort *Vorgesetzter* und ich verdonnere dich zu drei Wochen Schreibtischarbeit.«

Sven grinst. »Das würde ich mir an deiner Stelle noch mal genau überlegen. Sonst könnte ich glatt vergessen, dir von der Einliegerwohnung zu erzählen, die im Haus meiner Eltern frei wird.«

»Und die wohnen wo?«

»Nicht weit von hier. Ein Stück südlich vom Bahnhof. In der Vögelei.«

»Hä?«

»So nennen alte Sylter das Viertel. Die Straßen haben Vogelnamen, Meisenstieg und so, und früher gab's da auch die eine oder andere Bar mit Hinterzimmer. Ist bis heute nicht die nobelste Gegend, eher ein bisschen bieder, Reihenhäuser, kleine Angestellte, du weißt schon. Aber die Wohnung ist schön, und der Vormieter hat sich nicht totgezahlt.«

»Hört sich gut an. Auch wenn mir die Gemeinschaftsduschen vom Campingplatz fehlen werden.«

»Sicher. Aber da habe ich eine echt gute Nachricht für dich. Die alten Leutchen brauchen nämlich jemanden für die Gartenarbeit.«

»Rosenschneiden, Rasenmähen?«

»Genau. Hat der alte Mieter auch gemacht. Du kannst dich dann anschließend gleich unter den Sprenger stellen. Da kann dir dann auch jeder beim Duschen zusehen.«

»Nicht dein Ernst.«

344

»Was?«

»Das mit der Gartenarbeit.«

»Doch. Leider. Einen kleinen Haken hat eben jedes Glück.«